CAINDO DE PARAQUEDAS

CAINDO DE PARAQUEDAS

KELLY YANG

Tradução: Ana Beatriz Omuro

Diretor-presidente:
Jorge Yunes
Gerente editorial:
Luiza Del Monaco
Editora:
Gabriela Ghetti
Assistentes editoriais:
Júlia Tourinho, Mariana Silvestre
Suporte editorial:
Juliana Bojczuk, Letícia Hashimoto
Estagiária editorial:
Emily Macedo
Coordenadora de arte:
Juliana Ida
Assistente de arte:
Daniel Mascelani
Gerente de marketing:
Claudia Sá
Analistas de marketing:
Heila Lima, Flávio Lima
Estagiária de marketing:
Carolina Falvo

Parachutes
Copyright © 2020 by Yang Yang
© Companhia Editora Nacional, 2022

Todos os direitos reservados. Nenhuma parte desta obra pode ser reproduzida ou transmitida por qualquer forma ou meio eletrônico, inclusive fotocópia, gravação ou sistema de armazenagem e recuperação de informação sem o prévio e expresso consentimento da editora.

1ª edição — São Paulo

Preparação de texto:
Chiara Provenza
Revisão:
Lorrane Fortunato, Mareska Cruz
Diagramação:
Vitor Castrillo
Ilustração de capa:
Carmell Louize

DADOS INTERNACIONAIS DE CATALOGAÇÃO NA PUBLICAÇÃO (CIP) DE ACORDO COM ISBD

Y22c   Yang, Kelly

Caindo de paraquedas / Kelly Yang ; traduzido por Bia Omuro. - São Paulo, SP : Editora Nacional, 2022.
364 p. ; 15,8cm x 23cm.

Tradução de: Parachutes
ISBN: 978-65-5881-110-7

1. Literatura americana. 2. Romance. 3. Jovem adulto. 4. Crescimento. 5. Ásia. I. Título.

CDD 823
CDU 821.111-317

2022-703

Elaborado por Vagner Rodolfo da Silva - CRB-8/9410
Índice para catálogo sistemático:
1. Literatura americana : Romance 823
2. Literatura americana : Romance 821.111-31

NACIONAL

Rua Gomes de Carvalho, 1306 – 11º andar – Vila Olímpia
São Paulo - SP - 04547-005 - Brasil - Tel.: (11) 2799-7799
editoranacional.com.br – atendimento@grupoibep.com.br

Aos que não acreditaram em mim,
vocês me despedaçaram com sua certeza.
E aos que se manifestaram
e contaram suas verdades, apesar dos obstáculos,
vocês me fizeram inteira outra vez.

Aviso de conteúdo: este livro contém cenas que retratam assédio sexual, relacionamento abusivo e estupro.

Um

Claire

Xangai, China

Estou deitada na cama esperando ouvir o arrastar dos chinelos do meu pai. São sete e meia da manhã. Meu pai, se estivesse em casa, estaria na cozinha, sentando-se para seu café da manhã: três claras de ovo mexidas com flocos de aveia — ordens médicas —, sobre as quais ele reclamaria com Tressy, nossa empregada doméstica, por estarem cruas ou cozidas demais, só para que ele pudesse se levantar e sair vasculhando a cozinha atrás de um dos pães de taro que ele não deveria comer, mas que minha mãe secretamente compra para ele mesmo assim. Ela faz isso porque tem esperança de que o taro meloso e adocicado vá, de alguma forma, afastá-lo da amante, fornecendo o tipo de calor e grude que o fará querer voltar para casa.

Só que a amante dele também sabe dos pães de taro.

Eu nunca a vi, mas, na outra semana, ela tentou me adicionar no WeChat. Fiquei encarando a foto por quase uma hora, tentando decidir se ela era mais bonita que a minha mãe. Parecia ter uns 25 anos — metade da idade do meu pai — com longos cabelos, as pontas onduladas e tingidas de vermelho. Passava uma mão casualmente pelo cabelo, o que repuxava a camisa para cima apenas o suficiente para revelar sua pele branca como leite. A coisa toda parecia natural e encenada ao mesmo tempo, o tipo de foto que tento e tento, mas nunca consigo tirar.

Deletei o pedido de amizade e não contei nada para minha mãe, embora talvez devesse ter contado. Foi ousado da parte dela entrar em contato comigo. Já houve outras, tenho certeza. Mas nenhuma delas tentou fazer contato.

Fecho os olhos, voltando a me afundar na cama, tentando não pensar no que isso significa. Ou onde meu pai está, por falar nisso.

A maciez da mão da minha mãe na minha bochecha me acorda horas mais tarde. Ela está sentada na cama, me encarando. Como uma doida.

— Credo, mãe, o que a senhora está fazendo? — Eu me contorço para fugir da luz que jorra pela janela, enterrando o rosto nos lençóis.

— Já é quase meio-dia — diz ela em mandarim. Está usando grandes óculos de sol Chanel.

— A senhora está bem? — pergunto, olhando para seus óculos.

Ela faz que sim com a cabeça.

— Ah, sim, é só uma alergia. Provavelmente por causa da poluição — mente.

Olho pela janela. O céu de Xangai, normalmente cinza e repulsivo, está tranquilamente branco hoje, como se o que estamos vendo possam ser nuvens de verdade.

Seus óculos deslizam um centímetro para baixo e, quando me viro, vejo seus olhos vermelhos e inchados de relance.

— É o papai? — pergunto com delicadeza.

Minha mãe ajeita os óculos de sol firmemente, como um escudo.

— Não, é claro que não. Ele só está trabalhando — responde ela. Não sei para quem está mentindo: para mim ou para si mesma.

Ela estica uma mão.

— Ei, vamos sair para jantar hoje à noite! — sugere. Seu rosto se ilumina.

Hesito — tenho *tanta* lição de casa —, mas os olhos dela dizem: "eu preciso disso".

— Claro, mãe.

Levo seis sofridas horas para terminar o dever de casa que meus professores me passaram. Estou no décimo primeiro ano em uma escola de Xangai, o que quer dizer que todos os dias sou explorada pelo meu mestre. Primeiro matemática, depois ciências, em seguida inglês e por fim chinês, minha pior matéria, apesar da mais recente e refinada tutora que a minha mãe arranjou. O nome dela é srta. Chen, mas eu a chamo de Dedos Pegajosos por causa da forma como ela lambe os dedos depois de raspar o prato de frutas que Tressy sempre traz quando estamos estudando. Quando ela não está ocupada comendo frutas, está gritando comigo sobre o que devo escrever na redação para tirar uma nota alta, literalmente palavra por palavra, como se eu não fosse capaz de produzir meus próprios pensamentos. Sempre jogo o papel fora depois que ela vai embora.

Meus amigos e eu às vezes assistimos a filmes americanos sobre adolescentes que bolam planos e vão para lugares malucos e pensamos: *quando eles têm tempo para fazer essas coisas?* Na China, cada segundo do meu dia geralmente é decidido por outra pessoa.

Quando finalmente completo a última das minhas tarefas, vou até o quarto da minha mãe no andar de cima. Posso ouvir o sininho de Snowy, nossa poodle. Se Snowy ainda está lá dentro, significa que minha mãe provavelmente se esqueceu do jantar. Ela nunca deixa Snowy entrar no quarto dela quando está se arrumando, por medo de que a cadela mastigue seus Louboutins. Estou prestes a dar meia-volta quando a porta se abre. Minha mãe está vestindo seu robe de cetim, com o cabelo enrolado em uma toalha, e segurando uma taça de rosé gelado. Adele toca ao fundo.

— Vá se arrumar — ela me diz. — Vamos para o M.

M, no Bund, é um dos restaurantes preferidos da minha mãe. De frente para o rio Huangpu, é uma atração turística, mas de um jeito bom. Minha mãe costumava me trazer aqui quando eu era pequena, geralmente logo depois de eu vencer um campeonato de natação. Agora ela só me traz aqui quando não tem nenhuma amiga para lhe acompanhar. Ela costuma sair com a tia Maggie e a tia Pearl, mulheres que amam tratamentos de pele a laser e reclamar tanto quanto ela.

Nós nos sentamos na mesa do canto, com vista para a varanda. Minha mãe está usando um vestido de lã cinza da Costume National, elegante, mas pouco chamativo, graças a Deus, diferente de algumas das outras roupas dela. Eu visto calças pretas e uma camisa branca. Diferente da minha mãe, que gosta de roupas apertadas e coloridas, prefiro peças mais discretas e confortáveis.

Mamãe beberica sua taça de champanhe enquanto bate papo com o garçom. Ela é uma cliente assídua, e ele puxa o saco dela tão descaradamente que preciso desviar os olhos. Ela faz nosso pedido enquanto contemplo a vista da janela: barcos subindo e descendo o Bund, turistas tirando fotos, a Torre Pérola do Oriente. Há uma montanha-russa lá dentro. Quando eu era pequena, costumava ir nela com o meu pai. Sorrio com a lembrança.

O garçom finalmente nos deixa sozinhas.

— Você sabia que seu pai e eu nos conhecemos aqui? — pergunta ela. Aponta para o vestíbulo, onde a hostess, com saltos finos como um lápis, se equilibra delicadamente atrás da mesa de mármore branco. — Bem ali.

Já ouvi a história mil vezes. Ela era uma estudante universitária em Fudan e estava trabalhando como hostess naquele verão. Ele era um executivo com uma considerável conta bancária. Foi amor à primeira vista. E um passeio na Cartier logo depois.

— Eu tinha só dezenove anos! — minha mãe lembra. — Não muito mais velha do que você. Tão novinha.

Suas bochechas coram de nostalgia e eu me preparo para uma viagem pelo túnel do tempo. Tento tomar um gole de seu champanhe, mas ela move a taça para fora do meu alcance.

— Ah, só um golinho! — protesto.

— Eu era tão bonita naquela época — ela continua, me ignorando.

— Você ainda é bonita — eu a lembro. Não sei te dizer quantos dos meus colegas de classe, especialmente os meninos, já comentaram sobre a aparência da minha mãe.

"Sua mãe é linda", é o que costumam dizer, geralmente seguido por: "Você tem certeza de que ela é sua mãe?". *Ha ha ha.*

Costumava me incomodar ela parecer tão mais nova do que todas as outras mães. Acho que é isso que acontece quando você tem filhos aos vinte anos. Ela costumava brincar que nós duas éramos crianças. Perguntava: "O que você quer ser quando crescer?" e eu retrucava: "O que *você* quer ser quando *você* crescer?". Ela ria sem parar.

Não sei quando parou de rir. Ela balança a cabeça diante do champanhe, cerrando os lábios.

— Estou ficando velha. — Suspira e fica em silêncio, com os olhos se enchendo de lágrimas. Espero que ela não esteja atribuindo isso à infidelidade de papai.

Ouço meu celular apitar. É um áudio no WeChat do meu namorado, Teddy. Ele é um ano mais velho e está se matando de estudar para o *gaokao*. Os vestibulares chineses são tão intensos que algumas garotas tomam anticoncepcionais para não menstruarem durante a semana da prova, obras são paralisadas e o tráfego é desviado perto dos locais de exame para não atrapalhar os estudantes. Mas, por enquanto, ele ainda tem algum tempo para se divertir. Tento sair do aplicativo, mas meu dedo acidentalmente dá play na mensagem.

"Oi, amor. Estava só pensando naquele dia, nos fundos da biblioteca. Foi tão..."

Pauso a mensagem e, pelos dois minutos que se seguem, sinto meu rosto derreter pelo meu crânio. Minha mãe fica em silêncio.

Ela sabe sobre Teddy e eu, mas ainda pensa que namoro no ensino médio é algo tipo "eu te acompanho até a sua sala, você me acompanha até a minha sala".

— Você e o Teddy... — Ela se atrapalha para botar as palavras para fora.

— Não! — exclamo. — É claro que não.

Os olhos da minha mãe me examinam como um detector de mentiras humano. Lembro a mim mesma que não tenho nada a esconder. Teddy e eu não fizemos nada além de dar uns amassos. Mas, recentemente, ele tem me pedido fotos. Jura que não vai mostrar para mais ninguém. Ainda não fiz a vontade dele, mas também não neguei.

— Me prometa que você vai esperar por alguém especial — diz minha mãe. — Talvez um CEO da *Fortune 500*. Ou um herdeiro de segunda geração. Alguém *melhor*.

Melhor do que eu ou melhor do que Teddy?

— O Teddy é um cara legal — respondo.

— Um cara legal? — Ela ri, balançando a taça de champanhe no ar. — Você acha que é isso que vai pagar pelas coisas? Um cara legal?

— Não, *eu* vou pagar pelas coisas — rebato. — Eu tenho um cérebro, lembra?

Ela reflete cuidadosamente sobre suas palavras.

— Então use esse cérebro para entrar em uma boa faculdade. Vai por mim, será bem mais difícil encontrar um bom marido depois que você se formar. Eu tive sorte de conhecer seu pai na época em que o conheci.

Ergo uma sobrancelha.

— Só estou tentando cuidar de você — diz, suavizando a voz. Ela estende uma mão e minha raiva se dissipa.

Observo minha mãe, sentada ali, tão solitária, olhando de tempos em tempos para o celular, fingindo estar alisando o guardanapo quando nós duas sabemos que ela está checando se ele ligou. Não ligou.

Gentilmente, minha mãe ergue a taça de champanhe e a coloca na minha frente, como uma oferta de paz. Tomo um gole.

No dia seguinte, minha mãe me arrasta para almoçar na casa da minha Nai Nai. Ela é minha avó paterna, uma viúva destemida com a cabeça cheia de cachos brancos e uma boca que faz minha mãe querer rastejar para dentro de um vaso Qing antes mesmo de Nai Nai abri-la. Beijo-a nas duas bochechas enquanto ela se senta em seu trono na sala de jantar. Toda a corte está reunida — minhas tias, meus tios e meus primos, todos ao redor dela. Eles não fazem qualquer esforço para abrir espaço quando minha mãe entra na sala, então ela é forçada a pegar o último assento vago, na ponta da mesa. Meu pai, se estivesse aqui, se sentaria à cabeça da mesa e minha mãe, ao lado dele. Mas, como de costume, ele não veio.

— Nai Nai — eu a cumprimento.

O rosto da minha avó se ilumina.

— Claire. — Ela sorri.

Seja lá o que pensa da minha mãe, ela me mima porque sou a neta mais velha. Nai Nai acena para que as empregadas arrumem um lugar para mim ao lado dela, e eu olho para minhas tias e tios, que relutantemente instruem meus priminhos a abrirem espaço.

— Como vão os estudos, Claire? — pergunta minha avó.

— Estão indo bem — minha mãe responde por mim da outra ponta da mesa. Dá para ver que ela interpreta a pergunta como uma sondagem de suas habilidades de mãe-tigre. — Arrumei os melhores tutores de Xangai para minha filha!

Mas Nai Nai mal olha para ela, mantendo os olhos firmes em mim. Minhas tias e tios entram na conversa com várias recomendações de tutores.

— Você soube do rapaz branco que está dando aulas de chinês? — pergunta tia Linda.

Tio Lu repousa seus *kuàizi* de jade sobre a mesa.

— Por que todo mundo nesse país é tão obcecado por *lao wai*? Nem *tudo* feito por uma pessoa branca é melhor!

— Na verdade, ouvi dizer que ele é muito bom — responde uma das minhas outras tias. Ela pega os últimos dois camarões-tigres-gigantes e os coloca no prato à frente do filho, Jeremy. Ele mantém os olhos colados em seu iPad, enquanto outra das empregadas da minha avó o alimenta.

Minha mãe suspira alto e conta para minhas tias e tios que minha nova tutora de chinês, aquela que me faz copiar as palavras dela, cobra 2.000 *renminbi* por hora. A ostentação, disfarçada de reclamação, faz minhas tias se calarem momentaneamente.

— Qualquer um pode exigir algum dinheiro. Isso não significa nada — comenta minha avó.

Minha mãe cora. Eu sentiria pena dela se não detestasse tanto minha tutora de chinês.

— Na verdade, ter um tutor é muito importante — diz minha mãe. — Até a professora da Claire na escola disse. A senhora não sabe como são as escolas de Xangai de hoje; é realmente necessário arranjar o tutor certo. Do contrário, você não tem chance.

— Vou ficar bem — digo. Ao contrário do que minha mãe pensa, eu gosto de escrever em chinês. Não preciso memorizar as palavras de outra pessoa e as regurgitar na minha prova. Posso escrever por conta própria, obrigada.

Minha mãe suspira.

— Estão vendo com o que eu tenho que lidar? — Ela olha na minha direção e gesticula para mim com seus *kuàizi*. — Você vai fazer o que a tutora mandar. Vai escrever exatamente o que ela te disser para escrever na prova!

— Sim, Claire — comenta minha tia Linda. — Não seja boba!

— Você pode me passar o telefone dela? — pergunta tia Jane, tirando o celular da bolsa.

— Não! Não vou fazer isso — digo. Não vou copiar. Não me importo se isso vai me render um 100, não é o *meu* 100. Minha mãe me lança um olhar severo. Todas as minhas tias e tios se intrometem, dando pitacos no meu futuro, nas minhas notas, no *gaokao*.

Aqui vamos nós de novo, a vida segundo o comitê. Reviro os olhos. Não me admira meu pai nunca vir a esses encontros. Minha avó ergue uma mão para silenciar o falatório. Ela toma minha mão na dela e olha nos meus olhos. Tenho esperança de que ela vai ficar do meu lado, mas, em vez disso, diz:

— Sua mãe tem razão. Não dá para quebrar uma pedra com um ovo.

Puxo minha mão de volta, corando.

— Ela não vai. James e eu vamos nos certificar disso. — Minha mãe assegura a Nai Nai, que se vira para minha mãe.

— E como está aquele seu marido?

Olho para ela. O sorriso da minha mãe desaparece, e ela dobra o guardanapo, tentando ganhar algum tempo enquanto elabora a melhor resposta.

A vida segundo o comitê é um saco.

Dois
Dani

EAST COVINA, CALIFÓRNIA

Você já teve a sensação de que todos te veem, mas ninguém realmente te enxerga? Quer dizer, as pessoas te enxergam — elas te veem no palco, sendo condecorada pela diretora, veem seu cabelo armado; seus sapatos velhos e desgastados; sua mãe no fundo do auditório escondendo biscoitos velhos na bolsa — isso tudo elas enxergam, mas elas não enxergam *você*.

— Poxa, Dani, quantas vezes vou ter que te dizer isso? — grita meu professor da banda da escola, o sr. Rufus. — É um fá sustenido, não um fá! E, por favor, limpe a sua flauta. Esse som que você está fazendo, esse barulho, isso é o som de um cuspe!

Pego meu lenço, o rosto vermelho de vergonha. A banda inteira se recosta e solta um suspiro exagerado enquanto me esperam terminar.

— Já ouviu falar de aulas? — Connor, que se senta ao meu lado, resmunga baixinho.

Connor O'Brien. Lembro a mim mesma que ele usa cuecas brancas amareladas e guarda o óleo de cozinha Crisco da mãe dele debaixo da cama para usar como lubrificante. Sei disso porque limpo o quarto dele toda terça-feira depois da escola quando ele está no treino de lacrosse. Provavelmente já limpei a casa de metade das pessoas na banda, não que elas saibam. Todos sempre chamam a faxineira para quando estiverem fora.

Sim, já ouvi falar de aulas, quero rebater. Você já ouviu falar de pré-excussão de hipoteca? De dividir um cheeseburguer de quatro dólares do Burger King para o jantar enquanto sua mãe aproveita o refil gratuito de refrigerante?

Olho de soslaio para Zach, meu outro vizinho de assento. Zach é o capitão do time de natação da American Prep. Ele, por acaso, toca o clarinete na última cadeira e, como toco a flauta também na última cadeira, nós nos sentamos um ao lado do outro. Devo admitir que essa é uma das únicas razões para eu gostar da banda. Infelizmente, nós nunca conversamos. E eu nunca limpei o quarto dele. Nem sei direito onde ele mora. Acho que ele é bolsista também, como Ming e eu.

De seu lugar como violino na primeira cadeira, Ming movimenta os lábios, perguntando silenciosamente se estou pronta. Faço que sim com a cabeça. Ela é da China e está aqui com uma bolsa de estudos em música. Também é minha colega de trabalho, limpa casas comigo depois da escola.

— Certo, vamos do começo — diz o sr. Rufus, olhando para Ming. Os trompetistas reabrem suas partituras. Os trompistas guardam seus celulares. Quando Ming levanta seu violino, toda a seção de cordas pega a deixa. Sorrio. É legal vê-la conduzindo os outros alunos, mesmo que nós secretamente esfreguemos as privadas deles.

Depois do ensaio, Ming me alcança. Ela carrega seu estojo preto para violino, equilibrando-o delicadamente nos ombros finos. Ela o trouxe da China na mão e, embora as bordas estejam gastas, se recusa a comprar um novo, tipo eu com meus sapatos de debate. Uma vez, ela me disse que, quando tinha dez anos, teve uma chance de participar do *China's Got Talent*, mas os pais dela não podiam pagar pelo voo para Xangai. Então, quando a sra. Mandalay, nossa diretora, a descobriu durante uma de suas viagens de recrutamento à China e lhe ofereceu uma bolsa de estudos integral, Ming logo agarrou a oportunidade de estudar na American Prep para seguir a carreira musical.

— Vamos juntas para a Rosa depois da aula? — pergunta ela. Rosa é nossa chefe na Budget Maids. Eu a convenci a deixar Ming trabalhar lá, embora isso não seja exatamente permitido por lei, já que seu visto é de estudante. Mas sua bolsa de estudos cobre apenas a mensalidade e um pequeno valor para moradia, então ela precisa do dinheiro.

— Não vai dar. Tenho treino de debate hoje — digo. — Passo lá depois! Ming faz um beicinho.

— Quando vão anunciar quem vai competir na Copa Snider? — pergunta ela.

Ao ouvir o nome Snider, prendo a respiração. O sr. Connelly, meu treinador de debate, passou o ano inteiro nos preparando para o torneio.

Toda a minha estratégia para as admissões na faculdade no ano que vem depende da Snider. Todos os melhores treinadores estarão lá, incluindo o treinador de Yale, minha faculdade dos sonhos. O time deles está invicto este ano.

— Logo, eu acho — respondo.

— Você com certeza vai ser escolhida — ela me tranquiliza enquanto começa a se dirigir até a saída. — O sr. Connelly te adora.

Sorrio, grata pelas palavras. Meu treinador tem me dado muito apoio, embora no momento meu problema mais imediato seja arranjar a grana para pagar pela viagem. Passagens de avião e diárias de hotel não são baratas, e minha mãe não tem milhas áreas como os pais dos outros alunos. Ela também trabalha na Budget Maids, esfregando privadas para tentar colocar comida na mesa. Era isso que minha avó fazia e minha bisavó antes dela. Vou ser a primeira da família a quebrar o ciclo. Mas, primeiro, preciso entrar na faculdade.

Guardo minha flauta em seu estojo e fico esperando todos os meus colegas irem embora antes de devolvê-la à estante de instrumentos para empréstimo.

Depois das aulas, abro a porta que leva à sala de debate onde treinamos. Como de costume, o sr. Connelly me cumprimenta com um sorriso.

— Dani! Como vai minha Garota Estrondo? — pergunta ele.

Reviro os olhos ao ouvir o apelido. O sr. Connelly me chama assim desde que um dos juízes em uma competição recente disse que meu discurso foi "estrondoso".

— Pronta para enfrentar a Heather hoje?

— É, Garota Estrondo, tá preparada? — brinca Heather. Rio e digo a ela que nasci pronta. Meus colegas de time são quase sempre simpáticos. Há um entendimento silencioso de que minha situação é diferente da deles, então às vezes não me convidam para as coisas, como quando vão celebrar em um restaurante caro depois de uma competição.

Ao nos dividir em times, o sr. Connelly nos lembra de que estará prestando bastante atenção ao nosso desempenho nos treinos e nas próximas duas competições para decidir quem vai participar da Snider. Por mais que todos estejamos tentando evitá-lo, o cálculo simples está bem na nossa cara: há dez de nós, e apenas seis poderão participar.

— Então hoje, quando estiverem debatendo, não se acanhem! — insiste o sr. Connelly. Ele nos dá a proposição e me pede para começar o debate: — Esta delegação eliminaria o ranqueamento em escolas.

Eu me levanto e caminho até a frente da sala, enquanto meus colegas de time pegam folhas de papel para anotar as respostas à minha declaração de abertura.

— Feche os olhos e imagine sua plateia ideal — diz o sr. Connelly.

A plateia ideal é um conceito criado por ele. Consiste, basicamente, em fechar os olhos e imaginar alguém, real ou fictício, que seja paciente, gentil, prestativo, inteligente e que desesperadamente deseje ouvir o que você tem a dizer. É meio constrangedor, mas minha pessoa ideal *é* o sr. Connelly. Ele é minha pessoa ideal desde que me chamou num canto no primeiro ano e disse: "Você tem uma voz. Deixe-me ajudar a encontrá-la."

Penso naquele primeiro ano, quando emprestou vinte dólares para minha mãe porque ela estava com tantas contas atrasadas que não poderia pagar por um par de sapatos pretos baratos para eu usar no torneio. E, no torneio, quando ele me perguntou por que meus pais não estavam lá e eu lhe respondi que não tinha pai e minha mãe estava ocupada limpando casas, ele me abraçou e disse: "Bom, você tem a mim". É, ele é minha pessoa ideal. Nem preciso fechar os olhos.

Respiro fundo e sorrio para ele.

— Senhoras e senhores — começo —, o ranqueamento é uma forma moderna de segregação. Crianças são classificadas desde pequenas com base em seu desempenho em testes e depois são divididas em turmas pelo resto de sua vida escolar. Ele é baseado na crença errônea de que seres humanos não mudam, de que uma vez ignorante, sempre ignorante. Uma vez pobre, sempre pobre.

Apresento evidências e exemplos, falo sobre discriminação sistêmica e racial e como ela se infiltra no nosso subconsciente e nos convence de que não somos bons o bastante. Penso sobre como pessoas como a chefe da minha mãe, Rosa (embora não fale isso), olham para minha mãe e dizem que ela não deveria mandar a filha para uma escola particular. *Você é uma empregada doméstica. Por que você mandaria a menina para uma escola particular?*

— Portanto, peço que olhem para dentro de seus corações e se perguntem: qual é o propósito da educação? É manter as pessoas em seus lugares? Ou erguê-las? Acredito na segunda opção e vocês também deveriam.

— Bravo! — exclama o sr. Connelly. Ele se levanta e aplaude, embora não seja o certo a se fazer. O debate ainda não acabou. O certo é esperar. A reação dele não passa despercebida pelos meus colegas de equipe, e vislumbro alguns deles revirando os olhos enquanto me sento.

O sr. Connelly se inclina na minha direção e sussurra:

— Você vai arrasar na Snider, Garota Estrondo.

Mais tarde, depois do treino, estou guardando livros no meu armário e, quando me agacho para amarrar os cadarços, ouço alguns dos meus colegas da equipe de debate conversando ao passarem por mim.

— Vocês ouviram ele cobrindo o discurso dela de elogios? — pergunta Heather.

Congelo, escondendo o rosto atrás do armário. Estão falando de mim?

— Ele só está pegando leve com ela porque é bolsista — diz Josh.

— É tão injusto. Não é como se ela pagasse para estar aqui — acrescenta Audrey. — Nós todos temos que pagar por ela.

Uau. E eu aqui, pensando que éramos todos iguais.

Caminho furiosa até Rosa depois do treino. Não consigo acreditar no que meus colegas de equipe disseram; achei que éramos um grupo de indivíduos com princípios. Era isso que eu amava no debate: podemos vir de mundos diferentes, mas acreditamos nas mesmas coisas — justiça, ética, igualdade. Aparentemente, essas são apenas um monte de palavras para ganhar pontos com os jurados. Eles não acreditam de verdade em nenhuma delas.

A porta da Budget Maids bate com força na parede quando eu a abro.

— Dani, onde você estava? Está atrasada! — Rosa me repreende enquanto estala os dedos, *trá trá*. — Coloca o seu uniforme.

Olho de soslaio para Ming, que já está com o dela. Seus shorts jeans desfiados aparecem debaixo dele. Rosa nos faz usar uns uniformes preto-e-branco ridículos com o nome *Budget Maid*, completos com um chapéu e uma máscara cirúrgica, como uma espécie de criatura meio peregrina, meio enfermeira. Ela diz que o uniforme nos faz parecer profissionais.

— Não entendo — digo, pegando o meu no meu armário e vestindo-o. — Por que os clientes se importariam com o que vestimos, desde que façamos o trabalho?

— Quantas vezes vou ter que te explicar? — pergunta Rosa, cortando o ar com as mãos. — Não é só uma questão de fazer o trabalho. É uma questão de construir a imagem da marca.

Reviro os olhos. Rosa está fazendo um MBA online. É dali que ela tira esses termos, que ela gosta de usar nas frases para nos lembrar de que ela não é apenas uma chefe; ela é uma CEO.

Rosa passa o próximo endereço para Ming e eu, um que não reconheço. Minha mãe e eu temos uma regra: se for um endereço novo, não vou. Outra pessoa pode ir e limpá-lo pela primeira vez, só para o caso de haver alguma coisa suspeita com o cliente. Mas talvez não tenha problema. Olho para o suéter da minha mãe pendurado no armário dela. Ming vai estar lá comigo e, além disso, eu realmente preciso do dinheiro, especialmente se eu for para a Snider. Passagens de ida e volta para Boston custam quinhentos dólares, e isso é só o voo, nem sequer inclui o preço do hotel. Cada centavo conta.

Ming enfia o endereço no bolso. Os pais dela não estão aqui para lhe dizer onde ela pode ou não pode fazer faxina. Acho que nem sabem sobre seu emprego de meio período como empregada. Ela assente com a cabeça para Rosa e diz:

— Ok.

Ajudo Ming com os utensílios de limpeza e nos dirigimos ao caminhão. O marido de Rosa, Eduardo, vai nos levar. No caminho até o endereço em North Hills, onde as casas são duas vezes mais caras e as pessoas são duas vezes mais capazes de nos acusar de roubo, me remexo inquieta no assento, olhando de soslaio para Ming. Quero contar o que Heather e aqueles babacas disseram no treino de debate, mas ela está com os olhos colados firmemente à sua janela.

Chegamos a North Hills e atravessamos o caminho até a impressionante mansão de estilo mediterrâneo situada no topo. Com seu gramado exuberante e uma varanda que percorre toda a extensão da fachada, oferecendo uma vista extensa de Los Angeles, deve valer uns dois ou três milhões de dólares. Os preços dos imóveis têm disparado ultimamente. Ming aponta para uma estátua de um dragão de jade perto dos degraus de entrada, murmurando:

— *Asiáticos podres de ricos.*

— Adoro esses! — diz Eduardo, radiante. Ele e Rosa são grandes fãs, tanto do filme quanto das pessoas, que compram casas em North Hills e contratam a Budget Maids para limpá-las. Ele provoca Ming: — É o seu povo!

Ming balança a cabeça enquanto tira os utensílios de limpeza do carro.

— Não é o meu povo. Nós somos asiáticos podres de pobres — diz ela, apontando o polegar para o peito.

Saio do carro e ajeito meu uniforme. Juntas, caminhamos até a casa. Eduardo espera até encontrarmos a chave debaixo do capacho antes de sair com o carro.

— Me liguem quando estiverem quase acabando — ele grita enquanto abrimos a porta da frente.

Quando entramos, Ming e eu deixamos nossos utensílios caírem no chão. Tiro minha máscara cirúrgica. Olhamos para o pé-direito de doze metros na sala de estar.

— Puta merda, é tipo um museu — digo.

Um único lustre de cristal pende do centro do teto, que parece ainda mais dramático com os espelhos gigantescos ao longo das paredes e o piso de mármore banco.

— Ou um teatro — acrescenta Ming.

Ela ergue as mãos e finge tocar violino, murmurando a melodia. Sorrio e vou até a cozinha para pegar uns refrigerantes para nós. Há alguns pratos sujos empilhados em um canto e algumas caixas de pizza no chão. É isso. Vai ser moleza de limpar.

A luz jorra para dentro da casa através das portas francesas. Fico parada por um tempo, tirando um momento para olhar para a piscina enquanto bebo um gole de refrigerante, tentando imaginar como seria viver em um lugar como esse.

Ming está testando os sprays de limpeza na mesa de centro espelhada quando volto para a sala de estar. Noto que ela está usando uma nova faixa de cabelo, é de couro. Fico me perguntando se foi ela mesma quem fez. Fica tão bonita nela. Entrego um refrigerante e me ajoelho ao seu lado. Estou prestes a contar o que aconteceu no treino quando ela se vira e dá sua própria notícia.

— Então, ontem o meu *host dad* estava andando pela cozinha de cueca *de novo*. E ele fica pegando naquele lugar e reajustando. — Ming coloca seu refrigerante sobre a mesa e se levanta para demonstrar, levando a mão à virilha.

— Que nojo — comento.

— E aí, ele usa a mesma mão para me passar o meu prato.

A expressão no rosto de Ming é impagável. Começo a rir, embora a situação não seja nada engraçada. O *host dad* de Ming é um caminhoneiro desempregado de meia idade chamado Kevin Malone que tem problemas com álcool e dois filhos pequenos que mal consegue sustentar. Além disso, ele com certeza não deveria poder receber garotas adolescentes em sua casa. Mas, de alguma forma, descobriu que hospedar estudantes estrangeiros era um jeito fácil de ganhar dinheiro e, por azar, Ming foi parar na casa dele, em grande parte porque ele não cobra caro. A escola só lhe dá seiscentos dólares por mês para despesas com moradia.

— Você não pode ir para a casa de outra família? — pergunto. — Ou pedir para ele vestir alguma coisa?

Ela bebe um gole de refrigerante e balança a cabeça.

— As outras famílias que hospedam estrangeiros são muito caras — responde. Ela tem medo de ter problemas com a escola se pedir mais dinheiro.

Eu entendo. Já pensei muitas vezes em perguntar para a sra. Mandalay, nossa diretora, se a escola vai cobrir as despesas das minhas viagens para torneios de debate, mas nunca tive coragem. Toda vez que abro a boca, fecho-a imediatamente e, em vez disso, corro para pedir mais trabalho para Rosa.

— Não é como se meus pais pudessem ajudar. — Ming suspira. Ela não fala muito sobre eles. Sei que não são como os pais dos outros alunos chineses da nossa escola, que dirigem por aí em Porsches e Teslas, armados com os cartões de crédito pretos da American Express.

— Você quer que eu fale com seu *host dad*? — pergunto. Eu adoraria dar um jeito nele. Mas Ming balança a cabeça.

— Tudo bem. A casa é dele, acho que tem o direito de usar...

Um barulho no andar de cima a interrompe. Mas que...? Tem alguém em casa? Ming e eu subimos rapidamente a escadaria de mármore que leva aos quartos. Seguimos o som até a suíte principal, onde abrimos a porta e damos de cara com duas pessoas transando. O rapaz, não muito mais velho do que nós, olha para Ming e eu enquanto uma garota com os seios expostos se senta em cima dele. Ele faz uma expressão divertida ao olhar para nós.

— Querem participar?

Três

Claire

Minha mãe e eu esperamos do lado de fora do escritório da minha professora de chinês. O ruído do tráfego de Xangai entra pela janela. Minha mãe balança a cabeça ao encarar minha lamentável redação de chinês em suas mãos. Posso sentir sua decepção, sua ansiedade, a cada suspiro forçado.

— Não acredito que você fez isso. — Ela aponta para o enorme 42/100 no topo da minha redação. Foi isso que eu ganhei por escrever minhas próprias palavras em vez de memorizar as da minha tutora. O fato de eu ter escrito sobre a importância de incorporar as vozes dos estudantes na tomada de decisões na escola provavelmente não ajudou. Eu deveria ter escolhido um tema mais tranquilo, como os perigos do vício em internet.

— Você não acredita que eu tentei escrever minha própria redação? — pergunto, sarcástica.

— Não venha com gracinhas para cima de mim. O problema não é você ter escrito sua própria redação. O problema é que você nunca *escuta*. Sempre quer fazer as coisas do seu jeito. — Ela sacode o papel enquanto me repreende. Alguns professores passam por nós e nos lançam olhares de reprovação. Minha mãe se cala, mas tem dificuldade para manter a compostura.

— Estamos na China — sibila. — Você estuda em uma escola local. E você mesma me disse que sua professora de chinês encorajou os alunos a praticarem com os tutores.

— E daí?

— E por que você acha que ela disse isso? — pergunta minha mãe. — Por que você acha que ela passou as perguntas da prova antes?

Desvio o olhar. Bem, o jogo pode ser esse, mas eu não gosto das regras. A porta se abre e minha professora de chinês, Zhou Lao Shi, aparece. Ela abre um sorriso apertado para minha mãe e faz um gesto para entrarmos.

— Sra. Wang, Claire — diz Zhou Lao Shi, passando uma mão por sua densa faixa de raízes brancas, que atravessa seu cabelo tingido de preto de um jeito que lembra um gambá.

Minha mãe se senta e lhe agradece por nos atender. Gentilmente, ela estende minha prova.

— Gostaria de conversar com a senhora sobre a nota de Claire.

Lanço um olhar furtivo para Zhou Lao Shi, mas ela continua sentada com uma expressão impassível, como faz durante a maior parte da aula.

— Sei que o que ela escreveu não foi perfeito, mas 42?

Zhou Lao Shi mal pisca. As palavras da minha mãe não têm qualquer efeito. Eu a cutuco com o cotovelo. *Talvez seja melhor a gente ir.* Estamos diante de uma mulher que está acostumada a ser subornada, questionada, bajulada e ameaçada por pais o dia todo. Minha mãe precisaria oferecer pelo menos cinco mil *renminbi* só para fazê-la mover uma sobrancelha.

— Claire tirou 42/100. Esta é a nota dela — diz Zhou Lao Shi.

Minha mãe baixa sua bolsa Birkin. Ela sempre se arruma quando vem para a escola; diz que faz isso para que os professores nos tratem melhor. Eu acho que é para impressionar as outras mães. Ela cruza uma perna em suas calças Balmain e tenta novamente.

— Talvez porque a senhora esteja comparando a redação dela com as dos outros alunos. Mas será que a senhora está ciente de que alguns deles cometeram plágio para esta prova...

— Mãe! — exclamo. *Ela enlouqueceu?* Entendo que ela queira que eu tire uma nota mais alta, mas dedurar meus colegas por trapacearem?

— Terei que investigar isso — diz Zhou Lao Shi, sucinta, e se levanta. — Receio que nosso tempo acabou.

Nós a ofendemos. Minha mãe também sabe disso. Ela desiste de sua abordagem rígida e se joga aos pés da minha professora de chinês.

— Por favor, a culpa é minha. Não arranjei a tutora certa para Claire. Puna a *mim*, não a ela.

Seus olhos úmidos e desesperados encaram o olhar duro e impiedoso de Zhou Lao Shi.

— Tenho certeza de que haverá outra oportunidade em breve — diz Zhou Lao Shi. — Com sorte, você garantirá que Claire esteja preparada da próxima vez.

No carro a caminho de casa, minha mãe reclama de Zhou Lao Shi.

— Que tipo de professora de chinês *ovo de tartaruga* é aquela? Ela nem se importou com o fato de que os alunos dela estão copiando os tutores?

Pois é, nem a minha mãe até vinte minutos atrás. Ainda assim, aprecio o fato de ela ter me defendido. Repouso a cabeça nas almofadas de pescoço massageadoras que minha mãe comprou para o nosso Audi enquanto Patrick, nosso motorista, observa pelo retrovisor.

— Em todo lugar! Na escola do meu filho, uma professora foi pega por vender cadeiras na fileira da frente da sala dela — diz Patrick.

— E se eu fosse para uma escola internacional daqui? — peço.

Minha mãe coloca uma mecha do meu cabelo atrás das minhas orelhas.

— Conhece as regras. Não tem um passaporte estrangeiro, querida — diz ela.

É tão injusto. Enquanto alguns dos pais dos meus amigos tiveram a perspicácia de tê-los nos Estados Unidos, meus pais estavam ocupados demais correndo para tirar as fotos de casamento antes que a barriga da minha mãe começasse a aparecer.

Quando chegamos em casa, meu pai está esperando por nós na sala.

— Pai! — exclamo. O que ele está fazendo aqui no meio do dia? Minha mãe deve ter mandado uma mensagem para ele dizendo "EMERGÊNCIA". Fico feliz que pelo menos uma coisa boa saiu da minha recusa a trapacear.

— Oi, girassol — diz, caminhando até mim e beijando o topo da minha cabeça. O som do meu apelido nos lábios dele me faz querer esquecer o fato de que reprovei em chinês e de que não o vejo há semanas. — Fiquei sabendo da sua professora.

Minha mãe tira seus sapatos Manolo com chutinhos e se joga no sofá.

— Que mulherzinha petulante — diz ela, chamando Tressy para nos trazer algumas Pellegrino. — Dá para ver que ela é uma daquelas pessoas que amam usar seu poder e se aproveitar dele, gota a gota. Ela é daquele jeito na aula?

Eu me sento ao lado dela enquanto Tressy traz três copos altos de água com gás e penso a respeito. Quero dizer: "Sim, Zhou Lao Shi é arrogante", mas o que eu realmente quero saber é: "Como você faz isso? Como simplesmente segue em frente e conversa com seu marido, que você não vê há semanas e não faz ideia de onde esteve, como se nada tivesse acontecido?"

— Sabe, andei pensando... — diz meu pai, caminhando até nós e se sentando ao nosso lado no sofá. — O que você acha de ir estudar nos Estados Unidos?

Minha mãe abaixa seu copo de água com gás e ajeita a postura.

— Tem um rapaz no meu escritório. Ele estava me contando sobre uma escola na Califórnia...

— Você quer dizer faculdade, certo? — pergunto. Eu mesma andei pensando nisso, em estudar em uma universidade nos Estados Unidos ou no Reino Unido.

— Não, quero dizer bem agora. Para o resto do seu terceiro e todo o seu quarto ano — diz meu pai, entusiasmado.

Ele está brincando, certo?

— Do que você está falando? — minha mãe pergunta por nós duas. *Obrigada.*

— Estou falando de escapar deste sistema falido — diz meu pai. — Você mesma disse, a professora da Claire é insana. E não vai ser nada melhor no próximo ano, com o *gaokao*. E se você não se sair bem...

— Ui, não quero nem pensar nisso — resmunga minha mãe, fechando os olhos e massageando-os com os dedos. — Sua mãe vai me matar.

Quero dizer a eles que *não* vai acontecer! Juro que não vai! Mas, por outro lado, eu acabei de tirar um quarenta e dois, de cem. Minha mãe se senta taciturna no sofá, com a cabeça enterrada nas mãos, contemplando seu futuro... porque, se você é uma mãe chinesa cuja única medida de sucesso é o desempenho dos seus filhos, quando seus filhos falham, *você* falha.

— Se você for para os Estados Unidos agora, não vai precisar fazer o *gaokao* — diz meu pai. Ele está nos oferecendo uma saída e, a julgar pela expressão deprimida no rosto da minha mãe, não sei quem precisa mais disso, eu ou ela. — Você pode se formar e estudar em uma faculdade lá. Uma das Universidades da Califórnia.

— Não dá para simplesmente entrar em uma universidade de lá — digo. Meu pai fala aquilo como se elas fossem M&Ms.

— Dá sim — insiste ele. — São tantas! — Ele estende as mãos e começa a listar algumas. — Além disso, mesmo que você não entre, pelo menos vai ter estudado no exterior.

Minha mãe murmura as palavras. As engrenagens estão girando na cabeça dela. *Estudado no exterior. Posso trabalhar com isso.*

— Não vou — digo para os dois, cortando esse papo maluco pela raiz. Não vou fugir para outro país só porque reprovei em uma prova. — Desculpa. Eu me recuso a ir para um internato.

— Quem falou de internato? — pergunta meu pai. — Lavar suas próprias roupas? Comer comida de refeitório? Morar com colegas de quarto? — Ele estremece com a ideia. — Além disso, você não tem tempo de fazer o SSAT.

MEU DEUS, *ele está falando sério mesmo.* Achei que isso tudo fosse da boca pra fora, por causa da raiva, e foi por isso que eu dei corda, mas agora, olhando para seus olhos maníacos, eu me pergunto há quanto tempo ele anda pensando nisso. Talvez eu devesse ter simplesmente decorado as palavras idiotas da minha tutora.

Minha mãe rói uma unha.

— Isso tornaria as coisas muito mais fáceis — comenta. — E, quando você voltar, pense em quanto vai se destacar.

— Não quero me destacar — digo.

— Pois deveria! — retruca ela. — Há um ponto três bilhão de pessoas aqui! Por que você acha que estão sempre fazendo compras, tentando pegar qualquer grife e colocando na bunda? Para se destacarem!

Reviro os olhos. Por favor, me poupe da psicologia de shopping.

— Sua mãe tem razão — diz meu pai. — Precisamos ser espertos. Essa é a coisa certa a se fazer pelo seu futuro.

— E os meus amigos? E o meu namorado? — pergunto. Sinto os olhos lacrimejando sob minhas lentes de contato ao pensar que talvez não consiga ver Teddy outra vez, que vamos ter que nos falar por Skype...

— Que namorado? — pergunta meu pai. Ele se vira para minha mãe. — Você não me disse que ela tinha um namorado.

— Não é um namorado — minha mãe nega rapidamente, tentando acalmá-lo. Com os olhos, ela me pede para entrar no jogo. Ela sempre faz isso, toda vez que meu pai fica bravo comigo. Eu costumava amar isso nela, mas, ultimamente, tem me feito pensar. Por que nós sempre temos que suavizar a verdade para ele?

— É sim — digo. — E o senhor saberia disso se realmente morasse aqui.

— Claire! — grita minha mãe.

Meu pai se levanta em um pulo do sofá, o rosto vermelho. Mas não vou deixar ele escapar dessa.

— Por onde o senhor andou? — pergunto, seguindo-o até a cozinha.

— Andei... andei viajando — resmunga ele.

Ah, sim, *viajando*. A palavra que meu pai usa para evitar toda e qualquer responsabilidade. "Por que o senhor não foi ao meu campeonato de natação?", eu perguntava. "Ah, era hoje? Desculpe, andei viajando tanto, não consegui me lembrar", ele respondia.

Cruzo os braços. Meu pai coloca a mão no bolso para pegar a segunda arma que usa para se livrar de responsabilidades: o celular.

— Tenho um problema para resolver — diz ele, digitando no celular. — Preciso voltar para o escritório.

Olho para minha mãe, pedindo por ajuda. Ele vai simplesmente se livrar dessa? Finalmente estamos falando a respeito disso, tendo a conversa que deveríamos ter tido há muitos anos, e ele vai se livrar fácil assim? A careta da minha mãe carrega o mesmo peso da decepção, mas ela não diz nada.

— O senhor sabe que a mamãe chora toda noite até cair no sono? — solto. Não sei o que mais dizer para chamar a atenção dele.

Minha mãe pula do sofá e caminha até nós.

— Pare — ordena. Ela começa a se desculpar com meu pai, dizendo que não estou bem, que estou muito estressada, muito chateada com a minha nota. Por que ela sempre faz isso? Por que tem tanto medo dele?

Um segundo se passa. Depois outro. Meu pai coloca a mão na da minha mãe, aceitando suas desculpas, e os dois ficam parados lado a lado no tipo de solidariedade nauseante que me deixa triste pelas mulheres.

Meu pai olha para mim e diz, em uma tentativa de se explicar:

— É verdade que andei trabalhando muitas noites no escritório.

— É, sei — resmungo.

Minha mãe me lança um olhar. *Veja bem o que vai dizer.*

— Mas vou passar mais tempo em casa de agora em diante — promete ele. Minha mãe parece não saber se acredita, mas aceita a promessa. — Vou me envolver mais, começando com a sua educação. Semana que vem vou te levar ao agente que vai te ajudar a entrar no ensino médio nos Estados Unidos.

Eu me viro para minha mãe com uma expressão de súplica. Prometo a ela a lua e as estrelas. Vou escrever qualquer coisa que a tutora queira que eu escreva; vou tirar notas melhores; nunca mais vou retrucar.

— Por favor, mãe, não quero ir para os Estados Unidos — imploro. — Onde é que eu vou morar?

— Ah, não se preocupe, o agente vai tomar conta disso — diz meu pai. — Você vai para a American Preparatory. Fica em Los Angeles. E você vai morar com uma maravilhosa *host family*.

Ele serve minha pena de morte como se fosse sobremesa.

Quatro
Dani

Depois de sair da agência, no ônibus de volta para casa, tento afastar da mente a imagem do rapaz fazendo sexo na mansão. Não tivemos tempo de esperar por Eduardo. Ming e eu saímos de lá o mais rápido que conseguimos, e por causa de suas botas largas ela quase tropeçou na estátua de dragão perto da porta. Já vi muita coisa bizarra nesse trabalho, mas essa é nova. E a forma como ele perguntou "querem participar?", como se fosse um vídeo game? Espero que, quando eu finalmente fizer sexo, seja com um homem que me respeita.

— Mãe? — chamo ao entrar em casa. — Achei que você ia me buscar na agência hoje.

Esperei ela por meia hora, tentando ligar para seu celular.

— Dani! — responde minha mãe no quarto reserva. — Vem aqui me ajudar!

Jogo minha mochila no chão e vou até lá, onde a encontro ajoelhada, tentando pegar alguma coisa debaixo da cama. Há três sacos grandes de lixo ao seu lado, e ela está tirando mais lixo debaixo da cama: jornais, enfeites de Natal antigos, pequenos frascos de shampoo que ela vinha guardando.

— O que você está fazendo? — pergunto.

— Dando um jeito nesse quarto — responde, sentando-se de pernas cruzadas no chão com sua calça de moletom meio branca. De tanto separar as roupas de outras pessoas o dia todo, minha mãe nunca se dá ao trabalho de separar as próprias peças por cor. Ela diz que gasta muita água. Por isso, suas roupas brancas na verdade são acinzentadas.

— Por quê? — pergunto.

Nunca usamos o quarto reserva. Desde que meu pai foi embora, somos só nós duas aqui em casa. Todos os parentes da minha mãe estão lá nas Filipinas. Vi meus avós apenas uma vez, já que eles estão velhos e fracos demais para aguentar a viagem de Manila até os Estados Unidos. Mesmo assim, minha mãe se orgulha do fato de termos um quarto reserva. "Viu só? Não somos pobres. Temos um quarto extra", ela costuma dizer.

— Vou alugar o quarto! — anuncia ela.

— Quê? — A notícia faz minha garganta apertar. — Para quem?

— Uma boa garota da China, você vai gostar dela — diz minha mãe. — Ela vai estudar na sua escola. Os pais dela vão nos pagar dois mil dólares por mês só para ela morar com a gente!

Não sei o que dizer. Dois mil dólares é bem mais do que Ming paga ao Kevin das Cuecas. Por outro lado, vamos ter que abrir mão de muitas outras coisas além do quarto.

Minha mãe faz uma careta.

— Olha, você sabe que os impostos estão aumentando, as cobranças da hipoteca estão acabando com a gente... — diz ela.

Meus olhos se voltam para a pilha de contas em cima do saco de lixo. Ela não precisa me lembrar disso. Meu pai pode ter nos deixado esta casa, mas ela não era dele. Muito longe disso.

— E se nós não mandássemos tanto dinheiro para Lola e Lolo nas Filipinas? — sugiro. Todo mês, minha mãe envia quinhentos dólares para meus avós nas Filipinas. O cheque é a primeira coisa a ir para o correio, antes de qualquer uma das outras contas ser paga.

— Você sabe que eu preciso mandar dinheiro para casa! — protesta minha mãe. — Somos filipinos. É isso que nós fazemos: cuidamos uns dos outros.

Então cuide de nós, tenho vontade de dizer.

— Não vamos brigar. Vai ficar tudo bem. Vamos recebê-la e fazê-la se sentir em casa — diz minha mãe. — Vou fazer comida chinesa para ela. Buscá-la na escola...

É engraçado pensar em como minha mãe vai se lembrar de buscar essa garota, que ela nunca viu na vida, mas não se lembra de buscar a própria filha, *eu*, na agência. Cruzo os braços.

— Então você basicamente vai ser a mãe dela. Está se colocando para alugar.

Posso ouvir a voz do sr. Connelly na minha cabeça, gritando: "Opa! Calma aí!"

Minha mãe coloca as mãos nos bolsos.

— O que você quer que eu faça? — pergunta ela. — Implorar à Rosa por mais dinheiro?

Consigo ouvir o riso estridente de Rosa na minha cabeça. "A pobreza é resultado da preguiça. Uma pessoa inteligente agarra a oportunidade pelo pescoço". Foi o que ela fez quando roubou a ideia da minha mãe. As duas costumavam trabalhar para uma senhora. Faziam a faxina da casa dela juntas. Um dia, minha mãe teve a ideia de elas virarem autônomas e começarem um negócio de limpeza doméstica. Havia cada vez mais famílias chinesas ricas se mudando para cá, comprando casas, e precisavam de pessoas para ajudá-las a mantê-las limpas. Mas antes que minha mãe pudesse fazer isso, Rosa saiu na frente e comprou uma van com o dinheiro do marido. Agora são dez vans e vinte e cinco funcionárias trabalhando para Rosa. De acordo com ela, ideias são baratas, vans são caras.

Minha mãe olha para o colchão com o rosto cansado.

— Meu treinador provavelmente vai me escolher para participar da Snider — digo, esperando que a boa notícia a anime. Desde que me entendo por gente, faço isso para tentar preencher o vazio deixado pelo meu pai.

O rosto dela se ilumina.

— Que ótima notícia! — ela vibra, me puxando para seus braços.

Sorrio e absorvo seu orgulho enquanto ela me segura.

— Mas preciso de silêncio, mãe — digo. — Não dá para ter outra pessoa morando aqui, me distraindo enquanto eu estiver tentando treinar.

Minha mãe afasta minha preocupação.

— Ela não vai te atrapalhar. Além disso, uma distraçãozinha poderia ser boa para você caso...

Eu me afasto. Sei como essa frase vai terminar, e ela está errada. Minha mãe acha que os debates são como uma noite de diversão em Vegas. Tudo que é bom termina com um fim decepcionante. Mas não é o meu caso. Vou mostrar para ela. E, quando eu vencer, nossas vidas vão mudar. Vou entrar em Yale e jamais teremos que nos preocupar com o pagamento da hipoteca de novo.

Vou para a aula de música cedinho no dia seguinte para pegar minha flauta emprestada antes que alguém me veja. Zach também está lá.

Enquanto limpo minha flauta, ele sopra sua clarineta com força demais e faz um som agudo. Ele fica vermelho e pede desculpas. Penso que talvez hoje seja o dia em que vamos finalmente conversar, como em uma daquelas comédias românticas em que a garota nerd de alguma forma acaba ficando com o bonitão e é revelado no final que ela não era realmente nerd, eram só os óculos.

Mas não. Não conversamos. Ele simplesmente volta a tocar sua partitura, e eu fico ali sentada, desejando ser a partitura.

Ming caminha até mim.

— Pronta para o evento de hoje à noite?

A sra. Mandalay requer que os alunos de bolsa integral participem dos coquetéis da American Prep, que ela sempre organiza para arrecadar doações para o patrimônio já inflado da escola. É uma oportunidade para novos pais caírem nas graças dela, geralmente na forma de um cheque com cinco ou seis dígitos. Mas, pelo menos, a comida é boa. Geralmente, preciso fazer um discurso, e Ming faz uma apresentação solo. Todos os novos pais suspiram de encanto e parece um pouco que estamos sendo exibidas em um zoológico. Eu lembro a mim mesma que é um preço pequeno a se pagar. Minha antiga escola tinha mais vistorias de segurança do que um aeroporto.

— Vocês vão para aquele negócio também? — pergunta Zach.

Minha cabeça estala. Ele acabou de falar?

— Vamos sim, e você? — pergunta Ming. Ela sorri para mim, erguendo as sobrancelhas sugestivamente. Ela sabe *tudo* sobre meu crush no Zach.

Ele faz que sim com a cabeça e volta a mexer na palheta de sua clarineta.

Mal consigo parar quieta pelo resto do dia, pensando no fato de que Zach vai estar no evento de hoje à noite. Os bolsistas de esporte geralmente não precisam ir a esses eventos. Se ele for, vai ouvir meu discurso. Caminho pelos corredores, recitando-o na minha cabeça. É o mesmo que fiz no outro dia sobre ranqueamento nas escolas. E precisa ser perfeito. Estou tão imersa no meu discurso que, quando o sr. Connelly me chama no corredor, levo um segundo para responder.

— Dani! — chama ele. Eu me viro. Brincando, o sr. Connelly balança uma mão na frente dos meus olhos. — Terra chamando Dani! O que houve? Pensando no seu namorado? — provoca ele. Coro.

— Não tenho namorado — respondo.

— É mesmo? — pergunta ele. — Ei, fico feliz de ter te encontrado. Estou pensando em te nomear capitã do time para o próximo torneio. Você acha que aguenta a responsabilidade?

Arregalo os olhos. Isso seria *incrível*. Nunca fui capitã do time antes. Geralmente, a capitã é a Heather ou a Audrey. Concordo com a cabeça, entusiasmada.

— Ótimo! — O sr. Connelly abre um sorriso. — Vejo você no treino quarta-feira, Garota Estrondo!

Mais tarde, ainda estou sorrindo quando chego no coquetel anual. Visto meu traje formal de debate: um vestido preto e sapatos de salto, os mesmos que uso nos torneios. E apenas para o *caso* de eu chegar perto de Zach, uma borrifada da amostra de perfume da Lancôme que uma das clientes da minha mãe jogou fora e ela pegou do lixo. O auditório está iluminado e cheio de pais, a maioria da China. Ming está no canto afinando seu violino. Enquanto um garçom me oferece uma taça de água, a sra. Mandalay acena para mim. Seu cabelo ruivo e rebelde balança sobre os ombros à medida que ela caminha até mim em seu macacão poderoso, com a aparência perfeita de uma diretora rígida que sozinha quadriplicou o patrimônio da escola.

— Achei você, Dani! — diz ela. — Pronta?

— Sim, senhora — respondo. Levanto minhas fichas com anotações. Olho ao redor à procura de Zach, mas não o encontro. O sr. Connelly está no canto do salão, conversando com um pai. Ele acena para mim e, quando o pai se vira para pegar outra taça de vinho, finge dar um tiro na própria cabeça.

Contenho uma risada.

A sra. Mandalay sobe no palco e chama a atenção de todos.

— Senhoras e senhores — diz ela. — Sejam bem-vindos ao nosso coquetel beneficente anual. Agradecemos a todos pela valiosa presença esta noite. E quando digo valiosa, quero dizer *valiosa*.

Uma onda de risos atravessa o salão. A sra. Mandalay é campeã olímpica em eventos para angariação de fundos. Ela consegue tirar uma moeda de vinte e cinco centavos de um esquilo. Uma vez ela conseguiu tirar duzentos dólares da minha mãe, um cheque que, felizmente, era sem fundo. Desde então, mandei minha mãe passar longe desses eventos.

Sou a primeira a me apresentar. A sra. Mandalay me conduz até o púlpito.

Ao atravessar o palco, olho ao redor do salão cheio de pessoas. Há pais de alunos cheios de expectativa misturados a ex-alunos entediados que foram obrigados pela culpa a participar. Sorrio para eles. Para mim são todos iguais. Acolho toda oportunidade de incendiar qualquer plateia.

Hoje não é exceção. Enquanto profiro minha última frase, o salão grita "Bravo!" Os alunos aplaudem, enquanto os pais arregalam os olhos. Sei o que estão pensando: *Uau. Quero que meu filho fale como essa garota. Se eles estudarem nesta escola, talvez falem.* Um por um, eles tiram seus cheques da carteira.

— Danielle De La Cruz — diz a sra. Mandalay, radiante. Ela olha para mim e balança a cabeça, satisfeita. — Temos muito orgulho de ter alunos como a Dani em nossa escola, graças às generosas doações ao nosso fundo anual!

A multidão vibra. Quando Ming sobe no palco com seu violino e enche o salão com o som reconfortante de Brahms, o público pega seus celulares e tira fotos da talentosa jovem prodígio.

Quando Ming termina, o salão irrompe em aplausos estrondosos. Ela agradece com uma reverência e caminha até o microfone com seu violino. Lentamente, ela começa seu discurso, um que já ouvi muitas vezes antes, descrevendo como era uma garota pobre em um vilarejo na China, apaixonada pelo violino, um instrumento que seus pais não entendiam nem sabiam como custear, quando a sra. Mandalay lhe ofereceu a oportunidade de vir para os Estados Unidos.

Ming olha para nossa diretora.

— Obrigada, sra. Mandalay. A senhora me deu a oportunidade de ser quem eu sou — diz com um sorriso. Ela enuncia a frase com uma combinação perfeita de emoção, a plateia adora. A sra. Mandalay põe uma mão sobre o coração. Faço uma anotação mental para perguntar à Ming mais tarde se a fala dela foi sincera mesmo ou se era apenas parte da performance.

Em seguida, a sra. Mandalay prossegue para o leilão, e Ming e eu saímos do palco enquanto pais alegremente bêbados fazem lances em itens inúteis como um tour personalizado pela cidade conduzido por um aluno de ensino médio. Resisto à vontade de me jogar em uma das cadeiras e tirar meus saltos com um chute, sei que não posso. Todos temos um papel a desempenhar. O meu é sorrir e agradecer.

O sr. Connelly caminha até mim e me dá um abraço.

— Você foi ótima — diz. Eu o apresento para Ming e ele também a parabeniza, contando como os professores se sentem orgulhosos e honrados por tê-la na escola. Antes de ir embora, o sr. Connelly se inclina e sussurra no meu ouvido: — É melhor ir se acostumando. Você vai ter que fazer *um monte* desses eventos quando entrar em Yale.

Sorrio. Depois que ele vai embora, eu me viro para Ming e lhe pergunto se ela viu Zach. Ming arregaça as mangas compridas de seu vestido formal de veludo e faz que não com a cabeça.

— Ei, você estava falando sério quando disse que a sra. Mandalay mudou a sua vida? — pergunto. Ela assente.

— É porque seus pais não entendem por que você toca violino?

Ela nega com a cabeça. Ming se aproxima, como se quisesse me contar um segredo, então hesita. Franzo as sobrancelhas, como quem diz *o que foi?*

— Não, é porque eu sou gay — diz ela finalmente.

Cinco

Claire

Fico encarando minha professora de chinês na aula. A falta de ética dela me condenou a uma vida de hambúrgueres americanos.

No almoço, meus amigos se reúnem ao meu redor, analisando os prós e contras de eu estudar fora enquanto olho para Teddy. Ele está sentado à mesa dos alunos do último ano com os amigos, mas não está conversando com eles. Seu arroz permanece intocado enquanto ele olha o celular. Mando uma mensagem para ele:

> No que você está pensando?

Teddy ergue os olhos na minha direção, mas não me responde. Em vez disso, guarda o celular. Está bravo. Não me disse uma palavra desde que dei a notícia hoje de manhã.

Espero por ele depois da aula e fazemos o caminho mais longo para casa, onde ficava o Antigo Portão Norte. Xangai costumava ter muitos portões, que separavam as concessões na Antiga Xangai. Havia a antiga concessão francesa, onde viviam as autoridades francesas. Havia os enclaves britânico e americano, cedidos como consequência da Guerra do Ópio.

Penso sobre isso, sobre todas as concessões que já fiz ao longo dos anos, pedaços de mim talhados para agradar meus pais. Talvez esse seja apenas mais um. Gosto de pensar que, assim como Xangai, algum dia vou recuperar todos os meus pedaços.

Olho para Teddy. *Diga alguma coisa*. Pegamos um atalho pelo Parque do Povo. Ele encara os guarda-chuvas abertos no chão, com os dedos nos bolsos. É dia de mercado de casamentos. As calçadas estão cheias de guarda-chuvas. Em cada um deles, há um pedaço de papel que anuncia uma moça solteira. São chamadas de "as mulheres que sobraram", uma expressão para se referir a mulheres de mais de trinta anos que ainda não se casaram, um destino considerado pior que a morte. Mães desesperadas lotam os parques tentando arranjar maridos para as filhas através de um guarda-chuva — sem dúvida, esse é o pior pesadelo da minha mãe.

— Indo pra lá, você vai se apaixonar por um daqueles americanos narigudos — Teddy finalmente diz. Sua voz é crua e vulnerável. Eu não tinha ideia de que ele estava sofrendo tanto.

— Não vou! — prometo.

— E vai ser tão injusto, porque eles não vão nem apreciar o quanto você é bonita — Teddy continua. — Para eles, todas as garotas chinesas são iguais! Ficariam igualmente felizes com a feiosa da Yan!

Yan é uma garota da nossa escola que tem olhos pequenos e sem dobrinhas. Eu tenho dobrinhas e longos cílios, que causam inveja nas minhas colegas. Mas o que elas não sabem é que eu também não tinha as dobrinhas até minha mãe me levar para a Coreia do Sul, por sugestão da minha avó, para fazer uma cirurgia plástica nos olhos quando eu tinha dez anos. Aposto que Yan também ficaria bonita se fosse para a Coreia.

— Nada vai mudar. Vamos nos falar por Skype todo dia. Às seis da manhã no horário da Califórnia, nove da noite no horário da China — eu lhe prometo.

Ele sacode a cabeça como se não acreditasse em mim. Abre os lábios e acho que vai dizer para eu me esforçar mais e convencer meus pais a mudarem de ideia, mas em vez disso ele me beija com força na boca. Seus lábios são vorazes e suas mãos viajam rápido da minha bochecha ao meu pescoço.

— Uau — digo, me afastando dele. Tento recuperar o fôlego. As mães dos guarda-chuvas lançam um olhar de reprovação para Teddy.

— Ah vai, quero que você se lembre de mim — diz ele.

Balanço a cabeça para ele.

— Não — digo. Não desse jeito. — E como assim *lembrar* de você? Eu ainda vou ser sua namorada!

— Isso é o que você diz, mas não vai — ele rebate. — Você vai conhecer algum outro cara e vai...

Dou um passo em sua direção. Nossas mãos se tocam.

— Não vou — digo.

Um homem vendendo rosas em um triciclo passa por nós. Teddy baixa os olhos para os guarda-chuvas e murmura:

— Talvez seja melhor a gente terminar.

— O quê?

— Bom, você vai embora e eu vou fazer o *gaokao* em breve — diz ele.

Não acredito. Ele ainda tem a audácia de usar o *gaokao*, dentre todas as coisas, para terminar comigo.

— Tá bom. Você quer terminar? Então vamos terminar. — Solto a mão dele e começo a correr.

Teddy grita:

— Claire, espera!

Mas é tarde demais. Disparo pela rua e chamo um taxi, sentindo as lágrimas se acumularem nos meus olhos.

Dois dias depois, encontro uma grande caixa preta esperando por mim na mesa da sala de jantar. Espero que seja de Teddy, como um pedido de desculpas. Não nos falamos desde o dia no parque, embora eu tenha passado horas grudada na nossa conversa no WeChat, vendo fotos antigas de nós dois.

— Chegou hoje à tarde — diz Tressy, colocando um prato de frango frito sobre a mesa. Enfio um pedaço na boca.

— Você está me preparando para a comida americana? — pergunto. Tressy foi minha babá e é nossa empregada desde os meus cinco anos. Sua origem filipina é o único motivo de eu falar inglês tão bem.

O sabor delicioso da asinha de frango — dourada, frita com perfeição — me pega desprevenida. Mais uma razão para eu não ir embora: Tressy cozinha bem demais.

— Você não pode contar para minha mãe que eu comi isso — digo. — Fala para ela que eu estou tão triste que não comi nada.

Tressy promete que não irá contar. Ela é boa assim, sempre foi. Entusiasmada, ela aponta para a caixa:

— Você não vai abrir?

Limpo os dedos em um guardanapo e abro a caixa. Dentro dela está uma bolsa Prada rosa-bebê. Couro de novilho. Afago o material macio e fofo, imaginando que roupas combinariam melhor com ela, e fecho os olhos ao pegar o cartão. Por favor, que seja do Teddy.

Querida Claire,

Espero que goste da bolsa. Você pode usá-la nos Estados Unidos!

Com carinho,

Papai

Jogo o cartão e a bolsa de volta na caixa. Tressy parece confusa.

— O que foi?

Minha mãe atravessa a porta enquanto conversamos.

— Ah, Claire, que bom, você está em casa. Acabei de almoçar com sua Nai Nai. Ela achou maravilhoso você ir para os Estados Unidos! Isso é...? — Minha mãe aponta para a caixa, entusiasmada.

— Não vou ficar com ela — respondo.

— Como assim, não vai ficar com ela? Você não gostou? — Faz uma careta e examina a bolsa. — É bem rosa mesmo. Você pode devolver e comprar outra coisa.

Minha mãe é a rainha de devolver presentes e ficar com o dinheiro. Na verdade, foi assim que ela começou a namorar meu pai. Ele comprava coisas para ela, que ela aceitava para poder devolver e mandar o dinheiro para a mãe. Mesmo agora ela brinca que, se algum dia meu pai a deixar, vai vender todas as bolsas Birkin que possui, que podem render alguma coisa entre oitenta e oitocentos mil dólares de Hong Kong, e investir o dinheiro em um bom apartamento por lá.

Ela caminha até mim e repousa as mãos nos meus ombros.

— Essa é uma grande oportunidade. Sabe, quando eu tinha a sua idade, morreria por uma chance de ir para os Estados Unidos — diz.

Ela olha pela janela, para o lago artificial que fica na frente da nossa casa. Vejo o seu reflexo no vidro.

— E por que a senhora não foi? — pergunto. Claro, devolver presentes pode render um dinheiro fácil, mas por que ela não foi atrás dos próprios sonhos?

— Teria sido diferente se eu tivesse nascido homem... — Ela suspira. — Ou se tivesse tido um filho. — Ela acrescenta a última parte tão baixinho que eu quase não a ouço. Mas acabo escutando, e aquilo me perfura.

— Não posso fazer nada se vocês só têm a mim — digo.

De acordo com Tressy, depois que eu nasci, minha mãe tentou engravidar de novo, mas toda vez ela acabava sofrendo um aborto. Eu era pequena demais para entender, mas me lembro de ouvir minha avó falando sobre isso uma vez, como era uma pena para a minha mãe não poder dar um filho ao meu pai. Minha mãe derrubou a xícara que estava segurando no chão. Foi a única vez em que eu a vi ficar brava com minha avó em público.

Ao ver sua expressão agora, sei que a dor não se foi completamente.

— Desculpa, mãe. É só que... não quero ir para os Estados Unidos.

— Eu sei. Também não quero. Você é tudo que eu tenho. — Ela estende a mão e toca minha bochecha. Quando fala novamente, sua voz está carregada de determinação: — E é por isso que você precisa ir.

Balanço a cabeça.

— E se alguma coisa der errado?

Ela tira seu iPhone da bolsa.

— Estou a uma ligação de distância. Se alguma coisa der errado, vou até você na hora — promete ela.

Olho para o celular tentando não pensar no fato de que na metade das vezes que ligo para ela não sou atendida porque está sempre em alguma sessão de massagem.

— E com quem eu vou morar? — pergunto.

Minha mãe sorri.

— Com a família De La Cruz — responde ela. — Eles têm uma filha da sua idade. O nome dela é Dani.

Seis
Dani

No dia seguinte, no almoço, pego uma mesa nos fundos para Ming e eu. Não acredito que ela nunca me contou que é lésbica. Será que ela tem uma namorada? Será que mais alguém sabe? Mas, antes que eu possa lhe fazer qualquer uma dessas perguntas, Zach se aproxima. Levo um momento para processar que ele está aqui, bem na minha frente.

— Oi — diz ele, colocando a bandeja de comida sobre a mesa.

Minha boca está cheia de sanduíche, então não posso dizer "oi" de volta. Olho ao redor do refeitório em busca de Ming e a encontro perto do canto do sushi, colocando pacotinhos de molho de soja no bolso.

— Você foi ótima ontem à noite — diz Zach.

Minhas bochechas pré-aquecem como um forno de Ação de Graças. Então ele estava mesmo lá!

— Você acredita mesmo naquelas coisas que você falou? — pergunta.

— Que coisas?

— Sobre como é errado ranquear as pessoas. Só porque alguém foi burro em algum momento, não quer dizer que vai ser burro pra sempre. Você realmente acredita nisso? — Ele olha para mim com os olhos azuis arregalados.

— É só que... não é... tipo... ideal... é... não sei — digo. Por que é que quando estou em um púlpito, consigo pensar em frases eloquentes, mas quando estou fora do palco, sou incapaz de encontrar as palavras e acabo soando igual a um sapo?

Zach joga uma batata chips na boca.

— Eu também — diz ele, balançando a cabeça enquanto mastiga.

— O que você disse.

Sorrio. Agora somos dois sapos.

— Ei, o que você acha de me dar umas aulas qualquer dia desses? — pergunta.

Meu rosto se desmancha como o Puto Seko da minha mãe quando estraga.

— É que você é muito inteligente. Fica sempre lendo quando o sr. Rufus não está olhando — ele comenta.

Vitória! Ele também tem prestado atenção em mim na aula de música!

— E eu preciso manter uma média de 3.0 para minha bolsa de esportes.

— Também sou bolsista — digo.

— Mas você é, tipo, uma gênia. E eu sou... — Ele ri de nervoso. — Acho que dá para dizer que eu não sou a faca mais afiada da gaveta. Tô mais pra colher. — Ele baixa os olhos para os talheres de plástico na minha bandeja. — Só pensei que, por causa do que você disse no seu discurso, talvez você fosse querer me ajudar... mas, se você não quiser... quer saber? Esquece!

— Não, não, não — digo. Estico o braço para pegar a bandeja dele. *Fica.* — Eu adoraria te ajudar.

— Sério? — ele questiona.

— Sério, é claro — pergunto a ele com quais matérias precisa de ajuda enquanto Ming caminha na nossa direção. Ela nos vê conversando, para de andar, dá meia-volta e retorna para o canto do sushi.

— Com todas — confessa ele.

— Tudo bem — digo. Pego meu celular para trocarmos nossos números. — Vamos fazer um cronograma.

— Muito obrigado. — Ele abre seu sorriso com covinhas e sinto a dopamina encher as minhas veias. — Você está sendo tão legal, nem dá para acreditar.

Quero dizer a ele que não é isso. *É porque eu gosto de você. É por isso que fico ansiosa pela aula de música mesmo odiando, só para poder me sentar do seu lado por quarenta e cinco minutos, dia sim, dia não. É por isso que venho tentando deliberadamente ficar pior na flauta só para continuar na última cadeira e poder me sentar do seu lado.* Mas não falo nada disso. Só sorrio e digo:

— É claro.

Mais tarde, naquele mesmo dia, estou ajoelhada em uma casa em North Hills, limpando o vinho derramado em alguma festa, quando ergo os olhos e vejo Heather, minha colega da equipe de debate. Ela abre a porta para um cara mais velho. *Essa é a casa dela?* Levanto a máscara cirúrgica que Rosa me obriga a usar.

— Muito obrigada por ter vindo — ela diz ao homem, deixando-o entrar. — Só preciso que você faça um primeiro rascunho do meu discurso. O tema é "taxação de heranças a 100%".

Fico boquiaberta. Quem é esse cara? Ela quer que ele *faça um rascunho* do discurso dela? Esse é o assunto do nosso debate de quarta-feira.

— Sem problemas — diz ele. — Acabei de debater esse tema com meu time semana passada. Nós vencemos a UCLA em El Camino.

— Bom, vê se maneira um pouco, treinador Evans. — Ela ri enquanto o conduz até o sofá e a mesa de centro. — Ainda estou no ensino médio, lembra?

Meu Deus. A Heather está *comprando* discursos de um treinador de debate de faculdade?

Durante a meia hora seguinte, fico escutando o treinador Evans fornecer a Heather cada frase, exatamente o que ela precisa dizer para vencer o debate. Quando terminam, a mãe dela desce as escadas com a carteira. Ela lhe paga quinhentos dólares em dinheiro vivo.

— Vai haver um bônus se ela conseguir ir para a Copa Snider — diz ela. — E, é claro, os dez mil dólares sobre os quais conversamos pela carta de recomendação.

O treinador Evans assente enquanto coloca o dinheiro no bolso de seu casaco da faculdade. O tempo todo permaneço sentada a poucos metros de distância, completamente invisível, esfregando o carpete de lã marfim até meu dedo ficar vermelho e a mancha de vinho penetrar profundamente as minhas unhas.

Sete

Claire

Nas semanas que antecedem minha partida, meu pai passa todas as noites em casa. Meus pais estão unidos novamente pela feliz notícia de que vou para os Estados Unidos. Eles me levam até o agente de intercâmbio, um cara que sorri para mim com dentes serrilhados e amarelados. Diz que está tudo pronto para minha chegada e que a família que vai me receber está super empolgada. Meus pais escolheram os De La Cruz por imaginarem que eu me sentiria mais confortável com uma família filipina, já que Tressy cuidou de mim a vida toda. Eles me levam ao consulado para tirar meu visto para a operadora de plano de saúde para fazer um plano internacional. Meu pai me dá um cartão de crédito *platinum* da American Express com um limite absurdamente alto e me diz para usá-lo somente em emergências. Minha mãe me diz para usá-lo sempre que quiser.

    Minha avó organiza uma festa de despedida para mim, com a presença de todos os meus tios e tias. Nai Nai me parabeniza por ser a primeira dos seus netos a estudar fora, enquanto meus pais assistem orgulhosos e meus primos reviram os olhos. Dou uma checada no meu celular. Teddy e eu ainda não nos falamos desde aquele dia no parque. Não acredito que nosso namoro realmente acabou.

    Minhas amigas e eu vamos a um karaoke pela última vez enquanto minha mãe corre pela cidade fazendo compras de última hora. Ela compra uma mochila nova da MCM, maquiagem da Shu Uemura, produtos de beleza da Dior e uma jaqueta da Moncler, que eu coloco de volta na sacola.

    — Mãe, eu te disse, em LA sempre faz calor.

Ela pega a jaqueta, acrescenta-a à minha montanha de roupas e diz "nunca se sabe". Então despeja meio quilo de máscaras faciais da Taobao na minha cama. Pego uma, confusa.

— Pra que isso? — pergunto. Há máscaras pretas e cinzas de espessuras variadas. Escolho a mais grossa e a coloco. Quando respiro, ela faz um som de *uuufff*, como alguma coisa saída de *Star Wars*. — Nós nem usamos isso aqui!

Minha mãe revira os olhos.

— Isso é porque a poluição daqui cobre os raios ultravioleta. Mas, nos Estados Unidos, faz sol o tempo todo. — Ela aponta um dedo para mim. — Não quero que você volte bronzeada!

Fecho os olhos, sentindo a fúria e a frustração crescendo dentro de mim. Volto ao tempo em que tinha doze anos e minha mãe me fez sair do time de natação. Na época, ela me disse que, segundo o treinador, eu não tinha potencial.

Nadar era a minha paixão. Eu amava o modo como a água me protegia do mundo lá fora. Era a única atividade que eu fazia por *mim mesma*. Em lágrimas, fui me despedir do meu treinador e agradeci por todos os anos de treinamento. Pedi desculpas por tê-lo feito desperdiçar tanto tempo. Foi então que descobri que ele nunca havia dito aquelas palavras. Minha mãe só não queria que eu continuasse nadando porque estava com medo de eu ficar musculosa demais.

Explodi de raiva quando cheguei em casa e ela colocou a culpa na minha avó. Mas eu estava brava com a minha mãe. Você não é melhor do que uma mulher louca de setenta e quatro anos quando sempre baixa a cabeça para tudo que ela diz.

Aperto as máscaras de proteção facial na mão. Talvez sair daqui não seja uma coisa tão ruim. Finalmente vou poder recuperar o controle da minha vida.

No caminho até o aeroporto, fico encarando a tela do meu WeChat. Ainda nada de mensagem do Teddy. Ele deve saber que vou partir hoje. Minhas amigas estavam super emocionadas na escola ontem, até me deram flores e balões. Clico no nome dele para escrever uma mensagem.

> Oi. Só queria me despedir. Vou viajar hoje...

Paro e deleto a mensagem.

— O motorista vai pegar vocês no LAX — diz meu pai ao chegarmos no Aeroporto Internacional de Pudong. — O nome dele é Tong. Nós o usamos o tempo todo.

Minha mãe, que vai comigo para Los Angeles, adiciona o contato de Tong no celular enquanto Patrick, nosso motorista, estaciona o carro. Nós saímos e Patrick começa a descarregar todas as nossas malas — são muitas, ainda bem que vamos viajar na classe executiva. O celular do meu pai logo começa a tocar.

Quando todas as malas estão no carrinho, ele desliga a ligação e entramos no aeroporto para fazer o check-in. Enquanto a mulher no balcão da classe executiva nos entrega nossos cartões de embarque, ouço alguém chamando meu nome. Eu me viro e vejo Teddy correndo na nossa direção. Ele carrega um buquê de rosas e um cartão.

— Claire! — exclama.

Teddy joga os braços ao meu redor em um abraço desajeitado entre flores e cabelos. Espero ele recuperar o fôlego enquanto meus pais nos encaram, perplexos.

— Me desculpa — diz. — Eu fui um idiota.

Eram essas as palavras que eu estava esperando, quase como que forçando-as a aparecer no meu celular enquanto encarava a tela. Sorrio para Teddy e o beijo, um beijo longo e molhado que faz meu pai desviar o olhar.

— Tudo bem — digo.

Teddy pega o buquê e o estende para mim com o cartão. Sorrio enquanto fungo.

— Vou esperar no Skype toda noite — diz ele.

— Eu também — prometo.

Fico na ponta dos pés e o abraço mais uma vez enquanto ele sussurra "eu te amo" no meu ouvido. Meu pai se aproxima, lança um olhar severo para Teddy e me lembra de que é hora de ir. Relutantemente, solto a mão do meu namorado. Abraço meu pai com o olhar ainda colado nele. Minha mãe me puxa de leve e eu a sigo, acenando para Teddy e meu pai enquanto passamos pela segurança.

Quando olho para trás, os dois já se foram.

No avião, as lágrimas vêm. Minha mãe está sentada no outro lado do corredor, compenetrada demais assistindo a uma série de TV para perceber.

Eu me obrigo a esperar para abrir o cartão de Teddy, espalhando gel refrescante de pepino nas minhas pálpebras para minimizar o inchaço causado pelas lágrimas. Bebo até não conseguir pensar em mais nada, virando uma taça de champanhe atrás da outra. A comissária de bordo não repara, nem se importa.

Quando não consigo aguentar mais, abro o cartão. Teddy escreveu as palavras "NÃO ME ESQUEÇA" em letras maiúsculas. Embaixo, desenhou três garotos com lápis de cor. Dois são americanos, um loiro e outro ruivo. Ele fez os garotos americanos parecerem feios, com pele alaranjada e espinhas por todo o rosto. Como se isso não fosse suficiente, há um x sobre ambos. O terceiro garoto está circulado. É um autorretrato de Teddy, um garoto chinês sorridente com as palavras "Eu é da Claire" tatuadas em inglês no braço.

Dou uma gargalhada com a tatuagem gramaticalmente incorreta e sinto tanta saudade dele que quero puxar a alavanca da saída de emergência e pular do avião. Começo a chorar feio de novo.

Dessa vez, minha mãe se ajeita no assento. Ela desafivela o cinto, vem até mim e coloca um braço em volta dos meus ombros.

— Está tudo bem. — Ela tenta me acalmar.

— Não tá tudo bem! — exclamo aos soluços. — Vocês estão me mandando para outro país para morar com estranhos!

Minha mãe vasculha sua bolsa Saint Laurent em busca de lencinhos.

— Você está fazendo um escândalo — diz, me mandando parar.

Ela me entrega uns lencinhos e me diz para secar o rosto. Mas o lenço é muito áspero e só me faz chorar mais. Minha mãe desiste e volta para sua poltrona. Pelo resto da viagem, ela enfia a cabeça em uma revista e finge que não me conhece.

Oito
Dani

Minha mãe anda de um lado para o outro pela casa, roendo as unhas nervosamente enquanto tira o pó dos móveis.

— Tudo tem que estar perfeito — diz ela.

Estamos no quarto reserva, tentando levar o colchão para o quarto da minha mãe. O cheiro de Adobo flutua vindo da cozinha. Estamos trocando os colchões para que Claire, nossa hóspede, fique com o bom.

Tento não franzir o nariz enquanto movo a cama. Nós encontramos esse colchão jogado na calçada. Tinha o tamanho perfeito e estava em bom estado, mas ficou no lixo por tanto tempo que, mesmo agora, se você aproximar o nariz, ainda cheira a casca de banana e vinho azedo.

O fedor me faz pensar em hoje mais cedo, quando estava limpando o carpete na casa da Heather. Não dá para acreditar que ela está comprando uma vaga na Snider, nem que um treinador de debate de faculdade está disposto a escrever os discursos para ela, trocando a coisa mais importante que um debatedor pode ter, seus princípios, por dinheiro! O privilégio me enoja. Se é isso que meus colegas de time estão fazendo, será que eu tenho alguma chance?

— Dani! — grita minha mãe, me arrancando dos meus pensamentos. Suas unhas estão afundando no colchão. — Vai, faz uma força aí!

— Desculpa — digo. Eu a ajudo a arrastar o colchão pelo carpete marrom desgastado. — Você tem certeza de que quer fazer isso?

— Certeza absoluta — responde ela. — Ela é nossa hóspede. Tem que ficar com a cama boa.

Não acredito que minha mãe está abrindo mão do colchão ortopédico. É o seu bem mais precioso, a única coisa decente que meu pai deu para ela antes de ir embora. Eles o escolheram juntos. Ela já me contou a história milhares de vezes, como os dois se deitaram na cama, ela com a barriga grande, ele com os sapatos sujos, que tirou antes de se deitar na cama na loja. Menos de um ano depois, quando eu mal tinha seis meses, ele a deixou. Mas, naquele momento, ela disse que foi como se estivesse deitada em uma nuvem. E agora ela está dando a nuvem dela para uma garota que nunca viu na vida.

— Eu realmente acho que a senhora está exagerando — aponto.

Minha mãe para de arrastar o colchão por um segundo.

— Você nunca conviveu com gente rica antes — diz ela. Há muito tempo, minha mãe trabalhou para uma família rica em Hong Kong como "ajudante". É assim que as pessoas lá chamam as empregadas domésticas que moram com elas.

Eu teria me sentido humilhada se tivesse trabalhado como ajudante, mas minha mãe ainda fala disso com orgulho. Como a Madame era tão importante e o Sir, tão bem-sucedido. Como eles a levavam para viagens e sempre ficavam nos melhores hotéis porque "a Madame nunca se hospedava em nenhum lugar que tivesse menos de cinco estrelas". Como os pequenos John e Bennie, os dois garotos dos quais ela cuidava, eram tão adoráveis. Ela fala sobre eles como se fossem seus próprios filhos.

Às vezes, acho que ela prefere sua família falsa à verdadeira. Acho que uma parte dela se arrepende de tê-los deixado, vindo para cá e me tido. Nessas horas, eu me sento no colchão rançoso no quarto reserva com os joelhos encostados no peito, pensando em como vou provar para ela. Provar que eu consigo. Vou me dar bem neste mundo, mesmo se todos ao meu redor estiverem trapaceando.

— Certo, todos prontos? Heather, você vai primeiro! — o sr. Connelly anuncia na quarta-feira.

Estamos praticando no auditório, e Heather sorri ao se levantar e subir no púlpito. Aperto as mãos com força, torcendo para ela não usar o discurso que comprou do treinador Evans, torcendo para ela ter, de alguma forma, caído em si, mas a garota enuncia cada frase que ele lhe forneceu. Enquanto recita todos os gloriosos motivos pelos quais deveríamos taxar heranças a 100%, quase dou risada, porque tenho certeza de que, se nós realmente taxássemos heranças a 100%, ela não seria capaz de pagar pelo discurso que acabou de fazer.

— *U-au!* — exclama o sr. Connelly, dando um tapa na poltrona à sua frente e pulando quando ela termina. — Isso foi incrível, Heather!

A expressão de Heather é radiante.

Sou a próxima. Esfrego as mãos suadas nos meus jeans. Caminho até o púlpito e me esforço ao máximo para debater os méritos, embora seja extremamente difícil competir com um treinador de debate de faculdade de quarenta anos bicampeão nacional disfarçado de adolescente, que efetivamente Heather é.

— Isso foi... bom — diz o sr. Connelly. Posso sentir sua decepção ao me apoiar no púlpito e estreitar os olhos diante da luz. — Mas tente por um pouco mais de emoção na próxima vez.

Assinto, jogando meu peso para outra perna enquanto absorvo o sorriso satisfeito de Heather. Quando volto para meu lugar, o sr. Connelly se vira para mim e pergunta:

— Algum problema? Geralmente você é afiada.

É que a Heather está trapaceando, tenho vontade de dizer. Em vez disso, balanço a cabeça e me comprometo a fazer melhor da próxima vez.

No final do treino, o sr. Connelly calcula nossas pontuações e anuncia quem vai liderar o time no nosso próximo torneio em Irvine.

— Heather! — diz ele. E me puxa de lado. — Sinto muito, Dani. Eu realmente queria que fosse você. Mas são as pontuações que decidem. E as da Heather são maiores.

Heather vem até nós, mascando um chiclete ruidosamente enquanto põe uma mão no meu ombro.

— Bom, sempre tem uma próxima vez, Garota Estrondo!

Ming me encontra depois da escola. Nós duas caminhamos até a agência juntas. Chuto uma pedrinha ao contar para ela o que aconteceu com Heather.

— Isso é tão zoado. E eu pensando que as coisas eram diferentes nos Estados Unidos. — Ela afunda os ombros, cansada de carregar o estojo do violino. Notei que ela bordou as palavras *Fêmea Feroz* nele. — Comprei o fio na Joanne. — Ela sorri, notando meu olhar, referindo-se à loja de tecidos da cidade vizinha. Ela troca o estojo de ombro. — Enfim, você ainda vai ganhar dela, vai por mim. Alguma coisa vai atrapalhar ela no torneio. Ela não consegue decorar tudo.

É isso que venho dizendo a mim mesma. Ainda assim, a injustiça incomoda. Ming chuta uma pedrinha para mim e me conta sobre seu *host dad*.

— Ontem ele me ofereceu cerveja. Eu falei que não bebia, e ele ficou bravo e disse que beber é parte da cultura americana — diz ela.

— E aí, o que você fez? — pergunto.

— Bom, ele começou a gritar sem parar, e um dos filhos dele começou a chorar. Então dei um gole.

Eita. Paro de andar. Sei que andamos brincando bastante sobre o Kevin das Cuecas, mas isso parece sério. *Forçar uma menor de idade a beber?* Pergunto a Ming se ele já fez isso antes.

Ela faz que não com a cabeça.

— Não — responde Ming. — E, sério, eu dou conta. Vai por mim, já vi coisa pior.

Não sei o que isso significa.

— Por que você não fala isso para a escola? — pergunto. — Talvez eles consigam te transferir para outra família.

— Não quero causar problemas. A escola já tem sido tão gentil e generosa — diz ela.

Caminhamos pelas silenciosas ruas do bairro. Olho de soslaio para Ming. Ainda não tivemos uma chance de falar sobre aquilo que ela me contou.

— Então... os seus pais sabem? Que você é gay?

— Nem sonham — diz ela. — Espero que nunca saibam.

Ming chuta outra pedrinha e eu examino o rosto dela.

— E o pessoal da escola? — pergunto.

— Você é a primeira pessoa para quem eu contei.

Uau. Guardo a honra no coração.

— Tenho muito orgulho de você — digo.

Ming sorri ao erguer uma mão para proteger os olhos do sol.

— Obrigada — diz ela. — É muito bom ter alguém que sabe.

— Você vai começar a contar para outras pessoas? — pergunto.

— Talvez. — Ming dá de ombros. — Mas não em casa. — Ela solta um suspiro longo e cansado. — A China é diferente daqui. Minha família nunca vai entender.

Enquanto ela ergue os olhos para as palmeiras e o vasto céu azul, penso em como as coisas deviam ser difíceis para ela querer deixar a família e vir morar com estranhos em um país estrangeiro.

Nove

Claire

Chegamos ao Aeroporto Internacional de Los Angeles. O motorista nos busca em uma suv da Mercedes. Eu me sento no banco de trás, olhando pela janela para as palmeiras e as muitas pessoas andando de chinelo nas ruas.

— Por que todo mundo aqui sai como quem acabou de acordar? — pergunta minha mãe, horrorizada com as calças de moletom dos pedestres.

— Bem-vinda aos Estados Unidos, onde todos andam por aí com roupas de academia, mas nunca vão para a academia! — exclama o motorista, animado.

Minha mãe balança a cabeça em reprovação enquanto eu pego meu celular, abro o aplicativo da Amazon e começo a comprar chinelos. Quando em Roma, faça como os romanos.

— Nem pense nisso — diz minha mãe, agarrando meu celular. — Filha minha não sai vestida por aí desse jeito.

— Ei! — protesto, esticando o braço para pegar o celular.

Ela o devolve e se vira para o motorista:

— O que mais é diferente?

— Ah, muita coisa. É bom tomar cuidado, principalmente à noite. As pessoas aqui têm armas — diz ele.

Levamos duas horas e meia para chegar a East Covina, Califórnia, onde ficam minha escola e a casa da família que vai me hospedar. Eu achava que o trânsito de Xangai era ruim, mas não é nada comparado ao trânsito de Los Angeles. Quando chegamos, já são seis da tarde, tarde demais para ir à escola, então vamos direto para a casa da família.

Noto que há muitas placas em chinês em East Covina. As lojas, os restaurantes e até os bancos têm placas escritas em chinês. Se não fosse pelas palmeiras, eu diria que ainda estávamos em Xangai. Esfomeada, aponto para um dos restaurantes, o Sizzling Sichuan Garden, e pergunto se podemos parar e comer lá. Minha mãe faz que não com a cabeça.

— Eles estão nos esperando — diz ela. — Tenho certeza de que terão preparado um jantar.

Chegamos à casa da família dez minutos depois. É muito menor do que nossa mansão em Xangai. Mal tem um quintal e fica espremida no meio de duas casas muito maiores.

Minha mãe se vira para mim e comenta:

— Feng Shui ruim.

Na mesma hora, a porta telada se abre com um rangido e uma senhora filipina aparece. Ela é pequena e tem um rosto amigável, que me lembra Tressy, e instantaneamente sinto saudades dela.

— Vocês são os Wang? — pergunta a sra. De La Cruz. Radiante, ela cumprimenta o motorista com um aperto de mão. — Você deve ser o sr. Wang.

— Não, não, ele é meu motorista — interrompe minha mãe, rindo da ideia. Ela estudou teatro e inglês na faculdade, então seu inglês falado é decente, para ser honesta. — Sou a sra. Wang. Está é a Claire.

Sorrio educadamente.

— Claire, é um prazer conhecê-la! Sou Maria De La Cruz — diz ela. — Minha filha, a Dani, tem a sua idade.

Sigo o olhar dela até a casa e vejo uma garota magra, com densos cabelos ondulados e óculos, segurando um livro, parada atrás da porta telada. Enquanto isso, a sra. De La Cruz pega uma das nossas malas e começa a levá-la para dentro da casa.

— Vem, deixa eu te mostrar seu quarto — diz ela. — Está prontinho para você!

Seguimos a sra. De La Cruz. Murmuro "oi" para a garota ao passarmos por ela, e ela murmura "oi" de volta. Claramente, está tão animada com a minha presença aqui quanto eu.

A sala de estar é pequena e tem poucos móveis. Há um sofá cinza, uma mesa de centro, um armário com uma cruz pendurada mais acima na parede e uma TV. É isso. É tão vazia que me lembra o interior do quarto de Tressy. Ainda me lembro da primeira vez que entrei lá. Tinha seis anos. Lembro de olhar ao redor, para sua pequena cama e seu guarda-roupa, e ficar confusa. Perguntei-lhe por que ela não dormia em um dos quartos de hóspedes no andar de cima, e ela respondeu que era porque não era da família.

— É claro que é — insisti. Ela passava mais tempo tomando conta de mim do que minha própria mãe. Tressy se agachou e colocou suas mãos quentes ao redor das minhas pequenas bochechas.

— Ah, meu amor — disse ela.

Mais tarde naquela noite, perguntei para minha mãe se Tressy poderia se mudar para o quarto ao lado do meu.

— Sem chance! Ela é uma empregada. Precisa dormir nas dependências dos empregados — respondeu minha mãe.

— Mas o quarto dela é tão pequeno — falei.

Minha mãe se agachou na minha frente e me olhou nos olhos.

— É pequeno para nós, mas é grande para ela.

A memória pesa em minha mente quando vejo minha mãe parada na sala de estar dos De La Cruz.

— Há quanto tempo vocês moram aqui? — ela pergunta à sra. De La Cruz. Dani se senta no sofá.

— Ah, já faz um bom tempo, madame. Desde antes da Dani nascer. A casa era do pai dela — explica a sra. De La Cruz.

Minha mãe olha ao redor da sala.

— E onde está o sr. De La Cruz? — pergunta ela.

A sra. De La Cruz baixa os olhos para as mãos.

— Ele nos deixou, madame... há muito tempo.

Minha mãe enrijece. A sra. De La Cruz acabou de proferir seu pior pesadelo, literalmente. Agora ela realmente não consegue parar de encará-la.

— Então vai ser só as garotas — diz a sra. De La Cruz, animada. — Você gostaria de ver seu quarto, Claire?

Faço que sim com a cabeça. Dani se levanta do sofá e me conduz pelo corredor. Pergunta em que ano estou, e respondo que estou no terceiro ano do ensino médio. Ela também.

— Ah, que ótimo — digo. Dani elogia meu inglês, e balanço a cabeça timidamente enquanto ela abre a porta do meu quarto.

Meu quarto, como a sala de estar, é modesto, com uma cama *queen size*, uma pequena cômoda para minhas roupas e uma escrivaninha. Mas pelo menos tem uma janela e, quando Dani faz menção de abri-la, eu instintivamente estendo os braços para impedi-la.

Não, tem muita poluição lá fora.

Então me lembro de que não estamos mais em Xangai.

— Desculpa — digo.

Dani sorri. É o primeiro sorriso desde que chegamos. Eu me sento na cama, ou melhor, afundo. O colchão é bem mais macio do que o da minha cama em Xangai. Dani puxa uma cadeira. Pergunto a ela como são os professores na American Prep.

— Alguns são muito bons, como meu treinador de debate — diz ela. — Outros... poderiam ser melhores.

Suspiro de inveja ao ouvir a palavra "treinador". E então me ocorre. Minha mãe e minha avó não estão aqui para ficar no meu pé, me dizendo o que fazer. Talvez eu possa voltar a nadar.

— Tem muitos alunos chineses? — pergunto.

— Ah, muitos — responde Dani.

Nossas mães entram no quarto. A sra. De La Cruz coloca as minhas malas no chão e minha mãe passa a mão pela cama, sentindo a firmeza do colchão.

— Tudo parece bom — ela diz para a sra. De La Cruz, que parece genuinamente feliz em ouvir isso. Então minha mãe se vira para mim e diz em chinês: — Tong vai me levar para um hotel e...

— Espera um pouco, a senhora não vai ficar aqui comigo hoje à noite? — pergunto.

Minha mãe olha para mim.

— Só tem uma cama! — diz ela.

— Podemos dividir — retruco. Eu me levanto da cama, nervosa. *Por favor, não me deixa aqui com essas estranhas.* Suplico com os olhos ao mesmo tempo que me preparo para a ideia bastante provável de ela me abandonar para ir a um spa.

A sra. De La Cruz entra na conversa.

— A senhora pode ficar com o quarto da Dani, madame. Dani e eu vamos dividir o meu. Você não se importa, né, Dani?

Dani franze o rosto. Ah, ela se importa.

— Isso não será necessário — diz minha mãe. — Ficaremos bem no quarto da Claire.

Ela tira seus scarpins Marni e fico quase tentada a pegá-los para que não vá embora.

Minha mãe e eu dormimos lado a lado. Ela se vira sem parar e, apesar de a sra. De La Cruz ter dito que é um colchão ortopédico, posso sentir o desconforto da minha mãe. A cada movimento, meu estômago revira como se estivéssemos no mar. A sra. De La Cruz fez Afritada de galinha para o jantar, um prato filipino de frango refogado, que, embora seja delicioso, também é mais pesado do que estou acostumada a comer.

— Para de se mexer, mãe — sussurro. — Você está fazendo a cama toda balançar.

— Não consigo evitar — ela sussurra de volta. — Essa cama é macia demais. Como alguém consegue dormir em uma coisa tão macia?

Ela joga o corpo contra o colchão, tentando encontrar uma posição confortável. Sinto o frango subindo pela minha garganta.

— Mãe, acho que eu vou...

Antes que eu consiga dizer as palavras, acontece. Não tenho tempo de chegar ao banheiro. Meu vômito se espalha sobre o cobertor.

Minha mãe salta da cama e grita.

— Tressy! — ela berra, esquecendo que não estamos em Xangai.

Cubro a boca — tem mais vindo — e, com a mão livre, aponto para a lata de lixo. Em vez de me dar a lata, minha mãe começa a balançar os braços.

— Não! Para! Não aqui!

Salto da cama e corro até a lata de lixo, onde vomito o resto do frango. Quando ergo a cabeça, minha mãe sumiu. Ela não está no quarto.

Dani e a sra. De La Cruz vêm correndo. Sentada no chão com os braços ao redor da lata de lixo, quero morrer de vergonha, desejando que minha mãe não tivesse acordado as duas.

— Não se preocupe! Nós vamos te ajudar! — diz a sra. De La Cruz.

Dani rapidamente me dá uma toalha e me leva até o banheiro para que eu possa me limpar.

Quando volto, vejo a sra. De La Cruz curvada sobre o chão, limpando minha bagunça enquanto minha mãe dá tapinhas desajeitados no chão com quadrados finos de papel higiênico, tentando ajudar, mas fazendo ainda mais bagunça. Não consigo me lembrar da última vez que vi minha mãe limpando alguma coisa, e isso fica evidente.

O celular dela toca.

— É o seu pai. — Ela olha para a sra. De La Cruz. — Você se importa se eu atender?

— Pode ir — diz a sra. De La Cruz. — Vamos cuidar disso.

Antes de sair, minha mãe coloca uma mão sobre as costas da sra. De La Cruz em um gesto de gratidão. Dani toma o lugar dela e esfrega em silêncio ao lado da mãe. Posso ver a careta dela à luz prateada do luar. Não acredito que minha mãe deixou as duas limpando minha sujeira. Mas é claro que ela faria isso. É o que tem feito a vida toda.

Eu me agacho e me junto a Dani e a mãe. A sra. De La Cruz joga água sanitária no chão, e o cheiro fecha a minha garganta. Com certeza não era assim que eu imaginava minha primeira noite nos Estados Unidos.

Dez
Dani

Você tinha que ter visto a minha mãe — "sim, madame", "não, madame". E as Wang, a forma como elas se sentaram no jantar, como se estivessem em um restaurante. Elas nem se ofereceram para ajudar a tirar a mesa ou lavar a louça. E, mais tarde, quando Claire vomitou, a forma como a mãe dela simplesmente nos deixou para limpar a bagunça, vi como elas são absurdamente mimadas.

Cedinho na manhã seguinte, o motorista da mãe de Claire nos leva para a escola. Todos se viram para olhar quando Claire sai do carro. Ela está usando jeans brancos rasgados e uma regata azul de seda. Fios de longos cabelos pretos voam ao vento quando ela joga a mochila de couro sobre o ombro. Os garotos a encaram — só pernas e seios e pele sedosa. Ao lado dela, sinto que estou desaparecendo, como um cavalo-marinho pigmeu.

Claire parece não notar que todos os olhares estão nela, ou talvez só esteja acostumada a isso. Ela puxa os óculos estilo aviador para o topo da cabeça enquanto segue a mãe até o escritório principal.

— Preciso ir para a aula — digo a elas. — Boa sorte hoje.

— Obrigada. Te vejo mais tarde! — diz Claire.

Abro a boca para dizer: "Talvez no almoço", mas logo a fecho. Tenho certeza de que até a hora do almoço ela já terá se estabelecido firmemente no topo da hierarquia dos asiáticos podres de ricos e não vai querer andar comigo e com Ming.

Zach está na biblioteca esperando por mim depois da aula.

— Você veio! — exclama quando eu entro. Ele parece tão surpreso.

— É claro que eu vim — respondo, sentando ao lado dele.

— Estava com medo de você não aparecer.

Alguns alunos passam por nós. Zach liga seu notebook e abre seu trabalho de inglês. Ele não está na mesma turma que eu. Dou uma olhada no que escreveu, sentindo nossos dedos roçarem quando puxo o computador na minha direção. É uma narrativa de não ficção sobre a mãe dele. Zach escreveu sobre a vez em que a mãe chegou em casa e estava muito doente e ele teve de cuidar dela sozinho. Enquanto passo os olhos pela tela, fico surpresa com quão honesto é o texto. Sim, há alguns erros gramaticais. Mas também há verdade e dor.

— Tá horrível, não tá? — pergunta ele. — É melhor eu recomeçar, né? Vamos só recomeçar.

Discordo com a cabeça.

— Não, não — digo a ele. — Está bom. Você só precisa expandir as ideias.

Ele parece aliviado. Faço algumas perguntas para ajudá-lo a desenvolver os detalhes. Quantos anos ele tinha quando isso aconteceu? Sete. Como tomou conta dela? Ele a limpou, colocou-a na cama e a fez se levantar para beber água de hora em hora.

— O que ela tinha, gripe? — pergunto por curiosidade. Ele abaixa os olhos e balança a cabeça.

— Não — ele responde baixinho. — Ela só estava bêbada.

Ai. Sigo seu olhar até as mãos dele. Suas unhas são curtas e seus dedos, cheios de calos como os meus. Minha mãe diz que dá para saber muita coisa sobre uma pessoa só de olhar as mãos dela. Vejo a preocupação nos olhos de Zach diante do que acabou de revelar. Tenho vontade de contar a ele sobre todas as vezes em que a minha mãe saiu à procura do meu pai de madrugada.

Mas, em vez disso, eu digo:

— Isso deve ter sido muito difícil para você.

Zach dá de ombros. Não elabora. Ele esfrega o nariz e aponta para o texto.

— Então, você acha que dá para consertar? — pergunta ele.

— Ah, sim, super — afirmo. Coloco minhas mãos no teclado e começo a corrigir suas frases justapostas e adjetivos mal colocados. Mostro a ele como acrescentar alguns dos detalhes. Nossos braços se tocam enquanto teclo, e não paro de cometer erros de digitação, de tão distraída que estou. Quando ele relê o texto, um sorriso radiante surge em seu rosto.

— Como você fez isso? — pergunta.

— Não é nada. Os detalhes são seus — digo.

— Mas o jeito como você juntou tudo... — Ele me olha maravilhado, como se eu fosse uma feiticeira. — Ficou melhor do que qualquer coisa que eu poderia ter imaginado.

Sorrio.

— Obrigado por me ajudar a... editar isso? Trapacear? — ele brinca. — Sério, não sei como chamar a mágica que você acabou de fazer.

— Bom, não é trapaça — digo, murmurando baixinho. — Já o que a Heather faz... aquilo sim é trapaça.

— Heather McLean? — pergunta ele.

Mordo o lábio sem querer entrar no assunto, mas Zach olha para mim com os mesmos olhos perspicazes dos quais estou acostumada a espiar durante a aula de música. Ele arranca a história de mim.

— Isso é tão zoado! — exclama ele. — Você devia expor ela!

Não sei se isso é uma boa ideia.

— Teve um cara que mentiu sobre estar no time de natação nas inscrições da faculdade.

Arregalo os olhos.

— É sério. Todo mundo sabia — diz Zach. — Até o treinador, mas ele não quis dizer nada porque os pais do cara eram doadores importantes.

— Então o que você fez? — pergunto.

— Fui até ele e falei que, se ele não parasse com aquilo, ia contar para a faculdade — diz Zach. Olho para ele, espantada.

Heather entra na biblioteca bem quando ele está me contando isso. Zach se aproxima de mim, olhando para ela. Ele inclina na minha direção e diz:

— Sério, você precisa falar alguma coisa. Não deixa ela fazer essa merda e sair impune.

— Heather! — grito, correndo atrás dela quando está de saída da biblioteca, entrando no corredor. Não acredito que estou seguindo o conselho do Zach. — O seu discurso outro dia... Só estava pensando, que tipo de pesquisa você fez?

Heather joga o cabelo castanho acinzentado para um lado e digita uma mensagem no celular.

— Ah, você sabe, o de sempre. — Ela recita uma lista de jornais e revistas: *The Economist, Foreign Policy* e o *New York Times*. — Por quê?

— É que foi muito parecido com um discurso que eu ouvi contra a UCLA em El Camino — digo. É tudo invenção minha, não tenho ideia do que disseram em El Camino. Mas eu me lembro do treinador Evans mencionar isso quando estava na casa dela.

Heather ergue os olhos do telefone, as bochechas vermelhas.

— E daí?

— E daí que... — Respiro fundo, tentando criar coragem. — Heather, não podemos vencer nesses torneios se o nosso discurso for simplesmente copiado de outro lugar. Nós precisamos pensar em argumentos originais.

Ela joga o celular em sua bolsa Kate Spade e cruza os braços.

— *Todo* argumento é derivado de outro lugar — ela me informa. — Todo argumento é baseado em um outro previamente estabelecido. Não existem argumentos originais!

— É, mas existe uma diferença entre se basear e copiar na cara dura — digo.

Isso enfurece Heather.

— Olha quem fala! Você não estaria aqui se não tivesse ajuda extra!

Minha boca fica seca e sinto as paredes de vidro caríssimas do nosso corredor se fechando ao meu redor enquanto Heather se vira e sai andando.

— Fica esperta, Garota Estrondo — alerta ela.

Onze
Claire

Tem *muitos* alunos chineses na American Prep. A diretora, sra. Mandalay, diz que eles vêm de tudo quanto é lugar: Pequim, Chengdu, Shenzhen etc. Muitos deles estão hospedados com famílias daqui, mas alguns moram sozinhos, explica ela enquanto nos guia num tour pela escola.

— Eles amam morar aqui — diz a sra. Mandalay. — Alguns nem querem ir embora nas férias.

Minha mãe me cutuca. *Ouviu isso?* Eu pretendo pegar o primeiro voo de volta sempre que houver um feriado prolongado.

— Vocês têm... — Minha mãe procura a palavra certa em inglês. Ela me diz em mandarim.

— Problemas de comportamento — traduzo para ela.

— Ah, não — a sra. Mandalay se apressa em responder. — Posso garantir à senhora que todos os alunos aqui são muito disciplinados.

Minha mãe acena com a cabeça, satisfeita, e volta a olhar para o celular enquanto eu continuo observando os alunos chineses. Muitos deles carregam mochilas da MCM. As garotas usam shorts que jamais poderíamos usar na China. Há um casal aos beijos em um canto. O garoto está com a mão dentro da camisa da garota e, mesmo quando passamos por eles, não param. Olho para minha mãe. Se ela notou, não demonstra.

Os alunos brancos me encaram enquanto caminho. Parecem não se misturar com os chineses. Interagem apenas entre si. Não sei dizer se eles estão fascinados ou enojados pela chegada de mais uma pessoa asiática.

— Como são os professores? — pergunto à sra. Mandalay.

— Recrutamos apenas os melhores! — declara ela. — E os que dão aulas para os alunos estrangeiros são *particularmente* pacientes.

Eu me viro para ela, franzindo as sobrancelhas.

— Espera, nós não ficamos nas mesmas turmas que os alunos americanos?

A sra. Mandalay ri.

— É claro que não. Para começar, há grandes barreiras linguísticas. E, culturalmente, achamos que é mais fácil... para todos.

Olho rapidamente para minha mãe, mas ela já prosseguiu para outras perguntas, especificamente sobre as refeições. Enquanto conversa com a sra. Mandalay, fico em silêncio, pensando no que a diretora disse. É estranho me mudar para o outro lado do mundo para estudar em uma escola americana e não ter aulas com alunos americanos.

— Com licença, sra. Mandalay. A senhora está dizendo que eu *não posso* fazer aulas com os alunos daqui? — interrompo.

A pergunta pega a sra. Mandalay de surpresa, fazendo-a parar de andar. Ela morde o interior da bochecha, olhando para seu relógio de pulso. Quando ergue os olhos, é só sorrisos.

— Não, é claro que não! Não é isso que estou dizendo. Você só precisa fazer uma prova, assim que tiver mostrado que tem proficiência suficiente em inglês.

Okay, assim é melhor. A sra. Mandalay brinca com minha mãe:

— Sua filha é geniosa, gosto disso! A senhora tem certeza de que ela não é americana?

— Deus do céu, espero que não! — minha mãe responde com uma risada. — Queremos uma educação americana, não uma filha americana.

Depois do tour, a sra. Mandalay nos leva ao seu escritório e me dá meu horário. Farei aulas do programa de fundamentos do inglês, pré-cálculo, história mundial, biologia e psicologia. Ela designa uma aluna para ser minha "mentora", Jess Zhang, que chega na sala da direção vestida como se estivesse indo para a Fashion Week de Milão. Ela está usando as mais novas botas da Fendi nas quais eu estava de olho há semanas. Ao nos ver, Jess cumprimenta minha mãe:

— *Ah yi hao.*

Minha mãe sorri.

— Que educada! — ela comenta comigo. Minha mãe estende uma mão amigável e nos apresenta.

— Claire, você é de Xangai? — Jess pergunta em mandarim, com os olhos brilhando. — Eu também! Quer dizer, nasci lá, mas nos mudamos para Wuhan.

— Jess, você se importaria de levar Claire para a aula? — pergunta a sra. Mandalay.

Jess assente e me diz, em inglês, para segui-la. Percebo que o inglês dela é quase perfeito, como o meu. Sem sotaque. Fico me perguntando se também teve uma babá filipina na infância ou se a mãe dela só a enchia de tutores.

— Vem, vamos nos atrasar — diz Jess.

Lanço um olhar rápido para minha mãe e reúno toda a minha coragem em um sorriso. É isso. É isso que ela queria. Por um segundo, ela parece estar repensando os planos. O arrependimento toma conta de seu rosto.

— Ela vai se dar muito bem aqui — garante a sra. Mandalay.

E o momento passa. Minha mãe sorri para mim e me deseja boa sorte.

— E aí, você conhece outros paraquedistas aqui? — Jess pergunta enquanto caminhamos.

— Paraquedistas? — pergunto.

— É assim que eles nos chamam. Alunos da China que vêm para os EUA por conta própria, sem os pais. Nós caímos de paraquedas... sacou? — explica ela. Seu cabelo sedoso escorre sobre a blusa branca. Alguns garotos brancos gritam para nós enquanto andamos.

— Ei, gata, quer dar um rolê no Panda Express esse fim de semana?

— Ignora eles — diz Jess, entrelaçando um braço no meu. Ela sussurra no meu ouvido: — Os garotos americanos são todos iguais. Só pensam em putaria e são mão-de-vaca pra caralho. Nunca pagam o jantar. O que eles não têm na carteira, eles compensam em cantadas. — Ela para de andar e sorri para mim. — Mas eles dão as *melhores* massagens no ombro.

Rio. Parece que ela tem um pouco de experiência no assunto.

— Há quanto tempo você está aqui? — pergunto.

Ela me diz que está na escola há um pouco mais de dois anos. Como os meus, os pais dela estavam preocupados com o *gaokao*, então a mãe a fez vir.

— Fiquei meses sem falar com aquela vaca — diz ela. — Mas fico feliz de ter vindo. Você devia sair com a gente esse fim de semana. Vamos a uma balada em San Gabriel Valley!

Não sei. Não sou muito fã de festas. Mesmo em Xangai, onde as pessoas são bem mais tranquilas com bebida, eu não me animava muito. Tá, gosto de uma taça de Clicquot de vez em quando, é verdade. Mas você não me vê dançando em cima das mesas, virando uma garrafa de Grey Goose e falando arrastado. Mas fico na dúvida.

— Nós não somos menores de idade aqui? — pergunto. Ela dá de ombros.

— Damos um jeito... não esquenta com isso.

Quando não digo nada, Jess estende a mão e toca meu braço.

— Ei. Estamos todos juntos nessa. Então vamos aproveitar e nos divertir um pouco.

Jess abre a porta da minha sala de inglês e o professor, um homem branco beirando os cinquenta anos com jeans e uma camisa caqui amassada, se vira para nós.

— Bem-vinda! — diz ele. — Ou, devo dizer, *huan ying*. — Ele se vira para a turma, cheia de alunos chineses, e pergunta: — Falei certo?

Alguns paraquedistas aprovam o chinês do professor, outros mal erguem os olhos, enquanto Jess vai para seu lugar. Os alunos ao redor dela estão jogando nos celulares. Os garotos nos fundos estão batendo com tanta força nos teclados de seus MacBooks que fico me perguntado se eles não estão... jogando no meio da aula?

— Sou o sr. Harvey — o professor se apresenta.

— Claire — digo.

— Claire. É um belo nome — elogia. — Acabou de inventá-lo?

Minhas bochechas coram.

— Não... é meu nome desde pequena — conto. Em sua carteira, Jess segura o riso diante da reação do sr. Harvey.

— Seu inglês! — exclama ele. — Uau. É ótimo!

Jess coloca as duas palmas sobre as bochechas, fingindo surpresa. Essa garota. Ela é demais.

— Obrigada. Falo inglês com a nossa empregada em casa... e meus pais já me levaram para San Francisco algumas vezes.

— San Francisco, é? — pergunta o sr. Harvey. — Vocês foram para a Angel Island? Muitos chineses vieram por Angel Island. É claro, agora eles vêm pelo LAX. — Ele ri, depois dá uma olhada rápida no relógio e diz para eu me sentar. — É bom te receber, querida.

Jess dá tapinhas na carteira vazia ao lado da dela e acrescenta:

— É, querida.

Eu me sento na carteira ao seu lado e tiro meu notebook da mochila. Olho ao redor da sala. Vejo um grupo de garotas fazendo compras online. Meus olhos param no garoto chinês sentado na frente. Ele tem olhos castanhos escuros e seu cabelo preto cai sobre suas maçãs do rosto perfeitamente esculpidas. Ele abre um sorriso como se estivesse se divertindo com sua própria piada interna.

— Quem é aquele? — pergunto para Jess. Ela lança um olhar rápido para o garoto.

— Ah, vai sonhando — responde. — É o Jay. O pai dele é dono de, tipo, metade de Pequim.

Jay olha para mim e desvio os olhos rapidamente.

— Ele também é solteiro — Jess continua a fofocar. — Eu acho. Imagina fisgar um cara desses? Todas nós stalkeamos o WeChat dele há meses.

Ouço uma notificação do meu próprio WeChat. É uma mensagem do Teddy.

> Oi amor. Como foi seu primeiro dia de aula? Amo você.

O sr. Harvey passa por nós e nos entrega nossa primeira tarefa do dia. Guardo meu celular rapidamente e viro a folha de papel.

> Por favor, escreva dois parágrafos sobre sua comida americana preferida e por que você gosta tanto dela.
> Observação: Se você não conseguir escrever em inglês, pode usar o Google Tradutor. 😊

Eu me viro para Jess. Ele tá zoando, né? *Essa* é a tarefa?

Ela dá de ombros.

— Dá para escrever qualquer coisa, eles não leem. Uma vez eu literalmente escrevi "Isso aqui é uma merda" e o sr. Harvey ainda escreveu "Bom trabalho!" em cima.

Os outros alunos na aula mal viraram suas folhas. Aquele garoto, Jay, está falando no celular, enquanto o sr. Harvey fica sentado em sua mesa, com os pés para cima e fones de ouvido. Fones de ouvido! Se estivéssemos na China, nossos professores estariam percorrendo os corredores, avaliando cada traço dos nossos caracteres com seus olhos de águia.

Jess pega meu papel e rabisca rapidamente nele: *Eu amo cachorro-quente. É minha comida americana preferida porque eles são compridos. Eu amo comida comprida.*

— Pronto! — anuncia ela.

Ela estende a folha e eu olho horrorizada para o que ela escreveu.

— Agora me dá seu celular. Vamos fazer um Instagram pra você! — ela diz com um gritinho.

Ao longo da meia hora seguinte, Jess me ajuda a criar um perfil no Instagram enquanto eu apago o que ela escreveu sobre cachorros-quentes e tento redigir alguma coisa significativa. Acabo escolhendo Minestrone porque a sopa representa o caldeirão de culturas que é a sociedade americana. Quando termino, Jess dá uma olhada na minha redação e diz:

— Caralho. Acho que o sr. Harvey vai ter que colocar os óculos de leitura dele.

— Como a gente sai daqui? — pergunto.

— Como assim? — diz ela, me devolvendo o celular. Escolheu @ClairrreLA como meu nome de usuário no Instagram e postou uma foto dela sorrindo e eu escrevendo minha redação no fundo com a legenda "vadias espertas".

Aponto para o sr. Harvey roncando em sua mesa.

— Ele tá *dormindo*!

Jess a olha rapidamente para ele e dá de ombros.

— Foda-se, podia ser pior — comenta. — Pelo menos ele não é descaradamente racista. Ouvi dizer que os professores no curso normal escrevem "Nada de trapaça" em chinês numa placa que fica pendurada na sala!

Faço uma careta. Isso é sério?

O sinal toca, fazendo o sr. Harvey acordar em um pulo. Ele se levanta, desajeitado, e recolhe os papéis antes que os alunos saiam.

— Ótima aula, pessoal! Mal posso esperar para ler esses textos! — exclama ele.

Jess lhe entrega nossas redações na saída. No corredor, duas garotas chinesas vêm correndo até nós. Suas pulseiras tilintam com o movimento.

— Florence, Nancy, essa é a Claire — diz Jess. — Ela é a mais nova paraquedista.

Elas sorriem e elogiam minha mochila e meus sapatos. Enquanto caminhamos, as meninas me perguntam sobre a família que está me hospedando.

— Ah, elas são ok — digo. — É uma mulher chamada Maria De La Cruz e a filha dela, Dani.

— Você tem tanta sorte de não morar com um homem — diz Jess. Ela faz uma careta. — Meu *host dad* deixa a tampa da privada levantada o tempo todo. E ele sempre erra o alvo! Tem xixi por todo canto!

Nancy comenta sobre a família sino-americana com quem ela vive:

— A minha *host mom* olha para mim como se eu fosse a pior coisa que já aconteceu com os asiáticos-americanos desde as ações afirmativas.

— Espera, achei que *nós* fôssemos asiáticas-americanas agora — digo.

— Não, nós não nascemos aqui. É por isso que eles se chamam de ABC, *American-born Chinese*. Chineses nascidos nos Estados Unidos — explica Nancy. — Eles odeiam quando pegamos uma das preciosas vagas deles na faculdade...

— Ou quando os confundem com um de nós — acrescenta Florence.

Uau. Não fazia ideia. Eu me viro para Florence e pergunto com quem ela mora. Diz que mora sozinha em um apartamento.

— O pai da Florence é um magnata dos investimentos — alardeia Jess, esfregando o indicador e o polegar para representar dinheiro.

— Para — diz Florence, levemente envergonhada. — Mas é, é muito bom.

Enquanto caminhamos, noto que todos os paraquedistas estão indo em uma direção e o resto, para outra. É super estranho. Uma faixa de cabelos pretos vão para um caminho, e todas as outras cores de cabelo para outro.

Aponto para os alunos brancos quando passam.

— Então eles não estudam mesmo com a gente? — pergunto.

— Você parece *tão* decepcionada. — Jess dá uma risadinha. Então ela me lança um sorriso malicioso. — Alguém aqui gosta de um pouco de leite no chá!

Coro.

— Não, não é isso... não foi isso que eu quis dizer. — Tento explicar que tenho um namorado. Mas, não importa o que eu diga, as garotas não param de me provocar. Elas fazem beicinhos para mim e todos os garotos americanos nos encaram enquanto passam.

Doze
Dani

Mais tarde, quando chego no trabalho, encontro Ming sentada no meio-fio do lado de fora da Budget Maids. Ela está aos prantos.

— Ele pegou meu violino — diz ela. — Meu *host dad*, ele simplesmente arrancou meu violino de mim. Achei que ele fosse quebrá-lo!

Vasculho minha mochila em busca de lencinhos e lhe entrego um pacote enquanto me sento ao seu lado. Ela assoa o nariz com força.

— Eu nem estava treinando muito alto! Juro!

Coloco o braço ao redor dela e tento acalmá-la.

— Eu sei — digo. Nossas cabeças se tocam. — Você precisa sair de lá. Pode ficar na minha casa por um tempo.

Ming se desembaraça de mim.

— Eu só quero meu violino de volta — diz ela. — Por favor, Dani, me ajuda a pegá-lo de volta. Foi um presente do meu tio!

Pego meu celular e começo a rolar minha página de contatos. Pauso quando chego no número da diretoria, mas Ming faz que não com a cabeça. Tento argumentar com ela. O que ele fez não é certo. Ele não pode simplesmente pegar o violino dela. É um bem pessoal de Ming!

— Tem que ter outro jeito — diz ela. — Não quero falar com a diretora, tá bom?

Reviro o cérebro, tentando pensar.

— Que tal o sr. Rufus? Ele pode ligar para o seu *host dad* e pedir para ele explicar onde está o seu violino.

Kevin das Cuecas talvez fique assustado se um funcionário da escola ligar para ele, e o sr. Rufus vai ter uma motivação extra para ajudar, já que Ming é sua principal violinista.

Ming não diz nada.

— Vai, a gente tem que contar para *alguém*! — Enquanto procuro o número do sr. Rufus, conto a ela sobre o programa de empréstimo de instrumentos da escola. Vou ajudá-la até Ming recuperar o violino. Ela assente, esfregando os olhos e repousando a cabeça no meu ombro. Ela olha para o shopping center e eu lhe conto sobre minha tentativa de confrontar Heather.

— Que cruel — diz Ming. — Se serve de consolo, eles me chamam de ajuda internacional. E os paraquedistas me chamam de aproveitadora internacional.

Abaixo o celular, chocada ao ouvir aquilo. Achava que todos os paraquedistas teriam orgulho dela. Pois eu tenho!

— Bom, não todos eles — suspira Ming, puxando os braceletes trançados e coloridos nos punhos. — Tem uma garota, a Florence. Ela é bem legal. — Ming cora. — E linda — acrescenta. — Ela me pediu umas aulas de violino qualquer dia...

— E você vai? Dar aulas para ela? — Sorrio.

— Sei lá... Ela é de um mundo totalmente diferente — diz Ming.

Entendo a hesitação de Ming. Eu conto sobre ter tido que limpar o vômito da Claire na noite passada.

Ming sacode a cabeça e diz:

— É por isso que eu não quero chamar ela para sair... são todas tão mimadas.

Mas talvez Florence seja diferente. Eu não deveria ter deixado minha experiência com Claire influenciar a percepção de Ming sobre sua nova crush.

— Você devia dar uma chance para ela — encorajo Ming.

— Talvez. Mas primeiro preciso recuperar meu violino.

Passo o contato do sr. Rufus para ela. Então Rosa aparece e grita para pararmos de trançar o cabelo uma da outra e voltar ao trabalho.

Treze
Claire

Depois da aula, minha mãe me pega na frente da escola, perto da entrada. O motorista sai do carro e abre a porta.

— E aí, como foi? — pergunta minha mãe, tirando os óculos de sol.

Diferente da minha escola em Xangai, mas interessante. Eu realmente gostei da minha aula de psicologia. Na China, não podemos estudar psicologia até entrarmos na faculdade. A única aula da qual não gostei foi a do sr. Harvey. Não me importo com o que Jess disse, eu com certeza vou tentar sair da turma dele.

— Fez alguma amizade? — pergunta minha mãe.

Conto a ela sobre Jess, Florence e Nancy. Só de olhar a forma como elas se portavam e o modo como os outros paraquedistas olhavam para elas, na hora do almoço já havia ficado bem claro para mim que elas eram as abelhas-rainhas da escola. Minha mãe sorri, orgulhosa do fato de que eu rapidamente me estabeleci no meio do *créme de la créme* da hierarquia dos paraquedistas.

— E quanto aos garotos? — ela pergunta.

Dou de ombros. Não conto sobre Jay. Conhecendo minha mãe, ela provavelmente vai começar a stalkear ele no WeChat. Além disso, eu tenho Teddy.

— São ok — respondo.

Minha mãe manda o motorista nos levar para o shopping. Franzo as sobrancelhas. *Mais* compras?

— O quê? — Minha mãe olha para mim. — Você acha que eu vou te deixar dormindo naquele colchão horroroso?

— Não tem problema. Além disso, elas limparam tudo.

Minha mãe respira fundo.

— Olha, eu sei que eu não sou a mãe mais prendada do mundo... *Você acha?*

— Mas o que me falta em... habilidades práticas, eu tenho em poder de compra — diz ela, dando tapinhas em sua *totebag* LV. Ela estende o braço para pegar minha mochila, tirando o peso do meu ombro, e deixo.

Eu me aninho na curva do braço dela. Ao longo do trajeto para o shopping, minha mãe fica mexendo no celular. Pergunto se ela está mandando mensagens para o meu pai. Ele me ligou para me desejar boa sorte hoje de manhã, mas eu estava em cima da hora e não podia conversar.

— Não, não para o seu pai. — Ela solta um suspiro. O motorista olha para nós pelo retrovisor. — Ele está ocupado — explica, mais para ele do que para mim. — Não é fácil ser o vice-presidente de uma grande empresa. Ele tem tantos projetos para supervisionar.

Queria que ela parasse de inventar desculpas para ele. Mas talvez seja uma questão de aparências. Na China, tudo é sobre manter as aparências. Ela pode só estar dizendo isso para o motorista, para que ele não pense mal da gente.

O carro para no estacionamento e o rosto da minha mãe se ilumina da forma como sempre faz quando ela está a menos de cem metros de distância de uma máquina de cartão de crédito. Ela põe uma mão dentro da bolsa e tira de lá uma máscara de poluição preta. Como se isso não fosse suficiente, ela coloca um enorme visor da Balenciaga sobre a máscara. Sai do carro parecendo um Darth Vader endinheirado.

— Cadê a sua máscara? — pergunta minha mãe, apontando para o meu rosto desprotegido. Relutantemente, tiro a minha da minha mochila. Não a usei o dia inteiro.

— Mãe, a gente fica parecendo idiota com isso aqui — protesto.

Minha mãe olha para o sol escaldante da tarde e grita debaixo da máscara:

— Idiota você vai parecer se voltar para a China parecendo um pretzel. Agora coloca a máscara!

Teddy ajusta o notebook e encara a tela em nossa primeira chamada no Skype. A iluminação é ruim e ele coloca a câmera muito perto do rosto, o que faz seu nariz parecer uma cabeça de alho.

— Então, me fala sobre os outros alunos chineses — diz ele, bocejando. É meia-noite no horário dele, nove da manhã de sábado no meu.

— Você está cansado... A gente se fala outra hora — digo.

— Não, não, não! Eu quero mesmo saber! — insiste ele, arregalando e esfregando os olhos para tentar se manter acordado.

Começo a contar sobre Jess e Florence quando ouço Dani abrir a porta do próprio quarto. Eu me levanto e vou até o corredor. Tenho uma pergunta para ela.

— Ei, qual é a sua turma de inglês? — pergunto.

— Eu faço literatura inglesa avançada. Por quê?

Conto a ela que estou pensando em trocar de turma. Pergunto quais são os melhores professores de inglês.

Ela pensa por um segundo.

— O sr. Connelly. Ele é meu treinador de debate, mas também dá aula de Inglês II e Inglês III. Mas acho que talvez você precise...

— Fazer uma prova, eu sei. — Repito o nome *Connelly* algumas vezes mentalmente para não me esquecer. — E tem algum professor que eu deva evitar?

Dani parece notar alguma coisa. Ela espia o interior do meu quarto e aponta para minha cama.

— Essa cama é nova?

— É — sorrio. — Você gostou?

Ela coloca uma mão no estômago como se estivesse sentindo dor.

— O que você fez com a cama antiga? — pergunta ela.

— Nós jogamos fora — respondo. Os caras da entrega nos ajudaram a carregá-la. Mas agora, a julgar pela expressão de Dani, talvez isso tenha sido um erro.

Dani grita alguma coisa para a mãe em filipino, e a sra. De La Cruz aparece. Minha mãe vem logo atrás. Eu me viro para minha escrivaninha e vejo que Teddy saiu do Skype.

— Por que vocês não nos disseram que iam jogar a cama antiga fora? — Dani pergunta para minha mãe e eu.

Minha mãe ergue uma sobrancelha diante do tom de Dani enquanto a sra. De La Cruz coloca uma mão nas costas dela, tentando acalmá-la.

— Dani, tudo bem! — diz ela.

— Não, não tá tudo bem, mãe! — responde Dani. — Meu pai comprou aquela cama para nós!

Há uma fisgada na voz dela enquanto ela fala, e subitamente me dou conta de como a cama era importante para ela.

— Meu Deus, desculpa mesmo — digo. Corro para o meu quarto e pego meu celular. — Talvez a gente consiga ligar para eles. Talvez eles não tenham jogado fora ainda!

Enquanto pesquiso o número da Sealy, minha mãe pega sua bolsa. Ela começa a tirar dinheiro da carteira, e sinto tanta vergonha que a arrasto para o meu quarto e sibilo *"Guarda isso"* em mandarim. Será que ela não entende? Isso não é sobre dinheiro. Aquele colchão *não tem preço*.

Ligo para a Sealy e explico a situação. Ficamos todas reunidas ao redor do meu celular enquanto o funcionário responsável pelo atendimento ao consumidor me pede para esperar. O tempo todo não paro de dizer: "Desculpa mesmo... eu não sabia" para Dani, que não diz nada em resposta, fica apenas parada lá, tentando se manter calma, encarando meu colchão novo como se não fizesse parte dali. Como se eu não fizesse parte dali.

Finalmente, o funcionário volta, apenas para dizer que, infelizmente, os entregadores já descartaram o colchão no lixão.

— Você quer que eu vá procurar? — ofereço. — Nós podemos ir até o lixão. — Olho para minha mãe, que franze o nariz como quem diz *nem pensar*.

A mãe de Dani diz que aquilo não será necessário e minha mãe solta um suspiro alto de alívio.

— É claro que eu vou pagar pelo colchão — diz minha mãe, tirando a carteira da bolsa. — Que tal mil dólares? — ela tira um maço grosso de dinheiro.

A sra. De La Cruz e Dani ficam em silêncio. Não sei se elas estão ofendidas por minha mãe ter oferecido dinheiro ou por ser um valor baixo demais. Constrangida, minha mãe mexe desajeitada na carteira e tira outro maço de notas de cem, aumentando o valor para dois mil dólares.

O dinheiro repousa friamente sobre a mesa.

— Agora que isso está resolvido — diz minha mãe, se virando para mim —, já está na minha hora.

Levo um minuto para processar. Ela vai embora. Tipo, *para valer*.

— Mas nós acabamos de chegar! — digo. Só se passaram dois dias.

— Sim, e agora você já está acomodada. Suas aulas já foram definidas. Você tem uma cama nova. Tem o seu Amex. E Dani e Maria aqui vão cuidar muito bem de você — diz ela, acenando com a cabeça para Dani e a sra. De La Cruz, paradas ao seu lado. Não acredito que está fazendo isso bem na frente delas.

Ela estende os braços para me dar um abraço.

— Preciso voltar. Seu pai está sozinho lá em Xangai... — Ela não precisa dizer mais nada. Nós duas sabemos o que isso significa. — Não dificulte mais as coisas.

Ela olha para mim com os olhos castanhos e molhados. Há tantas coisas que eu quero dizer a ela. Por exemplo, que eu preciso de mais que uma cama. Mais que um Amex. Mas de que adianta? Suspiro fundo e caminho para seus braços abertos. Minha mãe beija meu cabelo e diz todas as coisas: "Se cuida". "Não coma muita fritura". "Ande de Uber, não fique andando por aí sozinha". A única coisa que posso fazer é concordar com a cabeça.

Mais tarde naquele mesmo dia, depois que minha mãe vai para o aeroporto, ligo para Jess. Vamos para o South Coast Plaza em Costa Mesa.

— Não entendo por que elas fizeram vocês pagarem pela cama antiga. Se era tão importante para elas, por que elas a colocaram no *seu* quarto? — diz Jess, segurando uma camisola de renda Alexander Wang na frente de um espelho.

— Elas não nos fizeram pagar pela cama — digo. — Nós é que quisemos.

Jess devolve a peça e me lança um olhar.

— Você sabe que elas só estão se aproveitando de você, não sabe? Aposto que o colchão nem era especial. — Ela caminha até a seção de sapatos. — E por que a sua mãe foi embora tão rápido?

Resmungo, olhando para meu celular para ver se o voo dela já saiu. Ela provavelmente está embarcando.

— Para ficar de olho no meu pai — balbucio. Coloco a mão na boca. Não acredito que acabei de falar isso para a Jess. Eu mal a conheço.

— Sabe, dá para contratar alguém para fazer isso — diz Jess, examinando um par de sandálias brancas de couro de crocodilo.

Nunca falei sobre isso com ninguém, nem mesmo com minhas melhores amigas em Xangai. Sempre tive muita vergonha. Jess coloca os sapatos de volta no lugar e se senta ao meu lado, nas cadeiras de pelúcia branca. Baixinho, ela me conta que o pai dela também deu umas escapadas durante anos, mas a mãe contratou uma agência e elas deram um jeito naquilo.

— Como assim, deram "um jeito"? — pergunto.

— Eles chamaram um afasta-amante — diz ela, dando de ombros. — Um carinha jovem e gostoso para seduzir a amante do meu pai e afastá-la dele. — Jess abre um sorriso malicioso e dá tapinhas no meu braço. — Na China, sempre existe um jeito privado de resolver as coisas.

Uau. Isso soa tão perverso e genial ao mesmo tempo. E não acredito que o pai dela também tinha uma amante! Sei que é comum na China, mas saber que alguém passou pela mesma experiência que eu, me faz sentir um quentinho em lugares do meu corpo que eu nem sabia que estavam frios. Quero perguntar a Jess como ela e a mãe se sentiam e se as coisas estão bem agora que o pai dela voltou para casa. Mas Jess está mais interessada em abrir a carteira do que o coração.

— Vem, vamos na Gucci — diz ela, despejando todas as coisas que escolheu no balcão do caixa e pegando seu Amex. Não acredito que ela está comprando tanta coisa.

— Onde é que você guarda tudo isso? — pergunto. Mal consigo fazer roupas que eu trouxe da China caberem no meu pequeno closet. Tirei uma foto do espaço diminuto e postei de manhã no meu WeChat, deixando minhas amigas de lá horrorizadas.

— Minha mãe alugou dois quartos. Um para mim e outro para o meu monte coisas — diz ela. Dou risada.

— Como assim? — pergunto.

— Ela não pode me mandar para cá e não me deixar fazer compras! — grita ela. — Falei para a vaca: "Você quer que eu vá embora? Então é bom me dar espaço para guardar minhas coisas".

Solto uma gargalhada tão alta que os outros clientes olham torto para mim. Vou para a seção de roupas de banho enquanto ela paga. Estendo a mão e toco o tecido maleável.

— Ei, você faz alguma aula extracurricular? — pergunto.

Jess sacode a cabeça, fazendo uma careta, como quem diz: *Eu não, que horror*. Então se vira em um giro e me lança um sorriso perverso.

— Mas estou pegando meu personal trainer. Isso conta?

Catorze
Dani

Antes de ir embora, a mãe de Claire deslizou seis mil dólares em dinheiro vivo dentro de grandes envelopes pela mesa da cozinha. São três meses de aluguel adiantado. Junto com os dois mil dólares pelo colchão, é mais dinheiro do que minha mãe e eu já vimos na vida. Mesmo assim, isso não muda o fato de que elas jogaram fora o colchão do meu pai sem nem perguntar se podiam. E agora o perdemos.

Na manhã seguinte, é um domingo e Claire dorme até tarde. Ming me liga logo que amanhece para me dizer que deu certo — o sr. Rufus deu um belo susto no *host dad* dela, e hoje de manhã ele devolveu o violino para ela.

— Que bom que ele deu uma prensa nele! — digo, dando risadinhas.

Ming ri.

— E aí, você vai ligar para a tal de Florence? — pergunto.

— Ainda não — diz Ming —, mas adicionei ela no WhatsApp.

Minha mãe me chama e eu me despeço de Ming para ajudá-la a preparar o café da manhã. Ela vai fazer Tocilog, um café da manhã filipino com ovos fritos e arroz. Meu estômago ronca de fome.

Minha mãe trabalha tanto durante a semana, limpando uma sequência interminável de casas e escritórios, que mal consigo vê-la. Mas, nas manhãs de domingo, sempre preparamos o café da manhã juntas.

— Como vão as suas aulas? — ela pergunta enquanto frita os ovos. — Seus professores estão felizes com você? Lembra, você precisa daquelas cartas de recomendação.

Sorrio. Embora nunca tenha feito faculdade, minha mãe tem passado as noites lendo sobre os processos seletivos na internet. Ouço ela assistindo a vídeos no YouTube no quarto dela.

— Não se preocupa, mãe — eu lhe asseguro enquanto arrumo a mesa. — Está tudo sob controle.

Nós nos sentamos para comer e, como sempre, minha mãe dá uma mordida em seu ovo frito, insiste que comeu demais no jantar da noite anterior e coloca o resto do ovo dela no meu prato. Ela sempre faz isso, desde que me conheço por gente. E eu sempre lhe devolvo, dizendo que almocei bastante na escola. Enquanto coloco o ovo frito de volta em seu prato, pergunto sobre as casas que limpou durante a semana.

Rosa a faz trabalhar com os VIPs, as casas em North Hills que estão dispostas a pagar a mais pela discrição de uma empregada que não se incomoda em limpar os restos de drogas e bebida depois de uma festa de arromba. Minha mãe balança a cabeça ao me contar sobre um cliente que estava desmaiado no chão, de apenas dezessete anos. Penso no casal que peguei transando outro dia. Fico tentada a lhe contar sobre o episódio, mas isso só a deixaria preocupada. E ela poderia me obrigar a parar de trabalhar, o que só dificultaria ainda mais a minha participação na Snider.

Em vez disso, começo a lavar a louça. Minha mãe se mata limpando as casas de todo mundo, então não deveria ter que fazer limpeza no seu dia de folga.

Às onze e meia, quando minha mãe volta da igreja, Claire aparece na sala de estar com seu robe de seda, bocejando. Ela se joga no sofá e me observa enquanto eu corto um limão e o passo pelo triturador de lixo da nossa pia.

— Por que você está fazendo isso? — pergunta.

— Para tirar o cheiro do triturador de lixo — murmuro. *Dã.*

Quando ligo o aspirador de pó, Claire faz uma careta. Ela cobre as orelhas com as mãos.

— Você precisa fazer isso agora? — diz ela. — Eu acabei de acordar.

Sim, preciso. Tenho um torneio mais tarde. E que atitude é essa?

Era de se esperar que ela teria mais vergonha na cara depois de jogar fora o colchão do meu pai. Minha mãe aparece e desliga o aspirador.

— Tudo bem, querida — ela me diz. — Eu termino de limpar depois.

Não, *não* está tudo bem. É o único dia de folga dela. Ela devia descansar! Mas minha mãe balança a cabeça, insistindo que eu deixe pra lá. Jogo o cabo do aspirador no chão em um gesto dramático, encarando Claire enquanto volto para meu quarto para me arrumar.

O torneio, na cidade próxima de Orange, consiste principalmente em debates de nível iniciante das escolas de ensino médio locais. Mesmo assim, o sr. Connelly nos lembra de levá-lo a sério, já que não deixa de ser um bom treino para a Snider. Ele vai nos dividir em duplas hoje, assim como fará no grande dia

— Heather, parece que você vai fazer dupla com... a Dani! — anuncia ele. Resmungo baixinho. *Ótimo.*

— Lembrem-se, apesar de vocês estarem em duplas, ainda vou avaliar o desempenho de cada um individualmente. Então tentem ganhar pontos de melhor orador! — Ele olha para mim. — Ouviu bem, Garota Estrondo?

Heather revira os olhos enquanto eu faço que sim com a cabeça. Anotamos nosso tema — legalização da prostituição — e o guia nos leva até a sala de preparação. Temos quinze minutos para nos organizar.

— Vou falar primeiro. Quais são nossos três argumentos? — diz Heather logo que entramos na sala. Olho para ela, perplexa. *Espera aí, você não pode simplesmente decidir isso.*

— A gente devia tirar na moeda para ver quem fala primeiro — sugiro. Heather aponta para seu Apple Watch.

— Acorda! Nós só temos quinze minutos! Você realmente quer perder dez minutos brigando por causa disso? Quando a gente podia estar se preparando? O tempo tá passando!

Odeio que ela está usando nosso tempo limitado contra mim. Mas tem razão. Eu me sento.

— Tá bom — concordo.

E pelos próximos quinze minutos, nós nos preparamos. Quando dá o tempo, temos nossos três argumentos definidos. Como primeira a falar, Heather deve declarar os dois primeiros argumentos, e eu, o último, que por acaso é bastante complexo e sofisticado. Eu até pensei em um modelo que prova por que a legalização da prostituição teria impactos negativos à sociedade.

Vou para a sala de competição empolgada para o meu discurso, até Heather subir no palco, abrir a boca e... roubar meu argumento.

Quinze
Claire

Bato as pernas com impaciência do lado de fora da sala da sra. Mandalay enquanto espero para falar com ela sobre sair da aula do sr. Harvey. Ontem, não fizemos nada na aula além de jogar duas verdades e uma mentira, o que acabou sendo hilário porque aquele carinha bonito, o Jay, disse umas coisas bem chocantes. As duas verdades e uma mentira dele foram:

Já bati um carro de corrida que não era meu.
Sei pilotar um helicóptero.
Nunca fiquei pelado à temperatura de -10 °C.

Adivinha qual era a mentira? Não envolve meios de transporte.

Assim que ele disse a palavra "pelado", todas as garotas da sala coraram. Jess se abanou, virando-se para mim e movendo os lábios para dizer "morri".

Ri baixinho. Ainda não acredito que ela está pegando o próprio personal trainer.

Ela contou que eles começaram a ficar há pouco mais de um mês. É meramente físico. Jamais "namoraria" um cara branco — os pais dela a matariam. E ela jura que o caso vai acabar em breve, já que ele vai para a ucsd no outono.

— Então ele é mais velho? — perguntei. — Vocês estão se cuidando?

— É claro que estamos! — insistiu ela. — Eu coloco, tipo, cinco camisinhas nele.

Balanço a cabeça. Que menina louca.

Eu não me importaria de continuar na turma com Jess se nós tivéssemos outro professor. Por exemplo, a srta. Jones, nossa substituta, é incrível. Ela é uma professora negra com longas tranças, amável e divertida, e nos fez ler de verdade. Infelizmente, ela só nos deu uma aula. O sr. Harvey retornou no dia seguinte, e voltou às suas brincadeiras.

A assistente da sra. Mandalay me chama com a cabeça e me diz para entrar. Adentro a sala e me sento.

— Claire, como está a sua adaptação? — pergunta a sra. Mandalay, erguendo os olhos do notebook.

— Está indo bem — respondo. — Queria falar com a senhora sobre minha aula de inglês.

Ela tira os óculos de leitura com armação preta e os coloca sobre a mesa.

— Qual é o problema? — pergunta ela.

— É que... eu sempre gostei de inglês, e adoraria ter a oportunidade de ter aula com... — Olho para o meu celular, onde anotei o nome do professor que Dani havia me recomendado —... o sr. Connelly.

A sra. Mandalay balança a cabeça, franzindo os lábios.

— Receio que não seja possível. As turmas dele estão todas cheias, e ele só dá aulas avançadas — ela responde rapidamente.

Fico me perguntando: como ela sabe que eu não vou conseguir acompanhar as aulas avançadas?

— Bom, e tem mais alguém dando aula de Inglês III? — pergunto. — E a srta. Jones?

— A srta. Jones é apenas uma substituta — diz ela. — E devo avisá-la. Inglês III é difícil. Eles estão lendo *O Grande Gatsby*, de F. Scott Fitzgerald.

— Eu amo *O Grande Gatsby*! — exclamo.

— O livro, certo? Não o filme com o Leonardo DiCaprio — esclarece ela. O tom condescendente em sua voz me faz baixar os olhos.

Ela digita alguma coisa no computador.

— A única professora que tem vagas disponíveis na turma dela de Inglês III é a sra. Wallace. Isso se você passar na prova.

Saio da sala da sra. Mandalay com a prova de proficiência em inglês marcada para a próxima quinta-feira, às nove da manhã. No caminho para o refeitório, quero contar a novidade à Jess e as outras meninas, passo pelo auditório e ouço a voz de Dani lá dentro. Paro e espio pela porta, ouvindo-a por alguns minutos.

Caralho, ela é boa. Ouvi ela treinando para o torneio no quarto dela esse fim de semana. Fiquei *maravilhada*. Há tanta coisa que quero perguntar a ela, tipo, como aprendeu a debater daquele jeito? Como pensa em frases tão poderosas, sobre individualismo e diversidade e justiça? Ela realmente acredita no que fala?

Queria ter tido uma oportunidade de perguntar, mas, no jantar, Dani fica sentada lendo — *lendo* — enquanto eu tento conversar com a mãe dela. Sei que ainda está brava por causa da cama. Se eu soubesse que o colchão ia causar tanto problema, jamais teria deixado minha mãe comprar um novo.

Jess diz que americanos são como pêndulos. Nunca dá para saber para que lado eles vão balançar. Mas a mãe de Dani é consistentemente gentil. Ela sempre elogia minhas roupas e meus sapatos. Percebeu que eu não gosto muito de comer comida filipina, então tem feito mais comida chinesa. Eu me sinto sortuda, principalmente em comparação com Florence, que pede toda a comida dela do Uber Eats, e Jess, cuja *host family* só coloca pão e fatias de mortadela barata na mesa e a manda fazer o próprio sanduíche.

Vou para o refeitório e me dirijo à nossa mesa. Florence, Jess e Nancy estão beliscando seus pratos — as comidas de refeitório americanas são muito mais calóricas em comparação às da China. Conto sobre a prova para sair da turma de inglês, mas Jess e Nancy estão ocupadas demais encarando Jay, duas mesas à frente.

— Ouvi dizer que a família dele tem um avião particular — diz Nancy.

Sem chance.

— Se a família dele tem um avião particular, por que estuda aqui? — pergunto. Roupas de grife são uma coisa, mas aviões particulares estão em um outro nível de riqueza, um que geralmente vem acompanhado de guarda-costas e muita supervisão.

— Alguns dos clientes do meu pai têm aviões particulares. — Florence dá de ombros. — Não é tão incomum assim.

— Vai ver a família dele não gosta das escolas preparatórias — diz Nancy. — Todas aquelas regras... — Ela estremece. — Além disso, em New England sempre faz um frio do caralho.

As garotas suspiram.

— Devia ser crime ser tão rico e gostoso assim.

— Aposto que ele tem milhares de namoradas — diz Nancy.

— Eu *adoraria* ser mais uma delas. — Jess se voluntaria.

Florence revira os olhos e diz:

— Nossa, que exagero. É só um garoto... — Mas, antes que ela consiga terminar a frase, ouvimos um anúncio nos alto-falantes da escola.

— Atenção, por favor. O estudante que dirige o Bentley dourado poderia, por favor, tirar o carro da vaga de estacionamento destinada aos docentes? — ressoa a voz alta.

Enquanto olhamos ao redor do refeitório, há uma onda de risinhos vinda da mesa de asiáticos-americanos à nossa frente. Florence sussurra o nome da garota — Emma Lau — cujo armário fica ao lado do dela.

Jess se levanta em nome dos paraquedistas e começa a confrontar Emma.

— Como vocês sabem que é nosso? — pergunta ela.

— Ahmmm... um Bentley dourado? — responde Emma. — Nossos pais nunca comprariam uma coisa tão brega pra gente.

Jess cora, embora não seja o carro dela.

— Não, eles vivem muito ocupados juntando cupons do Walmart! — grita ela.

O refeitório inteiro solta um "oooooh!" e Nancy e eu puxamos Jess pela blusa, fazendo-a se sentar, enquanto imploramos para ela deixar quieto.

— Não vale a pena — insistimos em mandarim.

— Preciso de um pouco de água — diz Jess, furiosa.

Pego a água para Jess enquanto Nancy e Florence tentam acalmá-la. Quando estou juntando algumas garrafas de Smartwaters, noto que Jay está parado na fila. Casualmente, entro na fila atrás dele e espero enquanto paga sua Coca-Cola, evitando encará-lo. Ele é ainda mais bonito de perto.

Ouço uma notificação. É uma mensagem do Teddy.

> Oi amor. Sonhei de novo com você e dessa vez a gente estava...

Fecho meu celular antes de ler o resto e fico lá parada, com o rosto ardendo. Ultimamente, nossas sessões de Skype têm ficado um pouco... intensas. Começou por acidente, quando Teddy, sonolento, descreveu o que queria fazer comigo se nós estivéssemos bem ao lado um do outro. Acho que ele realmente estava um pouco apagado quando disse aquilo, mas foi meio sexy. Desde então, temos compartilhado nossas fantasias pelo Skype. Não é como se estivéssemos tirando nossas roupas ou realmente fôssemos fazer as coisas das quais falamos quando eu voltar para Xangai. Mesmo assim, minha imaginação superativa faz meu corpo esquentar.

Quando ergo os olhos, Jay já foi. Entrego minhas garrafas de água para a funcionária do caixa junto com uma nota de dez dólares. Ela balança a cabeça para mim.

— Não precisa — diz ela.

— Como assim? — pergunto, confusa.

Ela aponta para Jay.

— Ele já pagou para você.

Dezesseis
Dani

Não consigo acreditar que Heather tenha roubado o meu argumento na competição. No mundo do debate, isso é o equivalente a cagar em cima da minha cabeça. Ela abriu um sorriso enorme quando anunciaram que havia ganhado trinta e sete pontos a mais do que eu. Chocada, não consegui pensar em um novo argumento na hora, e os juízes me descontaram muitos pontos por isso.

Mais tarde, o sr. Connelly me puxou de canto. Precisei fazer o maior esforço do mundo para não chorar enquanto ele me confortava:

— Ei, tá tudo bem. Todo mundo tem dias ruins de vez em quando.

Minha vontade é lhe dizer: "Não, não estou tendo um dia ruim! Estou num dia bom, só que ela simplesmente roubou a parte boa!"

— Descanse um pouco — diz ele. — Amanhã nós conversamos.

Assinto, mordendo o interior da minha bochecha. Não vou dar a Heather a satisfação de me ver chorar.

— Vamos sair para almoçar — convida ele, apontando para mim. — Aquilo que eu te disse quando comecei a te treinar é sério, Dani. Tem uma campeã aí dentro, eu sei disso.

Passo o resto do domingo desolada. Minha mãe foi ao mercado, então Claire e eu estamos sozinhas em casa. Honestamente, queria que ela não estivesse aqui, e sei que não é sua culpa, mas toda vez que eu olho para ela, só consigo me lembrar de Heather. Todo aquele privilégio, aquela riqueza, aquela arrogância, o fato de que ela pode comprar qualquer coisa: um carro, um lar, uma mãe.

Eu achava que o debate era uma forma de escapar disso tudo, mas agora não tenho tanta certeza.

Ouço uma notificação do meu Messenger.

Ei, tá ocupada?

É Zach.

Não. Onde você tá?

Respondo de volta.

Na biblioteca.

Escreve ele. Olho ao redor da sala e pego minhas chaves.

Tô indo praí.

Pego uma barrinha de granola em cima da minha escrivaninha e saio. Paro por um segundo na frente do quarto de Claire, debatendo se devo ou não avisar que estou de saída. Ela está estudando. Tá aí uma coisa que eu não posso negar, essa garota estuda bastante. Vou embora sem incomodá-la.

Zach está sentado na calçada em frente à entrada da biblioteca quando chego. Suas anotações e trabalhos da aula estão espalhados ao seu redor.

— Esqueci que a biblioteca fecha mais cedo no domingo — diz ele, fazendo uma careta diante das anotações. — Estou ferrado em biologia, e vai ter uma prova.

Eu me sento ao seu lado.

— O que vocês estão vendo em biologia? — pergunto. Estou na turma avançada e ele, na regular.

Diz que estão estudando ciclos celulares. Biologia é provavelmente a matéria que eu menos gosto, mas, em um dia como o de hoje, toda e qualquer distração é bem-vinda. Pego suas anotações e dou uma olhada nelas. Zach misturou alguns termos, então arranco uma folha em branco do caderno dele para desenhar a diferença entre a interfase e a fase mitótica para que ele consiga se lembrar.

— E é assim — aponto para a linha no meio de uma célula animal — que elas se dividem.

— E como é o nome dessa linha? — pergunta Zach.

Explico a ele que a linha é chamada de sulco de clivagem. Ele olha para mim, arqueando a sobrancelha esquerda de leve.

— Sulco? — pergunta.

— É, sulco. Com "L" depois do "U". Não *suco*.

— Sulco com "L". Entendi. Não vou esquecer isso.

— Não esquece do complexo de Golgi também.

Zach sorri e vira a cabeça para um lado. Os raios de sol iluminam seu cabelo loiro.

— Você é, tipo, a garota mais inteligente que eu conheço — diz ele.

O comentário sai do nada e me anima temporariamente. Então o orgulho se mistura à minha decepção por ter acabado de fracassar no torneio.

— O que foi? — pergunta Zach.

Balanço a cabeça, sem querer realmente falar sobre aquilo.

— Pode me contar — insiste ele.

Uma rajada de vento sopra e arrasta alguns dos seus trabalhos pela calçada, mas Zach não faz qualquer menção de pegá-los.

Suspiro e conto o que Heather fez no torneio. Não sei como, mas Zach tem a surpreendente habilidade de arrancar as coisas de mim. Eu poderia atribuir isso a seus olhos azuis, mas nem estou olhando para eles agora. Encaro minhas mãos enquanto cutuco o buraco no meu cardigan que comprei em um brechó.

— Que merda — diz Zach. — Não acredito que ela fez isso.

É bom colocar aquilo para fora, embora eu ainda cerre os punhos toda vez que penso em Heather.

— Ei, sabe o que você pode fazer da próxima vez? — indaga ele, colocando casualmente uma mão no meu braço. Olho para baixo. Ela fica bem lá. — Passa argumentos ruins para ela.

Balanço a cabeça, estendendo o braço para ajudá-lo a pegar as folhas avulsas no chão. É aí que está. Heather estava perfeitamente disposta a nos deixar perder como time hoje, desde que ela conseguisse seus pontos individuais, mas eu não consigo fazer o mesmo. Não me sinto confortável de cruzar essa linha.

Zach pega as folhas avulsas e as guarda na mochila. Nós dois nos levantamos. Aliso minha saia enquanto caminhamos para a estação de ônibus. Ele se desculpa por não poder me dar uma carona para casa, já que a mãe dele estava usando seu carro.

— Não tem problema — digo.

Eu me sinto melhor. Zach me agradece pela ajuda e se despede com um abraço antes de atravessar a rua para esperar no ponto de ônibus.

— Ei! — ele me chama, sentado no banco do ponto. — Você vai acabar com aquela fraude subornadora de treinadores e ladra de discursos! Sei que vai! Ela não é nada perto de você!

Sorrio para ele, balançando os pés debaixo do banco do outro lado da rua, enquanto espero pelo ônibus.

Dezessete
Claire

É noite de sexta e estou falando com minha mãe no Skype. Para ela, é sábado de manhã. Faz uma semana que estou na Califórnia. Sinto falta dos confortos de estar em casa: não precisar fazer minha própria cama, não precisar ir de Uber para todo lugar. Sinto saudades de Tressy. Por outro lado, viver sozinha, sem precisar seguir as regras do comitê familiar, é incrivelmente libertador. Finalmente posso fazer o que quiser, e comer, dizer e beber o que me der vontade. Não há ninguém aqui para me impedir.

Minha mãe está tomando chá e mordiscando um pãozinho de abacaxi. Ela parece distraída quando lhe conto como foi minha semana. A julgar pelo silêncio na casa e o único lugar posto à mesa, imagino que meu pai não voltou para casa ontem à noite de novo.

— Tudo bem, mãe? — pergunto. Penso no que Jess disse sobre agências de afasta-amante. — Sabe… existem uns lugares, umas agências onde a gente pode ir.

Conto a ela sobre o pai de Jess, achando que aquilo pode ajudar, mas minha mãe fica furiosa.

— Você *conversa* com suas amigas sobre isso? — pergunta ela.

Sua raiva me pega de surpresa. Sinto os cordões da culpa se enrolando no meu pescoço, mesmo eu tentando me lembrar de que não fiz nada de errado. Eu tenho o direito de ter amigas. E tenho o direito de conversar sobre as coisas com as minhas amigas!

— Nós não lavamos roupa suja em público! — ordena minha mãe. — Ouviu? E eu, com certeza, não vou atrás de uma agência qualquer.

— Mãe, é mais comum do que a senhora pensa. Metade do país…

— Não me importa o que metade do país faz. O que me importa é a nossa família. Essa é uma questão interna nossa — enfatiza ela, encarando a câmera. Sua voz soa tão alta no Skype que preciso abaixar o volume.

— Eu só... — Engulo em seco. — Só quero que a senhora tenha todas as opções possíveis.

Minha mãe solta um suspiro longo e pesado. Claramente, essa conversa não está indo do jeito que nenhuma de nós imaginava.

Penso em contar a ela sobre minha prova de proficiência em inglês, mas decido que é melhor não. Não tenho certeza de que vou passar. Assim como não tenho certeza se aquele magnata do Jay ter pagado minha água significa alguma coisa.

Em vez disso, pergunto:

— Como está Nai Nai?

Minha mãe se recosta novamente à cadeira.

— Bem. Ela quer saber se você pode comprar cápsulas de óleo de peixe para ela e mandar por correio.

Estou confusa.

— Ela não pode comprar isso aí na China? — pergunto. Tenho certeza de que minha avó toma cápsulas de óleo de peixe toda manhã há anos.

Minha mãe revira os olhos.

— É claro que pode. Mas ela quer as dos Estados Unidos.

— Por quê? — questiono.

Minha mãe me olha como quem diz *dã*.

— Porque tudo que vem dos Estados Unidos é melhor!

As garotas passam em casa à noite. Jess, Florence e Nancy abrem a porta do meu quarto. Ergo os olhos do meu guia de estudos para a prova de inglês do SAT. Não sei o que ler para minha prova de proficiência em inglês, então decidir estudar isso. Elas estão todas arrumadas. Jess sobe na minha cama, pega o livro do SAT e o joga para o canto.

— Ei! — protesto. — Eu estava estudando para a minha prova de inglês!

Ela me ignora e diz:

— Vamos sair.

Conta que um segurança conhecido dela lhe mandou uma mensagem e vai nos ajudar a entrar em uma boate. Florence e Nancy já estão vasculhando meu closet. Nancy pega um vestido Rachel Zoe de paetês prateados super decotado.

— Você vai ficar gostosa nesse. — Jess aprova com a cabeça.

Balanço a cabeça discordando.

— Esse nem é meu — digo. É um dos vestidos da minha mãe. Tressy deve ter se confundido quando estava fazendo as malas. — É sexy demais!

Jess saca o celular.

— Amiga, você tem 180 seguidores — diz ela, abrindo minha conta no Instagram.

— E daí? — pergunto.

— E daí que meu cachorro tem mais seguidores que você — diz Jess. Ela me passa o vestido de paetês e me manda trocar de roupa. — Vai lá. Você tem que mostrar um pouco de mel se quiser atrair as abelhas.

Pego o vestido, me perguntando que tipo de abelhas estamos atraindo aqui. Mesmo assim, levanto da cama. Passei o dia todo estudando e um descanso cairia bem. Dou de cara com Dani a caminho do banheiro. Ela olha para o meu vestido e ergue uma sobrancelha, mas não diz nada. Seus olhos se dirigem ao meu quarto, pousando na minha montanha de roupa suja. Ela aponta para a pilha:

— Quando você pretende lavar isso? — pergunta ela.

Dou de ombros.

— Amanhã?

— Você precisa separar em pequenos grupos, senão vai quebrar nossa máquina.

Reviro os olhos e olho para minhas amigas. *Vocês viram, né?* Isso é literalmente a única coisa que ela diz para mim.

Jess cruza os braços para Dani e diz:

— Se ela quebrar a máquina, com certeza você vai fazer ela pagar por uma nova, como fez com o colchão.

Dani arregala os olhos, chocada. Dá meia-volta e vai para o quarto com passos furiosos.

— Vaca — Jess murmura baixinho. Fico parada no corredor, dividida entre chamar Dani e gritar com Jess. Por que ela disse aquilo?

Dani bate a porta com força.

Tiramos selfies no banco de trás do Porsche de Jess enquanto ela dirige. O vento sopra nos nossos cabelos e a música toca alto ao fundo. Jess dirige como uma louca, guinando o carro para todo lado. É aterrorizante —

não tenho ideia de onde ela tirou uma carteira de motorista — e, se eu não estivesse tão preocupada com meus seios escapando do vestido, estaria me agarrando ao meu lugar com as duas mãos. Com certeza vou chamar um Uber na volta.

Garotos buzinam para nós, implorando para desacelerarmos, perguntando aonde vamos. As garotas se deliciam com a atenção enquanto eu me sento com uma mão sobre os olhos e o outro braço sobre os seios.

Quarenta e cinco minutos depois, chegamos inteiras, graças a Deus. O Club Landmark fica no centro de Los Angeles e está lotado. Há uma fila para entrar, que Jess ignora. O segurança, Steve, nos deixa entrar sem pedir nossas identidades. Ela sussurra no meu ouvido quando entramos:

— Ele é gente boa. Já vim aqui milhares de vezes.

Nós nos acomodamos em uma mesa VIP nos fundos e Jess pede três garrafas de Grey Goose.

Nancy e Florence tiram fotos, inundando suas redes sociais com posts que eu espero que nossos pais nunca vejam. Graças a Deus, o Instagram é bloqueado na China. A música está tão alta que consigo sentir meu corpo inteiro vibrando. A foto que Nancy e Florence acabaram de postar tem Nancy empinando a bunda e Florence posando como se estivesse se esfregando nela. Na legenda, elas escreveram #noitedasgarotas.

— Claire! *Vem*, entra na foto! — gritam elas. Sacudo a cabeça em negativa, tímida, mas Nancy e Florence puxam meu braço e começam a tirar fotos. Elas postam e marcam e curtem e escrevem legendas, para o deleite de seus cinco mil seguidores.

Quando volto a me sentar, três caras brancos se aproximam da nossa mesa.

— Vocês são muito gostosas — diz um deles. — De onde vocês são?

Abro minha boca para responder "China", mas Jess é mais rápida:

— OC — responde ela.

O garoto loiro, que parece um surfista, anuncia que também é de Orange County. O amigo ri, insatisfeito com a nossa resposta, e pergunta novamente:

— Não, mas de onde vocês são *de verdade*?

Jess faz uma expressão confusa e fala:

— Do útero da minha mãe?

Os garotos dizem "tá bom, tá bom" e dão risada. Perguntam se podem se juntar a nós. Jess e Nancy logo aceitam, ansiosas para postar alguns novos braços sarados em seus perfis. Florence parece desconfortável, mas abre espaço mesmo assim. Eu também me movo, cuidadosamente mantendo meu vestido no lugar com as mãos. Me arrependo de não ter comprado uma fita dupla-face. Jess despeja vodca e tônica no meu copo enquanto o surfista loiro estende uma mão.

— Meu nome é Eric — ele grita por cima da música.

— Claire — respondo.

Ele elogia meu vestido, demorando os olhos sobre o decote profundo, e sussurra:

— Você é bem o meu tipo, Claire.

— Qual é o seu tipo?

— Asiática.

— Isso não é um tipo — eu informo.

— Claro que é — insiste ele, sorrindo. Eric aponta para a pista de dança. — Quer dançar?

Faço que não com a cabeça.

— Tô de boa.

A pista de dança está tão cheia de gente suada que parece o metrô de Xangai na hora do rush.

— Aaah, vai ser legal. Parece que você precisa se soltar um pouco — diz ele, pegando minha mão e tentando me puxar.

O que ele quer dizer com isso?

— Não — digo, olhando para as garotas. Nancy está ocupada flertando com os amigos dele, Florence está com os olhos colados na tela do celular, e Jess está ocupada servindo as bebidas.

— Vai ser *divertido* — insiste ele, puxando meu braço.

— Que foi? — diz Jess, tirando os olhos das bebidas e olhando para mim.

— Não quero dançar com esse idiota — digo para ela em mandarim.

Eric solta meu braço e pega seu celular. Para meu horror, ele começa a gravar um *story* no Instagram.

— Vai vendo, vou convencer essa mina asiática a dançar comigo — diz para a câmera. Jess arranca o celular dele e deleta o *story*.

— Ela disse que não quer dançar com você — diz ela. — Se toca.

Eric estreita os olhos debaixo das luzes piscantes. Fica esperando por alguns segundos. Finalmente, se vira para os amigos e diz:

— Vamos embora. Essas vadias não valem a pena.

Nancy e Florence os espantam e gritam: "Podem ir!", enquanto eles se afastam.

Enchemos a cara com vodca e tônica enquanto dançamos.

Quando chega a hora de pagar a conta, nós quatro mal conseguimos ficar de pé. A gerente, uma mulher de negócios chinesa mais velha, vem até a nossa mesa.

— Quantos anos vocês têm, garotas? — pergunta enquanto desliza a conta pela mesa. — A mãe de vocês sabe que vocês estão aqui?

Jess ri na cara dela.

— Minha mãe que me largou aqui — diz ela, jogando seu cartão American Express na mesa.

Já é tarde quando chego em casa. Cambaleio pelos corredores depois que meu Uber vai embora. Ao entrar no meu quarto, chuto meus saltos e tiro minhas lentes de contato. Uma das sandálias acidentalmente bate na parede e faz um *bang* alto.

— CALA A BOCA! — ouço Dani gritar.

— Desculpa! — grito de volta.

Tiro a roupa à luz do luar que entra no quarto. Já estou quase pelada quando ouço uma notificação do Skype vinda do meu computador. É o Teddy. Vou até a escrivaninha, mordendo os lábios enquanto sorrio e bato o dedo de leve no mouse.

— Ei, só queria dizer oi antes de... — Teddy para de falar quando vê meu corpo seminu na tela. Os pequenos paetês prateados do meu vestido brilham e piscam. — Uau.

Rapidamente, ele fecha a porta do quarto.

— Oiiii, gostoso — digo, arrastando as palavras.

Dezoito
Dani

Na segunda-feira, o sr. Connelly insiste em me levar para almoçar fora da escola para me animar depois da minha derrota no torneio passado. Digo que tenho aula de música às duas da tarde, mas ele diz que vai me dar um passe.

— Vai ser divertido! — promete o sr. Connelly quando pega suas chaves.

Eu o sigo enquanto atravessamos o corredor, me sentindo um pouco nervosa, mas principalmente especial. Não é isso que universitários fazem o tempo todo? Saem para almoçar com os professores? Passamos por Heather na saída. Ela me olha de soslaio, sacudindo a cabeça.

— Oi, Heather! — o sr. Connelly a cumprimenta. Por um segundo, fico petrificada achando que ele vai convidar Heather para ir conosco, mas, em vez disso, diz: — Excelente trabalho no fim de semana! Continue assim!

Entramos na SUV Volvo do sr. Connelly. Noto que tem bancos traseiros. Ele nunca fala muito sobre sua vida pessoal. Sei que tem dois filhos porque às vezes eles ligam quando estamos treinando e consigo ouvir suas vozes no telefone, mas ele não é um daqueles professores que sempre tira o celular do bolso para mostrar fotos dos filhos.

Vamos até um Denny's. O sr. Connelly pede o prato de café da manhã, eu peço um sanduíche de pastrami.

— Obrigado por almoçar comigo — diz ele, radiante. — Nem sempre tenho a companhia de uma jovem tão bonita e talentosa como você.

Sei que ele só está dizendo isso para ser gentil, mas me sinto lisonjeada. Sorrio.

— Você ainda limpa casas depois da escola? — pergunta ele.

Assinto, abaixando a cabeça. Pego um pacotinho de açúcar e fico mexendo nele. Além de Ming, ele é a única pessoa da escola que sabe sobre o meu emprego.

— Não era minha intenção te deixar constrangida — diz o sr. Connelly. Gentilmente, ele estende o braço sobre a mesa e segura minhas mãos nervosas enroladas nos pacotinhos de açúcar. Ele olha nos meus olhos: — Você devia ter orgulho do que faz.

A garçonete chega com nossos pratos.

— Eu costumava pintar casas na faculdade. Não tem nada de errado nisso — ele conta, pegando a pimenta e a jogando sobre os ovos e batatas raladas e prensadas. — O que eu quero dizer é: tenha orgulho das suas origens. — Ele mastiga a comida, acrescentando com uma piscadela: — Especialmente quando estiver em Yale.

— Antes eu preciso entrar lá.

— Você vai. Acredito em você.

Sorrio e guardo aquelas palavras.

— Sei que os últimos torneios têm sido difíceis, mas talvez seja culpa minha — diz ele. — Talvez eu esteja te pressionando demais.

Abaixo meu sanduíche. *Não é por isso.*

— É só que eu sei que você é capaz — diz, afrouxando a gravata azul pálida. Ele balança o garfo no ar enquanto mastiga. — Você me lembra eu mesmo quando jovem. Eu não era sempre o aluno mais inteligente ou mais rápido.

— Ou o mais rico — acrescento baixinho. O sr. Connelly para. — Desculpa — digo rapidamente. — Eu não quis...

Ele ergue as mãos como se dissesse *"sem problemas"*.

— Você tem razão. Eu não era o mais rico. — Ele olha para mim e arrisca: — Andou se comparando com alguns dos seus colegas, eu imagino?

Quando eu não respondo, ele limpa a boca com o guardanapo e balança a cabeça. Depois, toma um longo gole de café.

— Eles são ricos — diz ele. — Os pais deles andam em carros chiques e têm casas enormes, e daí? Não debatem melhor por isso.

Essa é a questão! Eu me inclino sobre a mesa e lhe conto que alguns dos outros alunos têm treinadores de debate particulares. Não digo quem, e não digo o que esses treinadores estão fazendo para eles. Ainda assim, é o suficiente para deixá-lo furioso.

O sr. Connelly tamborila os dedos na borda da xícara de café, absorvendo a notícia.

— Sabe, se você quiser, posso te treinar — diz ele, erguendo os olhos para mim.

— O senhor já me treina.

— Não, quis dizer individualmente. De graça, é claro — oferece ele. Minhas pupilas brilham de surpresa.

— Estou falando sério, Dani, acredito em você. Seria uma honra.

Estou sem palavras. E eu nunca fico sem palavras.

— Além disso, a escola precisa de você. Precisa que você ganhe troféus para atrair o próximo grupo de alunos pagantes para dentro e fazer os pais deles escreverem generosos cheques de doação. É assim que funciona.

Solto uma risadinha.

— O senhor faz parecer um golpe — digo, mastigando uma batata frita.

— Mas é um golpe! — insiste ele, sorrindo. Sua expressão fica mais séria quando quebra um pedaço de torrada. — Mas a sra. Mandalay... tenho que admitir. Quatro anos atrás, a escola era um deserto. Foi muito inteligente da parte dela recrutar alunos chineses. — Ele aponta para mim com a torrada. — Então, por motivos puramente egoístas, eu faria isso por você — diz, radiante.

Sorrio para ele.

No caminho de volta para a escola, fecho os olhos e imagino: é assim que é ter um pai? Se meu pai não tivesse ido embora, será que teríamos esse tipo de conversa inspiradora? Olho de soslaio para o sr. Connelly, que tamborila alegremente os dedos no volante ao ritmo da música. Se eu pudesse escolher, gostaria de ter um pai igualzinho a ele. A conversa me faz querer escrever discursos o dia inteiro, só para tentar chegar à altura da versão que ele tem de mim em sua cabeça.

Dezenove
Claire

É tão estranho acordar sabendo o que Teddy e eu fizemos ontem à noite. Foi o álcool ou foram todas as noites de conversas explícitas sobre sexo no Skype que culminaram no nosso próximo passo? Sempre achei que a primeira vez em que ficaria nua para um garoto seria em algum lugar íntimo, especial, não sentada na casa de uma estranha, com os seios iluminados pela luz verde neon da câmera do meu MacBook Pro.

Mas ele curtiu tanto. Tipo, *muito*. Ele não parava de dizer "Nossa, você é linda", os olhos como discos enquanto ele estudava cada sarda, sombra e curva do meu corpo, como se quisesse ser capaz de recriar meus seios em sua mente a qualquer momento.

É fascinante saber que eu tenho esse tipo de efeito sobre um garoto. Ouço uma notificação no celular. É uma mensagem de Teddy.

> Você está bem? Ontem à noite foi tão especial.

Own. Que fofo. Respondo:

> Tô, e você?

Ele escreve:

> Nunca estive melhor 😊

Dou risada.

Abro o Instagram e arregalo os olhos ao ver meu número de seguidores. As notificações dizem que agora tenho 520 seguidores, graças à noite passada e os posts de Jess e das garotas em que fui marcada. Clico em alguns dos meus novos seguidores.

Os perfis de homens aleatórios que parecem chapados e pervertidos me encaram de volta. Alguns deles me mandaram DMs e, hesitante, clico para ler as mensagens.

Bob, 38 anos, carpinteiro da Carolina do Norte, escreve:

Quero que você cure a minha febre amarela.

Dereck escreve:

Mim ama você muito tempo!

Um outro diz:

Posso fazer coisas com esse seu corpinho sexy asiático que você nem sabia que era possível 😉

E assim elas seguem, mensagens nojentas que fazem eu querer arrancar os olhos e nunca mais ligar meu celular de novo. Fecho o Instagram imediatamente — estou tentada a deletá-lo de vez — e ligo para Jess.

— Wei? — responde ela, sonolenta.

— Jess! Tô recebendo um monte de DMs nojentas de uns tarados aleatórios no Instagram!

Jess boceja.

— Calma — diz ela. — Me mostra as mensagens.

Volto para o Instagram, tiro prints das mensagens e mando para ela. Enquanto espero pela resposta, vejo que, durante nossa breve ligação, ela já postou três fotos de si mesma deitada na cama, falando comigo, com sua camisola de seda, olhando para a câmera com uma expressão sonhadora e a hashtag #sobreanoitedeontem.

— Não são tão ruins. Você devia ver as minhas — comenta.

— Como eu faço para eles pararem de me seguir? — pergunto.

— Não faz! — retruca ela. — Olha, não é uma questão de *quem* te segue. As pessoas só se importam com o número!

Por alguma razão, quando Jess diz isso, penso na minha mãe e sinto saudades dela. Mas nem mesmo minha mãe usaria fotos sensuais para atrair seguidores. Rolo pelas fotos da noite em que fui marcada e dobro os dedos dos pés de arrependimento.

— Jess, preciso que você delete as minhas fotos agora — digo.

— Não! — exclama ela. — Não vou fazer isso!

Meus pulmões se enchem de pânico.

— Como assim não vai deletar? — pergunto. — Eu tô parecendo uma vadia qualquer! — E se meus pais virem isso? E as faculdades?

— Você tá incrível — insiste Jess. — *Arrasou* naquele vestido.

O celular estremece na minha mão.

— Jess, você não tá me ouvindo! — Estou quase gritando. — Não quero essas fotos circulando por aí!

Há um momento de silêncio em que meu estômago dá um nó tão grande quanto a montanha de roupas sujas aos meus pés.

— Jess? — chamo.

Espero por sua voz, e quando ela retorna, assume um tom totalmente diferente.

— Sabe, você é muito metida. Se acha boa demais para a aula de inglês e precisa trocar de turma. Se acha boa demais até para o Instagram. Bom, adivinha só: você não é tão especial assim — grita Jess. — Eu faço a merda que eu quiser com meu Insta. É *meu* Insta.

E, desse jeito, ela desliga na minha cara. Eu me sento na cama, pensando no que acabou de acontecer. Encaro meu celular. O que eu faço agora? Ligo de volta para ela? Quero ligar para Teddy, mas ele ficaria chateado demais se visse minhas fotos e as DMs dos tarados. Pela primeira vez me ocorre o quão sozinha estou neste país enorme.

Cinco minutos depois, Jess me liga de volta. Esfrego os olhos enquanto tento me recompor e atender a ligação.

— Tá bom. — Jess suspira. — Vou deletar as fotos. Mas você vai ficar me devendo.

Carrego minha pilha de roupas sujas até a lavanderia, jogando-a no chão enquanto pesquiso "como lavar roupas" no Google. Tiro uma selfie minha sentada sobre o chão gelado e a posto no WeChat para que minhas amigas na China possam ver: essa é a minha vida agora. Sinto falta da simplicidade da China, de não ter que lidar com o Instagram ou seguidores (nossas contas no WeChat não são públicas). Felizmente, Jess apagou todas as fotos da noite passada, mas o estresse e a ansiedade da manhã continuam. O que ela quis dizer com "você se acha demais"?

De acordo com o Google, o primeiro passo é colocar as roupas na máquina. Jogo as minhas em pequenos grupos, como Dani disse, e coloco o sabão em pó. Quando termino, fico encarando o painel de controle. Que botão eu aperto?

Dani aparece enquanto tento me decidir.

— Ei, você sabe que botão é pra apertar? — pergunto. Ela suspira como se dissesse *"Meu Deus, é inacreditável"*. Ignoro o julgamento quando ela olha para minhas roupas na máquina.

— Você não pode lavar roupas vermelhas com as brancas — diz ela. — Tem que separar. Você nunca lavou roupas antes?

— Não — informo.

Dani murmura *"Uau"*. Ela começa a tirar minhas roupas da máquina e a jogá-las no chão.

— Ei! — protesto. — São roupas caras!

— Não me importa se são caras. Você ainda precisa separar — diz Dani. — Quando tiver tudo separado, me chama.

Não tenho qualquer intenção de chamá-la. Em vez disso, eu me sento no chão e procuro tutoriais no YouTube de como lavar roupa.

Vinte minutos mais tarde, ainda estou na lavanderia, estudando meu livro do SAT, enquanto espero as roupas baterem, quando Dani passa. Ela olha para minhas pilhas de roupas no chão e para a máquina de lavar barulhenta, que eu enchi por conta própria com sucesso. Ela inspeciona as configurações na máquina — lavagem fria, algodão, nível médio.

— Ótimo — comenta ela. Quando está prestes a sair, fecho meu livro e ofereço uma espécie de trégua.

— Olha, desculpa pelas minhas amigas ontem. Às vezes elas são... — tento encontrar as palavras certas. — Um pouco demais.

Ao ouvir meu pedido de desculpas, Dani se senta, depois balança a cabeça e aponta para meu livro do SAT.

— Você vai fazer o SAT em breve? — pergunta ela.

Digo que estou estudando para a prova de proficiência para sair da minha turma de inglês, mas, como eu não sei exatamente o que estudar, só estou revisando o livro do SAT.

— Quem é seu professor mesmo? — pergunta ela.

— O sr. Harvey.

— Ah, sei. Aquele homem é um inútil. É bom mesmo você tentar sair — comenta. — Mas você não deveria usar as coisas do SAT para se preparar.

Dani vai até o quarto dela e volta dois minutos depois com a ementa de Inglês III.

— Como você tem isso? — pergunto. Achei que ela estava na turma de inglês avançado.

— Eu... estou ajudando um garoto que faz essa matéria — diz ela.

— Provavelmente vão avaliar como você analisa literatura, já que é isso que eles estudam em inglês III. Poemas, narrativas de não ficção, esse tipo de coisa.

Pego meu celular e tiro uma foto da ementa.

— Obrigada. — Sorrio, devolvendo-a para ela. — Se eu tiver alguma dúvida, vou te perguntar.

Ela leva um tempo para responder. Nós duas ficamos ouvindo o barulho da máquina de lavar e começo a me preocupar se fui longe demais. Mas então ela diz:

— Tudo bem.

— Quem você ajuda? — pergunto.

Ela cora.

— Um carinha aí.

Vinte
Dani

Ming ri histericamente no telefone quando conto que Claire não sabia como lavar roupa.

— Eles vivem em um mundo tão diferente, os *fuerdai* — diz ela, usando uma palavra chinesa para descrever os jovens ricos de segunda geração da China. — Às vezes, na China, eles compram trinta ingressos ou alugam uma sala inteira de cinema só para não terem que se sentar com o resto de nós.

— Nossa — digo, encarando a parede que divido com Claire. Fico imaginando como ela se sente por ter que não apenas se sentar ao meu lado, mas por ter que viver comigo.

— Mas não a Florence — diz Ming. — Andei conversando com ela pelo WhatsApp. Você sabia que ela mora sozinha? Ontem me convidou para ir lá, até fez o jantar para nós duas.

— Uau! Então você chamou ela pra sair?

— *Ela* me chamou para sair — Ming informa. — Semana passada. Queria te contar, mas você estava lidando com toda aquela situação com a Heather.

Fico encarando o celular.

— Você pode contar comigo. Sabe disso, né? — É importante para mim que Ming entenda que, não importa que tipo de merda esteja rolando comigo, sempre quero saber das boas notícias dela. — E aí, como foi?

— Foi ótimo! Ela é diferente dos outros paraquedistas.

Balanço a cabeça, pensando sobre a palavra. Ultimamente, ando pensando que ela não se aplica apenas aos alunos ricos estrangeiros. Heather e os amigos dela meio que são paraquedistas também. Todos eles possuem bens de valor e redes de segurança para protege-los se caírem. Já eu tenho apenas a mim mesma. E, se as coisas não derem certo para mim, estarei em queda livre.

— Aliás, hoje, quando o Kevin entrou no meu quarto sem bater para me entregar um pacote dos meus pais, pedi para ele, por favor, bater da próxima vez.

— Que ótimo! — É tão bom ouvir que ela está se impondo diante do Kevin das Cuecas. Pergunto o que havia no pacote e ela diz que eram apenas alguns remédios chineses.

Ela me pergunta sobre os debates. Conto sobre a oferta do sr. Connelly para me treinar em particular.

— Isso é *incrível*!

— É, mas você não acha estranho? Ter aulas particulares com meu próprio treinador? — pergunto.

— É super comum na China — ela me assegura. — Mas nunca de graça. Essa é a parte bizarra. — Nós duas pensamos nisso por um segundo.

— Ele deve acreditar mesmo em você — conclui ela.

Eu me despeço de Ming e vou até a cozinha para deixar um copo na pia quando piso em alguma coisa dura no corredor. Ouço um *crunch*. Levanto um pé e vejo uma lente de contato endurecida na sola.

Eca!

É sério que a Claire tirou as lentes de contato e só as jogou no chão? Sinto vontade de bater na porta dela. Que merda! Mas então penso na minha mãe e no quanto os dois mil dólares mensais são importantes para ela e engulo em seco. Eu me ajoelho no chão, pego a lente ressecada e a jogo no lixo.

No dia seguinte, depois das minhas aulas da manhã, saio mais cedo para encontrar o sr. Connelly em sua sala. Tenho um período livre e achei que seria uma boa hora para fazer nosso treinamento extra.

— Quer dizer, se o senhor estiver falando sério — digo a ele.

— É claro que estou falando sério — ele responde com um sorriso. Por sorte, ele também está livre até o almoço.

A hora seguinte passa voando. Discutimos uma série de proposições, tudo: desde banir *junk food* até os méritos de investir em viagens espaciais. Como nenhum dos meus colegas de equipe estão aqui para rebater meus argumentos, *ele* mesmo debate contra mim. Lança réplica atrás de réplica, com argumentos tão afiados que me deixam atrapalhada. O tempo todo, fico lá sentada pensando na incrível sorte que é ser treinada individualmente por um dos maiores debatedores do nosso tempo, que chegou à posição de número treze do ranking internacional quando tinha apenas dezenove anos. Disso nem Heather pode se gabar.

Quando terminamos, passa pouco do meio-dia. Cansados, nós dois desabamos nas cadeiras. O sr. Connelly me joga um Gatorade.

— Quer almoçar comigo de novo? — convida ele. — Fora da escola? Vamos, fica por minha conta.

Recuso educadamente com a cabeça. Já é muita generosidade ele me treinar em particular. Além disso, da última vez cheguei meia hora atrasada para a aula de música e a orquestra inteira teve que parar quando eu entrei. O sr. Rufus ficou uma fera.

Digo ao sr. Connelly que preciso encontrar uma pessoa no almoço.

— Um garoto? — provoca ele. Coro.

— É só alguém que estou ajudando com algumas matérias.

— Bom, tenho certeza de que ele é um garoto de muita sorte — diz ele. Eu me levanto da cadeira.

— Obrigada de novo pelo treinamento extra.

— O prazer é todo meu. — Ele estende o braço e pega minha mão na dele. Com um aperto firme e resoluto, demonstra sua total confiança em mim, e me sinto igualmente empolgada e extasiada. — Está se sentindo melhor agora?

Faço que sim com a cabeça.

— Ótimo. Vamos mostrar para eles no próximo torneio. Os outros alunos podem ter todos os treinadores particulares que quiserem, mas não vai fazer diferença nenhuma. Você quer saber por quê? — Ele se inclina. — Porque você é melhor — termina com uma piscadela.

Mais tarde naquele dia, Zach e eu estamos sentados em seu Honda Civic velho no estacionamento da escola. Ele se ofereceu para me dar uma carona para casa. Enquanto ponho o cinto de segurança, sorrio por dentro, pensando nas palavras do sr. Connelly. Não acredito que ganhei na loteria dos treinadores.

Zack parece tão animado quanto eu ao se virar para mim e me contar sobre sua prova de biologia, aquela para a qual eu o ajudei a estudar.

— Não acredito que o sr. Schwartz me deu um A! — diz ele ao ligar o motor. — Nem o sr. Schwartz acreditou!

Rio, batendo os pés em uma bolsa de ferramentas para reparos.

— Desculpa — diz ele, que pega a bolsa de ferramentas e a joga no banco de trás.

— Você está consertando alguma coisa? — pergunto.

Ele olha para as ferramentas e não diz nada por um longo tempo, como se estivesse tentando decidir se me conta alguma coisa ou não.

— Estava consertando nosso trailer — diz ele finalmente. — Minha mãe e eu moramos no Sun Grove Mobile Park.

— Ah. — A surpresa escapa da minha boca. Ele percebe e desvia o olhar.

— A gente morava em uma casa perto de Ralphs — explica ele. — Mas aí o preço dos imóveis começou a subir e os impostos...

Ele não precisa me explicar sobre impostos de moradia.

— Recentemente, minha mãe e eu começamos a alugar um dos nossos quartos — digo baixinho. — Precisamos do dinheiro. Meu pai foi embora quando eu era bebê.

O que aconteceu? Eu só queria molhar meus dedos na água. Acabei completamente submersa.

— O meu também. Acho que minha mãe nem sabe quem ele é — diz Zack. — Ela não é exatamente um modelo de mãe.

— A minha também não. — Não sei por que digo isso. Não é uma declaração justa. Minha mãe tenta. Não recebeu as melhores cartas da vida, mas ela tenta.

Ele se vira para mim, intrigado.

— Sério? — ele pergunta enquanto liga o rádio. — Então como você acabou sendo tão inteligente?

Balanço a cabeça timidamente, secretamente extasiada.

— Sou só uma garota normal — digo. Ele ri. O som de sua risada é tão viciante que tento memorizá-la.

— Você definitivamente *não* é só uma garota normal.

Cinco minutos depois, chegamos à minha casa.

— Quer entrar? — pergunto. Parece que estamos em um encontro, só que são quatro da tarde e estou abraçando meus livros da escola como se fossem um colete salva-vidas.

— Preciso ir para casa e ajudar minha mãe — ele recusa. — Mas que tal mais pro fim da semana? Você pode?

Assinto, entusiasmada.

— Ótimo, porque eu tenho um trabalho de economia para entregar — completa ele.

A expectativa, por ele realmente querer passar um tempo comigo, e a decepção, por ele só precisar da minha ajuda com o dever de casa, são igualmente reais.

Não esquenta, De La Cruz. Não esquenta. Lembro a mim mesma que já tenho um treinador excelente e uma chance de estudar em Yale. Seria ganância querer mais.

— Por mim tá ótimo — respondo, sorrindo, ao sair do carro.

Dentro de casa, encontro minha mãe sentada no sofá. Ela chegou cedo, para variar!

— Olha que lindo! Claire encomendou umas flores para nós — diz ela, apontando para o buquê de lírios sobre a mesa de centro.

Eu me jogo no sofá.

Claire descobriu o mundo das compras online nos Estados Unidos. Todo dia chega uma caixa nova. Até agora, ela comprou calças da Theory, camisetas, sutiãs, cadernos, maquiagem. De vez em quando, inclui alguma coisinha para minha mãe, o que é legal, mas não muda o fato de que ela não pode simplesmente jogar as lentes de contato no chão.

— Não é gentil da parte dela? — comenta minha mãe. Ela se inclina sobre a mesa e cheira as flores, fechando os olhos. — Ela é tão boazinha, essa Claire.

Reviro os olhos. Boazinha? *Ah, por favor.* Ouvi ela chegar em casa às três da manhã depois de uma noite agitada de festa.

— O que foi? — pergunta minha mãe.

— Nada. É só que você gosta tanto dela. — Não queria dizer isso, mas é verdade, e é um pouco perturbador. Minha mãe se levanta para fazer um pouco de chá.

— Ela é nossa cliente.

Solto um ruído debochado ao ouvir a palavra. Quem minha mãe acha que é, Rosa?

Enquanto põe água na chaleira, ela suspira, reunindo seus pensamentos.

— Goste você ou não, estou administrando um negócio. Você vai sair daqui em um ano e meio. E o que eu vou fazer com os quartos extras?

Ela poderia ir comigo, New Haven ainda não está completamente gentrificada. Tenho certeza de que podemos encontrar um apartamento de dois quartos barato em algum lugar fora do campus. Quando eu sugiro isso para minha mãe, ela faz uma careta.

— Você não sabe se vai entrar — diz ela, o que dói. Muito. — E eu não posso ficar do seu lado para sempre. Você precisa sair e viver sua própria vida, não ficar se preocupando em tomar conta de mim.

— Você toma conta de Lola e Lolo — murmuro. Minha mãe vem até mim e coloca suas mãos cansadas e enrugadas no meu ombro.

— Eu sei, minha *anak*. — Ela suspira, usando a palavra em filipino para "filha". — Mas eu não quero que você carregue o mesmo fardo que eu.

Jamais pensaria na minha mãe como um fardo. Enquanto ela despeja seu chá em uma xícara, me encolho no sofá no lugar quentinho onde o sol da tarde bate, encarando os lírios de Claire.

Vinte e um
Claire

A prova de inglês foi mais tranquila do que eu esperava. Como Dani havia previsto, me avaliaram principalmente em recursos literários e poéticos. Só vou receber os resultados na semana que vem, mas estou otimista. Até contei para minha mãe. Sorrio ao reler a resposta dela no WeChat.

> Uau! Isso é ótimo! Estou orgulhosa de você!

Guardo meu celular durante a aula do sr. Harvey e olho na direção de Jay. Nenhum de nós disse nada sobre ele ter pagado pelas minhas águas no refeitório. Eu ia agradecê-lo, mas aí esperei demais, e agora seria estranho mencionar o assunto.

Durante a aula, Jay fica quieto. Noto que ele às vezes sorri quando está trocando mensagens no celular, o que me faz pensar se está falando com a namorada. Jess jura que ele é solteiro, depois de ter feito um belo trabalho de detetive no WeChat e no Weibo dele.

Em grande parte, ela já superou meu pedido para apagar as fotos no Instagram, mas ainda se gaba por ter aumentado meu número de seguidores em 430% em uma única noite.

Todo dia fico encarando meus 520 seguidores. Talvez eles se esqueçam de mim e sigam em frente. Não postei mais nada desde então. Ou talvez eles fiquem e eu possa colher os frutos de "ter seguidores", o que, segundo Jess, é tão importante para o futuro de alguém nos Estados Unidos quanto fazer aulas de inglês melhores.

Não contei nada para Teddy sobre essa história louca do Instagram. Ele não entenderia. Teddy só usa o WeChat e limita os posts dele para os amigos.

Quando saio para jantar com as garotas, conto a elas que Teddy e eu começamos a fazer *sexting*.

— Claire! — elas erguem as sobrancelhas, impressionadas.

— Caramba, amiga — diz Jess enquanto corta seu bife. — Não sabia que você tinha coragem de fazer essas coisas.

Elas me pedem detalhes e eu digo que fazemos isso desde aquela noite na boate, às seis da manhã no horário da Califórnia, nove da noite no horário de Xangai.

— Gosto das mensagens doces que ele me manda depois — digo. Às vezes, Teddy me manda um monte ao longo da noite dele, que me fazem sentir menos solitária ao longo do meu dia.

— Eles ficam tão carinhosos depois, não ficam? — acrescenta Jess. Ela dá uma última mordida no bife e descansa o garfo e a faca sobre a mesa. Acena para a garçonete, informando que já acabou.

— Ah, espera, não joga isso fora. — Florence aponta para o pedaço grosso de bife que sobrou no prato. — Podemos embrulhar e dar para os desabrigados.

— Você quer dar bife Kobe para os sem-teto? — Jess começa a gargalhar, colocando uma mão sobre o ombro delicado de Florence. — O cara que acabar com essa garota vai ser um sortudo.

Florence entrega o prato à garçonete para que ela o embrulhe para viagem.

— Como você sabe se eu ainda não encontrei essa pessoa?

Nós a encaramos.

— Tem alguma coisa que você não contou para a gente?

Florence cora e faz que não com a cabeça.

— Não, só tô brincando. Não encontrei ninguém.

A garçonete retorna com a marmita e a conta. Todas jogamos nossos cartões de crédito, exceto Nancy, que vasculha a bolsa.

— Droga, esqueci de pegar meus cartões de crédito da minha outra bolsa — diz ela.

— Não esquenta, amiga, eu pago — diz Jess, pegando a conta.

Mais tarde, enquanto entramos nos nossos Ubers, penso em como é legal minhas novas amigas não terem me censurado pelo *sexting*. Minhas amigas de Xangai definitivamente teriam me julgado.

Mais tarde naquela noite, Teddy espera por mim. Ficamos acordados até tarde namorando no Skype. Na manhã seguinte, saio do quarto tão envergonhada que não tomo café da manhã com Dani e a mãe. Em vez disso, pego um muffin na escola.

O time de natação está no refeitório de manhã cedo, tomando café da manhã também. São sete garotos e três garotas. Observo a forma como eles comem, devorando panquecas e ovos como se não houvesse amanhã. Sinto falta dessa parte de praticar natação. Eu costumava ser capaz de comer desse jeito.

Em vez disso, mordisco meu minúsculo muffin de framboesa, todo amassado dentro da embalagem de plástico. Vou até a lata de lixo jogar a embalagem de plástico fora, quando um dos garotos do time de natação caminha na minha direção. Ele acidentalmente esbarra em mim com a toalha molhada enquanto esvazia sua bandeja.

— Desculpa! — diz ele. — Molhei você?

Olho para minha blusa e esfrego o ponto tocado pela toalha.

— Não tem problema — digo. Ele tira a toalha do caminho.

— Está limpa, prometo — diz ele. — Só tem um pouco de cloro.

Respiro fundo, quase sinto inveja, lembrando os dias em que eu cheirava a piscina.

Ouço uma notificação. É Teddy de novo.

> Oi amor, ontem foi uma delícia. Ainda tô pensando no jeito que você ficou quando percorreu o corpo com os dedos.

Sinto o rosto corar e fecho o aplicativo.

Duas semanas se passam e ainda não tive resposta da sra. Mandalay sobre os resultados da minha prova. Estou ficando preocupada.

— Por que ela simplesmente não me conta? — digo para Jess no celular. — Mesmo se eu reprovei, só fala! Não me deixa esperando à toa. Eu aguento.

Jess murmura "Já volto". Ouço um garoto ao fundo. Tem música tocando. Ela está na academia?

— Ei, Claire, preciso ir — diz ela. — Estou na casa do meu personal trainer.

— Ah... — digo. É engraçado ela nunca chamar ele de namorado. Ainda é só o personal dela. — Okay, me liga! — Fico na linha por um segundo antes de acrescentar: — Toma cuidado.

Desligo o celular e olho a hora. São nove da manhã na China, tarde demais para ligar para Teddy. Ele já está na escola. Penso em mandar uma mensagem para minha mãe. Em vez disso, vou até o quarto de Dani, hesitando por um segundo na porta dela antes de bater.

— Ocupada, *ako* — ela diz para a mãe em filipino.

— Não... sou eu.

Dani abre a porta. Ela tira os fones de ouvido. Olho para eles, fones da Sony velhos e desgastados, e fico me perguntando se ela consegue escutar Teddy e eu de manhã. Talvez eu deva comprar um melhor para ela.

— O que foi? — pergunta Dani, me deixando entrar no quarto. Encosto na parede e lhe conto sobre minha prova de proficiência em inglês.

— Não sei o que fazer — digo a ela. — Já passaram duas semanas!

— Você definitivamente deveria mandar um e-mail para a sra. Mandalay. Ela deve ter esquecido. Anda muito ocupada com eventos beneficentes ultimamente.

Inclino a cabeça.

— Foi pra um desses eventos que você foi outro dia? — Eu a vi saindo de casa com um vestido preto elegante. Fiquei surpresa. Não sabia que ela tinha um corpo tão bonito escondido debaixo das calças e blusões de moletom.

Sua linguagem corporal diz que não é nada, mas seu rosto está radiante de orgulho.

— Tive que dar um discurso — diz Dani.

Quero dizer: "Seus discursos são incríveis", mas não falo nada. Ela acharia muito estranho se soubesse que eu a escuto do meu quarto às vezes. Assim como eu estranharia se ela me ouvisse.

— Então eu só mando um e-mail pra ela? — pergunto. Dani faz que sim com a cabeça.

Continuo parada, hesitante.

— Mas, na China, se a gente cutucar um professor, ainda mais uma diretora, é considerado grosseiro — comento.

— Bom, aqui, dar uma cutucada é ser adulto — ela me informa. Pega o celular. — Falando nisso, minha mãe quer saber como adicionar sua mãe no WeChat.

— Claro, posso te mostrar. — Ofereço, pegando meu celular. Uso minha própria conta no WeChat para adicionar Dani e mostrar a ela como fazer.

Recebo uma notificação enquanto estou adicionando o seu perfil. Desta vez, é uma mensagem do meu pai.

> Que história é essa de fazer uma prova de proficiência em inglês que a sua mãe me contou? Tem certeza de que é uma boa ideia? Você acabou de chegar aí! É melhor não ofender a escola. LIGUE PARA MIM.

— Desculpa, Dani. É o meu pai — digo, pedindo licença para ligar para ele. Sacudo a cabeça no caminho para o meu quarto. A hipocrisia é inacreditável. Meu pai faz o que bem entende, mas quando se trata do que *eu* quero fazer, de repente a coisa vira um tal de *"Meu Deus, o que as pessoas vão pensar?"*

Vou dizer a ele o que as pessoas vão pensar, que eu estou assumindo o controle da minha vida. E já estava na hora.

Vinte e dois
Dani

Fico navegando no WeChat, vendo o mural de Claire ou seus "Momentos", como são chamados os posts no app.

Paro em uma foto de Claire sentada no chão da nossa área de serviço com um monte de palavras em chinês escritas embaixo. Há um botão de traduzir no WeChat, e clico nele, esperando que a legenda seja algo como "Minha primeira vez lavando roupa!" ou "Minha colega de quarto, Dani, me ajudou!"

Em vez disso, a tradução que me encara de volta é:

Sofrendo nos Estados Unidos. Dá pra acreditar que essa é a minha vida agora? 😣

As palavras me atingem com força. Achei que ela estava começando a gostar de morar com a gente. Achei que, naquele dia em que eu a ajudei com as roupas, havíamos meio que nos aproximado.

Vejo os outros posts dela. Encontro outros dois da nossa casa, além daquele na área de serviço, ambos com o mesmo tom choroso e sarcástico. Há um do closet dela com a legenda:

O momento deprimente em que você acorda e percebe que esse é o seu closet. 😭

Ela também tirou uma foto da nossa pia e escreveu:

Bebendo água da torneira porque é isso que as pessoas fazem aqui. 😖

No jantar, ignoro Claire. Estamos comendo espaguete e, enquanto ela devora a comida vorazmente, resisto à vontade de perguntar: "Se você odeia tanto morar aqui, por que está enchendo a barriga com as almôndegas da minha mãe?"

Respiro fundo no treino de debate no dia seguinte, tentando focar nas técnicas que o sr. Connelly me passou na nossa sessão particular. Minha voz sobe e sobe, em um *crescente* palpável, enquanto faço meu discurso na frente de Heather e meus outros colegas.

— Acredito no poder que uma pessoa tem de mudar o mundo, não importa quem ela é ou de onde ela vem. Acredito na justiça social e na educação como um veículo para a mobilidade social. Na defesa da *verdade*. É a verdade que vai prevalecer sobre o dinheiro, sobre a ganância, sobre o nepotismo, o legado e a trapaça. — Olho para Heather enquanto digo isso. — A verdade, senhoras e senhores, é como vamos curar nossa sociedade, afinal.

O sr. Connelly se levanta e aplaude. Não apenas ele, mas também todos os funcionários e técnicos no auditório, *eles* estão se levantando e *eles* estão aplaudindo. Um sorriso se espalha no meu rosto, absorvendo tudo aquilo: as luzes, os sons, a adrenalina e o orgulho que pulsa nas minhas veias.

O rosto de Heather McLean fica da cor do púlpito: um marrom escuro quente com a ameaça de uma explosão de lava vindo.

— Isso foi incrível! — O sr. Connelly aplaude. Ele olha ao redor para meus colegas de equipe e pergunta: — Ela não foi incrível?

Alguns deles concordam com um murmúrio. A maior parte fica encarando os próprios pés. As portas no fundo do auditório se abrem com um estrondo e Zach entra no salão. Deve ter escutado o discurso do lado de fora, porque também está aplaudindo. O sr. Connelly olha para ele.

— Oi! — digo, descendo do palco e caminhando em sua direção. — O que você está fazendo aqui?

— Vim ver você treinar — diz Zach, sentando-se. Ele olha para o sr. Connelly. — Posso?

O sr. Connelly não diz nada, mas também não expulsa Zach. Enquanto Heather sobe no púlpito, Zach me cutuca com o cotovelo.

— Quer que eu vaie ela? — ele sussurra ao meu ouvido.

— Não! — sussurro de volta. O sr. Connelly olha para nós dois aos risinhos.

— Vou vaiar ela! — insiste ele.

Zach ri e me cutuca com o cotovelo quando Heather pigarreia. Assim que Heather começa a falar, o sr. Connelly lhe diz para parar, franzindo o cenho.

— Não, não, não. Isso foi terrível — diz ele. — Quase parece que você está lendo o verso de uma caixa de cereal.

Zach abafa o riso.

— Você precisa colocar emoção no discurso, como a Dani fez — diz o sr. Connelly, apontando para mim com a cabeça.

Heather faz uma cara de quem está pronta para me estrangular enquanto o sr. Connelly lhe explica como melhorar sua enunciação. Zach se vira para mim depois que o treino acaba e me dá um *high five*.

— Isso foi incrível! — diz ele.

Espero até todos os meus colegas saírem para responder:

— Sério? — Eu meio que queria que o sr. Connelly não tivesse me elogiado tanto. — Você não acha que eu exagerei?

— O treinador está te dando atenção extra. Isso é uma coisa boa! — diz Zach.

Ele coloca o braço ao meu redor, sorri e acena para o sr. Connelly enquanto saímos.

Vinte e três
Claire

Teddy me liga cedinho, às seis da manhã. Resmungo pelos lençóis, ainda sonolenta. Por um segundo, fico tentada a ignorar a ligação e voltar a dormir. Fiquei acordada até tarde falando com meu pai, e isso meio que estragou o clima. Mas então penso em Teddy aguardando ansioso do outro lado da linha e pego meu celular. Clico em "Aceitar Chamada de Voz" em vez de "Chamada de Vídeo".

— Bom dia — cumprimento.

— Oi! — responde ele. — Você tá me vendo? Por que eu não consigo te ver? Muda pra vídeo!

Olho para o meu celular. Sei o que ele deseja, mas só quero conversar. Sinto saudades de *conversar* com o meu namorado.

— Não tô muito no clima — respondo. — Estou meio nervosa com a minha prova de proficiência em inglês.

Eu esperava que ele fosse me perguntar sobre a prova e me reconfortar, mas Teddy está mais interessado em outra coisa.

— Logo você entra no clima. Vai, liga a câmera e tira a blusa.

Resmungo.

— Preciso ir. Tenho que chegar mais cedo na escola. — Depois que desligamos, olho ao redor do meu quarto. Meus olhos pousam sobre a toalha pendurada na minha cadeira. Penso na sensação de tranquilidade e clareza que eu sentia depois de nadar bastante. Pego a toalha e saio.

É minha primeira vez na piscina da escola, que fica atrás do ginásio. Felizmente, está sempre aberta para que a equipe de natação possa treinar, mesmo fora do horário das aulas, e há uma raia extra aberta para alunos que não fazem parte da equipe. Enquanto me troco no vestiário, posso ouvir o time treinando, os *splashes* da água em contato com os corpos. Curvo os dedos do pé, ansiando por aquela sensação gelatinosa e gostosa da água. Faz *tanto* tempo.

Mergulho, mantendo os olhos bem abertos enquanto a água me abraça e segura. Como tudo em LA, a água da piscina é quente, muito mais quente do que em Xangai. Prendo a respiração, sentindo a imobilidade nos pulmões. Sempre gostei desse primeiro momento debaixo d'água. Ele te faz lembrar de que você ainda está no comando, mesmo quando parece que sua vida está saindo do controle. Basta bater as pernas e voltará para o topo.

Nado até o outro lado. Para lá e para cá, e para lá e para cá, percorro a raia junto da equipe de natação, até sentir as pernas doendo e os braços queimando, e mesmo assim não paro. Deus, como senti falta disso. Nado por quarenta e cinco minutos, sem intervalos. Quando termino, o ginásio está praticamente vazio. A equipe de natação já terminou o treino. Seguro na borda da piscina, tentando recuperar o fôlego.

O garoto que esbarrou em mim no refeitório outro dia me vê e caminha até mim. Ele está usando uma touca de natação azul.

— Oi! — O garoto sorri. Ele enrola uma toalha sobre a sunga molhada e se ajoelha. Uma poça de água se forma ao redor de seus pés. Ele tem olhos gentis e azuis, a mesma cor da água. E ombros largos. Ombros de nadador. O tipo de ombros que minha mãe e minha avó morriam de medo que eu tivesse. São bonitos nele. — Você tem uma técnica muito boa.

— Obrigada.

Tomo um impulso na borda e começo a atravessar a raia novamente. Enquanto nado, ouço a voz dele dizendo:

— Não deixa a cabeça fora da água por muito tempo. Corta a água com a mão e atravessa. É mais eficiente.

Tento seguir o conselho dele e chego ao outro lado em menos tempo. Quando olho para trás, ele já se foi.

Quando termino de nadar, os outros alunos começam a chegar à escola. Eu me dirijo ao estacionamento, esperando encontrar Jess. Em vez disso, vejo a tal da Emma Lau, a garota que brigou com Jess no refeitório.

A mãe de Emma a chama em mandarim enquanto ela sai do carro:

— Não esquece que você tem aula para o SAT depois da escola!

Emma se vira e grita para a mãe:

— Já te disse milhões de vezes, não fala em chinês comigo na escola! *Uau.* Recuo.

— Eles não têm orgulho — diz uma voz atrás de mim. Eu me viro e dou de cara com Jay, observando Emma e balançando a cabeça em um gesto de reprovação.

— Oi — digo para ele em chinês. — É você.

Ele sorri.

— É você também — responde ele. Jay trava sua Lamborghini, estacionada na primeira fileira, e joga a mochila sobre o ombro. O sol brilha em seus olhos.

— Obrigada pelas águas — digo.

— O quê? — pergunta ele, franzindo as sobrancelhas. Jay olha para mim como se não tivesse ideia do que estou falando. Sinto o rosto corar. Quero morrer de vergonha por ter dado tanta importância a esse gesto sendo que ele nem se lembra. Ele provavelmente compra água para todas as garotas.

Balanço a cabeça.

— Esquece — disperso. Alguns paraquedistas passam por nós. As garotas encaram Jay e eu. Queria que Jess e as outras estivessem aqui para ver isso, mas elas ainda não chegaram.

Meu celular toca. Provavelmente é Teddy. Eu o silencio com meu dedo.

Um dos amigos de Jay o chama e ele se vira para ir embora.

— Te vejo por aí — diz para mim.

Sinto uma ponta de decepção à medida que Jay se afasta, mesmo com a vibração do meu celular me lembrando de que já tenho um namorado.

Vinte e quatro
Dani

— Quem era aquele no auditório ontem? — pergunta o sr. Connelly no dia seguinte, durante a nossa sessão de treino particular. Ele apoia os pés sobre a mesa enquanto eu preparo os cartões de dicas.

— Era só o Zach — respondo. Pigarreio para começar o meu discurso, mas o sr. Connelly ainda não terminou.

— Zach Cunningham? — Ele parece intrigado, balançando a cabeça. — Não imaginava que ele fosse o seu tipo.

Baixo o olhar para os cartões.

— Ele é meio fraquinho, você não acha?

Não gosto do rumo que a conversa está tomando, então pigarreio novamente e dou início ao meu discurso.

— Senhoras e senhores... — começo.

O sr. Connelly me interrompe outra vez.

— Então há quanto tempo vocês namoram?

Abaixo meus cartões.

— Não estamos namorando. — Pelo menos não ainda.

— Vai, vi a mão dele no seu ombro. Vocês pareciam um casal. — Por que ele está tão interessado nisso?

O sr. Connelly cruza os braços.

— Só quero ter certeza de que a sua cabeça está no lugar certo, sabe? — ele fala. — Quer dizer, se você ainda tem interesse em ir para a Snider...

— É claro que sim! — explodo. Firmo as mãos sobre a mesa.

— Então por que está perdendo tempo com namoricos? — ele murmura baixinho.

Eu o encaro. Não acredito que acabou de dizer isso, quase como se estivesse com ciúmes. É tão condescendente. Ao mesmo tempo, só consigo pensar na forma como está me olhando, com os ombros murchos enquanto nega com a cabeça, como se tivesse apostado no cavalo errado. Pego minha mochila e me levanto, sentindo um turbilhão de emoções dentro de mim.

— Com licença, preciso ir — digo.

Abro a porta da sala e saio para o corredor. O caos de setecentos alunos esfomeados me recebe, todos a caminho do refeitório. Passo os olhos pelo mar de cabeças à procura de Ming.

Ouço uma notificação do meu celular.

> Sinto muito.

Escreve o sr. Connelly.

Não respondo.

> Dani, você está aí? Sei que leu a mensagem.

Três pontinhos.

> Sinto muito mesmo. Perdi a cabeça lá dentro. Você me perdoa?

Ele escreve. Fico encarando as palavras.

> Dani, por favor. Diga alguma coisa

Insiste ele. Sinto uma pontada no peito.

> Eu só quero que você se dê bem na vida. Eu me importo com você. Não quero que você jogue seu futuro fora por um garoto qualquer.

Engulo o nó na minha garganta ao responder:

> Não vou jogar meu futuro fora por nenhum garoto.

Mais pontinhos.

> Ótimo.

Responde ele.

Vinte e cinco
Claire

Fico encarando Jay durante a aula de inglês com um sorriso no rosto. Ele está sentado três carteiras na minha frente, todo relaxado. Até o seu jeito desleixado de sentar é sexy. *Para com isso.* Lembro a mim mesma que vou sair da turma do sr. Harvey em breve. Mas talvez ficar não seja tão terrível assim. *Para.*

A srta. Jones, nossa substituta, está nos ensinando sobre "a jornada do herói". É um conceito que existe na escrita criativa, e não consigo deixar de compará-lo à minha própria jornada até os Estados Unidos. Eu rejeitei o chamado a princípio, mas depois parti rumo ao desconhecido. E agora estou conhecendo pessoas e passando por todos esses pequenos desafios e tribulações antes de finalmente provar meu valor.

— Eventualmente, na jornada do herói, o protagonista encara o desafio *final*, que mostrará do que ele ou ela é feito de verdade — explica a srta. Jones —, para que recupere o controle de sua vida.

Repito aquelas palavras mentalmente e sorrio. Queria que tivéssemos aulas com a srta. Jones todos os dias.

Depois da aula, desbloqueio meu celular. Há um e-mail da sra. Mandalay.

> Querida Claire,
> É um prazer informá-la de que os resultados da sua prova foram suficientemente altos para admiti-la na turma de Inglês III. Será um prazer oferecer-lhe uma vaga na turma da sra. Wallace (terceiro período, sala 412). Você pode começar na segunda-feira.
> Stacey Webber
> Em nome de Diretora Joanna Mandalay

Fico encarando o e-mail, sentindo uma onda de orgulho. Mostro o e-mail para Jess, que joga os braços ao meu redor.

— Parabéns! — exclama Jess. — Precisamos sair para comemorar!

Jay olha na nossa direção. Ouço outra notificação. Clico no WeChat, esperando que talvez sejam meus pais, mas é Teddy.

> Amor, quando você vai ficar online? Sei que está na aula, mas não pode dar uma escapadinha? Tô ficando muuuiiito entediaaaaadoooooo esperando por você. 😌

Encaro as palavras, incrédula. Elas parecem tão estranhas no meio do dia. Respondo:

> Acabei de receber os resultados da minha prova de inglês. Passei!

Ele responde com um simples "yay". Só isso.

Mais tarde naquela noite, ligo para Teddy no Skype. Há uma brisa entrando pela janela, então a fecho.

— Acho que a gente precisa ir mais devagar — digo a ele. — A gente só faz coisas físicas, e quero conversar com você sobre o que está rolando na escola. — Ainda estou muito irritada por ele ter respondido apenas "yay" hoje mais cedo.

— Como assim, a gente só faz "coisas físicas"? Nem estamos fisicamente juntos! — protesta Teddy.

— Você sabe do que eu tô falando...

— Então o que, você quer voltar ao normal? E é pra eu esquecer todas as coisas que a gente fez e disse um pro outro online?

Olho para o meu teclado. Quer dizer, ele não precisa esquecer, eu só não quero continuar. Pelo menos não agora.

Teddy balança a cabeça para mim.

— Sabe, se você tivesse dito logo que ia terminar comigo, eu não teria desperdiçado tanto tempo com você. Eu podia ter ficado estudando para o *gaokao*!

E lá vamos nós de novo. Abaixo o volume do meu notebook.

— Não estou terminando com você — digo.

— E que diferença isso faz? — ele me desafia.

Uau. E pensar que eu acreditei mesmo que ele fosse gostar de ir com mais calma e fosse realmente me perguntar sobre o meu dia em vez de só querer que eu tirasse a roupa.

Olho diretamente para a câmera.

— Você tem razão, acabou. Eu devia ter terminado com você da primeira vez, pra que você tenha tempo de estudar para o seu precioso *gaokao*. — Coloco o dedo sobre "Encerrar Ligação", acrescentando antes de terminar a conversa: — Aliás, espero que você reprove!

Vinte e seis
Dani

Talvez eu esteja vendo coisa onde não tem na situação com o sr. Connelly. Talvez ele só esteja me importunando sobre meu namorado de um jeito paternal. Os pais não são sempre uns chatos quando se trata dos namorados das filhas? Não que eu tivesse como saber. Mando uma mensagem para Ming quando chego em casa. Ela responde:

> Talvez seja como eu e o Kevin das Cuecas. Você só precisa descobrir um jeito sutil de recuar com o sr. Connelly.

Balanço a cabeça ao ler a mensagem. *Não, não é como você e o Kevin das Cuecas!* Nem consigo acreditar que estamos colocando o sr. Connelly, meu inspirador e incrível treinador, na mesma frase que o *host dad* de Ming. Guardo meu celular quando Claire entra no meu quarto e anuncia que entrou em Inglês III.

— Que ótimo! — exclamo. Fico feliz por ela, mesmo que ainda esteja brava com seus posts no WeChat. Pelo menos ela não postou mais. Ando checando toda noite.

— É uma pena eu não ter entrado na turma do sr. Connelly como você recomendou — diz ela. Cerro os lábios, mas não digo nada.

— Enfim, obrigada de novo. — Ela se aproxima para me dar um abraço.

— Sem problemas — digo sem jeito, retribuindo o abraço. Resisto à tentação de acrescentar: "É o mínimo que posso fazer para minimizar seu *sofrimento* aqui".

No dia seguinte, comento com Ming sobre os posts de Claire no WeChat enquanto limpamos uma casa.

— Talvez ela só esteja falando da boca pra fora — diz ela enquanto afofa uma almofada. — Você nunca fez isso? Dizer uma coisa para uma pessoa e uma diferente para outra?

— Não. Sou uma debatedora. Tenho princípios — insisto. É claro, mesmo falando isso, sei que não é inteiramente verdade. Eu jamais diria para Heather ou meus outros colegas de time que limpo casas depois da escola.

— Bom, eu já — diz Ming. Ela pega outra almofada. — Todas as minhas amigas da China acham que eu estou namorando um cara aqui. Até fiz uma conta fake no WeChat pra ele.

Levanto as sobrancelhas, surpresa.

— E os seus pais? — pergunto. — Você nunca vai contar pra eles?

— Não — responde Ming.

— E se você conhecer o amor da sua vida?

Ming dá de ombros.

— A Florence também não contou para os pais dela.

Desligo o aspirador.

— Uau, você acabou de chamar a Florence de amor da sua vida? — Sei que elas têm passado bastante tempo juntas, mas não achava que era nada sério.

— Não, sei lá — responde Ming, balançando a cabeça. — Você sabe do que eu tô falando.

Pergunto a ela como estão as coisas entre as duas.

— Estão ótimas — responde Ming, radiante, enquanto puxa os lençóis. — Ontem à noite, fui à casa dela e nós nos beijamos pela primeira vez.

Sorrio.

— Como foi?

— Foi incrível! — Ming afofa o travesseiro e o aperta contra o peito, fechando os olhos com a lembrança.

A expressão em seu rosto me faz imaginar quando Zach e eu vamos chegar lá também. Mal posso esperar.

Ming recoloca o travesseiro na cama.

— Enfim, o que eu estou dizendo é que talvez os posts que você lê sejam só a Claire da China...

— Talvez....

— Você já pensou melhor no que vai fazer a respeito do sr. Connelly? — pergunta Ming. Faço que não com a cabeça.

— Acho que vou só tentar contornar a situação. Não vou deixar que ele crie nenhuma ideia errada...

— É isso aí — diz Ming. Ela arregala os olhos. — Falando em situações esquisitas, você não vai acreditar no que eu descobri ontem quando fui pagar meu aluguel na agência de intercâmbio. Estão colocando adolescentes chinesas em casas de homens solteiros.

— O quê? Achei que para ser uma *host family*, você precisava ter uma família de verdade. — Passo o aspirador pelo quarto. Começo a arrumar a escrivaninha. Ming nega com a cabeça.

— Ouvi a equipe de vendas conversando e, aparentemente, há tantos jovens chineses precisando de quartos que agora estão aceitando qualquer um — explica ela. — Você só precisa ter um quarto vago. E deixar que verifiquem seu histórico. É só isso.

Balanço a cabeça enquanto ajeito a escrivaninha, espiando os papéis espalhados sobre ela. Estamos no quarto de Tiffany Davis, da minha turma de geografia. Ela errou todos os países do Oriente Médio.

— Dá pra imaginar as coisas que rolam nessas casas? — pergunta Ming, borrifando um eliminador de odores ao redor do quarto. — Estou pensando em trabalhar lá nos finais de semana.

— Na agência de intercâmbio? — pergunto. Ela assente.

— Vai saber, talvez eu possa ajudar eles a filtrar potenciais *hosts*. Garantir que não entrem outros Kevins no sistema.

— Acho uma ótima ideia. — Sorrio enquanto terminamos de limpar o resto do quarto, orgulhosa de Ming por querer usar a própria experiência para ajudar outros jovens. — E aí, quando eu vou conhecer essa tal de Florence?

— Vou apresentar vocês duas quando estivermos na escola!

Vinte e sete
Claire

Há quinze e-mails do Teddy na minha caixa de entrada. Todos eles dizem mais ou menos a mesma coisa.

> Podemos conversar? Desculpa ter agido daquele jeito. Mas só de pensar em nunca mais ver seu corpo lindo de novo...

Blá blá blá.

Deleto todos e coloco um filtro de spam para o e-mail desse babaca. Pego meu maiô e vou para a piscina da escola. É um sábado e, enquanto digito o código de acesso, vejo que sou a única aqui. Mergulho em busca de consolo. O calor da água me recebe. A cada braçada, tento deixar Teddy para trás.

Enquanto nado, outra pessoa entra e pula na água. O garoto da touca azul do outro dia joga água na minha direção.

— Oi! — diz ele.

Eu queria muito ficar sozinha hoje, mas o Touca Azul não se toca. Ele nada ao meu lado, berrando conselhos de nado não requisitados.

— Mais força no braço esquerdo!

— Prende a respiração aí! Não inspira!

— Agora enche os pulmões! Isso!

É irritante. Enfim, eu me viro para ele, ofegante.

— Dá pra parar? — grito.

Ele ergue as mãos.

— Desculpa. Eu... eu só queria ajudar — balbucia ele. Parece magoado.

— Não, eu que peço desculpas, é que eu acabei de terminar com o meu namorado — resmungo.

— Putz, sinto muito... — diz o Touca Azul. Seu rosto se ilumina e ele acrescenta, daquele jeito debochado dos homens: — Quem perdeu foi ele.

Desvio o olhar. Cedo demais, Toca Azul. Em silêncio, nado até a borda da piscina e saio.

Sentada no vestiário enquanto seco o cabelo, recebo uma mensagem de Florence no nosso grupo.

> FESTA HOJE À NOITE!!! AQUI EM CASA!!!

Sorrio. Ela encaminhou a mensagem para todos os paraquedistas. Depois do que aconteceu com Teddy, uma distração cairia bem. Talvez Jay esteja lá.

Respondo Florence:

> OK, mas nada de fotos no Insta.

Jess responde rapidamente:

> Garota, relaxa. Juro pelo meu cabelo lavado com Olaplex e Evian 😵‍💫😵‍💫

Chamo um Uber. Touca Azul está esperando por mim quando saio do vestiário.

— Oi — diz ele. — Desculpa se te ofendi.

Ele balbucia seu nome, mas não entendo o que diz. E também não quero pedir para ele repetir, porque não quero que pense que eu sou uma dessas asiáticas que são super ruins com nomes americanos. Em vez disso, aponto para a bolsa dele, onde se lê *Equipe de Natação da American Prep*.

— Você sabe como eu faço para entrar na equipe? — pergunto.

— Ah, você super devia tentar ano que vem! — exclama ele. — Vai se dar super bem!

Sinto uma pontada de decepção.

— Ano que vem? — pergunto. Ele assente, relutante.

— É. Infelizmente, todas as vagas desse ano já foram preenchidas — explica. — Mas assim que chegar agosto... — ele sorri e faz arminhas com as mãos para mim — será um prazer ter você na equipe.

Fico encarando-o, querendo acreditar em suas palavras. Mas meu lado cínico acha que todos os homens são um lixo e ele provavelmente está dizendo isso porque "tem um fetiche" por garotas asiáticas ou algo desprezível do tipo. Recebo uma notificação do meu Uber.

— Preciso ir.

Ele sai comigo e acena enquanto corro na direção do meu Uber. Quando entro, olho para ele e deixo escapar um sorriso. Ainda está acenando.

Mais tarde, Nancy e Jess passam em casa. Vamos nos arrumar para a festa de Florence juntas. Ela nos chama no FaceTime enquanto nos maquiamos.

— Florence! — Jess grita no celular. — Você comprou bastante birita? Vou tomar todas hoje!

Dani passa pelo meu quarto.

— Ah, oi. Vou chegar tarde hoje — aviso. — Minha amiga Florence vai dar uma festa.

— Você disse Florence? — pergunta Dani.

Faço que sim com a cabeça, olhando na direção de Jess. A Dani... conhece a Florence? Jess balança a cabeça para mim. *Sem chance, não vamos convidar ela.*

Dani volta para o seu quarto quando ouço uma notificação no meu celular. É uma mensagem do meu pai.

> Oi, girassol, ouvi as boas notícias sobre a sua aula de inglês. Mal posso esperar para comemorar pessoalmente com você na semana que vem. Tenho uma reunião de negócios em LA.

Ergo os olhos do celular e anuncio para Nancy e Jess:

— Meu pai vai vir pra cá na semana que vem!

Nancy dá um gritinho enquanto Jess continua retocando sua maquiagem. Não sei se ela está com inveja ou se não dá a mínima para pais.

— Vai, vamos logo — diz Jess. — A Florence tá esperando a gente.

— O seu namorado vai? — pergunto.

— Nós terminamos — responde ela.

— Ah, sinto muito.

— Não precisa. Descobri que aquele filho da puta ainda estava cobrando meus pais pelas minhas sessões de treinamento. Dá pra acreditar? — Ela joga a cabeça para trás e ri. — Mas reconheço que ele foi bem esperto. Ganhou, tipo, cinco mil dólares pra trepar comigo.

Nancy está boquiaberta, incrédula.

— Ele tem que te devolver o dinheiro!

— Não vale a pena. — Jess balança a cabeça. — Já superei.

Enquanto ela chama um Uber para nós e vai esperar na frente de casa, olho para meu celular, lutando contra a vontade de reler a mensagem do meu pai. Ele vai vir mesmo semana que vem? A ideia é igualmente empolgante e estressante. Quero tanto que ele venha para comemorarmos o resultado da minha prova de inglês. Quero que ele veja minha nova vida aqui e sinta orgulho de mim — estou me virando, sozinha, bem como ele queria! Mas e se ele cancelar no último minuto? Nove em cada dez vezes, é exatamente isso que o meu pai faz.

No carro, olho para Jess, que se balança ao ritmo da música. Ela está incrível, arrasando com seu vestido curto frente única da Helmut Lang e as pálpebras brilhando sob à luz. Ela *não parece* como alguém que acabou de terminar um relacionamento. Queria poder ser como ela, como se não tivesse tempo de ficar triste.

— Também acabei de terminar com meu namorado — conto. Jess me encara.

— O que aconteceu? — pergunta ela.

Dou de ombros.

— Eu queria ir mais devagar...

— E ele não quis? — pergunta Jess. O motorista olha de soslaio para nós pelo retrovisor enquanto entra na rua de Florence. — Ele que se foda!

— Ele que se foda! — repete Nancy.

— OS GAROTOS QUE SE FODAM! — nós três gritamos enquanto o carro estaciona na entrada da garagem de Florence. Ela sai para nos receber e dá risadinhas quando nos ouve dizer que estamos cansadas de garotos.

— Concordo! De agora em diante, vou ser lésbica — brinca Florence. Jess a abraça e responde:

— Hã, não, essa não é a melhor solução.

Florence nos conduz para dentro da casa dela. É três vezes maior que a da Dani. Há garrafas de tequila, vodca, rum, vinho e champanhe dispostas. Alguns paraquedistas já chegaram e estão espalhados pela espaçosa sala de estar.

— Como você comprou isso tudo? — pergunto para Florence.

— Na internet — responde ela. — Minha mãe deixou a identidade dela aqui e quando eles vêm fazer a entrega, eu só falo que sou ela.

— Eles *nunca* conseguem diferenciar asiáticos — interrompe Jess, preparando um Martini para si. Enquanto ela beberica o drink, ergue os olhos e vê um rosto familiar.

— Olha, é o Jay! — exclama. Jess acena para ele, que está com alguns de seus amigos. Jay sorri e caminha até nós.

— É você de novo — diz ele. — Da aula de inglês.

— Não mais — Jess lhe informa. — A gata é tão inteligente que até mudou de turma!

— É sério? — pergunta Jay, com os olhos cintilando. — Então precisamos comemorar!

Vinte e oito
Dani

O sr. Connelly ergue os olhos quando abro a porta da sala dele.

— Ah, que bom, você veio — diz ele. — Estava começando a achar que você não ia aparecer mais.

Tiro minha mochila do ombro e me sento na fileira da frente. É claro que eu ia aparecer. Isso é por Yale, pelo meu futuro. Pego os cartões de dicas e pergunto se podemos começar. O sr. Connelly mantém a coisa toda profissional na maior parte do tempo. Escuta meu discurso com atenção e faz críticas, dá sugestões. Não faz nenhum comentário esquisito sobre "namoricos" ou dá pitacos sobre meu nível de concentração, graças a Deus.

Quando terminamos, eu me sento e rosqueio a tampa da minha garrafa de água, estou com sede depois de falar sem parar por quarenta e cinco minutos.

O sr. Connelly se levanta de sua mesa e caminha até mim, sentando-se ao meu lado.

— Olha, eu queria me desculpar novamente pelo que disse outro dia. Acho que às vezes sou meio superprotetor.

Forço um sorriso e digo que está tudo bem. Seu rosto se ilumina e ele bate as mãos.

— Deixa eu me redimir. Tem um restaurante italiano...

— Não. — Penso em Ming e no que ela disse sobre estabelecer limites. Ela tem razão. Preciso fazer isso, mesmo que seja com o homem que eu mais admiro no mundo.

O sr. Connelly parece chateado, magoado, e tento amenizar sua decepção.

— Mas talvez a gente possa almoçar com o time, antes do torneio no sábado — ofereço. Não acredito que estou sugerindo jantar com Heather como alternativa.

O sr. Connelly assente enquanto pego minha mochila e me levanto.

— Vejo o senhor mais tarde no treino — digo na saída.

No almoço, Ming está conversando entusiasmada sobre seu novo emprego de meio período na agência de intercâmbio. Eles lhe pagam onze dólares por hora e, embora ela não possa avaliar as potenciais *host families*, pode ligar para os paraquedistas e lembrá-los de pagar o aluguel, já que ela fala mandarim.

— A maioria deles não tem problemas com as *host families* — explica Ming. — Mas falei com duas garotas ontem que queriam trocar.

— Sério? Por quê?

— Elas não quiseram dizer. Mas vão passar na agência para conversar no fim de semana. Espero que não seja nada parecido com o que eu passo com o Kevin das Cuecas. — Ming suspira. — Se pelo menos eu tivesse minha própria casa, como a Florence...

Quando ela menciona Florence, mordo os lábios. Ming ainda não sabe sobre a festa que Florence deu na casa dela nesse fim de semana.

— Você tinha que ver, a casa dela é incrível — continua Ming. — Outro dia disse até que se as coisas ficarem muito ruins com o Kevin, talvez eu possa me mudar para lá.

Não sei se acredito nisso. Ela nem foi capaz de convidar Ming para a festa.

— O que foi? — pergunta Ming.

Ergo os olhos. Não quero mesmo contar para ela, não quero magoá-la, mas também odeio ver minha melhor amiga ser enganada. Florence nunca vai para a aula com ela. Nunca se senta com ela no almoço. Nunca sequer acena para ela!

Gentilmente, conto sobre a festa para Ming, que não diz nada por um bom tempo. Ela leva as mãos ao pescoço e toca o colar com os dedos. Usa um colar de ouro com um pequeno violino que a mãe lhe deu de presente antes de ela vir para os Estados Unidos. Sempre que fica ansiosa, ela toca o colar. Enquanto alisa o pequeno violino, abaixo os olhos. Eu deveria ter deixado quieto.

— Que seja — diz Ming. — Eu não teria ido mesmo. Tive que treinar o meu solo para o concerto de primavera.

— Claro — digo.

Quando Ming pega sua bandeja e se levanta, olho para seu rosto. Ela encara Florence, que está sentada com Claire, rindo. Por um segundo, tenho a impressão de que Ming vai marchar até lá, mas então ela abaixa a cabeça e vai limpar a bandeja.

Mais tarde, durante o treino de debate, fico jogando meu peso de uma perna para a outra, encostada no púlpito, estreitando os olhos diante da luz. Pela terceira vez, o sr. Connelly me interrompe e pede para eu recomeçar. Não entendo. Ele não viu nada de errado no meu discurso durante a nossa sessão particular. É o mesmo discurso. Palavra por palavra.

— Não sei, não está me convencendo — explica, balançando a cabeça. Ele se vira para meus colegas de equipe e pergunta: — Está funcionando para vocês, pessoal?

— Não! — grita Heather, ajeitando-se na cadeira, com a testa reluzente como uma *Ensaymada* polvilhada com açúcar.

— Não parece autêntico! — comenta Gloria, outra das minhas colegas. *Ah, por favor.*

— É isso — diz o sr. Connelly, balançando a cabeça. — Não parece autêntico. Preciso sentir suas palavras com *cada movimento* seu.

Dentro ou fora do palco? Fico me perguntando. Fecho meu cardigan e cruzo os braços, encarando meus cartões de dicas. Falo no microfone e peço para ele me dar mais uma chance — eu consigo, eu sei que consigo! Mas o sr. Connelly faz um gesto para que eu desça.

— Você já teve muitas chances hoje — diz ele.

Enquanto minhas fracas pernas me carregam para fora do palco, suspiro, me perguntando o que fiz de errado.

Naquele mesmo dia, mais tarde, o ônibus me deixa na frente do Sun Grove Mobile Park. Estou com o livro de economia do Zach no braço, que ele acidentalmente esqueceu comigo quando estávamos estudando. Mas a verdade é que estou aqui porque preciso falar com ele. Ming está ensaiando para seu solo com o sr. Rufus. E eu não sei como lidar com essa situação sozinha.

O Sun Grove é bem maior do que eu esperava. Há, sei lá, duzentos trailers no terreno. Pergunto a uns garotos sentados em uma velha mesa de piquenique se sabem onde eu posso encontrar o Zach, mostrando-lhes uma foto dele que encontrei no site da escola. Apontam para um trailer estacionado três faixas adiante. Dão risada quando perguntam:

— O que você quer com aquele otário?

Zach abre a porta vestindo uma regata e um shorts. Ele meio que entra em pânico quando me vê, igual a minha mãe quando o fiscal de impostos da propriedade aparece. Os olhos dele saltam das garrafas vazias de cerveja do lado de fora para o balde de plástico sobre o qual ele está secando suas sungas, e eu imediatamente me sinto mal por não ter avisado antes que viria.

— Desculpa, vim aqui para te trazer isso. — Eu lhe entrego o livro. Ouço a voz da mãe dele vinda de dentro do trailer.

— Zaaaccchharrry — diz ela, com a voz arrastada. Zach ergue um dedo para mim.

— Só um minuto.

Ouço batidas e passos dentro do pequeno trailer. O que está acontecendo lá dentro?

— Está tudo bem? — pergunto.

— Tudo certo, tudo certo — grita ele em resposta.

A porta da frente se abre. Zach reaparece, com o rosto coberto de suor.

— Na verdade, não — ele desmente. — É a minha mãe. Acho que ela tá super chapada.

Zach volta para dentro do trailer e eu o sigo. Vejo sua mãe com os braços e as pernas esticados no chão. Ela é esquelética. Seus olhos estão vermelhos e sua pele, terrivelmente branca e cheia de manchas. Ao lado dela está uma lata de lixo na qual vem vomitando. O fedor atinge meu rosto em cheio, temporariamente esqueço toda a situação com o sr. Connelly e corro para ajudar.

— Você consegue levantar ela para mim? — pergunta Zach. Ele despeja água da torneira em um copo e molha um pano velho.

Eu me agacho e ergo a mãe dele com os braços.

— Queeeemmmm é essssaaa? — pergunta ela.

— Essa é minha amiga Dani, mãe. Nós vamos te ajudar a ficar sóbria — diz ele. Seguro a cabeça dela enquanto Zach despeja água gentilmente em sua boca. — Vai, você precisa beber.

— O que ela usou? — pergunto. Zach sacode a cabeça.

— Não faço ideia.

Ele molha o rosto dela com o pano enquanto a mãe murmura incongruências.

— Eu não fiz nada...

Deslizo os olhos pelos braços dela e vejo os furos de agulha perto das veias.

— Ela estava melhorando, sério — insiste Zach. — Estava trabalhando, indo às reuniões. Mas... — Ele limpa os cantos da boca da mãe. — Ela tem umas recaídas de vez em quando.

A mãe de Zach fecha os olhos. Nós a carregamos até a cama para que ela possa dormir e melhorar. Quando está caindo no sono, pergunto para Zach se eles já pensaram em uma clínica de reabilitação.

— Você tem ideia de quanto isso custa? — Ele hesita diante da sugestão. — A gente não tem dinheiro pra isso.

Ele me conta que eles não têm família por perto e, quando olho ao redor do espaço, noto como é vazio, com exceção de umas poucas medalhas de natação e um pôster do Michael Phelps na parede.

Deixamos a mãe de Zach no trailer e saímos. Eu me sento na calçada ao lado dele, observando o céu lá em cima se transformar e mudar de cor. Zach pega uma pedra e a joga no chão.

— Não queria que você me visse desse jeito... — murmura ele. Parece tão vulnerável, despido, sentado ali, com sua dor exposta, que sinto vontade de envolvê-lo com uma coberta. — E aí, o que tá rolando? — pergunta ele, virando-se para mim. De repente, não quero contar mais nada. Meus problemas parecem tão pequenos comparados aos dele.

Zach cutuca meu ombro de leve com o dele.

— Vai, desembucha.

Olho para o chão, enrolando, sem saber por onde começar. Não quero dizer a Zach que tudo começou quando ele foi me ver no treino, porque aí ele não vai nunca mais. E eu gostei de ele ter ido.

— Só estou tendo um dia difícil. Meu treinador de debate foi super rígido comigo hoje — conto. Então balanço a cabeça rapidamente. — Não é nada.

— Não, isso é sério — diz Zach. — Eu entendo. Meu treinador também é um saco às vezes. Uma vez, ele me disse que se eu não nadasse mais rápido, ia chutar meu traseiro de pobre de volta para cá.

Eu me viro para Zach. O treinador dele falou mesmo isso? Digo a ele que sinto muito pelo homem ser um babaca. Mas que, na natação pelo menos, há um vencedor claro, diferente do debate, em que a decisão depende dos jurados.

— Não sei como o sr. Connelly pode ir de amar meu discurso a odiá-lo em menos de quatro horas. O que aconteceu? O que foi que eu fiz?

— Eu não esquentaria com isso. Os homens são bem babacas às vezes.

Solto uma risada e concordo com a cabeça, mas não quero acreditar nisso. O sr. Connelly não é um babaca.

— Sinto muito — diz Zach, colocando um braço ao meu redor. Ele ergue os olhos para os raios vermelhos e dourados no céu e todos os trailers estacionados ao nosso lado. Eu me encosto em seu ombro. — Prometo que, um dia, nós dois vamos dar o fora desse lugar maldito.

Vinte e nove
Claire

Jay e os amigos passaram a noite curtindo na casa de Florence com a gente. Ele ficou do meu lado, me servindo bebidas. De tempos em tempos, me perguntava se eu estava com fome, se queria sair dali e comer alguma coisa. Mas eu não queria deixar minhas amigas de lado.

— Que cavalheiro — disse Jess encostada em mim enquanto esperávamos nosso Uber. Nancy e os outros paraquedistas já haviam ido para casa. Dava para sentir o cheiro pegajoso e adocicado de álcool em Jess enquanto ela sussurrava no meu ouvido: — Acho que ele gosta de você.

Eu ri da possibilidade.

— Acho que você tá bêbada.

— Isso também pode ser verdade — concordou ela, com a voz arrastada.

Ouço uma notificação. Falando no diabo. É uma mensagem de Jay.

> Você estava linda hoje. Me avisa quando chegar em casa.

Mostrei a mensagem para Jess, que riu para o céu aveludado.

— Eu sabia!

— Ele só quer ter certeza de que eu cheguei bem em casa — falei, revirando os olhos.

— Amiga, ele quer um Snapsexo de madrugada! — provocou Jess.

Bom, isso não vai acontecer. Jess se aconchegou em mim e nós duas olhamos para as estrelas. Na China, é muito raro vê-las por causa da poluição, mas aqui elas brilham como diamantes.

Jess sussurrou suavemente:

— Ei, Claire. Tô muito feliz por você.

— Você tá falando do Jay? — perguntei. — Ou da minha aula de inglês?

— Não, do seu pai. Meu velho nunca viria até aqui para jantar comigo.

Ah, Jess. Rapidamente a lembrei de que meu pai vem para uma reunião de negócios. Ela balançou a cabeça.

— Mesmo assim.

Enquanto esperávamos nosso Uber, coloquei um braço ao redor dela e a abracei com força. Jess aninhou a cabeça no espaço entre o meu ombro e meu queixo. Espero que saiba que pode contar comigo. Mesmo que não possa contar com os próprios pais, ela pode contar comigo.

Não respondi a mensagem de Jay naquela noite ou no dia seguinte. Depois do que aconteceu com Teddy, acho que vou ficar longe de garotos por um tempo. Lembro a mim mesma que estou aqui para estudar. Estou aqui para ser a heroína da minha própria jornada. Não preciso de um namorado. E agora que eu finalmente entrei na turma que eu queria, não vou estragar tudo.

Vou para a livraria no domingo e compro todos os livros da ementa de Inglês III que Dani me deu. Aposto que ela só tira 10. Não precisa lidar com garotos idiotas que ficam bravos com ela se só quiser conversar. Ela vai ser tão bem-sucedida quando crescer.

Meu pai diz que sucesso não depende do que você sabe, mas de quem você conhece e dos relacionamentos que você cultiva. Penso no nosso jantar no fim da semana. Até agora, ele ainda não cancelou. Só mais sete dias até ele chegar aqui.

Na segunda-feira, vou para minha nova turma de inglês. Há sete alunos brancos, um negro, dois latinos e três asiáticos. Olho com esperança para as garotas asiáticas-americanas e reconheço Emma Lau, aquela que discutiu com Jess no refeitório. Ela também está nessa turma? Ótimo.

— Atenção, pessoal! — grita a sra. Wallace, uma mulher branca de aparência intensa, cabelos grisalhos e óculos de leitura, que ela segura com firmeza nas mãos e aponta para nós como um bastão enquanto fala. Os alunos se sentam. — Hoje temos uma nova aluna na turma.

Ela se vira para mim.

— Por que você não fala um pouco sobre você, Claire?

Olho para o notebook em meus braços, sentindo a intensidade de todos os olhares em mim.

— Oi, meu nome é Claire — começo a dizer. — Gosto de assistir filmes americanos.

— Aqui a gente chama só de filmes! — grita um dos alunos brancos no fundo. A turma inteira ri.

— Certo, chega — diz a sra. Wallace. Ela aponta para uma carteira vazia nos fundos da sala. — Sente-se.

Apesar dos olhares e das risadinhas dos outros alunos, o tempo passa rápido. Tento incorporar minha Dani interior e me sentar com a melhor postura possível, ignorando todos e focando na sra. Wallace. Ela fala sobre *O Grande Gatsby* e como a obra é uma reflexão sobre o elitismo social da época. Enquanto fala, levanto a mão.

— Sim, Claire — ela me chama, surpresa.

— Na verdade, acho que o elitismo ainda acontece hoje. A forma como as pessoas desdenham de "novos ricos" — digo, fazendo aspas com as mãos e me sentindo muito americana. — Só porque eles ganharam dinheiro rapidamente. Isso é mais uma razão para respeitá-los, não o contrário. Significa que são inteligentes e que trabalharam duro.

Emma Lau levanta a mão para responder.

— Mas vamos ser sinceros, quem são os novos ricos em *Gatsby*? — ela questiona. — São pessoas que vão lá e bebem o vinho dele, comem a comida dele. Nem esperam um convite, simplesmente aparecem. E, quando ele morre, nenhum deles sequer vai ao funeral. É por *isso* que não são dignos de respeito: porque, basicamente, são pessoas egoístas e vazias que só querem saber de consumir bens materiais. — Emma se vira para mim e acrescenta: — Assim como os asiáticos podres de ricos da nossa escola.

Sinto o sangue ferver. Olho para a professora e, quando ela não diz nada, espero minha própria voz emergir em um momento de suspense, mas a fúria fecha minha garganta.

— Que vaca! — Jess exclama no almoço quando eu conto sobre o que aconteceu na aula. Ela se levanta e fixa os olhos em Emma. Eu a puxo para baixo.

— E a professora não fez nada? — pergunta Nancy.

Assinto. Florence balança a cabeça.

— Inacreditável — diz ela, escrevendo uma mensagem no celular.

Não sei com quem ela está falando, mas a pessoa não está respondendo, e Florence faz uma careta de frustração para a tela.

Jess lança olhares mortais para Emma, que está sentada na mesa dos ABC.

— Ela vai ver só!

Florence tira os olhos do celular e pega seu *bubble tea*.

— Por que eles sempre têm que se distanciar da gente? — pergunta ela, mastigando uma bolinha de gelatina. — Será que eles não percebem que, quando as pessoas brancas olham para nós, somos todos iguais? Somos todos amarelos para eles?

Nancy olha para mim.

— Ela só está tentando te intimidar, Claire — diz ela. — Mas não vai conseguir. Somos mais fortes que ferro.

Florence assente, sorvendo sua bebida enquanto eu baixo os olhos para o ícone verde do WeChat no meu celular. Em momentos como esse, sinto saudades de Teddy. Sinto saudades das mensagens curtinhas em chinês que ele me mandava ao longo do dia para me confortar e fazer eu me sentir melhor. Lanço um olhar rápido para Jess e suspiro. Como ela superou o namorado dela tão rápido? Sei que era só um lance físico e o garoto estava dando um golpe nos pais dela, mas, ainda assim, ela transava com ele. Será que transar com alguém faz a relação ser mais fácil ou mais difícil de superar? Fico me perguntando.

Trinta
Dani

Na sexta-feira anterior ao torneio, coloco meu vestido preto de debate e atravesso o corredor às pressas para encontrar meus colegas de equipe e o sr. Connelly para irmos ao aeroporto. Vamos viajar para Seattle para o torneio, nosso último antes da Snider.

Enquanto passo pelo corredor, vejo Claire parada ao lado do armário de Emma Lau. Nunca limpei a casa dela porque sua mãe insiste em limpá-la ela mesma, mas uma vez ela ligou para Rosa e perguntou se podia nos contratar para ajudá-la a cozinhar para uma festa do seu grupo de estudos bíblicos. Quando Emma abre o armário, um monte de arroz jorra lá de dentro.

Ela dá um grito ao ver os milhares de grãozinhos brancos.

Uma multidão se forma ao seu redor. Emma está surtando. Ela pisa sobre os grãos com suas sandálias plataforma, quase perde o equilíbrio. Fixa os olhos em Claire.

— Você fez isso? — questiona ela.

Claire, que está parada lá com as amigas, nega com a cabeça. Parece tão chocada quanto o resto de nós. Tenho certeza de que não foi ela. Claire nem sabe onde nós guardamos o arroz na cozinha e certamente não comprou nenhum pacote na Amazon.

A sra. Mandalay chega ao local a tempo de espantar a multidão.

— Certo, já chega! — diz ela. — Vamos chamar o zelador para limpar isso.

Enquanto a sra. Mandalay conduz a multidão para fora do corredor e o zelador limpa a bagunça, olho para Claire.

— Tudo bem? — pergunto.

— Dani, estamos te esperando! — o sr. Connelly me chama do fim do corredor. — Vamos logo!

Deixo Claire e corro atrás do sr. Connelly e dos meus colegas.

No voo para Seattle, o sr. Connelly fica sentado entre Heather e eu. Heather joga conversa fora com ele enquanto eu leio minhas anotações, revisando mais alguns estudos de caso. Geralmente, nessas viagens para torneios, há o pai de algum aluno que nos acompanha, mas a sra. Berstein, mãe de Gloria, precisou cancelar em cima da hora porque teve um imprevisto com a outra filha.

A comissária de bordo atravessa o corredor e o sr. Connelly pede um Bloody Mary. Ele se vira para mim e me passa as tarefas da nossa equipe. Felizmente, não faço dupla com Heather dessa vez. Em vez disso, minha dupla será Josh, e somos informados de que vamos debater contra Marlborough, uma escola particular de elite em LA exclusiva para garotas.

O sr. Connelly balança o Bloody Mary em sua mão.

— O time delas esse ano está muito bom. — Ele olha para Josh. — Não se preocupem, tenho total confiança de que vamos ganhar delas mesmo assim! — Abre um sorriso. — Se nos classificarmos, vamos sair e comemorar. Seattle é uma cidade divertida!

O torneio começa na manhã seguinte. Josh e eu nos mantemos firmes contra a equipe de Marlborough. O sr. Connelly tinha razão: elas são muito boas. Mas nosso planejamento diligente durante o período de preparação se mostra valioso. E, diferente de Heather, Josh *não* rouba meus argumentos. Ao final do primeiro dia, já chegamos às semifinais! O sr. Connelly sugere que saiamos para jantar os frutos-do-mar de Seattle em vez de comer a comida sem graça do evento.

— Ótima ideia! — exclama Josh. — Encontramos vocês na recepção às seis e meia!

Espero por Josh e o resto dos meus colegas na recepção no horário combinado, mas apenas o sr. Connelly sai do elevador. Ele está usando uma camisa azul, com o colarinho aberto, e jeans.

— Cadê todo mundo? — pergunto.

Ele faz uma expressão de dor.

— Heather não está se sentindo bem. Josh queria vir, mas a namorada dele está tendo uma espécie de crise, então precisa ficar conversando no Skype com ela. E parece que Audrey e Jake e os outros vão ter uma prova importante de física, então vão só pedir uns sanduíches e estudar.

— Ah. — Sei que Audrey e Jake e o resto dos meus colegas estão na turma de física avançada. Eu sou a única na turma de biologia avançada.

— Parece que vamos ser só nós dois, Garota Estrondo! — exclama o sr. Connelly, radiante. — Vamos, o Uber chegou. — Ele toma meu braço e me leva para fora, onde um carro está à espera.

Dentro do Uber, tento puxar a barra do meu vestido branco de algodão para baixo com os dedos. Se eu soubesse que seria só eu e ele, teria escolhido uma roupa bem mais comprida. Olho de soslaio para o sr. Connelly, sentado ao meu lado enquanto joga no celular.

O Uber nos leva para o distrito financeiro e, estranhamente, para em frente a outro hotel.

— Achei que a gente ia comer frutos-do-mar — digo para o sr. Connelly.

— Nós vamos — diz ele. — Só quero dar uma olhada nesse lugar!

Saio do carro e o sigo para dentro do hotel requintado. Ele se dirige a um salão cheio de pessoas.

Um bar?

— Está tudo bem. Você está comigo — ele me assegura.

Balanço a cabeça, mas o sr. Connelly insiste.

— Relaxa. Você pode pedir uma limonada.

Relutantemente, sigo meu treinador até o bar. Eu me sento em um dos sofás de couro, tirando meu celular da bolsa, e fico com ele na mão o tempo todo. Quando o sr. Connelly se senta ao meu lado, sinto que estou mais para uma namorada menor de idade do que sua aluna.

O garçom aparece. O sr. Connelly pede uma vodca com tônica para si e uma limonada para mim. O garçom não me faz nenhuma pergunta sobre a minha idade ou me diz que não devo estar lá.

— Você foi incrível hoje — elogia o sr. Connelly, radiante, depois que o garçom vai embora.

— Obrigada — respondo, tentando parecer tão casual quanto uma adolescente pode parecer no bar de um hotel. Apesar de onde estamos, é bom ouvir um elogio desses, especialmente depois da nossa última sessão de treinamento.

O sr. Connelly pega alguns amendoins.

— Sabia que você ia conseguir. Não duvidei nem por um segundo.

— Nem no nosso último treino em equipe? — pergunto.

A luz que ilumina a parede dos fundos brilha na expressão fechada do sr. Connelly e eu me arrependo de ter mencionado o assunto.

— Eu só disse aquilo para os outros não pensarem que eu estava te dando tratamento preferencial. Precisamos ter muito cuidado sobre esse tipo de coisa na escola. Você sabe como alguns pais são.

Sério? Esse é o motivo?

O garçom retorna com nossas bebidas e o sr. Connelly ergue sua vodca com tônica. Brindamos.

Ele dá um longo gole e me examina. Seus olhos recaem sobre meu cabelo, que geralmente fica preso em um rabo de cavalo ou coque bagunçado, mas hoje está solto, cobrindo meus ombros.

— Você está bonita — diz ele. — Devia usar o cabelo assim mais vezes.

O comentário me deixa insegura e, quase que por reflexo, pego uma porção de cabelo e faço menção de prendê-lo. O sr. Connely estende um braço para o meu cabelo, brincando, como se dissesse "*Nãooooo*".

Nossos dedos se tocam de leve e ele olha para mim, com os olhos embriagados. Ele se aproxima, como se fosse me beijar, então abaixo as mãos e fico encarando a condensação no meu copo de limonada.

— O senhor bebeu demais — murmuro suavemente. Ele ri e balança seu copo de vodca.

— Não bebi — diz ele. O sr. Conelly me pede para usar o cabelo solto amanhã.

— Acho melhor não — nego, balançando a cabeça.

— Por que não? — protesta ele. — Você tem medo de falar bonito e *parecer* bonita? — Ele ergue sua bebida na minha direção. — Daqui uns dez anos, você vai ser um perigo.

Sinto os olhos dele percorrendo todo o meu corpo. Eu me remexo no assento, nervosa. Isso está ficando muito estranho.

— Sabe, se você existisse quando eu tinha dezessete anos, rapaz... — Ele estende o braço e coloca a mão na minha perna. Congelo, encarando a mão dele. *Merda!*

Tão calmamente quanto possível, começo a me levantar.

— Aonde você vai? Achei que nós íamos comer frutos-do-mar! — grita ele.

A ideia de comer frutos-do-mar agora me faz querer vomitar. Saio correndo do bar de volta para a recepção do hotel.

— Dani! — o sr. Connelly grita na minha direção, mas eu não paro. Quando chego do lado de fora, ele me alcança, agarra meu braço e me puxa em sua direção.

— Para, Dani, você está vendo coisa onde não tem! — diz o sr. Connelly. — Não é nada disso!

Eu me viro para ele com olhos úmidos e furiosos. Não é *o quê*?

— Por favor, não vamos fazer tempestade em copo d'água — implora ele.

— Vou voltar para o hotel — digo. — Não vem atrás de mim.

Percorro os quatro quilômetros de volta ao hotel com meus sapatos de couro baratos. Minhas lágrimas molham a calçada.

Trinta e um
Claire

Jess e eu somos as únicas ainda no estacionamento da escola depois que Dani vai embora com o time de debate. Nancy e Florence partiram logo depois dela, parecendo nervosas. É para estarem nervosas mesmo. *Eu* estou nervosa. No que Jess estava pensando? O zelador precisou fazer três viagens até a lixeira para se livrar de todo aquele arroz. No fim das contas, tivemos de ajudá-lo. Emma ficou me encarando ao entrar no carro da mãe.

— Vocês vão pagar por isso.

Jess contempla o sol da tarde escaldante e tira uma fina máscara facial da bolsa. Ela oferece uma para mim, mas eu a jogo no chão.

— A gente podia ter se dado muito mal! — grito.

Jess revira os olhos.

— Ai, deixa de ser covarde. Aquela vaca mereceu. Agora ela nunca mais vai mexer com você. — Ela passa uma mão pelo cabeço e examina as raízes tingidas no sol. — Um "obrigada" seria bom.

Um *obrigada*?

— Você não entende, né? Estamos no terceiro ano. Nossas notas, as escolhas que fazemos, tudo conta para a faculdade! — Baixinho, sopro as palavras da parte mais crua de mim: — Talvez você não ligue pra essas coisas, mas eu ligo.

Jess se vira e vai até o carro dela.

— Ai, que seja — diz ela, destravando o Porsche. Entra sem me oferecer uma carona e acelera.

Faço todo o caminho para casa furiosa. Não há nenhum Uber disponível por perto, então sou forçada a andar. A cada passo, penso em como sinto saudades das minhas amigas na China. Nenhuma delas faria uma coisa dessas.

Durante aquele fim de semana, minha cabeça é tomada por ansiedade e preocupação. E se meu pai não aparecer? E se ele aparecer e a sra. Mandalay ligar para ele para contar o que aconteceu? Penso em ligar para Emma e pedir desculpas, mas logo guardo o celular. Estou tão nervosa que, quando a campainha toca na noite de domingo e Dani anuncia que meu pai está aqui, baixo os olhos em pânico. Não estou pronta!

Meu pai faz uma careta ao me ver parada no meio do meu quarto vestindo meu blusão com os dizeres "O futuro é feminino".

— Você vai sair usando *isso*? — critica ele.

— Oi, pai! — exclamo. Ergo um dedo. — Me dá só um minuto para eu me trocar.

Um minuto, é claro, se transforma em vinte enquanto coloco um vestido de festa e saltos e passo base e batom. O tempo todo, meu pai me espera do lado de fora da porta, falando em mandarim e batendo os pés, impaciente.

— Eu te disse que chegaria às seis e meia para te pegar. Nossa reserva é para as sete, e agora vamos pegar trânsito. Você tem aula amanhã. Preciso te deixar em casa às nove. Te mandei dois lembretes. Não sei como você vai fazer faculdade desse jeito!

Abro a porta. A expressão do meu pai se suaviza. Estou usando um vestido Dior rosa-bebê com a bolsa rosa da Prada que ele me deu, aquela que a minha mãe me incentivou a ficar. Ele sorri com os olhos ao reconhecê-la.

— Você está linda — diz em inglês.

Vamos até a sala de estar de braços dados, onde Dani está plantada no sofá, deitada com os pés para cima e o notebook na barriga.

— Oi, Dani — digo. — Vou só sair para jantar com o meu pai.

Ela faz um barulho, um "aham" distraído, enquanto continua digitando no teclado. Por um segundo, considero convidá-la, mas imagino que esteja ocupada demais. Ela acabou de voltar de Seattle.

— Tenha uma boa noite! — meu pai diz para ela.

Eu o sigo até o Uber à nossa espera. Vamos a um restaurante francês chamado The Cellar. Meu pai pede uma garrafa de vinho e se demora apreciando o aroma antes de dar um gole. É sempre estranho observar alguém cheirando um vinho. Fechando os olhos. Inalando o aroma terroso. Lábios partindo de antecipação. O momento parece estranhamente íntimo, então desvio o olhar. Penso nos assuntos sobre os quais podemos conversar. Passei tanto tempo preocupada com a possibilidade de ele cancelar que não me preparei para a possibilidade de ele vir.

— Sua mãe me disse que você está se adaptando bem — diz ele, dando um gole generoso e me passando a taça para que eu experimente a bebida.

Bebo o vinho e aprovo. Ele chama o garçom e pede para nós dois, como sempre faz quando saímos.

— É, estou gostando daqui — respondo.

— Viu só? O que foi que eu te disse? — Ele está radiante. Veste uma camisa amarelo-clara e uma gravata azul-marinho, que ele afrouxa um pouquinho. — Esse é o tipo de coisa que eu queria ter feito quando era jovem. — Meu pai dá um longo e profundo suspiro que faz sua barriga inflar. — Teria tido a chance de ver o que há mundo afora! De explorar!

Resisto à vontade de perguntar: *Você não acha que já explorou demais?* Pego um pãozinho.

— Como foi a reunião? — pergunto.

— Foi boa! — diz ele. — Visitamos uma empresa chamada Timaratech, já ouviu falar?

Enquanto meu pai fala, bebo de sua taça. Quando ele começa, faz um monólogo a noite toda. Balanço a cabeça enquanto descreve o escritório que visitou e as pessoas que conheceu. Agradeço aos céus quando a comida chega.

— Esses ABCs só querem nos impressionar com o chinês deles — comenta rindo.

Repouso meu garfo e olho para ele, me perguntando se devo contar a ele.

— Na verdade, tive um problema na aula com uma garota ABC... — começo.

— É mesmo? — pergunta meu pai.

Assinto, tentando descobrir como contar a ele. Não quero que fique bravo demais. Por outro lado, ele veio até aqui para me ver, e isso é uma coisa que estava me incomodando. É melhor ele ficar sabendo por mim do que pela sra. Mandalay. Abro a boca e, bem quando estou prestes a lhe contar o que aconteceu com Emma, ele volta a descrever sua reunião de negócios.

— Enfim, lá estava eu, e você tinha que ter visto aqueles meninos, como estavam ansiosos para exibir o chinês deles, e era um chinês ruim atrás do outro. Realmente lamentável.

Golpeio meu filé mignon com a faca.

— Pelo menos eles conseguiram falar com você — digo, amargurada. Ele balança a taça de vinho com a mão.

— O que você quer dizer com isso? Estamos nos falando agora mesmo.

— Não, o *senhor* está falando. — É assim desde que eu me entendo por gente. Ele é sempre o centro das atenções. Balanço a cabeça. Não acredito que achei que dessa vez seria diferente, que hoje à noite ele realmente ia querer saber como anda a minha vida. — O senhor não me perguntou nada sobre mim ou a minha escola.

— Perguntei logo que nos sentamos! — protesta.

— Aquilo foi uma afirmação: "Ouvi dizer que você está se adaptando bem".

— E você disse que sim. Então mudei de assunto!

— É — resmungo. — Você sempre muda de assunto.

Meu pai me encara.

— Olha o tom — alerta ele. Nenhum de nós diz nada por um minuto. Fico encarando a taça de vinho, buscando força no vermelho potente, me sentindo excepcionalmente corajosa e amedrontada ao mesmo tempo. Nunca falei com meu pai desse jeito. Será efeito do vinho? Dos Estados Unidos? O que quer que seja, meu pai não gosta nem um pouco. Ele pega o guardanapo e o joga em cima do prato. — Quer saber, não preciso aguentar isso, não de uma menina de dezessete anos para quem eu pago escola, comida e roupas. — Ele aponta para mim. — Estou me matando de trabalhar pra te mandar pra essa escola particular americana...

— Onde eu nunca te pedi pra estudar — retruco.

Ele se levanta da mesa e pega sua carteira. *Meu Deus, ele vai simplesmente me deixar aqui?* Tira duas notas de cem dólares, joga-as na mesa e guarda a carteira. Então lembra que precisa me dar dinheiro para gastar. Pega a carteira novamente e conta dois mil dólares. Fico lá sentada, morrendo de vergonha — o restaurante inteiro está olhando para nós. Enquanto meu pai enfia os dois mil dólares na minha bolsa Prada cor-de-rosa, fico me sentindo uma prostituta.

— Vou dizer para sua mãe que você mandou um *oi* — diz ele.

— Espera! — exclamo, agarrando seu braço. Coloco a mão dentro da bolsa e tiro de lá as cápsulas de óleo de peixe que havia comprado para minha vó e as enfio na mão dele. Eu não esqueci. Porque, apesar do que meus pais pensam, eu sou mesmo uma boa menina chinesa.

Trinta e dois
Dani

Sinto os sucos da inveja se agitando no meu estômago quando observo Claire e o pai juntos. O orgulho dele. A felicidade dela. Os braços dados ao saírem para jantar.

Jogo a cabeça para trás no sofá, pensando no sr. Connelly e como as coisas chegaram àquele ponto. O homem era o mais próximo de um pai que eu tinha, e ele sabia disso. Será que se aproveitou disso ou eu estava tão desesperada para encontrar uma figura paterna que ignorei todos os sinais de alerta?

Fico deitada no sofá por horas, abraçando os joelhos contra o peito enquanto minha mente revive todas as nossas sessões de treino. Será que a luz estava forte demais todas as vezes em que subi no palco do auditório? Será que ele conseguia enxergar através da minha camisa? Será que não eu deveria ter abraçado ele ou dado um *high-five* depois do treino?

A pergunta mais importante, a que espeta como uma espinha de peixe na minha garganta, é: *e agora?* O que isso significa para a Snider... e para Yale?

Abro o notebook para checar o meu e-mail. Chegou um do sr. Connelly. Eu me endireito no sofá.

> Para: Danielle De La Cruz
> De: Bill Connelly
> Assunto: Tudo bem?
>
> Oi, Dani,
> Só queria checar se está tudo bem com você.

Você foi ÓTIMA no torneio! Estou muito orgulhoso de você! Não deixe nenhuma outra coisa tirar o brilho deste fim de semana. VOCÊ ARRASOU! Acredito muito em você!

Ligue para mim se quiser conversar. Vejo você no treino na segunda-feira!

Atenciosamente,

Sr. Connelly

Fico encarando o e-mail, suas palavras encorajadoras e o tom divertido. Eu o releio cinco vezes. *Tem alguma coisa que não estou vendo?* É como se ele tivesse escrito sobre um fim de semana totalmente diferente! Como pode ser *esse* o e-mail que eu recebo depois do que aconteceu?

O celular toca. É Ming.

— Ei, quer sair? — pergunta ela. — A Florence está ocupada com as amigas e estou cansada de ser a segunda...

— Você não vai acreditar no que aconteceu comigo! — eu a interrompo.

Minha voz está trêmula enquanto conto a Ming sobre os eventos em Seattle e leio o e-mail do sr. Connelly para ela. E, mesmo que seja minha melhor amiga, é assustador dizer as palavras em voz alta. Fecho os olhos com força enquanto espero a reação dela.

— Ok, primeiro, respira — diz Ming. — Sei que você quer responder...

— Ah, eu vou responder! Vou mandar esse pervertido se foder!

— Mas, Dani, pensa no seu futuro. Será que não existe um jeito mais sutil? — sugere Ming. Balanço a cabeça, sentindo a raiva pulsar nas minhas veias.

— Já tentei um jeito mais sutil. Não funcionou! — digo a ela. Além disso, sou uma debatedora. Tenho princípios!

— Eu sei, e isso é uma merda. Sinto muito — diz Ming. — Mas você precisa lembrar que nós não somos como os outros alunos.

Engulo em seco.

— Quando nós caímos, é queda livre... — Ming me lembra.

Desligo a ligação com Ming e fico encarando o computador. Lentamente, aperto o botão "Responder". Começo o e-mail de forma calma e cordial, como Ming sugeriu, tentando me conter. Mas então a debatedora em mim toma conta.

Para: Bill Connelly
De: Danielle De La Cruz
Assunto: Re: Tudo bem?

Olá, sr. Connelly,
Fiquei confusa ao receber seu e-mail. Acho que o senhor não entende a magnitude do que aconteceu neste fim de semana. Talvez o senhor tenha bebido demais, mas eu estava sóbria. O senhor diz que acredita em mim, que vê algo especial em mim e está disposto a me treinar, mas, quando faz ou diz coisas que me fazem acreditar que talvez o senhor esteja interessado em outra coisa, minha habilidade de confiar no senhor fica comprometida.

Daqui em diante, espero que o senhor tenha sempre tanto respeito por mim quanto eu tenho pelo senhor.

Sua aluna,

Dani

PS.: Saiba que eu não vou mais precisar das sessões particulares com o senhor, agradeço por elas. Foram muito úteis. Mas, considerando o que aconteceu, acho que é melhor nos atermos ao treinamento em grupo. Ainda verei o senhor no treino.

Meus dedos repousam sobre as teclas quando termino. Fico encarando as palavras, querendo apagá-las e, ao mesmo tempo, deixar a fonte enorme. Releio o e-mail, pensando nas palavras de Ming e em todas as possíveis consequências de apertar "Enviar": Snider, bolsa de estudos, Yale, meu futuro. O tempo todo, meu coração pulsa: *Vai!*

Meu cursor alterna sem parar entre "Lixo" e "Enviar".

Foda-se o jeito mais sutil.

Clico em "Enviar".

Trinta e três
Claire

Depois que meu pai me abandona no restaurante, fico esperando por um Uber no gelo da noite, batendo os dentes por causa do meu vestido curto da Dior. Finalmente, consigo um carro. Ligo para Jess do banco de trás do Uber.

— Jess! Preciso de você — choramingo no celular. Estou tão arrependida daquela briga estúpida com ela por causa de Emma Lau. Sinto um soluço chegando ao lhe contar o que aconteceu. — Dá pra acreditar que o infeliz simplesmente me deixou sozinha no restaurante?

— Fica firme, amiga, te encontro na sua casa.

Quando chego, ela está me esperando no meu quarto. Tiro meu vestido Dior e visto meus pijamas. Jess me ajuda a remover as manchas de rímel e o resto de maquiagem do meu rosto. Assistimos a filmes chineses no meu computador, xingando nossos péssimos pais. Conversamos até tarde da noite, quando finalmente caímos no sono.

Dani nos acorda na manhã seguinte. Ela ergue uma sobrancelha afiada para Jess.

— Ela também vai ficar sofrendo aqui de agora em diante? — pergunta Dani.

Franzo as sobrancelhas. Do que ela está falando? Jess pega um chinelo e o joga em Dani, que fecha a porta rapidamente antes de ser atingida. Jess se levanta, bocejando. Enquanto nos trocamos para ir à escola, ela examina algumas das minhas roupas novas, que comprei online. Nem tudo que comprei é bonito pessoalmente, mas ainda não sei direito como devolver as coisas aqui.

— É isso, vamos fazer compras depois da escola — anuncia Jess. Ela pega meu cartão Amex em cima da minha escrivaninha e abre um sorriso travesso. — E adivinha de quem é o dinheiro que vamos gastar?

Ah, agora eu vi vantagem!

Na aula de inglês, tento ignorar os olhares mortais de Emma e focar no que a sra. Wallace está dizendo sobre *Gatsby*. Hoje estamos falando sobre Myrtle e como ela almeja fazer parte da elite, mas jamais será completamente aceita por Tom, que apenas a usa e se aproveita da impotência dela.

Um dos alunos brancos levanta a mão e traça um paralelo com o colonialismo.

— É meio como a Grã-Bretanha e a Índia. Ou... — Ele tenta pensar em outro par. — Os poderes europeus e a China no século XIX.

— A China foi colonizada pela Inglaterra? — perguntam outros alunos. A turma inteira olha para mim. Afundo na carteira.

— Eram as concessões — digo. — Os franceses e os britânicos força-ram a China a se abrir depois da Guerra do Ópio.

— Se abrir como?

— Vou forçar você a se abrir! — debocha um garoto nos fundos.

Jess me encontra depois da aula. Enquanto conversamos em manda-rim, a sra. Wallace sai da sala. Ela franze o cenho ao nos ouvir.

— Você devia estar falando em inglês, Claire — ela me repreende.

Paro de falar instantaneamente, sentindo os lábios quentes da humilhação. Jess solta um suspiro exasperado enquanto a sra. Wallace se afasta.

— Desde quando ela é fiscal de língua? — Antes que eu possa impedi-la, ela se vira e grita para a sra. Wallace em mandarim: — Ei, mulher! Estamos em um país livre! Por que acha que viemos para cá?

Mais tarde, Jess nos leva ao Covina East Plaza. Recebo uma mensagem da minha mãe.

> Fiquei sabendo que você aborreceu seu pai no jantar.

Respondo:

> ELE me deixou SOZINHA no restaurante.

Ela digita:

> Ele foi até aí só para te ver, depois de passar treze horas dentro de um avião!

Guardo meu celular. Por que ela sempre o defende? Jess estaciona no shopping. Vamos para a Nordstrom. Jess faz compras como a minha mãe, escolhendo jeans, blusas e shorts para mim sem nem se importar com o preço. Enquanto passeamos pela loja, vejo alguém olhando para nós do outro lado do piso. É Jay. Eu cutuco Jess, que se vira com um giro.

— Oi! — ela o cumprimenta em mandarim.

— Oi — responde ele, mas não está olhando para ela. Está olhando para mim. — Você não me respondeu aquela noite.

— Estava cansada.

— Fiquei preocupado com você... — diz Jay. Jess me cutuca de leve nas costelas e faz uma cara de *"owwn, que fofo"*.

— O que você está fazendo aqui? Comprando na seção feminina? — provoca Jess.

— Vim comprar um presente para a minha mãe — explica ele. — É aniversário dela. Na verdade, talvez vocês possam me ajudar.

Jess assente.

— É claro!

Nós o seguimos até a seção de joias de luxo, onde ele aponta para um par de brincos de diamante do tipo que ficam pendurados na orelha. A vendedora abre o estojo e os pega.

Jay se vira para mim e pergunta:

— Será que você poderia colocá-los?

— Eu? — questiono.

Olho para Jess, que está mexendo com alguns dos outros brincos. Está distraída demais com as joias para acompanhar o que está acontecendo. Olho para a vendedora e assinto. Depois que ela limpa os brincos e os entrega para mim, Jay se aproxima.

Eu os coloco cuidadosamente. Ele os examina, analisando meu rosto. Está tão perto que consigo sentir sua respiração. Encaro os diamantes, que cintilam no reflexo do espelho. Ele toca minhas orelhas gentilmente.

— Ficaram lindos em você — elogia.

Jess pigarreia.

— Mas eles não são um pouco jovens demais para a sua mãe? — ela aponta, esticando o pescoço para ver o outro lado do display na bancada.

Jay reflete sobre isso. Os brincos têm um estilo divertido. A *minha* mãe ia gostar deles. Ele acaba escolhendo outro par — clássicos diamantes solitários. Pede para a vendedora embrulhá-los para presente. Jess sorri, contente por ele ter ouvido seu conselho.

Enquanto saímos, Jay nos agradece pela ajuda. Observamos ele entrar em sua Lamborghini azul e ir embora.

Jess finge desmaiar sobre o capô de seu Porsche.

— Ele é tão *lindo!* — Dá um gritinho.

— Não acredito que ele vai dar brincos tão caros para a mãe — digo. Os diamantes que ele escolheu custavam quase vinte mil dólares.

— Filhinho da mamãe — diz Jess.

— Total filhinho da mamãe — concordo. Mas isso não é uma coisa ruim, necessariamente. Penso no meu pai e em como ele quase nunca visita minha avó.

— Você quer pegar ele, não quer? — provoca Jess, abrindo um sorrisinho. — Admite.

Coro. Ela dá um risinho enquanto entra no carro.

— Amiga, se você quer ficar com o cara, vai ter que deixar ele tocar bem mais do que as suas orelhas!

Trinta e quatro
Dani

No dia seguinte, na escola, a sra. Mandalay vem até mim vestindo um conjuntinho social poderoso e scarpins. Tiro os olhos da tela do celular. O sr. Connelly ainda não respondeu o e-mail que eu enviei.

— Ah, oi, Dani. Fiquei sabendo do que aconteceu em Seattle — diz a sra. Mandalay.

Por um segundo esperançoso, imagino que o sr. Connelly tenha dito alguma coisa a ela.

— Vocês venceram a Marlborough! Parabéns!

Mas pelo jeito não.

— Devo dizer, as suas chances para nos representar na Snider parecem boas! — exclama ela. — Não seria incrível ter isso na sua ficha quando for se inscrever para a faculdade?

Hesito. Se eu quiser falar alguma coisa para ela, tem que ser agora. O celular da sra. Mandalay toca e ela ergue o dedo indicador.

— Com licença, preciso atender. — Ela clica na tela. Uma veia em sua testa salta enquanto responde. — Aqui é Joanna Mandalay. Sim, estamos muito empolgados para receber sua filha em maio! Já conversamos com o agente e está tudo certo para ela vir, incluindo a família que vai hospedá-la. — Ela se vira e volta para sua sala, fazendo *clique-claque* com os saltos.

Ming vem correndo do banheiro depois que a sra. Mandalay vai embora.

— Ah, Dani, você não vai acreditar no que aconteceu — diz ela. Seu rosto está molhado, como se tivesse acabado de lavá-lo. Ainda assim, seus olhos estão inchados.

— Foi o seu violino? — pergunto.

Ela faz que não com a cabeça. Conta que finalmente confrontou Florence sobre não ter sido convidada para a festa, e que Florence foi até a casa dela para pedir desculpas. Ela disse que sentia muito e perguntou o que poderia fazer para reparar o erro. As duas começaram a se beijar, e foi aí que Kevin das Cuecas entrou no quarto e as pegou no flagra.

— Ele ficou tão bravo que expulsou a Florence e disse que eu não podia mais receber visitas — diz ela. — E hoje de manhã ele tirou todas as travas das portas.

— Quê?

Ming confirma com a cabeça, passando as mãos pelos braços arrepiados.

— Ele disse que, de agora em diante, todas as portas ficam abertas.

— Chega disso — digo a ela. Pego a mão de Ming e a conduzo pelo corredor até a sala da sra. Mandalay. — Vamos te tirar de lá *agora*.

Trinta e cinco
Claire

Para: Corpo Discente da American Prep (e-mails não exibidos)
De: Sra. Candice Wallace (Departamento de Inglês)
Assunto: ALUNOS ESTRANGEIROS – POR FAVOR LEIAM

Caros alunos estrangeiros,
POR FAVOR tenham mais consideração pelos outros ao escolherem a língua que falarão na escola. Sei que falar inglês deve ser desafiador para vocês, já que não é sua língua nativa, mas vocês estudam em uma escola americana agora, e é falta de educação usar uma língua que os outros não entendem. Além disso, é melhor para o futuro de vocês se falarem em inglês durante todo o tempo em que estiverem na escola. Afinal, não é esse o objetivo de frequentar uma escola americana? Em nome dos seus objetivos educacionais e, futuramente, profissionais, por favor, tentem usar o inglês.
Atenciosamente,
Sra. Wallace

Meu Deus. Isso é sobre *mim*. A sra. Wallace enviou esse e-mail porque ouviu Jess e eu conversando do lado de fora da aula dela em chinês. Meu celular toca. É Jess.
— Você viu aquele lixo de e-mail? — exclama Jess. — Isso é por nossa causa? Ela enlouqueceu! Claire, você precisa voltar para nossa tur...
— Não vou voltar! — interrompo.

— Mas você não pode simplesmente continuar tendo aula com essa vaca!

Olho na direção do quarto de Dani e digo a Jess que ligo mais tarde. Silenciosamente, pego meu notebook e bato na porta dela.

Dani abre.

— Você viu isso? — pergunto. Ela lê o e-mail no meu notebook, depois vai até o dela, horrorizada, e lê o e-mail novamente.

— Acho que ela mandou isso por minha causa. O que você acha que eu devo fazer? — pergunto.

— Você precisa lutar contra. Isso é discriminação!

— Lutar como? — pergunto.

Dani me diz que eu preciso procurar a administração da escola. Conta que acabou de ir com a amiga Ming, que também é uma paraquedista e estava tendo problemas com a família que a hospedava. A sra. Mandalay entendeu a situação.

Balanço a cabeça.

— Sei lá. — Algumas semanas atrás, eu achava que cobrar era falta de educação. E agora preciso reclamar sobre uma professora?

— Confia em mim — diz ela. — Vai ficar tudo bem.

Quando vê que estou demorando para responder, Dani acrescenta:

— Quer que eu vá com você?

Esperamos do lado de fora da sala da sra. Mandalay, bato os pés no chão com meus sapatos de couro Alexa Chung, enquanto Dani lê as citações pintadas na parede, as mãos entrelaçadas sobre o colo.

Quando a porta se abre, Dani é a primeira a se levantar. Ela espera eu me recompor, depois entramos juntas. Levo comigo uma folha com o e-mail da sra. Wallace impresso. Não acredito que estou fazendo isso.

Gentilmente, deslizo o e-mail sobre a mesa da sra. Mandalay. Lanço um olhar rápido para Dani, que acena com a cabeça, me encorajando.

— Sra. Mandalay, acho que esse e-mail é... — Pauso. Dani havia sugerido um monte de adjetivos em casa: "ofensivo", "discriminatório", "hostil". Mas, naquele momento, todos parecem fortes demais. — Não é legal.

Dani se debruça sobre o papel e aponta para a linha do e-mail que diz "é melhor para o futuro de vocês se falarem em inglês durante todo o tempo em que estiverem na escola. Não é esse o objetivo de frequentar uma escola americana?"

— Isso dá a entender que inglês é a melhor língua para o nosso futuro — diz Dani. — Mas não há qualquer base para sustentar essa afirmação, e pode-se dizer até que é uma forma de imperialismo cultural.

Encaro Dani. Uau!

A sra. Mandalay ergue a mão.

— Obrigada, Dani. — Ela lhe lança um olhar confuso. — E por que você está aqui?

— Para dar apoio moral — responde ela.

— De novo? — pergunta a sra. Mandalay.

— De novo.

Respiro fundo e olho para a sra. Mandalay.

— Esse e-mail causou muito incômodo em mim e em toda a comunidade de alunos chineses. Nós nos sentimos publicamente humilhados por ele...

Antes que eu consiga terminar, a sra. Mandalay diz:

— Vocês estão absolutamente certas. Eu mesma fiquei estarrecida quando recebi o e-mail. — A sra. Mandalay pega uma cópia do manual do aluno e abre a página 73. — A American Prep possui uma política de tolerância zero a assédio e discriminação. Queremos que todos os nossos alunos sintam que são culturalmente respeitados. A sra. Wallace será suspensa imediatamente.

Olho para Dani, surpresa. Ela acabou de dizer *suspensa*? Dani se levanta e cumprimenta a sra. Mandalay com um aperto de mão.

— Muito obrigada — digo para a sra. Mandalay, apertando a mão dela também.

A diretora nos dá um sorriso radiante e abre a porta da sala.

— O prazer é todo meu. É o meu trabalho — conclui ela.

Depois que saímos da sala da sra. Mandalay, um sorriso toma conta do meu rosto e puxo Dani para um abraço. Achei que ia ser como na China, onde você entra com um espinho no traseiro e sai da sala com um tijolo no lugar.

— Muito obrigada — digo a ela. — Eu não teria conseguido sem você. O que você falou sobre imperialismo cultural... aquilo foi ótimo.

Ela ri.

Jess, Nancy e Florence vêm correndo. Ming, a amiga de Dani, aparece também, e Florence nos apresenta — aparentemente, elas se conhecem. Animada, conto a novidade para todas. As garotas comemoram. Jess começa a dar pulinhos e me arrastar na direção do refeitório.

— Que demais! Precisamos contar para o resto dos paraquedistas! — exclama ela.

Enquanto as garotas se dirigem para o refeitório, eu me viro para Dani e lhe agradeço novamente.

— Se você precisar de ajuda com alguma coisa...

Dani fica em silêncio por um minuto, depois balança a cabeça.

— Está tudo bem — diz ela.

Trinta e seis
Dani

Florence e eu ajudamos Ming a se mudar no fim de semana. Estou tão feliz pela sra. Mandalay ter concordado em aumentar o auxílio-moradia de Ming para que ela possa trocar de *host family*. E estou extasiada por ela ter feito a coisa certa e suspendido a sra. Wallace por aquele e-mail ridículo. É engraçado. Todo mundo sempre diz que a sra. Mandalay é super rígida. Mas ela pode ser surpreendentemente ágil e decisiva em situações difíceis. Talvez eu deva contar a ela sobre o sr. Connelly — ele ainda não me respondeu.

— Cuidado com essa moldura — diz Ming. Olho para o pequeno porta-retratos prateado em minhas mãos. É uma foto de Ming ainda pequena e um homem alto. Os dois estão tocando violino.

— É o seu pai? — pergunto a Ming.

— Ah, deixa eu ver! — pede Florence, aproximando-se de nós. Ela põe um dedo sobre a pequena Ming da foto e solta um "Own". Sorrio. Fico feliz que as duas se reconciliaram. É evidente o quanto Florence gosta dela. Espero que convide Ming para as festas em sua casa de agora em diante.

— Esse é o meu tio — Ming nos conta, tomando a foto e embrulhando-a cuidadosamente em plástico-bolha. — Foi ele quem me ensinou a tocar violino.

— Ele vem para o concerto de primavera? — pergunto. A expressão de Ming se turva.

— Não.

— E os seus pais? — pergunto. Deve haver um jeito de trazê-los da China. É o grande solo de Ming! Novamente, ela nega com a cabeça.

Com um suspiro, Ming coloca o restante de suas coisas em uma caixa e a carrega até a sala de estar, deixando Florence e eu sozinhas. Florence se vira para mim.

— Então... não conta pra Claire sobre Ming e eu. Elas não sabem que eu sou... hã... — Florence cora.

— É claro que não.

— Não é como se eu achasse que elas teriam algum problema com isso — esclarece. — É que não tenho certeza.

— Acho que não vão. — Não posso falar por aquela tal de Jess, mas moro com Claire, e no jantar ela fala bastante sobre diversidade e aceitação, especialmente depois daquele e-mail horrível que a sra. Wallace enviou. — E, se tiverem, você vai saber que elas não são suas amigas de verdade.

— É... — diz Florence, desviando o olhar.

Ming aparece para pegar a última caixa no quarto.

— Vocês estão prontas? — pergunta ela.

— Prontas. — Florence sorri.

Mais tarde naquele fim de semana, Zach faz suas tarefas de física na minha casa enquanto pesquiso estudos de caso para a Snider. O sr. Connelly ainda não disse uma palavra sobre o assunto, embora o prazo esteja apertando.

Vou até a geladeira. Minha mãe está fora fazendo limpezas outra vez. Ela nos deixou com um pouco de comida para esquentar. Vou comer sozinha. Claire provavelmente vai sair com as amigas para comemorar. Olho para Zach. Penso em contar a ele sobre o sr. Connelly, mas não quero me lembrar do que aconteceu. Não quero proferir as palavras, como se, ao fazer isso, o que aconteceu em Seattle fosse se tornar mais real. Ainda não contei a minha mãe pelo mesmo motivo. Só quero fingir que nada daquilo aconteceu de verdade.

Em vez disso, levo as sobras de *palitaw* que minha mãe fez para a sala de estar. Zach olha para as esponjas cobertas de gergelim e coco e coloca uma na boca. Ele fecha os olhos enquanto mastiga. A luz da tarde ilumina seu nariz, revelando um sutil salpicado de sardas. Não acredito que ele está aqui, sentado na nossa sala de estar.

Zach coloca o livro de física sobre a mesa e aponta para a TV.

— Vocês têm Netflix? — pergunta.

Assinto. Um dos nossos poucos luxos. Ele pega o controle remoto.

— Posso assistir? — ele pede, ligando a TV. — Só preciso de um intervalo. — Está passando *Titanic*. Zach aponta para Jack e Rose na tela e sorri. — Amo esse filme.

— O quê? Sério? — pergunto, achando graça. Olho para Jack e Rose tremendo de frio na água. Há apenas uma porta, e só um deles pode sobreviver.

Repouso o prato de *palitaw* na mesa de centro.

— E é claro que tem que ser a Rose que sobrevive. Imagina deixar o rapaz pobre, desconjuntado e inteligente viver e matar a linda rica idiota. — Penso em Heather ao dizer isso, mas Zach se vira para mim, todo ofendido.

— A Rose *não é* idiota — retruca ele.

Dou risada. Não imaginava que ele era um fã tão apaixonado.

— É sim — insisto.

— De que jeito? — Ele para de assistir e volta sua atenção para mim. Aponto para a porta no filme.

— Em primeiro lugar, ela super poderia ter aberto um espaço para ele — argumento. — Olha essa porta! Cabem fácil duas pessoas ali!

Zach olha para porta e reflete sobre o que eu disse.

— E em segundo lugar, ela quase se mata tentando pular de um navio. Por quê? Porque está cansada de coquetéis chiques? — pergunto. Pelo amor, não é como se ela fosse uma bolsista integral na American Prep.

— Uau! — exclama Zach, erguendo as mãos. Solto um risinho. Gosto de mexer com ele, é divertido. Chego mais perto.

— Vamos pensar no que aconteceria se eles realmente tivessem sobrevivido ao naufrágio juntos, que tal? — Olho para Zach enquanto falo. Quase parecemos um casal de verdade. Como se estivéssemos namorando, e tendo uma daquelas discussões de casal sobre qual será a nossa música. — E o Jack provavelmente teria tido que partir para lutar na Primeira Guerra Mundial. Talvez Rose ficasse com Cal de novo...

— Mas ela não ficou com ele — observa Zach. — A gente sabe disso porque a Rose Idosa aparece no filme.

Droga. Esqueci a Rose Idosa.

— Bom, que seja. A gente não sabe o que a Rose Idosa fez ou não fez. Ela tem cara de quem teve um monte de namorados.

Zach explode em gargalhadas.

— *Pera, o quê?*

— É sério, ela passa essa *vibe*. — Agora estou só dizendo bobagens sem sentido. Zach está no chão, morrendo de rir. E estou começando a rir também.

É uma sensação boa rir, esquecer o sr. Connelly, o que ele fez e o que vai acontecer com a Snider. Zach coloca uma mão sobre o estômago e implora:

— Para, para... Você é demais!

Mas eu não paro. Em vez disso, deito no chão com ele. Nossos braços roçam de leve um no outro.

— E qual é a de jogar diamantes no oceano? — continuo. Sorrio para Zach, rolando no carpete, guinchando de tanto rir. — Sério, ela podia ter doado aquele diamante para alguma instituição de caridade que se dedica a salvar mulheres de coquetéis chatos.

— Você é uma figura, Dani, sabia?

Nossos olhos se encontram e eu me inclino na direção dele para beijá-lo. Zach faz um movimento ágil para pegar o controle, batendo acidentalmente na minha cabeça.

— Ai!

De repente, a porta se abre e Claire entra. Ela olha para Zach, confusa por um segundo.

— É você! — diz Zach, que se levanta em um pulo. — O que está fazendo aqui?

Trinta e sete
Claire

Fico encarando o Touca Azul, parado no meio da nossa sala de estar. Por um segundo, penso que entrei na casa errada.

— Sou o Zach, lembra? — diz o garoto. — Nós nos conhecemos na piscina.

— Você conhece a Claire? — pergunta Dani, surpresa.

Estou confusa.

— Ele é seu namorado? — pergunto a Dani.

— O quê? Não! — Zach nega rapidamente. Rápido demais. Dani recua para trás de uma das almofadas do sofá.

Deixo os dois e vou para o meu quarto. Abro meu notebook e leio os e-mails e as mensagens dos paraquedistas, dizendo o quanto foi importante para eles eu ter me imposto contra a sra. Wallace. Quando ouço Zach ir embora, chamo Dani.

— Vem ver isso — digo, deitada na cama, apontando para o meu computador. Há um e-mail de uma paraquedista dizendo que seu professor de ciências vem caçoando do sotaque dela há seis meses.

Mas Dani não entra. Em vez disso, ela passa direto pelo meu quarto.

— Tenho uma lição para fazer — fala enquanto fecha a porta.

Fico sentada na cama, me perguntando o que eu disse de errado.

Na aula de inglês, no dia seguinte, nossa professora é ninguém menos que a srta. Jones! Quase grito de entusiasmo quando a vejo. A srta. Jones está usando um blazer, brincos de argola e o cabelo trançado preso em um coque no topo da cabeça. Ela sorri e diz que nos dará aula enquanto a sra. Wallace estiver de licença.

— Agora, sei que vocês andam lendo e conversando bastante sobre *O Grande Gatsby*, mas Gatsby é velho! Quero ouvir sobre *vocês*. Quando foi a última vez em que sentiram que buscavam o respeito de algum grupo de pessoas que jamais te levariam a sério? Bom, para mim foi às cinco da tarde da sexta-feira passada, quando me ligaram perguntando se eu queria assumir o lugar da sra. Wallace.

Todos nos endireitamos em nossos lugares.

— Eu trabalho como substituta aqui já faz um tempo. Alguns de vocês talvez já tenham tido aula comigo — diz ela, piscando para mim. — Mas nunca pensei que me dariam um cargo mais permanente.

A srta. Jones se abre conosco. Ela nos conta que costumava dar aulas em uma escola pública, até que teve filhos. Então se afastou das salas de aula por um tempo para cuidar deles e, quando quis voltar, foi difícil arranjar um emprego. As escolas públicas não estavam contratando por conta de cortes no orçamento.

— E as escolas particulares... bom, as escolas particulares queriam contratar pessoas que fossem... mais parecidas com seu corpo docente e discente — diz ela.

Meus olhos estão fixos, presos à história dela. Não consigo me lembrar da última vez em que um adulto foi tão honesto comigo. Nunca aconteceu com meus antigos professores na China, nem com os meus pais. Ela fala sobre racismo institucional e como isso afetou sua vida, ao ponto de ela quase não conseguir acreditar na sra. Mandalay quando lhe ofereceu o cargo de professora adjunta.

Ela nos pergunta se nós já nos sentimos assim, como se, não importa o quanto tentarmos, nunca vai dar certo pra gente. As pessoas nunca vão achar que somos bons o bastante.

Uma por uma, mãos se levantam. Alguns alunos dizem que se sentem assim com seus técnicos de esportes às vezes. Quando chega a minha vez, falo dos meus pais.

A srta. Jones assente, como se tivesse passado pela mesma coisa.

— A tarefa de vocês essa semana é esquecer essa pessoa — ela anuncia — e focar em você. Quero que vocês escrevam um conto em que Gatsby não se importa com Daisy.

Saio da sala pensando nisso. Passo por Emma, que, por acaso, também falou dos pais.

Ao abrir meu armário, uma pequena caixa cai. Quando a abro, me deparo com um par de brincos.

Sinto a respiração prender na garganta.

São os brincos de gotas de diamantes que experimentei na loja a pedido de Jay.

Abro o bilhete.

Achei que ficaram bonitos em você.
— Jay

Trinta e oito
Dani

Não consigo parar de pensar na forma como Zach disse "não" quando Claire perguntou se ele era meu namorado. A expressão que ele fez, como se a ideia fosse absurda, algo que só seria possível na terra do faz de conta. Isso, justaposto à forma como os olhos dele se iluminaram quando Claire entrou na sala, praticamente ronronando, "É você!"

Se ela e Zach se conhecem, o que isso significa? Digo a mim mesma para deixar aquilo de lado. Quem se importa? Eu costumava me orgulhar de não dar a mínima para o que os garotos pensam. Não queria ser apenas mais um rostinho bonito.

Ainda assim, quando Claire passou por aquela porta com seu top cropped e jeans apertados, o cabelo preto e sedoso caindo pelas costas, e os olhos de Zach se transformaram em nozes, eu teria *matado* para ser ela.

No dia seguinte, no refeitório, observo Claire enquanto Ming fala sobre sua nova *host family*.

— Eles são muito mais gentis do que o Kevin das Cuecas — diz ela, despejando um pacotinho de óleo de gergelim em seu macarrão. — Estou pensando em fazer um aplicativo que permita aos paraquedistas avaliar os *hosts*. Não seria legal? A Florence disse que talvez consiga ajudar, ela é boa em programação.

O sr. Connelly entra no refeitório. Ele ainda não respondeu ao meu e-mail. Nos treinos, evita fazer contato visual comigo quando estou falando. Às vezes, faz um comentário, mas nunca é nada substancial. Não como antes.

— Volto já — digo a Ming.

Caminho até o sr. Connelly. Ele tira os olhos da prateleira de barrinhas de granola e vira para mim.

— Ei, sr. Connelly — cumprimento. — Só estava pensando... o senhor recebeu meu e-mail?

O sr. Connelly franze o cenho.

— Aqui não — diz ele. Ele se vira e sai da cafeteria. Eu o sigo até uma escadaria vazia.

— O senhor leu meu e-mail? — pergunto novamente.

— Li — responde. Sua voz é fria como gelo. Ele põe o polegar e o indicador sobre a testa, como se a mera menção ao e-mail lhe causasse uma enxaqueca. Ele suspira fundo. — Por que você faria aquilo? Por que você escreveria aquilo para mim?

Encaro o sr. Connelly, confusa.

— Depois de tudo que eu fiz para você, não *acredito* que você colocaria aquilo em um e-mail! — diz ele, levantando a voz. Tem dificuldade de manter a calma. — Se você estava brava, poderia ter ido falar comigo. Poderia ter me ligado. — Ele me encara, deixando bem claro toda a extensão de sua decepção. — Você não podia ter feito isso.

Lágrimas ameaçam escorrer dos meus olhos enquanto balanço a cabeça.

Ele vai embora.

Trinta e nove
Claire

Jay está no estacionamento, entrando em sua Lamborghini. Corro até ele com a caixa dos brincos nas mãos. Foi muito fofo da parte dele, mas não posso aceitar o presente.

Seu rosto desmorona quando eu lhe devolvo os brincos.

— Mas ficaram tão bonitos em você!

— São caros demais — explico.

— Quem decide isso sou eu, não você. — Ele aponta para o carro. — Entra. Vou te dar uma carona.

A porta do passageiro se abre e eu entro. Já estive em carros esportivos de luxo antes, mas nunca em uma Lamborghini. Elas são raras em Xangai e, apesar de sua paixão por artigos de luxo, meu pai nunca se interessou muito por carros esportivos. "Quem estou tentando impressionar? As outras pessoas na rua?", dizia ele, rindo.

Jay, porém, gosta muito de seu carro. A Lamborghini ganha vida com um rugido e ele sai do estacionamento. É um carro incrivelmente barulhento, e Jay grita por cima do ruído.

— Então, você tem namorado? — ele pergunta enquanto muda de faixa, buscando qualquer oportunidade de acelerar, mesmo nas ruas locais.

— Não. — Devolvo a pergunta: — E você?

Ele ri.

Aponto para a rua de Dani à frente e digo a ele para virar à direita. Ele assente, mas depois me ignora e segue reto.

— Ei, você errou o caminho — digo. — A casa onde estou morando fica para lá.

— Eu sei — ele diz, pisando no acelerador.

— Então para onde estamos indo? — pergunto. — Achei que você ia me levar para casa.

Ele olha para mim e sorri.

— Eu vou... mais tarde.

Tateio o contorno do meu celular no bolso da minha mochila e o aperto com força. Lembro a mim mesma de que não há razão para ficar nervosa. Ele foi um cavalheiro na festa de Florence. Dez minutos depois, chegamos à casa de Jay. Parece mais um clube do que uma residência particular, com quadras de tênis, uma piscina enorme e uma jacuzzi.

— Essa é a casa da sua *host family*? — pergunto, arregalando os olhos ao sair do carro.

Jay faz que não com a cabeça. Olho ao redor da entrada que leva à garagem. Não há mais nenhum carro.

— Você mora aqui? Sozinho?

Ele trava as portas da Lamborghini com um clique.

— Minha mãe vem me visitar às vezes — diz ele. Eu o sigo casa adentro.

O interior é ainda mais imaculado que o exterior. O piso é de mármore branco. A mobília é elegante e moderna e a luz jorra pelas enormes janelas de vidro de dois andares.

Jay joga a mochila no sofá e vai para a cozinha. Volta com duas garrafas de água Pellegrino. Joga uma para mim. Enquanto bebo, ele me observa.

— Quer nadar um pouco? — pergunta.

— Eu... não trouxe meu maiô.

— Pera aí. — Ele sobe a escada em espiral.

Jay volta segurando um maiô azul-marinho Stella McCartney novinho em folha que pertence a sua mãe. Promete que posso usar porque ela tem um milhão de maiôs e não vai se importar. Ele mesmo está sem camisa e com calções. Seu corpo é *tão* bonito, que evito ficar encarando.

Pego o maiô e me troco no banheiro do andar de cima.

Ele já está na piscina esperando por mim quando saio. O sol da tarde se estende pelo céu e gotas de água cintilam em seu peito. Jay sorri quando me vê.

Salto. A água está quente e relaxante. Fecho os olhos, pensando na semana que passou. A sra. Wallace foi embora, tenho uma nova professora de inglês, e agora estou nadando com Jay Li. Deixo a felicidade tomar conta de mim enquanto aproveito o primeiro minuto debaixo d'água. Estico os dedos dos pés e das mãos.

Nado de uma ponta à outra da piscina, várias vezes. Jay tenta me alcançar, mas sou rápida demais.

— Você nada bem — ele elogia quando finalmente recupero o fôlego.

— Obrigada — digo. — Eu treinava até...

— Até...?

— Até minha mãe falar que eu precisava parar — conto. — Ela disse que garotas que nadam não ficam bonitas, ficam com ombros largos.

— Ela tem razão. Ficam mesmo — diz ele, fingindo examinar meus ombros. — Mas você não ficou muito feia. — Jay nada para mais perto e joga água em mim de brincadeira. — Eu não teria te convidado se tivesse.

Solto uma risada.

Mais tarde, saímos da piscina.

— Ei, tá com fome? Conheço um lugar ótimo em Santa Monica, bem na praia — diz Jay, me jogando uma toalha.

— Santa Monica? Não vamos conseguir voltar antes das dez! — Eu o sigo até a cozinha.

— Quem falou em voltar? — ele diz, abrindo um sorriso largo. — Tem uns hotéis ótimos no Westside. Já ficou no Shutters?

Fico parada encarando. Ele está brincando, né?

— Podemos ficar em quartos separados — diz Jay, revirando os olhos. — Vai, você merece! É uma heroína pelo que fez com a Wallace!

Ele caminha até a geladeira, pega uma garrafa de vinho branco, tira a rolha e serve duas taças. Entrega uma para mim.

— O que acha?

Ergo a taça na altura do nariz. Dá para ver que ele é um daqueles garotos que não está acostumado a ouvir a palavra "não". E seria *tão* fácil simplesmente dizer sim, bebericar *chenin blanc* o dia inteiro, entrar na Lambo dele e ir até a praia. Mas e a escola amanhã? E a tarefa da srta. Jones?

— Fica pra outra hora — respondo, baixando a taça.

Jay balança a cabeça, desapontado.

— Vou te levar para casa. — Ele pega as chaves, como se quisesse ir agora. Olho para baixo. Estou na cozinha dele, ainda de maiô, encharcada.

— Não, tudo bem. Posso pedir um Uber. — Rapidamente, desbloqueio meu celular, abro o aplicativo e chamo um carro.

Ele baixa a taça, dá meia-volta e vai embora sem dizer mais nada, me deixando sozinha na cozinha.

Subo para me trocar. Enquanto estou saindo, espio o interior de um dos quartos. Jay está sentado em sua cama, jogando vídeo games. Há caixas de Pocky e pacotes meio comidos de Fritos no chão. Um par de halteres está jogado num canto.

— Ei. Meu Uber chegou. Estou indo — digo gentilmente.

Ele não tira os olhos da tela. Espero um minuto. Como ele não diz nada, dou meia-volta.

Quando estou saindo, ele grita:

— Fecha a porta quando sair... — Nenhum *tchau*. Nenhum *te vejo na escola*.

Balanço a cabeça ao entrar no Uber.

O que há de errado com ele? Encosto a cabeça no banco de couro e suspiro. Quando pego uma garrafa de água na minha mochila, alguma coisa cai. É a caixa com os brincos, acompanhada de um novo bilhete.

Desculpa, ninguém pode me devolver, assim como esses brincos.
— Jay

Quarenta
Dani

Hoje é o dia em que o sr. Connelly vai anunciar quem irá para a Copa Snider. Prendo a respiração enquanto ele lê os nomes no papel que tem em mãos.

— Josh Williams... Risha Laghari... Audrey Anderson...

Eles vibram de entusiasmo. O sr. Connelly chama mais dois nomes antes de chegar ao último.

Por favor... por favor... eu preciso disso.

— E a última pessoa é... Heather McLean.

Acelero pelo corredor, esfregando meus dedos suados e humilhados nas calças enquanto tento alcançar o sr. Connelly depois do treino. Esbarro com tudo em Zach. Meus livros caem dos meus braços e ele se ajoelha para pegá-los.

— O que foi? — pergunta. — Você tá bem?

Faço que não com a cabeça. Enquanto me entrega meus livros, conto baixinho que não fui escolhida para a Snider.

— Por causa da Heather? — Ele varre o corredor com os olhos à procura dela, aperto os dedos nos meus livros, envergonhada demais para admitir que não, é porque o sr. Connelly me assediou.

Zach sacode a cabeça.

— Mas ela trapaceou! Isso é muito zoado — diz ele.

Ming sai da sala da banda e corre até nós.

— Dani! Adivinha! O sr. Rufus acabou de me contar que conseguiu fazer a escola pagar a passagem para os meus pais virem ao concerto! — anuncia arrastando o estojo do violino atrás de si. A alegre novidade é encoberta pela neblina no meu rosto.

— O que foi? — pergunta ela. Ming abaixa o estojo do violino. — É o sr. Connelly?

Assinto com o queixo tremendo.

Ela me pega pelo braço e me leva para um canto silencioso onde possamos conversar. Enquanto nos afastamos, Zach grita:

— Se eu puder ajudar com qualquer coisa, é só falar!

Mais tarde naquele dia, vou falar com o meu orientador, o sr. Matthews. Já é hora de contar para alguém. Estou sempre falando para Ming e Claire reagirem. Não posso deixar o sr. Connelly tirar isso de mim. Atrás de sua mesa, o sr. Matthews olha para mim, confuso.

— Perdão, quando isso aconteceu? — pergunta ele, massageando o pescoço. O sr. Matthews é um homem alto e magro com um pescoço excepcionalmente cheio de veias onde ele gosta de apoiar a mão quando conversa com as pessoas.

— Há uma semana, mais ou menos. Foi em Seattle — respondo.

O sr. Matthews franze o cenho.

— E você está dizendo que o sr. Connelly te assediou? — pergunta. — Onde? No torneio?

— Em um bar.

O sr. Matthews tira as mãos do pescoço e me repreende:

— Dani, você sabe que não pode frequentar bares.

— O sr. Connelly me arrastou para lá — conto.

— Ele te arrastou — o sr. Matthews repete, como se não acreditasse em mim.

Confirmo com a cabeça. O sr. Matthews me lança um olhar sério.

— Dani, essas são alegações sérias. Se o sr. Connelly realmente fez o que você está dizendo, teremos que contar à sra. Mandalay, e abrir uma investigação formal.

Baixo os olhos para o meu colo, hesitante. Penso no que o sr. Connelly me disse na escadaria. Fico em silêncio por tanto tempo que o sr. Matthews abaixa o tom.

— Olha, sei que você está chateada por causa da Snider. Mas só porque você não foi escolhida... — começa a dizer. As palavras morrem na boca dele.

Uau.

Saio da sala.

Quarenta e um

Claire

Passa um pouco da meia-noite e estou fazendo o trabalho de inglês que a srta. Jones nos passou para entregar amanhã. Já o reli seis vezes quando ouço uma notificação no celular.

> Oi.

Diz a mensagem do meu pai.
Aperto o botão de pausar no Spotify. Não nos falamos desde que ele me deixou sozinha no restaurante.

> Sua avó disse que gostou do óleo de peixe.

Reviro os olhos. Por que ele não pode simplesmente pedir *desculpa* como uma pessoa normal, em vez de usar o óleo de peixe para me forçar a falar com ele?

> Que bom.

Respondo.

> Como está a escola?

Pergunta ele.

> Tudo bem. Estou gostando da minha nova turma de inglês.

Ele nem sabe sobre o e-mail ou sobre a sra. Wallace ter sido substituída. Tanta coisa acontece quando estamos ocupados guardando rancor um do outro... qual é o sentido em remoer tudo depois? Mas, se eu não fizer isso, pode passar uma vida inteira e acabar com um "Ah, oi, pois é, eu vivi e depois morri".

> Você precisa de alguma coisa?
> Livros novos?

Meu pai pergunta. Esse é o seu jeito de dizer que se importa comigo.

> Claro.

Respondo. Não porque eu realmente precise da ajuda dele com livros — nós dois sabemos que eu sou capaz de usar a Amazon —, mas porque é o meu jeito de dizer, "Tá bom, pode se importar comigo".

> Preciso de mais livros do
> F. Scott Fitzgerald.

> Feito! Vou pedir para a minha secretária
> comprá-los para você. Um box!

Guardo meu celular e volto para o meu trabalho. Lembro a mim mesma que existem cinco linguagens do amor. A dos meus pais com certeza é a financeira.

Outra notificação. Dessa vez, é uma iMessage do Jay.

> Meio tarde pra estar acordada.

Sorrio.

> Olha quem fala.

Respondo. Alguns segundos depois, ele manda:

> Vem aqui pra casa.

Encaro a mensagem. Três pontinhos aparecem.

> A gente não precisa fazer
> nada. Só dormir.

Acrescenta ele. Ah, tá. Vou fingir que acredito.

> Admite, você tá pensando nisso agora. Nós dois dormindo juntinhos.

Jay provoca. Solto uma risada. Ele é tão sem-vergonha.

> Peguei você.

Digita ele. Respondo:

> Posso passar aí amanhã depois da aula de novo e a gente pode nadar, que tal?

> Amanhã não dá. Minha mãe vai estar aqui.

Escreve ele. Owwn.
Então três pontinhos aparecem.

> Você devia conhecer ela.

Talvez eu estivesse errada a respeito de Jay. Reflito com Jess pelo Face-Time enquanto me arrumo para a escola. Achei que ele só queria umas ficadas. Mas agora me convida para conhecer a mãe dele? Jess me faz tirar tudo que tenho no meu armário e mostrar a ela para decidir o que eu vou usar. No fim das contas, vou com as minhas calças brancas Rag & Bone, um top azul Chloé com barra de renda e *mules* de suede Phillip Lim. Não paro quieta na aula, sacudindo a perna enquanto a srta. Jones recolhe nossos trabalhos.

— Mal posso esperar para ler o seu, Claire — diz minha professora. Sorrio.

— Eu me esforcei bastante nele.

— Ótimo — diz ela. — Só tiramos da vida o que colocamos nela.

Depois da escola, a mãe de Jay vem buscá-lo em um Escalade branco.

— Mãe, está é Claire Wang — Jay me apresenta à mãe.

Ela estende uma mão. Veste Chanel da cabeça aos pés — ela é o que a minha mãe chamaria de cadelinha da Chanel. Reparo na pedra em sua mão, de pelo menos cinco quilates, grande demais para o meu gosto, mas minha mãe ficaria impressionada.

— É maravilhoso conhecê-la, Claire — diz a sra. Li. — Vamos à cidade hoje à noite. Junte-se a nós. Você gosta de sushi?

— Claro — respondo, olhando para Jay, que abre um sorriso. Ainda não sei bem o que é isso. Um encontro?

— Ótimo — diz a sra. Li. — Então está combinado.

Às cinco e meia, Jay e a mãe vêm me buscar. Enquanto entro no banco traseiro do Escalade, a sra. Li pede ao motorista para nos levar ao Matsuhisa em Beverly Hills.

— Você já foi ao Nobu, certo? — pergunta a sra. Li.

— Nobu? Sim, é claro. — Minha mãe já me levou para o de Hong Kong em uma das nossas muitas viagens para compras na cidade.

— Bom, na verdade, o Matsuhisa é o primeiro restaurante dele — conta ela. — Na minha opinião, é melhor que o Nobu. Virou *tão* coisa de turista.

Concordo com a cabeça e Jay sorri para mim, fascinado. Ele está usando uma camisa azul e calças de alfaiataria, e está *tão lindo*.

A sra. Li tira um pó compacto da bolsa e o aplica no nariz.

— Na verdade, havia um ótimo restaurante especializado em sushi no aeroporto de Santa Monica. Como era o nome? — Ela se vira para Jay e pergunta. Ele dá de ombros.

— Enfim, foi fechado alguns anos atrás. O dono foi condenado por servir carne de baleia. Dá para acreditar? — Ela sacode a cabeça e suspira. — Uma pena, porque era pousar e comer, sabe? Estava bem ali. Diga-me, a sua família tem aviões particulares ou voa comercialmente?

Levo um tempo para perceber que ela está me fazendo uma pergunta. Coloco uma mão no peito.

— Eu?

Ela assente.

— Fazemos voos comerciais — respondo. — Sempre Cathay ou Singapore Airlines.

Ela parece um pouco decepcionada com a minha resposta.

— Mas apenas classe executiva ou VIP — acrescento rapidamente.

Ela reflete sobre a minha resposta, cerra os lábios de um jeito que quase me faz pensar se a conversa toda sobre o restaurante de sushi era apenas uma forma disfarçada de perguntar se nós também tínhamos um avião particular. Será que esse jantar é sobre isso? Ela tentar descobrir onde exatamente estamos na escada social? Se esse é o plano... ajeito a postura. Minha mãe *inventou* esse jogo.

Conversamos sobre o e-mail da sra. Wallace. A mãe de Jay diz que, quando o leu, ficou horrorizada e ligou para a sra. Mandalay imediatamente. *Ah*. Talvez a sra. Mandalay tenha ouvido a ela, não a mim.

Jay deixa claro quem *ele* ouviu.

— Todos nós ficamos muito gratos à Claire — diz ele, orgulhoso. A sra. Li sorri e fecha os olhos. Pede ao motorista para colocar uma música com a qual ela possa relaxar. A voz reconfortante de Diana Krall preenche o carro e Jay toma minha mão na dele.

No jantar, a sra. Li não perde tempo com o cardápio. Diz ao chef, que a trata pelo primeiro nome, para preparar o que ele achar que nós vamos gostar. O chef assente e desaparece na cozinha. Pouco tempo depois, um desfile interminável de apetitosos sushis chega, acompanhado de uma carregada dose de perguntas da sra. Li.

— Então, em que parte de Xangai vocês moram?

Digo o nome do nosso condomínio, acrescentando que é onde uma famosa atriz chinesa também tem uma casa. Depois de anos ouvindo minha mãe mencioná-la, estou bem treinada.

— Ah, sim, conheço o marido dela — diz a sra. Li sobre a atriz. Ela se vira para Jay. — Eles têm uma filha da sua idade, sabe.

Jay está mais interessado no sashimi de atum, que ele pega com destreza usando seus hashi e o leva à minha boca.

— Experimenta esse, Claire — diz ele. Dou uma mordida. O atum derrete na minha língua.

Enquanto pego um sushi, a sra. Li tira o celular da bolsa e começa a me mostrar fotos da viagem de férias de verão da família na Toscana.

— Aqui somos nós no nosso veleiro — conta. Sei aonde isso vai dar. — Para onde vocês gostam de ir no verão? — pergunta ela.

E ali está. Sorrio para ela, três passos à frente.

— Gostamos de vir para cá, na verdade. Temos uma casa em San Francisco — conto a ela, a resposta já preparada no carro. — Meus pais gostam de ir a Napa. No verão passado, passamos uma semana no Alaska. É um lugar lindo. — Uma parte daquilo é verdade. Passamos verões aqui, mas não temos uma casa em San Francisco.

— San Francisco, é? — a sra. Li repete para Jay, satisfeita com a minha resposta. Ela abre um sorriso radiante para ele, o primeiro genuíno da noite. Debaixo da mesa, Jay aperta minha mão.

Passo o guardanapo de leve sobre a boca, sorrindo atrás dele. Sei que passei no teste.

Já são quase dez da noite quando terminamos de comer e, em vez de voltarmos para casa, a sra. Li nos leva ao Hotel Peninsula. Ela pega uma suíte para Jay e si e um quarto para mim. Na manhã seguinte, vamos fazer compras na Rodeo Drive. A sra. Li e Jay passam nas lojas da Louis Vuitton, Bulgari, Bottega Veneta, Dolce & Gabbana e Tom Ford, enquanto eu os acompanho.

— Você não vai comprar nada? — pergunta ela, olhando para minhas mãos vazias, curiosa. Fiz compras com Jess outro dia mesmo...

A sra. Li ergue um dedo.

— Isso é muito luxo de massa. Eu entendo. — Ela olha para Jay e diz com uma piscadela: — Ela tem bom gosto. — Os olhos dela se iluminam.

— Vamos a um lugar mais elegante! Conheço o lugar perfeito para você.

Voltamos para o Escalade e a sra. Li diz ao motorista para nos levar a Fred Segal. Com mil e duzentos metros quadrados, Fred Segal só pode ser descrita como o templo das verdadeiras fashionistas. Arregalo os olhos diante dos vestidos, saias, calças e camisas, fileiras e fileiras de arte. Não roupas, *arte*. A sra. Li escolhe blusas, lenços, saias lápis e vestidos para mim. Ela tem um gosto impecável. Quase tudo que ela pega, eu adoro.

— Você tem um corpo tão bonito — a sra. Li elogia. — Pare de escondê-lo nessas calças sem nenhuma forma!

Ela empurra um vestido curto de cashmere com gola alta para mim e me diz para experimentá-lo. Jay espera por mim no lado de fora do provador. Quando saio, fica boquiaberto.

— Você está incrível! — diz ele, olhando as minhas pernas. O vestido vai apenas até as minhas coxas.

— Tem certeza de que não é curto demais? — pergunto.

— Ah, tenho certeza — insiste. — Não é curto demais.

Ele estala os dedos e faz um gesto para o vendedor registrar o item.

— Ela vai ficar com esse — Jay fala enquanto põe a mão na minha lombar.

Quando o vendedor embrulha todas as outras peças, fico olhando os vestidos e as camisas que a sra. Li escolheu a dedo para mim. Onde vou guardar essas coisas? Vasculho meu cérebro em busca de uma desculpa para não comprar tudo aquilo, mas aí eles vão pensar que sou avarenta e questionar todas as coisas que eu disse no jantar. Então pego meu cartão American Express e o coloco no topo das roupas. Talvez eu possa mandar algumas delas para a China.

— Ah, o que você está fazendo? — A sra. Li ri, dando um tapinha leve no meu braço. — Que amor — ela diz para Jay. Pisca algumas vezes e me informa: — Já paguei a conta.

Olho para ela, muito surpresa.

— A senhora não precisava fazer isso!

Espio o valor total no recibo que o caixa entrega à sra. Li: US$ 5.876. Na verdade, ela meio que precisava. Meu pai teria me ligado e dado um sermão interminável.

Jay me deixa em casa mais tarde naquele dia com um beijo na bochecha. Ele tem no rosto a expressão de um garoto que passou o dia inteiro com a mãe e finalmente conseguiu ficar sozinho com a namorada. É isso que eu sou? Namorada dele?

— Vejo você mais tarde? — pergunta Jay. Assinto. — Minha mãe gostou muito de você — acrescenta ele.

— Gostei dela também — digo com um sorriso. — Quando ela volta para a China?

— Amanhã — conta Jay. Sua expressão muda um pouco. Dá para ver que ele e a mãe são próximos. Ele me entrega minha sacola de compras da Fred Segal.

— Obrigada. — Pego a sacola dele. — Por tudo.

As roupas. O jantar. O hotel. Os brincos.

— Não sei como vou te retribuir — digo a ele enquanto me despeço com um aceno.

— Eu tenho umas ideias — ele responde com um sorriso largo.

Quarenta e dois
Dani

Analiso as frases motivacionais penduradas do lado de fora da sala da sra. Mandalay enquanto espero. É a terceira vez em duas semanas que venho aqui, e já sei quase todas as frases de cor. Lembro a mim mesma que, nas duas vezes que vim aqui, ela deu a Ming e a Claire o que elas queriam. Mesmo assim, meus dedos agarram com força os cantos da cadeira. Dessa vez é diferente. Dessa vez é uma questão pessoal. E eu não sou uma paraquedista.

— Por favor, entre — diz ela.

Eu me levanto e, de repente, começo a repensar minha visita. Digo a mim mesma que vai ficar tudo bem. Ela é mulher. Vai ser mais compreensiva que o sr. Matthews.

Eu me sento na sala da sra. Mandalay. Ela olha para mim do jeito distraído de uma diretora ocupada que não tem tempo de me parabenizar por mais um torneio bem-sucedido. Mas não é para isso que eu vim aqui hoje. Tento controlar minhas mãos trêmulas enquanto conto a ela o que realmente aconteceu em Seattle.

A sra. Mandalay tira seus óculos de leitura. Fica parada, absorvendo a informação.

— Então você quer sair do time de debate — diz finalmente.

— Eu... não, não quero sair do time de debate. Eu amo debater. Quero ir para a Snider... — digo, hesitando antes de acrescentar: — De preferência com um novo treinador.

— Isso é impossível. Mesmo que a gente consiga encontrar um novo treinador, a temporada já está quase acabando. E o sr. Connelly é o melhor treinador de debate que já tivemos, um dos melhores no país.

Ela não me ouviu?

— Mas, sra. Mandalay, a *mão* dele estava *na minha perna*.

Sinto uma fisgada na voz ao dizer as palavras, pensando em como fui dormir naquela noite no quarto do hotel, com os olhos grudados à luz prateada debaixo da minha porta, morrendo de medo de o sr. Connelly aparecer no meu quarto.

Ela faz algumas anotações em um bloquinho e diz:

— Vou conversar com ele e garantir que isso não aconteça outra vez. E vou ver o que posso fazer a respeito da Snider.

Assinto, grata. A sra. Mandalay se levanta e dá a volta na mesa para abrir a porta para mim. Então, me dá um conselho:

— Sinto muito por você ter passado por isso. Mas na vida haverá muitas situações que vão te deixar desconfortável. Quanto mais cedo você aprender a não deixar isso te afetar, melhor.

Saio, pensando nas palavras dela.

Depois da escola, encontro com Ming na Budget Maids e conto o que a sra. Mandalay disse.

— Isso é ótimo! — diz Ming enquanto leva o balde de materiais de limpeza para o carro de Eduardo. — Fico feliz por ela ajudar!

— Vamos ver — respondo, prendendo meu cabelo em um coque novamente. Agora, toda vez que deixo o cabelo solto, penso no sr. Connelly e naquela noite horrível no bar. Até passei a dormir com o cabelo preso. — Estou tentando não criar muitas esperanças.

— Ele vai ouvir. Ela é a chefe. — Ming fecha o porta-malas e faz uma careta. — Falando em chefes, o meu chefe na agência de intercâmbio rejeitou minha ideia de um aplicativo para avaliar *host families*.

— Quê? Mas era uma ideia tão boa!

— Eu sei! — diz ela enquanto pega um par extra de luvas de limpeza do escritório e as enfia no bolso de trás. Ming sempre usa vários pares de luvas quando limpa, para proteger as mãos tocadoras de violino. Ela me joga um par. — Eu sei de garotas que deixam de tomar banho nas próprias casas e acabam usando o chuveiro da escola porque têm medo dos *host dads* tarados.

Balanço a cabeça.

— Mas o meu chefe diz que o aplicativo é desnecessário e só vai causar problemas. Mas vou fazer mesmo assim. Florence vai me ajudar.

Queremos criar um espaço seguro para relatar problemas. — Ela se aproxima para que Eduardo e Rosa não a ouçam. — Especialmente para paraquedistas queer.

Eduardo sai do escritório.

— Prontas? — pergunta ele. Ming e eu subimos na SUV e Eduardo nos leva até a Diamond Bar, onde somos informadas de que teremos que limpar uma casa de cinco quartos. No carro, Ming me conta sobre seu fim de semana com Florence. Quando chegamos lá, percebemos que não é uma casa de cinco quartos. Aparentemente, é um hotel-maternidade.

— O que é um hotel-maternidade? — pergunto, olhando para os berços vazios e as malas nos quartos ao redor.

Um hotel-maternidade, explica Ming, é uma casa onde mães da China continental se acomodam nos Estados Unidos até estarem prontas para dar à luz. Essa é a primeira vez que ouço falar de um fenômeno desses. Pergunto a Ming por que uma mulher grávida ia querer deixar família e amigos para vir até aqui ter um bebê em uma casa cheia de pessoas estranhas.

— Para o bebê ter cidadania americana — responde ela, como se fosse óbvio. Ming explica que, na China continental, apenas crianças com passaportes estrangeiros podem estudar fora.

— Fascinante. — Penso na minha própria mãe, em como ela viajou das Filipinas para Hong Kong e depois para os Estados Unidos e como tem orgulho de eu ter cidadania americana, dizendo que o governo jamais poderia me tirar isso porque nasci nesta terra.

A responsável pela casa, a sra. Woo, repreende Ming em mandarim, dizendo para parar de conversa e começar a trabalhar.

— Vocês têm três horas! Todas as mães saíram para fazer compras. Elas vão voltar logo, e querem os quartos limpos. Rápido!

Ming e eu começamos o trabalho, trocando os lençóis suados das camas afundadas. Enquanto esfrego as bancadas pegajosas do banheiro, pergunto a ela sobre a vinda dos pais para o concerto de primavera.

— Vai ser a primeira vez deles nos Estados Unidos! — Ela sorri enquanto pega uma banheira de bebê de plástico e a esfrega.

— Você vai apresentá-los à Florence? — pergunto. O rosto dela desmorona.

— Não — responde. Solto o pano velho que estou segurando e olho através do espelho embaçado para Ming, que suspira. — Vou dizer que ela é só minha amiga. É mais fácil assim.

Mais fácil para quem?

Fico lá parada, esperando. Finalmente, Ming para de esfregar e joga sua esponja na banheira de bebê.

— Okay, quer saber? Quando eu tinha sete anos, meu tio se assumiu para a família inteira. E você sabe o que aconteceu? A família toda rejeitou ele. Mandaram ele nunca mais voltar para as reuniões de família. Eu nem pude me despedir dele, mesmo ele tendo sido a razão para eu ter começado a tocar violino. Não queriam que eu fosse *xue tai*, que eu fosse corrompida por ele.

Meu coração se parte ao ouvir sua história.

— Sinto muito mesmo — digo.

— Agora você sabe por que nunca vou contar para os meus pais. Ou voltar. Não vou passar o resto da minha vida em um casamento de fachada só para que os meus pais mantenham a reputação. Prefiro ficar sozinha nos Estados Unidos.

Estendo o braço e coloco minha mão coberta pela luva sobre a dela. Ming pega a esponja e começa a esfregar de novo.

— É um preço pequeno pela liberdade — ela balbucia enquanto esfrega, olhando ao redor do banheiro encardido e do quarto abafado, que cheira a fraldas e vômito. — E todos temos um.

Quarenta e três
Claire

— Quando você ia me contar que estava namorando o filho de Vincent Li? — minha mãe grita no celular.

Ponho de lado minha tarefa de psicologia.

— Como a senhora ficou sabendo? — pergunto.

— Há fotos de vocês fazendo compras em Beverly Hills no Weibo! Você sabe que família é essa?

Dou de ombros.

— Vagamente.

— Vagamente?! — Minha mãe ri. — Vou esclarecer para você. O pai dele é dono da Incorporadora Li, um conglomerado enorme de imóveis e telecomunicações. Metade dos arranha-céus de Pequim e Shenzhen são da família dele. — Soa extasiada. Imagino ela sentada no terraço, bebericando Dom, sorrindo diante do lago artificial ao lado da nossa mansão. — Ah! Que notícia maravilhosa! Estou tão orgulhosa de você, querida! Sabia que você conseguiria!

Ela vibra como se eu tivesse entrado em Harvard, o que, é claro, é o equivalente na cabeça dela.

— A senhora ainda nem me perguntou se eu gosto dele... — Eu a lembro. Minha mãe ri.

— Garotos são como a faculdade. Primeiro você entra, depois se preocupa se gosta ou não — diz ela. Eu rio. — Sua avó vai ficar *tão* empolgada.

— Espera, não vamos contar para todo mundo ainda. — Não sei se quero divulgar isso antes mesmo de saber o que é.

— Ah, mas nós temos que contar para ela! — insiste minha mãe. — Imagina a inveja nos rostos das suas tias! — Ela ri mais um pouco.

— Aliás, esqueci de te contar, vou para aí daqui duas semanas! Vou encontrar a tia Pearl em Nova York para fazer compras, mas tenho uma escala de seis horas em LA! Podemos sair para jantar! Vou poder finalmente conhecer o Jay!

Jay me cumprimenta com um sorriso quando eu caminho até o carro dele depois da escola. Ele foi a primeira pessoa para quem mandei mensagem depois que minha professora de inglês, a srta. Jones, me devolveu minha história, aquela na qual passei a noite toda trabalhando. Ela me deu um A e disse que minha escrita era "forte" e "devastadora". Jay respondeu:

> Exibida 😊

Em seguida:

> Estou orgulhoso de você.

Ele põe a mão na minha perna enquanto dirige.

— Olha a rua — provoco.

— Estou olhando. — Sua mão direita, porém, está subindo minha coxa. Deixo-a repousar lá e fico encarando a mão dele. Ele tem longos dedos de pianista. Pergunto se toca.

Ele dá de ombros:

— Todo jovem asiático toca — responde. Em seguida, começa a tocar um acorde na minha coxa. Faz cócegas, e eu me movo.

Pergunto se a mãe dele chegou bem ao aeroporto. Ele se inclina e sussurra no meu ouvido:

— Chegou. E agora temos a casa toda só para nós dois.

Fico arrepiada só de pensar. Digo a ele que minha mãe vem daqui duas semanas e quer conhecê-lo. Jay pega minha mão, dá um beijo nela e diz que tudo bem. Cinco minutos depois, chegamos à casa dele.

Logo que entramos na casa vazia, Jay joga as chaves em cima da mesa de mármore, depois se vira e me beija.

Ele beija muito bem. Enquanto Teddy estava sempre explorando minha boca com a língua como se estivesse em uma espécie de caçada, Jay me acaricia com seus lábios experientes. Coloco as mãos em sua nuca enquanto ele me puxa vorazmente para o sofá. Devagar, passeia os lábios pelo meu pescoço. Minha respiração se altera. Fecho os olhos, sentindo o calor se espalhar enquanto os dedos dele se movem debaixo da minha blusa.

— Espera, para — digo, arfando.

Isso está indo rápido demais. Coloco a mão no peito dele para tentar abrir um espaço entre nós. Ele tenta me beijar outra vez, mas eu me viro de leve.

— Acho melhor a gente ir mais devagar.

Ele me encara, confuso.

— Por quê? — pergunta. Ele olha para o volume nas calças dele, como se dissesse, TEM CERTEZA?

— Não estou pronta — respondo, arregalando os olhos. Eu me levanto, vou até a cozinha e pego dois copos de água. Quando volto, ele está parado em frente a janela, observando a piscina.

— Não curto muito esse lance de menina inocente.

Coloco os copos sobre a mesa, refletindo cuidadosamente sobre o seu comentário.

— Bom, eu não curto muito esse lance de garota de programa — retruco, seca. Ele ri.

— Não vem com essa. Você não é uma garota de programa, não chega nem perto disso — diz Jay.

Baixo os olhos para o meu copo.

— Você já contratou alguma? — pergunto.

— Garota de programa?

Sei lá, é possível! Ele e eu acabamos de começar a sair. Talvez seja para isso que sirvam todos os espelhos nas paredes.

Jay parece quase ofendido.

— Não — responde com firmeza. E eu me sinto mal por perguntar.

Seus olhos se suavizam. Ele estende o braço e pega minha mão.

— Você é virgem?

Assinto. Espero ele dizer alguma coisa e, diante do silêncio, fico me sentindo muito exposta. Abraço meu peito.

— Quer dizer, já fiz umas coisas antes, mas não...

Ele arqueia uma sobrancelha.

— Que tipo de coisa?

Sinto meu rosto esquentar. Penso em lhe contar sobre o *sexting* com Teddy, mas isso é quase ainda mais constrangedor. Ele sorri para mim.

— Uma virgem de verdade, interessante... — diz para si mesmo.

— Presumo que você não seja — falo, hesitante. Ele balança a cabeça.

— Definitivamente, *não*.

Fico em silêncio, incomodada com sua resposta. Por que ele teve que acrescentar o "definitivamente"?

Cruzo os braços, subitamente brava comigo mesma por ter vindo. Há uma hora, eu estava me sentindo tão bem, orgulhosa do meu primeiro A na minha escola americana. Agora, o entusiasmo da aula de inglês desapareceu e no lugar dele ficou uma mistura angustiante de aborrecimento e tesão que não consigo explicar.

Jay se aproxima e coloca as mãos nas minhas bochechas.

— Ei. Tá tudo bem.

Devagarinho, encontro o seu olhar. A expressão de garoto obcecado por sexo desapareceu. No lugar dela estão olhos doces e gentis.

— A gente pode ir devagar — diz ele, me puxando para um abraço.

Na manhã seguinte, na piscina da escola, fico boiando e pensando em Jay, em seus lábios, na voracidade com que pressionaram os meus. O desejo, a urgência em seu corpo quando eu o afastei. E ele parou. Não disse "esquece", como Teddy. Em vez disso, ficou intrigado.

Fecho os olhos, sentindo a água debaixo de mim, o vapor nas minhas pálpebras. A água está tão quente. Eu poderia ficar aqui o dia todo. Estico os dedos para sentir a superfície lisa como vidro. Em uma hora, a equipe de natação vai estar aqui, mas, por enquanto, tenho a piscina toda só para mim. Passo uma mão pelo meu corpo molhado.

— Oi! — grita uma voz.

A interrupção inesperada acaba com minha flutuação. É o Zach. Ele pula na piscina com a touca azul e começa a nadar na minha direção.

— Imaginei que te encontraria aqui — diz com um sorriso. — O que você estava fazendo?

— Só boiando — respondo, sentindo o rosto corar. Ainda não descobri o que está rolando entre ele e a Dani. Ela anda tão distante ultimamente.

Lanço um olhar rápido para o relógio. São quinze para as sete da manhã. Prometi à minha mãe que a chamaria no Skype antes da aula. Começo a nadar na direção da borda da piscina.

— Você não vai continuar nadando? — grita ele. Balanço a cabeça.

— Não, já fiz umas vinte e cinco voltas — minto. Saio da piscina e me cubro com uma toalha.

Zach se vira e começa a nadar de um lado para o outro. Fico lá por alguns instantes, observando seu corpo musculoso atravessar a água, antes de voltar para o vestiário.

Mais tarde naquela mesma semana, Jay me convida para jantar na casa dele. Comemos no terraço. Ele pede vieiras com risoto e couve-flor e salada de romã. Arrumo a mesa enquanto Jay busca uma garrafa de Château d'Yquem Bordeaux Blanc da adega no andar de baixo.

Ergo uma sobrancelha ao ver a garrafa cara de vinho.

— Você tem certeza de que os seus pais não ligam se a gente beber isso? — pergunto.

Jay tira a rolha da garrafa e despeja um pouco de vinho em uma taça. Ele a ergue na altura do nariz, fechando os olhos e inalando o aroma, igual ao meu pai. Quando Jay faz isso, o gesto é bem mais sexy.

— Tenho sim, eles não ligam. Meu pai me ensina a beber vinho desde que eu tenho sete anos.

Rio, pensando que é uma piada, mas ele me olha com uma expressão super séria.

— Ele me ensinou sobre todas as uvas e regiões, sobre a acidez e os taninos. Acima de tudo, como aguentar álcool.

Isso parece *horrível*. Se entupir de álcool aos sete anos? Jay dá de ombros.

— Ficar bêbado é uma fraqueza. Meu pai não acredita em fraquezas — diz ele, me passando uma taça. Tomo um gole.

— O meu acredita — murmuro. Jay olha para mim. — Esquece — dispenso. — Então, no que o seu pai acredita?

Ele reflete sobre a pergunta.

— Em força e controle.

Depois do jantar, nos aconchegamos na frente da tv. Adormeço. Talvez seja o vinho ou todas as noites em claro estudando. Quando acordo, já é meia-noite. Estou deitada na cama. Olho ao redor, um pouco desorientada, e percebo que estou em um dos quartos de hóspedes na outra ponta do corredor onde fica o quarto de Jay. Entro em pânico, olhando para minhas roupas. Estou usando pijamas de cetim azul-marinho. Mas ainda estou de sutiã. *Nós não transamos... ou transamos?*

Saio da cama e vou atrás de Jay. No corredor, ouço ele falando no viva-voz.

— Desculpe, senhor. Ainda não tive uma oportunidade de ir ao local. Irei em breve — Jay diz em chinês.

Com quem ele está falando?

— Pare de brincadeira. O futuro desta família depende de você — diz uma voz com o sotaque forte de Pequim. Será o pai dele?

— É claro. Entendido — diz Jay. — Vou amanhã.

— Você tem feito seus exercícios?

— Sim, pai — responde Jay.

— Vou te testar quando você voltar. Se eu descobrir que você anda preguiçoso...

— Não ando preguiçoso.

O pai de Jay suspira.

— Sua mãe disse que você anda saindo com uma garota.

Congelo com a menção a mim e me encosto na parede de mármore. Jay não diz nada.

— Você sabe que eu não me importo com quem você leva para a cama, mas não deixe as coisas irem longe demais — diz o pai dele. — Mulheres são uma fraqueza.

— Sim, senhor — diz Jay.

Volto de fininho para o quarto enquanto ele termina a ligação. Engatinho para debaixo das cobertas e tento fechar os olhos e voltar a dormir, mas não consigo. A única coisa em que consigo pensar são as palavras: "Não me importo com quem você leva para a cama...". *Quem* diz isso para o próprio filho? E será que nossa relação é só isso?

Jay me acorda bem cedo ao amanhecer.

— Acorda, bela adormecida.

Estreito os olhos diante da luz matinal que jorra pelas cortinas brancas esvoaçantes.

— Quer sair para correr comigo? — pergunta ele. Está usando calças de corrida e uma camiseta. Eu me sento na cama e olho ao redor do quarto.

— Que horas são?

— Quase seis — responde ele.

Solto um grunhido. Cedo assim? Enfio a cabeça de novo no travesseiro. Desde que parei de falar com Teddy no Skype, ando dormindo até sete horas. De repente, eu me lembro.

— A gente... — pergunto. Ele olha para mim, espantado.

— Não — afirma ele. — Mas se você quiser...

Ele se inclina sobre mim. Seus lábios se abrem de desejo. Sinto o corpo tremer quando ele sobe em cima de mim na cama. Beija meus lábios... minhas orelhas... meu pescoço. Enquanto nos beijamos, ele coloca as pernas ao redor das minhas. Pressiona o próprio corpo contra o meu. Nós dois queremos mais, mas ele para.

— Vai se vestir — diz ele. — Tem cereal e suco lá embaixo. Volto daqui meia hora.

— Ei, com quem você estava falando no celular ontem à noite? — pergunto. Eu não ia falar nada, mas passei a noite toda incomodada com a conversa.

— Ah, é só o meu pai — diz ele. — Ele é meio... — Ele faz o gesto de "louco" com o dedo. — Você sabe como é.

Sorrio. Sei bem. Depois que Jay sai, estico os braços e as pernas nos lençóis luxuosos. É quase como se eu tivesse voltado a Xangai, e me deleito com o conforto familiar. Tomo um banho e fico parada no chuveiro por vários minutos, sentindo a água escorrer pelo meu corpo enquanto penso em Jay e relembro o beijo dessa manhã.

Quarenta e quatro
Dani

Na quarta-feira, o sr. Connelly nos reúne depois do treino.

— Pessoal, tenho uma coisa importante para discutir com vocês a respeito da Snider — diz ele.

Meus colegas de equipe e eu formamos um círculo ao redor dele. Aqueles que vão para a Snider sorriem, convencidos, e olham para nós como se dissessem, *"Acho que vocês nem precisam ficar"*.

Eu os ignoro e mantenho a cabeça erguida. *Por favor, que a sra. Mandalay tenha falado com ele.*

O sr. Connelly dá um passo para frente e baixa os olhos para seus sapatos de couro, como se lamentasse o que está prestes a dizer.

— Depois de muita reflexão, decidi fazer alguns ajustes na equipe que vai para a Snider — anuncia ele. Meus colegas inspiram fundo e prendem a respiração. — Dani também vai conosco.

Um sorriso escapa pelos cantos da minha boca antes que eu possa me segurar. O sr. Connelly não olha para mim. Ele mantém os olhos fixos nos meus outros colegas, mas sua linguagem corporal grita, *"Eu realmente não queria fazer isso"*.

— Infelizmente... nós só podemos enviar seis alunos, então isso significa que um de vocês não poderá ir — acrescenta. Meus colegas cobrem as bocas com as mãos. Ao meu redor, cabeças balançam. Não, não, não, não, não, não. Quero correr até o púlpito, pegar o microfone e gritar "não" também. Não era para ser assim!

— Heather — o sr. Connelly chama. Ela levanta a cabeça. A expressão em seus olhos é de puro horror. — Sinto muito, mas você não poderá ir para a Snider este ano. Sei que está decepcionada, mas...

O resto das palavras do sr. Connelly é abafado pela fúria de Heather.

— Isso é *ridículo!* — grita ela.

Pego minha mochila e começo a sair do auditório. Não acredito que ele fez o anúncio desse jeito. Poderia ter mandado um e-mail. Poderia ter entrado em contato com os organizadores e tentado adicionar mais pessoas. Em vez disso, preferiu jogar todos contra mim. Heather está furiosa. Ela me alcança no corredor, pegando minha mochila e me forçando a parar.

— Mas que porra você fez? — ordena uma resposta.

— Nada! — Meus olhos se dirigem para os meus colegas, parados atrás dela.

— Nada é o caralho! Ele acabou de dar minha vaga pra você! — exclama Heather, que aponta um dedo para mim. — Minha mãe vai ter uma conversinha com a sra. Mandalay sobre isso, e quando ela descobrir...

— A sra. Mandalay já sabe! — grito.

— Sabe do quê? — pergunta Gloria. Os olhos dos meus colegas se fixam em mim.

Balanço a cabeça, tentando me manter calma. Então decido: foda-se. É melhor eles ouvirem de mim do que da diretora. Lentamente, encosto na parede, deslizando o corpo até o chão branco e gelado enquanto conto a eles o que aconteceu em Seattle.

Fico encarando os sapatos ao meu redor, Common Projects e Gucci Aces, enquanto espero meus colegas responderem. Gloria fala primeiro.

— Você não disse nada quando estávamos lá — ela diz baixinho.

— É, e você debateu tão bem no dia seguinte — acrescenta Josh.

Sei aonde vai essa linha de raciocínio. Ergo os olhos, encontrando suas expressões incrédulas contra as fortes luzes fluorescentes, então agarro minha mochila e corro.

Minha mãe está na cozinha, guardando as compras do mercado, quando chego em casa. Desabo de cara no sofá.

— Quer que eu faça *pinakbet* hoje à noite? Você acha que a Claire ia gostar? — pergunta ela.

Não consigo pensar em comida agora. Só quero construir uma fortaleza de almofadas do sofá e me esconder lá dentro.

Da cozinha, minha mãe estica o pescoço para a sala.

— Ou que tal *batchoy*? Acho que é mais fácil — diz ela.

Fecho os olhos. Pela primeira vez, queria que ela estivesse fora, limpando casas. Em qualquer lugar, menos aqui. Minha mãe vem até a sala.

— Ei, o que foi? — pergunta ela.

O que foi? Meus colegas de equipe não acreditaram em mim! Eles acham que eu inventei o que aconteceu comigo só para poder ir para a Snider!

Ela olha nos meus olhos.

— Dani, seja o que for, você pode me contar.

Não, não posso. Porque, se eu contar, ela não vai me deixar ir para a Snider com o sr. Connelly. E aí, não vou poder ir para Yale. E não vou poder mudar nossas vidas.

— Está tudo bem, mãe — digo. Então me levanto e vou para o meu quarto. Ouço ela vindo atrás de mim, mas fecho a porta antes que possa entrar. Fico encostada na porta, chorando baixinho, ouvindo sua respiração preocupada do outro lado até ela finalmente voltar para a cozinha.

No fim de semana, abro o Google Chrome, tentando decidir se encaminho para os meus colegas o e-mail que escrevi para o sr. Connelly. Será que isso provaria alguma coisa?

Abro uma nova guia e digito "assédio sexual em escolas de ensino médio na Califórnia". O primeiro artigo que aparece é sobre o escândalo da escola só para meninas de Marlborough, onde um professor teve um relacionamento inapropriado com uma aluna. Lembro do avião para Seattle, quando o sr. Connelly nos contou que íamos debater com a equipe dessa escola — e pensar que, vinte quatro horas depois, ele tentaria fazer a mesma coisa que o professor de Marlborough! E agora estou sendo punida pela minha habilidade de separar as coisas!

"Você debateu tão bem no dia seguinte!" foi o argumento de Josh. Quero socar o teclado e gritar: *Porque eu tinha que ir bem! Porque minha mãe trabalha oitenta horas por semana limpando o seu quarto! EU TINHA QUE IR BEM!*

Me sinto tão sufocada que abro o Word e clico em "Novo Documento". Escrevo em um transe, disparando as palavras na tela. É bom colocar tudo para fora, expurgar e processar a dor e a humilhação do que aconteceu. Meu quarto se enche com o som de uma tempestade pesada enquanto digito. Meus dedos dão vida às emoções que eu andava reprimindo.

Quando termino, fico encarando meu texto. Movo o cursor sobre ele para jogá-lo na lixeira. Mas está bom demais para deletar. Parece errado.

Volto para o Google Chrome e clico em "Abrir Nova Guia". Com o coração acelerado, acesso o xomegan.com, um site estilo Reddit para adolescentes fazerem postagens anônimas.

Será que assumo esse risco?

Quarenta e cinco
Claire

Jay leva Jess, Nancy, Florence, eu e vários dos amigos dele para comer *hot pot* no final de semana. Ele é um anfitrião gracioso, pegando pedaços de rabanete e tofu para mim e as garotas com seus *kuàizi* e colocando-os nos nossos pratos. Ele até mistura nossos molhos para nós, dizendo que é a receita secreta de sua avó.

Jess se aproxima e sussurra no meu ouvido:

— Esse é pra casar!

Sorrio. Nancy e Florence lançam olhares de inveja para nós quando Jay ergue um pedaço de camarão para mim e o coloca na minha boca. Lambo os dedos dele. Jay sorri. Sei que ele quer mais. Mas prefiro fazer as coisas diferente dessa vez, depois do que aconteceu com Teddy. Minha vontade é de ir devagar e saborear cada momento.

Discretamente, Jay paga a conta antes mesmo de ela chegar na mesa. Quando estamos saindo do restaurante, noto Florence digitando no celular em um canto.

— Com quem você vive trocando mensagens? — pergunto. Ela cora e guarda o celular.

— Ninguém. Só uma amiga.

— Pronta? — pergunta Jay. Aceno para minhas amigas e entro em seu carro.

Durmo na casa dele naquela noite. De manhã, Jay me acorda com um beijo. Está segurando as chaves do carro.

— Quer dar um passeio comigo?

Eu me sento na cama e visto um moletom.

— Aonde vamos? — pergunto.

— Newport Beach — responde ele. — Preciso ver uma coisa para o meu pai. Vamos, vai ser divertido.

— Mas eu tenho um trabalho de história para entregar na segunda-feira — digo, olhando para minha mochila no canto.

Ele dá de ombros.

— Então leva os seus livros.

Eu me troco e jogo minha mochila no carro. Enquanto ele dirige, pergunto sobre o lugar para onde vamos.

— É só um lugar que meu pai está pensando em comprar — responde. Lembro de sua conversa com o pai no celular naquela noite. — Ele é muito exigente — acrescenta Jay. Isso eu percebi.

— Ele sempre foi desse jeito? — pergunto.

— Sempre. — Jay muda de marcha. — Quando eu era pequeno, ele me mandava fazer a lição de casa na neve, só de cueca.

— *Quê?*

— Era para eu fazer mais rápido — explica. — Especialmente matemática. Meu pai dizia que eu era lento demais. E, se eu chorasse, ele me deixava lá fora. Mesmo no auge do inverno.

Lembro quando ele falou sobre ficar pelado no frio quando estávamos jogando duas verdades e uma mentira na aula de inglês. Na época, achei que estava falando de alguma coisa sexual. Agora, olhando para Jay, fico muito mal de pensar que ele teve que passar por isso.

— Quantos anos você tinha?

Ele mantém os olhos colados à estrada.

— Oito — diz baixinho.

Oito? Quem faria uma coisa dessas com uma criança de oito anos?

— Com dez, tive que atravessar um lago de dezesseis quilômetros. Com doze, viajei de barco sozinho de Hong Kong a Macau. Qualquer coisa para me deixar mais forte... — Sua voz se arrasta. — Foi por isso que ele me mandou pra cá sozinho. Pra me fortalecer.

Ele pega a via expressa, e posso sentir o motor roncando atrás de nós quando Jay muda para uma marcha mais alta.

— E o que acontece se você disser não? — pergunto. Ele olha para mim.

— Meu pai tem uma fortuna de quatro bilhões de dólares americanos. Não é exatamente o tipo de cara para quem você diz não.

— E daí? — insisto. — Ainda é o seu pai...

Jay liga o rádio. O som de DJ Khaled enche o carro, dificultando a continuidade da conversa. Olho pela janela, pensando no meu próprio pai. Ele fez a secretária procurar e me mandar um box de livros da primeira edição de Fitzgerald, que minha mãe me disse para não ler ou sequer abrir, porque se fizer isso não vou poder revendê-los mais tarde. Não vão servir para nada na aula de inglês. Olho para Jay e me pergunto se ele também se sente sufocado às vezes.

— A srta. Jones, minha professora de inglês, nos fez uma pergunta na aula — grito para ele por cima do barulho. — O que significa "viver bem"? E em quais termos?

Jay diminui o volume do rádio, mas não responde à pergunta. Em vez disso, uma expressão travessa aparece em seu rosto. Ele tira as mãos do volante.

— Ei, quer dirigir?

— Não! — exclamo, e ponho as mãos dele de volta. Jay ri.

— Vou te ensinar a dirigir. — Ele se vira para mim e acrescenta: — Não posso ter uma namorada que não sabe dirigir.

É a primeira vez que o ouço me chamar disso, e nossos olhos se encontram. Jess previu que ele ia me chamar de namorada essa semana. Estico as pernas, sentindo os fogos de artifício no meu peito. Jay olha para minhas pernas nuas, distraído.

— Olho na estrada — digo. Ele sorri, se aproxima e me beija, quase passando para a faixa do lado porque o carro é largo demais.

Quarenta e cinco minutos depois, chegamos em um shopping center chamado Fashion Island.

— A gente veio aqui para fazer compras? — pergunto, confusa.

— De certa forma, sim — responde ele, com os olhos brilhando. — Vamos comprar um shopping center.

Dou risada.

— É sério. Meu pai está pensando em comprar! — diz Jay. — Vem, vamos lá!

— Essa coisa toda? — pergunto, correndo atrás dele. Deve haver trezentas lojas no shopping a céu aberto, além de cinemas e restaurantes.

— Me dá o seu celular — diz ele. Esse shopping é tão grande que ele instala o aplicativo Find My Friends para o caso de nos separarmos. Enquanto caminhamos pelo lugar, o celular de Jay não para de tocar. Toda vez, ele clica em "Ignorar".

— Pode atender se quiser. Talvez seja o seu pai...

— Não é o meu pai. — Ele logo enfia o celular no bolso. — Não é ninguém.

Passeamos pelo shopping por mais uma hora, checando banheiros e elevadores. Jay tira fotos de fendas enormes no chão e conta o número de pessoas nas lojas. Ele me diz que a equipe de investimento estratégico já leu toda a papelada.

— Mas o motivo do meu pai ser tão bem-sucedido é que ele não olha só o que está nos papéis — diz Jay, examinando as paredes em busca de infiltrações.

Uau. Ele realmente se importa com o negócio da família. Estou impressionada.

Enquanto tira uma foto da parede externa, o celular toca outra vez.

— É uma garota, não é? — adivinho. Só uma garota teria a disposição de continuar ligando depois de quinze rejeições. Ele não diz nada. Sinto uma pontada de ciúmes e tento não me deixar abalar. — Tudo bem. Pode atender.

— Não quero atender — diz Jay. Ele joga o celular para mim com um sorriso. — Atende você.

— Não quero atender! — protesto. Tento devolver o celular para ele, mas meu dedo acidentalmente clica em "Atender". Relutante, levo o celular ao ouvido.

— Alô? — pergunto.

Ao ouvir minha voz, a garota, seja ela quem for, desliga. Olho o nome e a foto na tela: *Alta. Maçãs do rosto proeminentes. Jimmy Choo.*

— Quem é Jimmy Choo? — Olho para Jay. — Você salva o contato das garotas no seu celular com base no que elas estão vestindo?

O rosto dele fica vermelho e ele balbucia uma resposta.

— Conheço muitas garotas. É para eu não esquecer como elas são.

— Como você salvou meu contato? — pergunto. Começo a procurar meu número. Jay tenta pegar o celular, mas é tarde demais. Encontro meu número salvo como *Claire. Sorriso fofo. Virgem.*

— Que porra é essa? — grito para ele.

— Desculpa! Eu só sou muito organizado.

— Organizado? Isso é *loucura.* — Continuo olhando as várias, *várias* garotas em sua lista de contatos, e todas estão marcadas como *mei.* "Mei" significa "gostosa" em chinês.

Caindo de paraquedas

— Que merda é essa? *Bunda redondinha? Nariz de botão? Covinhas nas bochechas?* — Leio no celular dele. Algumas pessoas se viram e ficam nos encarando. — E por que você marcou todas nós como *mei*?

Jay enfia o rosto nas mãos.

— É só para eu achar o contato mais rápido. É mais eficiente!

— Mais eficiente? — Levanto as mãos. Não dá para acreditar. — Pra quê? Pra quando você for chamar elas pra uma rapidinha? — digo isso de brincadeira, mas, quando ele não responde, arregalo os olhos. — Meu Deus! Então você faz isso mesmo!

Jogo o celular de volta para ele e pego o meu para chamar um Uber. Não tenho o menor interesse em namorar alguém que rotula garotas com base no formato da bunda delas. Não importa se ele foi gentil com as minhas amigas em um restaurante.

— Para! O que você tá fazendo? — Jay pergunta quando me afasto.

— Pode ir procurar outra *mei* — grito, indo em direção ao estacionamento. Então Jay corre até mim e me puxa para o canto.

— Tá bom, quer saber? — Ele pega o celular e o ergue para que eu possa ver. Observo enquanto faz uma busca rápida para "mei". Há 129 nomes. 129! Ele seleciona todos eles e, antes que eu possa dizer qualquer coisa, aperta "Deletar".

— Pronto. Não sobrou nenhuma.

Coloco uma mão na boca. A brisa suave do oceano sopra mechas soltas do meu cabelo no meu rosto enquanto Jay me puxa para si e coloca os braços ao meu redor.

— Não quero mais saber daquelas garotas. — Ele olha nos meus olhos e diz: — Eu quero você.

Quarenta e seis
Dani

Atravesso o pátio rumo à sala da sra. Mandalay. Ela me mandou um e-mail urgente pedindo para falar comigo; presumo que seja para conversar sobre a Snider. Zach me liga no caminho.

— Oi. Você leu? — Postei meu texto anônimo no xomegan.com ontem à noite e lhe mandei o link, imaginando que minhas palavras pudessem finalmente inteirá-lo do que minha boca não é capaz de dizer.

— Onde está? — pergunta ele. — O link não funciona. Passei o dia procurando o texto, mas não achei nada.

Paro de andar.

— Como assim, não funciona? — Olho para meu celular e tento carregar o link, mas ele retorna com a mensagem "Erro - Página não encontrada". Devo ter enviado o link errado, porque o texto estava lá quando cheguei na noite passada.

Vejo o horário. *Estou atrasada.* Digo a Zach que ligo mais tarde e corro o resto do caminho até a sala da sra. Mandalay.

Assim que entro, vejo o sr. Connelly. Merda.

— Onde você estava com a cabeça? — pergunta o sr. Connelly. Olho para a folha de papel na mão dele e vejo o logotipo familiar no topo da página: Xomegan.

— Onde o senhor arranjou isso? — devolvo a pergunta.

A sra. Mandalay me informa que um dos investidores do xomegan.com é amigo da escola. Faz parte de um fundo de participação societária. Minha mente dá voltas, atordoada com o fluxo de informações. Como isso é possível? A sra. Mandalay pega o texto das mãos do sr. Connelly e lê:

— "Ele se aproveitou da admiração e do respeito que eu tinha por ele, minou minha confiança." — Lê a sra. Mandalay. Ela sacode a cabeça para mim. — Você sabe o tamanho do problema que teria arranjado para a escola se eles não tivessem tirado seu texto do ar?

— Você tem sorte de não te processarmos por calúnia e difamação! — acrescenta o sr. Connelly.

— Não é calúnia quando é a verdade — respondo, encarando-o com olhos desafiadores. Ele deveria saber disso. Ele nos ensinou isso.

A sra. Mandalay franze o cenho.

— Achei que havíamos dado o que você queria. Você voltou para a equipe. Agora pode ir para a Snider. Não fomos generosos com você?

Enquanto os dois me cobrem de culpa, sinto que estou encolhendo na cadeira. Penso em todas as coisas que ambos fizeram por mim em outros anos — grandes e pequenas — e sinto um nó na garganta que não consigo dissolver.

— Todo aquele tempo. Toda a energia que eu dediquei a você. E é assim que você me retribui? — pergunta o sr. Connelly.

— E o *meu* tempo? — pergunto. — Eu confiei no senhor. Eu acreditei no senhor.

É a primeira vez que o confronto desde o incidente. Eu o encaro, os olhos ardendo de raiva.

A sra. Mandalay se levanta e abre a porta, dizendo para eu voltar para a aula. Enquanto me levanto para sair, ela pega meu texto, rasga o papel e alerta:

— Acho bom eu não ver isso em outro site.

Quarenta e sete
Claire

Mando uma mensagem para Jess enquanto Jay e eu dirigimos pela ilha Balboa, uma pequena ilha em Newport Beach com casas com vista para o mar, veleiros e ruas idílicas. Jay se aproxima e beija minha bochecha. Quero desesperadamente esquecer o que aconteceu e me perder nesse cartão-postal perfeito. Mas a pergunta continua na minha mente: quem são aquelas outras garotas?

> Devem ser só as ex dele, grande coisa! Ele deletou elas por você! Isso é ótimo!

Responde Jess.

> Mas 129? Como ele tem tantas?

Digito.

> Ele não deve ter dormido com todas!

Três pontinhos aparecem na tela.

> Se dormiu, então CARALHO. Ele deve ser muito bom de cama!

Escreve Jess.

Olho para Jay. Ele abre um sorriso e sinto minha raiva diminuir. É difícil continuar brava com ele quando estou em um lugar tão lindo, passeando por essas ruas com um garoto tão charmoso. Que acabou de deletar os números de todas as ex-namoradas por mim. Jay para a Lamborghini.

— O que você tá fazendo? — pergunto. Ele desafivela nossos cintos de segurança.

— Levanta. Vamos trocar de lugar — diz com um sorriso. — Vou te ensinar a dirigir.

Agarro meu cinto com firmeza.

— O quê? Agora? Aqui?

Ele abre a porta do carro, vem até o meu lado e me tira do banco.

— Sim, por que não? Não tem lugar mais tranquilo que esse.

Relutante, vou para o outro lado e me sento no banco do motorista. Quando o motor liga, lanço um olhar de súplica para Jay.

— Por favor, eu nunca fiz isso antes — digo. Ele abre um sorriso.

— Tem muita coisa que você nunca fez. Já tá na hora de mudar isso — ele diz com uma piscadela. Jay aperta um botão no painel central para colocar o carro no modo automático.

Quando solto o freio e piso de leve no acelerador, o carro dispara pela rua. Dou um grito e me viro para Jay. Não quero mesmo bater o carro dele.

— Desacelera. Você tá indo bem. — Ele coloca as mãos sobre as minhas e me ajuda a guiar. O tempo todo, fico olhando para a rua enquanto tento não surtar.

— Acho que aprender a dirigir em uma Lamborghini não é uma boa ideia! — exclamo.

— Talvez não, mas aqui estamos nós.

Ele me manda parar, desacelerar e acelerar, e gira o volante com as mãos sobre as minhas. Depois de um tempo, começo a pegar o jeito. Dirijo o carro por ruas vazias, aprendendo a controlar a velocidade, o que não é fácil, considerando como o motor é poderoso. Devagarinho, Jay tira as mãos das minhas. Estou conseguindo! Estou dirigindo!

Dou risada.

— Você aprende rápido — Jay elogia. Ele volta a se recostar no assento do passageiro e sorri. — Já sei o que vou te dar de aniversário.

Eu me viro para ele e digo:

— Não, não, não. Por favor, não.

— Olho na estrada o tempo todo! — grita ele.

— Desculpa! — Eu me forço a olhar para frente. Enquanto percorro a rua, noto uma linda casa no final dela. Há uma placa no gramado onde se lê "Vende-se".

— Para aqui rapidinho — Jay me pede.

Estaciono na frente da casa e nós dois saímos. A casa azul e branca em estilo Cape Cod fica de frente para o mar. Jay e eu damos as mãos enquanto caminhamos pelo gramado verde e exuberante.

— Olha! Está aberta para visitação — digo, notando a placa na porta.

Entramos. A casa é deslumbrante, com piso de madeira brilhante e luz do sol jorrando pelas janelas. O corretor imobiliário olha para nós, mas está ocupado demais falando com outra pessoa para nos cumprimentar. Jay e eu vasculhamos a casa por conta própria. Ele passa os dedos pelas paredes e pela madeira, mostrando para mim a entrada em porta holandesa, os armários de carvalho francês feitos à mão.

Jay analisa cada canto e ângulo mecanicamente, como um cientista. Obviamente, não é a primeira vez que ele visita uma casa à venda. Enquanto caminhamos, sugiro ideias aleatórias de reforma, tentando soar como a expert em imóveis que não sou. Mas já aprendi o suficiente só de ver minha mãe redecorar nossa mansão.

— Dá para fazer um banco na janela bem ali — digo, apontando para um cantinho silencioso com muita luz natural. — E guardar coisas dentro dele.

Jay fica impressionado.

— Você é boa nisso. — Ele pega o celular e começa a tirar fotos da casa. Quando chegamos à suíte principal, pulo na cama e estico as pernas. Jay liga para o pai e ouço ele repassar os detalhes sobre o shopping enquanto troco mensagens com Jess no meu celular.

> O que vocês estão fazendo agora?

Pergunta ela.

> Visitando casas.

Respondo.

> OMG #goals.

Diz ela. Sorrio.

— Ah, pai, nós achamos uma casa, bem de frente para o mar — Jay diz para o celular. — É linda.

Ele estala os dedos, pedindo o panfleto, e eu lhe entrego.

— Construída em 2016. Quatro quartos, cinco banheiros, 4,2 milhões de dólares americanos. Fundação excelente. — Ele vai até a janela, observa a direção da casa e acrescenta: — E bom *feng shui*.

Enquanto Jay fala, é difícil não se deixar levar. O belo e jovem herdeiro, charmoso e atrevido. Não me surpreende ele ter tantas garotas atrás dele. Talvez eu deva largar mão disso. Fecho os olhos e imagino nosso futuro juntos, dirigindo por aí, visitando casas.

Jay sorri para mim.

— Claire já tem umas ideias de reforma — acrescenta com uma piscadela.

Há uma longa pausa, durante a qual fico preocupada de o pai dele ter ficado irritado por eu estar aqui. Mas então Jay relaxa e abre um sorriso.

— Claro, vou mandar as fotos para o senhor agora mesmo. — Ele termina a ligação, corre na minha direção e pula na cama. — Adivinha só! Vamos comprar a casa!

— O quê? — exclamo. — Assim, sem mais nem menos?

— Sem mais nem menos — diz Jay. Uma expressão romântica atravessa o rosto dele. Ele me beija e sussurra: — Você consegue imaginar a gente morando num lugar como esse?

A porta se abre e o corretor entra. Ele nos vê aos amassos na cama.

— Mas que diabos vocês dois estão fazendo aqui? — ele grita para nós. — Estamos em Newport Beach, não em Chinatown! Saiam da minha cama!

Jay se vira para encarar o corretor e diz:

— Na verdade, é minha cama. Acabei de comprar essa casa.

— Você viu o jeito como ele olhou pra nós? — comenta Jay, furioso, enquanto dirige. Estamos no carro a caminho do Ritz-Carlton de Laguna. Posso sentir sua fúria na forma como ele segura minha mão. — Não importa o quão ricos nós somos, eles ainda nos tratam como a merda de cidadãos de segunda-classe.

Nunca vi ele ficar tão bravo assim antes. Jay pega uma garrafa de água e a esmaga no banco. Coloco uma mão em seu colo, tentando acalmá-lo.

— Fica tranquilo — digo.

— Não! — grita ele, afastando minha mão. Jay pisa no acelerador e o motor ronca. — Odeio esse país às vezes! A América é o único lugar no mundo que consegue fazer eu me sentir como se fosse um engraxate.

Dou risada, tentando apaziguar a raiva.

— Bom, aquilo foi muita ostentação para um engraxate! Você viu a cara dele quando você disse que tinha comprado a casa? — pergunto. A expressão tensa de Jay se dissipa em um sorriso.

— Ostentação pra caralho! — Ele relaxa os ombros e meu ritmo cardíaco volta ao normal quando Jay pega minha mão e a beija.

Chegamos ao Ritz-Carlton, onde ele nos leva a uma suíte executiva com vista para o mar. O espaço tem uma sala de estar com sofá, onde Jay jura de pé junto que vai dormir; eu posso ficar com a cama.

Pedimos serviço de quarto. Enquanto esperamos a comida chegar, tiro meus livros de história da mochila. Tento ler, mas é difícil me concentrar. Ainda estou pensando na explosão de Jay no carro. Ele ficou *tão* bravo. Achei que fosse bater o carro.

Jay dá tapinhas no lugar ao lado dele na cama. Agora, deitado lá, está mais tranquilo, com as pernas cruzadas, olhando para mim.

— Eu sou a única lição com que você devia se preocupar — diz ele. — Vem cá.

Largo meus livros e vou até ele.

Subo na cama e ele começa a me beijar. Eu o beijo de volta e mordisco suas orelhas. Então, com delicadeza, ele começa a abaixar minha cabeça. Sei onde isso vai dar e paro.

Ele ergue as mãos, frustrado.

— O que você quer, que eu te peça em casamento? — pergunta ele.

— Achei que a gente ia devagar — lembro. Eu me levanto e volto para os meus livros de história. Ele estende os braços na minha direção.

— Mas eu tenho necessidades... — choraminga.

Ignoro ele e tento me concentrar na minha lição de casa. Cinco minutos depois, ele pula da cama e anuncia que vai tomar um banho. Jay se despe na minha frente, tirando toda a roupa. Sinto a temperatura no quarto subir.

— Tem certeza de que não quer ir comigo? — pergunta ele.

Observo Jay com desejo. Ele tem um corpo *tão incrível*. Mas estou começando a descobrir que também há algo de delicioso na espera.

— Tenho — respondo. Abro um sorriso doce para ele. — Tô de boa.

— Sabe, você vai pagar por isso — diz Jay, sorrindo enquanto entra no banheiro. — Essa coisa toda de me fazer esperar. Ainda não sei como. Mas você vai pagar.

Coloco um lápis na boca e o mordo gentilmente.

— Mal posso esperar.

Quarenta e oito
Dani

Ming afina o violino na sala da banda depois da aula, esperando o sr. Rufus aprovar as alterações que ela fez em sua partitura, enquanto pesquiso no celular quem é o informante do xomegan.com.

— Não acredito que tiraram seu texto do ar — diz ela, tocando um sol nas cordas e ajustando a cravelha.

— Eu sei! É muito *1984*! — Abro o site da empresa responsável pelo xomegan.com e leio a página "Sobre Nós".

Ming fecha os olhos e toca uma peça dramática no violino, erguendo e baixando as sobrancelhas. Quando ela abre os olhos novamente, pergunta:

— E por que um fundo de participação societária se importa tanto com um fórum de conversa entre adolescentes?

— Ou com a American Prep — resmungo.

O sr. Rufus aparece, entrega a partitura para Ming e lhe faz um sinal de positivo. Ela guarda o violino e o arco de volta no estojo. Atravessando o corredor juntas, vemos Florence com as amigas. Está concentrada em uma conversa com Jess.

— Oi! — chama Ming.

— Oi — Florence responde educadamente e continua andando. Ming balança a cabeça.

— Não entendo. Ela me apresentou daquela vez, mas nunca me chama para sair com ela e as amigas. — Ming para de andar e se vira para mim. — Você acha que é porque eu sou pobre?

— *Não*. Não é isso.

— Estamos namorando há quase dois meses! Quero conhecer as amigas dela.

Olho para Florence e seu grupinho, suspiro.

— Bom, eu conheço uma delas — digo, fixando os olhos em Claire. Ela tem passado muito tempo fora. Não sei onde se enfiou no fim de semana. Espero que esteja bem. Eu me viro para Ming. — Talvez a Florence só precise de um pouco mais de tempo.

Mais tarde naquele dia, vou ao auditório para nosso costumeiro treino de debate, mas encontro o lugar vazio.

Onde estão todos? A Snider é daqui um mês. Olho meu celular. Não há nenhum e-mail do sr. Connelly ou dos meus colegas na caixa de entrada. Será que transferiram o treino para a sala do sr. Connelly, já que apenas seis de nós vão para o torneio?

Pego minha mochila no chão e corro até a sala do sr. Connelly, mas ela também está vazia. E a porta está trancada.

Estranho.

Vou para a secretaria e quase esbarro em Claire e as amigas na minha correria.

— Olha por onde anda! — grita Jess. Ela joga a mochila no chão e me encara como se quisesse brigar comigo.

— Foi só um acidente — Florence me defende.

— Desculpa! — grito enquanto continuo correndo. Na secretaria, pergunto à assistente se sabe alguma coisa sobre o treino de debate. Tamborilo os dedos enquanto ela checa.

— Parece que a aula de debate foi transferida de quarta para quinta-feira no auditório — diz a assistente. Ela olha para mim. — Você não recebeu um e-mail avisando?

Meu rosto fica vermelho.

— Não, não recebi — respondo.

Então é assim que vai ser?

Quarenta e nove
Claire

Toda vez que fecho os olhos, a imagem vem à minha mente. O braço de Jay ao redor da minha cintura. Pernas entrelaçadas. Acordar nos lençóis com ele, me sentindo muito adulta, quase como se estivéssemos brincando de casinha. Fico olhando pela janela durante a aula, pensando no nosso fim de semana em Newport.

Não transamos. Mas tiramos a roupa e dormimos juntos. Adormecemos nos braços um do outro e acordamos juntos. Estou orgulhosa do meu autocontrole. E orgulhosa de Jay também, do fato de um garoto me respeitar. Às vezes, acho que a única razão pela qual Jay me respeita é porque eu digo *não* para ele. Que outra coisa em mim é diferente das outras 129 garotas? Por que deletar o número delas e não o meu?

Meu lábio inferior treme quando penso em todas as coisas que poderíamos ter feito... se eu me permitisse dizer *sim*.

— Claire! — chama a srta. Jones. Olho para ela, com o rosto queimando.

— Eu disse que você vai fazer o trabalho em dupla com Emma.

O quê?

Lanço um olhar para Emma, que comemora nossa nova parceria com um enorme dedo do meio debaixo da mesa. *Maravilha*.

Na saída da aula de inglês, vou até a escadaria para a aula de psicologia. Estou prestes a subir os degraus quando vejo duas garotas agarradas na escadaria. Florence e aquela tal de Ming que está sempre com Dani. E elas estão *se beijando*.

Dou meia volta e me afasto dali.

Meu Deus, a Florence é gay?

No Uber a caminho da casa de Emma, repasso todas as conversas que já tive com Florence. Como eu não percebi? Estou tentada a mandar uma mensagem para Jess. Será que ela sabe? Decido que é melhor não. Se Florence quer guardar segredo sobre isso, tenho que respeitar a vontade dela, por mais que doa ela ter escondido uma parte tão importante de si mesma de nós, suas amigas.

Fico olhando pela janela enquanto o motorista vira as ruas do bairro, onde o vento sacode as copas das árvores. Emma se recusou a me encontrar em qualquer lugar que não fosse a casa dela, dizendo que não confiava em mim, que tinha medo de eu colocar arroz em suas coisas ou fazer outra pegadinha idiota. O motorista do Uber me pergunta de onde eu sou.

— Xangai — respondo.

— O Jackie Chan não é de Xangai? — pergunta o homem, olhando para mim pelo retrovisor.

— Tenho certeza de que ele é de Hong Kong — digo. O motorista dá de ombros.

— Xangai, Hong Kong, é tudo a mesma coisa.

Balanço a cabeça. *Na verdade, não é não.*

— Me diz, por que vocês gostam tanto de vir para cá?

Não respondo. Fico olhando pela janela, esperando que ele pare de falar comigo.

— Vocês vêm pra cá, compram nossas casas... vão para nossas escolas — continua ele. Ele pausa por um segundo. — Não existem escolas na China?

Abro a boca, depois a fecho. Em vez disso, coloco meus fones de ouvido.

— Perdão — diz ele, erguendo uma mão. — Não quis ofender. — O motorista olha para mim no retrovisor, une as mãos e se curva de leve. — *Konnichiwa!* Agradecemos pelos negócios!

— Isso é japonês... — começo a dizer. Esquece! Penso no que Jay disse. Não importa quanto dinheiro tivermos, ainda somos tratados como cidadãos de segunda-classe aqui.

Chegamos à casa de Emma e eu saio do carro. Ela mora em uma casa em estilo espanhol com um pequeno jardim de bonsai na frente. Está longe de ser grande como a de Jay, mas é maior do que a de Dani e é bonitinha. Muito zen, coisa que ela, infelizmente, não é.

Emma aparece com os braços cruzados, reclamando que estou doze minutos atrasada.

— Tenho aula de piano depois disso, depois biologia, depois aula pro SAT — diz ela. — Vamos logo.

Eu a sigo para dentro. Nós nos sentamos na sala de jantar. Enquanto ligo meu notebook, a mãe de Emma, a sra. Lau, uma mulher parruda e falante, aparece para dizer oi. Ela nos oferece pratos de fruta com palitinhos de dente espetados, como Tressy costumava fazer. Obviamente, Emma não falou sobre o arroz para a mãe, graças a Deus.

— Obrigada — digo para ela, jogando um morango na boca.

— O prazer é todo meu, é tão bom ver vocês se empenhando nos estudos juntas — ela diz em inglês, sorrindo para mim. Lembro de Emma repreendendo a mãe no estacionamento da escola por falar chinês em público. — Você sabe que Harvard só aceitou 8% de asiáticos-americanos esse ano?

A sra. Lau sacode a cabeça diante da trágica notícia.

— Por isso você precisa tirar uma nota perfeita no SAT — ela diz para a filha. — ACT também, só para provar duas vezes que é boa.

Emma resmunga.

— Mãe, quer deixar a gente em paz?

— Alguns asiáticos que eu conheço até mudam o sobrenome de Yang para Young — continua ela, sem dar qualquer indicação de que vai embora. Encara a filha nos olhos. — Somos Lau, não podemos fazer isso. Somos claramente chineses. Por isso não podemos cometer nenhum erro!

Uau, mães asiáticas são iguais em todo lugar.

— Obrigada — digo, sorrindo. — Esses morangos estão muito bons! — Sei que o jeito mais rápido de se livrar de uma mãe chinesa é elogiar a comida dela e pedir mais.

— Estavam em promoção na Whole Foods! — ela comenta, radiante. Então se vira para Emma e acrescenta: — Usei o cartão de membro Prime da tia Ling.

Emma sacode a cabeça, claramente envergonhada. A sra. Lau olha para mim.

— Vou separar uns para você levar para casa!

Emma suspira depois que a mãe desaparece na cozinha, se afundando na cadeira.

— Ah, graças a Deus. Ela me deixa louca...

Balanço a cabeça para ela.

— Sei como é. Tenho uma assim também.

Emma me encara, mas não diz nada.

Enquanto trabalhamos, a sra. Lau passa o aspirador de pó e faz outras tarefas domésticas. Ela limpa a sala de jantar primeiro, depois a sala de estar, seguindo para as escadas, sempre ligando e desligando o aspirador nas tomadas pelo caminho. Fico impressionada. Nunca vi minha mãe passar aspirador na casa, embora ela sempre afirme que cuida bem do lugar porque contratou alguém que cuida bem do lugar. Não acredito que minha mãe vai estar aqui na semana que vem e vai conhecer Jay. Emma me faz uma pergunta sobre o tema. Enquanto folheamos o texto juntas, ouvimos um grito vindo do andar de cima.

A sra. Lau desce correndo as escadas com uma caixa de sapatos.

— O que é isso? — ela pergunta para Emma, enfiando uma caixa de sapatos na cara dela. A sra. Lau começa a tirar pacotes de camisinhas da caixa.

O rosto de Emma fica vermelho na hora. Parece estar prestes a desmaiar.

— Você está fazendo sexo? — questiona a mãe dela. Olho para Emma, depois me levanto em um pulo e digo:

— Não, sou eu.

A sra. Lau fica me encarando, esmagando os pacotes de camisinha nas mãos.

— É, eu tinha uns sobrando, aí dei pra Emma. Sabe, só para o caso de ela querer... — Emma sacode a cabeça, alarmada, para mim — ... vender eles.

A sra. Lau se senta. Ela leva uma mão ao peito, aliviada pela filha e muito preocupada com minha alma profundamente perturbada.

— Você, Claire, precisa parar — diz ela. — Sexo é igual droga. Depois que você experimenta, não consegue parar. É só sexo sexo sexo sexo sexo sexo sexo SEXO SEXO SEXO!

Os olhos dela ficam cada vez mais arregalados a cada "sexo". Eu me viro para Emma, que está cobrindo a boca com as mãos. Estamos nos esforçando para não cairmos na gargalhada.

— É sério, Claire. Você precisa se respeitar, respeitar o seu corpo! — diz a sra. Lau.

— Eu respeito — digo, apontando para a caixa de sapatos cheia de camisinhas. — Por isso as camisinhas.

A sra. Lau sacode a cabeça para mim e solta um suspiro profundo.

— Isso me deixa muito triste — ela diz finalmente. Pega a caixa de sapatos e a entrega para mim. Para a filha, acrescenta: — Não quero mais você estudando com ela. Você vai *xue huai*.

Franzo a testa ao ouvir a frase chinesa para "aprender coisas ruins". Mais tarde, paradas do lado de fora da casa, Emma me agradece.

— Aquilo foi... — Ela cobre o rosto envergonhado com as mãos. — Meu Deus, não sei nem o que dizer.

Nós duas caímos no riso enquanto eu seguro a caixa de camisinhas.

— Vou ficar com elas — digo. Emma ri mais um pouco.

— Ah, por favor, são suas! Eu real achei que minha mãe ia me matar — diz ela, encolhendo só de pensar. — Obrigada de novo. — Ela faz uma pausa. — E desculpa pelo que eu disse na aula.

— Peço desculpas também. Pelo arroz — digo.

Meu Uber chega.

— A gente se vê na escola? — pergunta ela. Aceno enquanto jogo minha mochila no carro junto com a caixa de camisinhas.

— Claro. Até! — digo, entrando. Abaixo o vidro da janela e mostro uma das camisinhas para ela. — Vou estar mandando ver lá no banheiro.

Emma ri enquanto o carro se afasta.

Cinquenta
Dani

A sra. Mandalay sobe no palco do auditório e abre um sorriso. Hoje é a cerimônia anual de condecoração da diretora. Olho para Ming, que esfrega as mãos nos jeans, sacudindo a perna na poltrona do auditório. Sorrio. Tudo indica que nós duas vamos receber a condecoração da diretora outra vez este ano, a única coisa boa nesse semestre de furacões.

Olho ao redor e reviro os olhos para Zach, que está cinco fileiras atrás de mim, de olho em Claire. Ele deveria saber que ela tem namorado. E, a julgar pela quantidade de tempo que ela passa na casa de Jay — geralmente me manda mensagem avisando que vai passar a noite lá —, eu diria que as coisas vão muito bem entre eles. Enquanto a sra. Mandalay nos dá as boas-vindas, procuro pelo sr. Connelly no auditório. Ainda não acredito que ele mudou o dia e o horário dos treinos sem me avisar. Ele sempre foi assim tão cruel?

A sra. Mandalay pigarreia.

— Como sabem, todos os anos o corpo docente escolhe dez alunos de cada série para receber a prestigiosa condecoração da diretora — começa ela. — Entre as qualidades que buscamos estão dedicação, excelência acadêmica, motivação, perseverança, talento excepcional...

Ming olha para mim e eu lhe lanço um sorriso reconfortante. Ela vai receber a condecoração outra vez. Se a escola pagou as passagens dos pais dela para o concerto de primavera, isso é um sinal do quanto eles a valorizam. Quanto a mim, embora eu provavelmente não esteja muito bem na lista de favoritos da sra. Mandalay este ano, a condecoração da diretora tem mais a ver com a média das suas notas. Sigo firme com minhas notas altas.

— Para anunciar as condecorações deste ano, convidamos o prefeito Stein — diz a sra. Mandalay. As portas no fundo se abrem e o prefeito Stein, recém-eleito, entra. A multidão irrompe em aplausos enquanto ele sobe no púlpito.

— É uma honra estar aqui hoje — diz ele. — American Prep não é apenas uma escola. É um tesouro local, que *ergueu* esta cidade inteira ao que é hoje: uma comunidade diversa e ideal para negócios que recebe imigrantes calorosamente!

Há uma salva de palmas dos paraquedistas.

Enquanto o prefeito Stein enche a boca para falar das muitas contribuições da American Prep para East Covina, eu me viro para Ming e sussurro:

— Por que o prefeito está aqui?

— Talvez ele seja o informante do xomegan.com! — brinca Ming.

Os colegas sentados ao nosso lado olham feio para nós. Enquanto o prefeito Stein chama todos os alunos do último ano que receberam a condecoração da diretora este ano, meus olhos deslizam pelo salão até os meus colegas do time de debate, que estão tensos em seus lugares, esperando seus nomes serem chamados em seguida.

— Passando para o terceiro ano — diz o prefeito Stein. — No terceiro ano, este ano temos... Ming Liu.

Ming se levanta e o sr. Rufus a aplaude na frente. Sorrio e aperto a mão dela enquanto ela passa por mim e vai até o palco para receber seu prêmio.

O prefeito Stein lê mais três nomes: Emma Lau, Sophie Zhao e Tiffany Davis, da aula de geografia, cujo quarto limpei com Ming não faz muito tempo. Não esperava que Tiffany fosse receber o prêmio e, a julgar pela expressão em seu rosto, ela também não. O prefeito Stein chama cinco garotos da nossa série antes de pausar para dar um gole em sua garrafa de água.

Sinto um aperto no peito enquanto espero pelo último nome a ser chamado.

— E por último, mas não menos importante, Heather McLean.

Nervosa, vou até a sra. Mandalay depois da cerimônia e a cutuco no ombro. Não ia falar com ela sobre isso, mas tenho medo de que, se eu não falar, vou ficar me questionando para sempre. Ela está conversando com o prefeito Stein, contando-lhe sobre seus mais recentes esforços para arrecadação de fundos.

— Sra. Mandalay, será que eu poderia falar com a senhora um minutinho? — pergunto.

O prefeito Stein se ocupa com o celular enquanto ela se vira para mim.

— O que foi, Dani?

— Eu só... Eu queria saber por quê... — Estou tão envergonhada que nem sei como perguntar.

— Por que você não recebeu a condecoração da diretora este ano? — ela completa a frase para mim. — Bom, é como o prefeito Stein disse. Buscamos alunos que incorporem os valores da escola.

— Eu...

— Que *amam* e honram nosso nome — continua ela, me interrompendo. — E que são verdadeiros embaixadores da escola.

Engulo em seco. Presumo que postar um texto na internet sobre o assédio de um professor não conta como ser "embaixadora" da escola. A sra. Mandalay volta a falar com o prefeito Stein.

Zach se aproxima de mim e põe uma mão no meu ombro.

— Sinto muito — diz ele. — Mas olha, se serve de consolo, eu nunca recebo a condecoração da diretora!

Não, isso não serve de consolo. Eu me afasto dele e saio do auditório. Estou tão chateada depois da cerimônia que falto no treino de debate, embora eu saiba que está acontecendo hoje no auditório.

Em vez disso, vou para o trabalho, descontando minhas frustrações com Lysol. Passa um pouco das seis quando termino de limpar. Esfomeada, passo no Dave's Food Hall, o mercadinho local, para comprar uma salada.

Pego um pote e começo a enchê-lo de abacate, pistache e croutons, esperando que os recheios extras possam preencher o vazio de não receber a condecoração da diretora este ano. Não sei qual é a ideia que isso vai passar nas minhas inscrições para a faculdade. O sr. Matthews sempre fala sobre a importância de uma trajetória ascendente. Ultimamente, minha vida tem sido um pesadelo interminável e descendente. Pego os grãos de pistache com os dedos, tentando comer alguns por fora, já que a salada é cobrada por quilo.

Enquanto como, o sr. Connelly e a esposa entram. Resisto à tentação de ir até ele e perguntar: Foi você? Você quem pediu para a sra. Mandalay não me premiar com a condecoração da diretora como retaliação? Em vez disso, me escondo atrás do corredor de rações enquanto eles passam, furiosa demais para continuar ali, aterrorizada demais para ir embora. Encolhida no meio das rações para cachorro, fico sentada tão perto da prateleira quanto consigo, ouvindo a conversa dos dois.

— De quantas garrafas você acha que precisamos? — pergunta a esposa do sr. Connelly enquanto eles percorrem a seção de bebidas alcóolicas.

Ouço o tilintar de garrafas sendo pegas.

— Depende. A sua mãe vai vir? — pergunta ele.

— Olha quem fala — retruca a esposa. — Vejo você com sua gin tônica de noite, fingindo que é refrigerante.

— Ah, me dá um tempo. Deram uma de #MeToo pra cima de mim — diz o sr. Connelly.

Não acredito que está usando o termo desse jeito, como se *ele* fosse a vítima. Eu me encolho e me enfio mais fundo na prateleira enquanto eles empurram o carrinho pelo meu corredor. Depois que passam, coloco a cabeça para fora. Lanço um olhar rápido para as portas duplas automáticas. Agora é a minha chance de escapar. Não posso esperar na fila para comprar minha salada; não tenho tempo. Eles podem me ver. Enfio mais três mordidas na boca, coloco meu pote de salada no chão, ao lado das rações, e saio correndo.

— Parada aí. — O segurança da loja vem até mim na saída.

— Eu? — pergunto.

— É, você — outro segurança chega e diz. Ele balança um dedo. — Venha conosco.

Sigo os dois seguranças até um escritório nos fundos, olhando de soslaio para o sr. Connelly e a esposa, que, felizmente, estão no outro lado da loja e não me veem. Os seguranças me levam até uma salinha nos fundos da loja, atrás das geladeiras de leite e iogurte. Quando me sento na cadeira de metal, eles se viram para mim.

— Nós vimos o que você fez — diz um dos guardas.

— O quê? — pergunto.

— Não se faça de sonsa. Você comeu a salada e não pagou. Está tudo gravado — diz o homem ruivo na esquerda, apontando para as câmeras do circuito interno de segurança. Ele volta a gravação de uma delas e aperta "Play". Lá estou eu, em tela cheia, enfiando a salada na boca no meio do corredor de rações como uma esquisita morta de fome. Minhas orelhas ficam vermelhas.

O segurança ruivo cruza os braços.

— Você acha que pode vir aqui e simplesmente consumir nossos produtos sem pagar? — pergunta ele, se inclinando sobre mim. É um cara grande. Sinto o suor escorrer nas minhas costas. — Responde! — ele grita na minha cara. De repente, ser vista pelo sr. Connelly não é mais meu maior problema.

Meus olhos saltam da tela para os guardas.

— Desculpa mesmo. Só dei umas mordidas. Eu ia pagar...

O ruivo funga para o colega, um cara de cabelo escorrido com bigode.

— É o que todos dizem — diz ele, apontando para a parede ao seu lado. Lá, na parede, há um mural de quatro por cinco rostos. Fotos de identificação. Pessoas com expressões constrangidas segurando placas com os dizeres: "Eu roubei desta loja."

— Temos outro lá na frente — Cabelo Escorrido me informa, orgulhoso. — É para lá que o seu rosto vai se você não pagar.

Com as mãos trêmulas, pego minha carteira. Tiro dez dólares e entrego para eles. Isso deve cobrir a salada.

Os seguranças balançam as cabeças.

— Ah, não — dizem eles.

Um sorriso escapa do canto da boca do Ruivo; claramente, ele está se divertindo.

— A punição por roubo é dez vezes o preço.

Dez vezes? Os grãos de pistache dentro de mim se transformam em pedras.

Ruivo se vira para o colega, que pega minha salada de dentro de uma sacola plástica em cima da mesa dele. Cerro os dentes enquanto espero ela ser pesada. O pote tem 680 gramas, o que dá mais de 13 dólares. *Merda*. Sabia que não devia ter colocado abacate!

— 13,48 vezes dez. — Ruivo digita os números na calculadora. Eu não precisei de calculadora. Minha mente já estava em modo alerta total. — Isso dá 134,80 dólares.

— O quê? — exclamo. — Não tenho todo esse dinheiro!

Ruivo balança a cabeça para mim e olha para meus braços bronzeados.

— Vocês sempre fazem isso. Vem da fronteira com o México...

— Sou filipina, não mexicana — corrijo. Ruivo revira os olhos.

— Tudo igual — diz ele. Cabelo Escorrido solta um grunhido, concordando. Meu sangue ferve.

— O que vai ser? Pagar ou ir para o mural? — pergunta ele.

Meus olhos vão até a parede. Imagino meus colegas de debate e meus professores, o sr. Connelly, a sra. Mandalay, entrando na loja e dando de cara com o mural. Seria vergonhoso.

— Vou pagar. — Abro minha carteira outra vez. Só tenho vinte dólares. Diferente de Claire, não tenho um Amex ou qualquer outro cartão de crédito. Tiro meu celular da bolsa. Primeiro, ligo para Ming, mas ela não atende. Ela provavelmente ainda está ensaiando com o sr. Rufus. Então tento ligar para Zach.

O telefone chama e chama.

Atende, atende.

Zach também não atende. Tento ligar para minha mãe, lamentando as palavras que vou ter que dizer. *Então, mãe... estou no mercado. Preciso que você pague minha fiança por ter roubado uma salada.*

Quando ela também não atende, começo a entrar em pânico de verdade. A última coisa de que preciso agora é um registro de tentativa de roubo. Como *isso* vai ficar nas minhas inscrições para a faculdade? Tento ligar para casa, mas não tem ninguém lá.

— Ela deve estar sem bateria — explico para os seguranças. Eles bocejam. Ruivo pega a câmera em cima da mesa, preparando-se para tirar minha foto, enquanto Cabelo Escorrido pega a placa.

— Espera, espera, espera! — imploro. Desesperada, digito um número no celular. — Deixa eu tentar mais uma pessoa.

Claire atende na terceira chamada.

— *Wei?* — ela pergunta em chinês.

— Hã, Claire? Sou eu, a Dani — digo. — Preciso da sua ajuda. Tive um problema e...

Sinto minha garganta fechando. Não sei como botar as palavras para fora.

— Onde você está? — pergunta Claire.

Digo a ela o nome e o endereço da loja.

— Estou indo praí.

Claire chega à loja dez minutos depois. Ela entra no escritório dos fundos com seus saltos plataforma e olha para mim. Quero me encolher em posição fetal.

— Quanto é? — ela pergunta para os seguranças, pegando a carteira.

Ela não pergunta o que aconteceu. Não pergunta por quê.

— Sua amiga aqui deve 134,80 dólares — diz Ruivo.

Sem dizer uma palavra, Claire tira uma nota de cem e outra de cinquenta da carteira e as entrega para os seguranças. Ela não espera o troco, só me pega pela mão e me puxa para fora dali.

Quando saímos da loja, eu me viro para ela e digo:

— Não é o que você está pensando. Não sou ladra.

— É claro que não é. Nunca pensei isso.

— Eu ia pagar, juro! Mas aí vi uma pessoa na loja e...

— Escuta — interrompe Claire, erguendo uma mão. — Não precisa explicar. — Ela pede um Uber no celular, depois ergue os olhos para mim. — Já ouvi o bastante dos seus discursos para saber disso. — Ela sorri.

Arregalo os olhos.

— Ouviu?

Claire assente.

— Ah, ouço eles o tempo todo. É a melhor parte de morar na sua casa.

As palavras dela me pegam de surpresa.

— Eu achava que você não gostava de morar com a gente — falo baixinho. — Sabe, por causa dos seus posts no WeChat — acrescento. Ela cora.

— Eu só escrevi aquilo para as minhas amigas lá na China. Foi idiota, desculpa. — O celular dela recebe uma notificação. É o Uber que está chegando. Ela me pergunta se eu preciso de uma carona. Faço que não com a cabeça.

— Obrigada de novo por vir. Vou te pagar de volta! — digo para ela e junto as mãos. — Por favor, não conta nada para a minha mãe.

Ela balança a cabeça, como se dissesse *"Jamais faria isso"*.

— Ou para o Zach — acrescento.

Enquanto o Uber dela estaciona, Claire abre a porta e se vira para mim, protegendo o rosto do sol com a mão:

— O Zach, ele é seu namorado ou coisa do tipo? — pergunta ela.

Nego com a cabeça. Jogo o peso do corpo de um pé para o outro, me perguntando se devo ou não contar a Claire que gosto dele. Mas, quando ergo a cabeça, ela já está dentro do Uber.

Aceno enquanto o carro se afasta. Dentro do Uber, ela me manda uma mensagem:

> Da próxima vez que você quiser dar uma de louca no mercado, me chama e a gente dá uma de louca juntas. Principalmente no corredor de chocolate!

Sorrio. Acho que me enganei a respeito de Claire.

Cinquenta e um
Claire

Fiquei feliz de poder ajudar Dani. Ela já fez tanta coisa por mim, entre elas me ajudar a conseguir uma professora de inglês incrível. Jess está me esperando no quarto quando volto do mercado, não para irmos fazer compras, mas para estudar. A mãe de Dani, que voltou para casa para buscar o celular, deixou ela entrar. Estou ajudando Jess a se preparar para a prova de proficiência em inglês. Mais paraquedistas estão tentando mudar de turma, não apenas em inglês, mas também em matemática, ciências e história. É maravilhoso ver tantos deles assumindo o controle.

Agora, quando o sinal toca, em vez da costumeira debandada de cabelos pretos em uma direção e cabelos loiros em outra, há preto pontilhado em meio a loiros e castanhos, o que me faz sorrir. Venho tentando convencer Jay a mudar de turma também, mas, quando se trata da escola, ele não se esforça muito. Diz que vai assumir a empresa do pai quando sair da faculdade, um plano que, com certeza, vai impressionar minha mãe no jantar. E, para essa função, o velho dele diz que é mais uma questão de instinto do que formação acadêmica.

— Você está atrasada — diz Jess, apontando para o relógio retangular da Cartier que leva no pulso.

— Desculpa — digo, guardando minha bolsa. — Perdi a noção do tempo.

— Onde você estava? — pergunta ela. Dou de ombros, já que não vou contar a ela o segredo de Dani. Em vez disso, deleto meus posts no WeChat e aponto para os livros de inglês na minha escrivaninha.

— Já começou? — pergunto. Jess abre um sorriso malicioso e caminha até a caixa de camisinhas de Emma.

— Não, mas achei isso aqui! — Ela abre a caixa. — Graças a Deus você finalmente perdeu a virgindade. Mas sério, Claire, esses aqui são tão baratos. Vou te dar uns melhores do Japão, os MicroThin da Kimono. Eles ganharam o Oscar dos preservativos.

Existe um Oscar de preservativos? Rio.

— Valeu, mas não são meus — digo, guardando a caixa. Jess faz uma expressão confusa.

— Como assim? Você e o Jay ainda não transaram?

Não digo nada. Jess fica boquiaberta.

— Qual é o problema? A coisa dele não levanta? — pressiona ela.

— Não! Não é isso!

— Então o que é?

— Achei que você tinha vindo aqui para estudar. — Tento mudar de assunto. Jess se joga na minha cama.

— Claire, você está namorando o cara mais gostoso da escola. E ele é louco por você. — Ela olha para mim e pergunta gentilmente: — É por causa das outras garotas no celular dele?

Isso certamente não ajuda. Atravesso o quarto e olho pela janela.

— Sei que é difícil, mas você vai ter que confiar nele. Aquelas garotas são coisa do passado.

O celular de Jess recebe uma notificação e o meu também. Nós duas lemos a mensagem urgente de Nancy.

> SOCORRO! Meus pais descobriram meu Insta!

Jess acelera para a casa da família que hospeda Nancy no outro lado da cidade. Florence nos encontra lá. Quando chegamos, Nancy está sentada na cama ao lado de uma fortaleza de bolsinhas, que ela parece estar categorizando no notebook. Guarda o computador quando nos vê.

— Ei — dizemos para ela. Nós nos sentamos ao seu lado na cama. Nancy ergue os olhos e aperta uma bolsa LV enquanto chora. — Meus pais compraram uma VPN para acessar o Instagram. Quando viram meus posts, ficaram furiosos. Eles disseram: "É pra isso que estamos pagando quarenta mil dólares americanos, fora a hospedagem e a alimentação?" — choraminga ela. — Eles me chamaram de lixo americano ingrato!

Jess tenta acalmá-la.

— Você explicou para os seus pais que é só um jeito de ganhar seguidores e, quando tivermos o bastante, vamos deletar nossos posts e recomeçar do zero? Mas ainda vamos ter os seguidores? Precisamos de pelo menos 20k para sermos influencers!

Nancy esfrega os olhos.

— Meus pais não sabem o que isso significa. Eles não são como os pais de vocês. — Uma lágrima cai na bolsa LV e ela a seca rapidamente com a mão. — Minha família não é rica. Meus pais me deixaram com os meus avós quando eu tinha quatro anos para ir trabalhar em Pequim. Eles fizeram bilhões de empréstimos só para me mandar para cá.

Jess, Florence e eu trocamos olhares.

— Mas e todas as suas roupas? As suas bolsas?

Nancy levanta a bolsa LV que está segurando e nos mostra:

— É tudo cópia de Shenzhen ou alugado na internet. — Ela tira o cartão de aluguel do bolso interno da bolsa de couro.

Jess arfa, surpresa.

— Você alugou isso? — pergunta ela, pegando a bolsa. — Por quê?

A resposta é constrangedora demais para dizer em voz alta: *é por nós.* Jogo as bolsas para o lado e abraço Nancy.

— Você não precisa alugar essas coisas — digo.

— Para vocês é fácil falar! Já têm tudo isso! — diz Nancy. Ela desliza os olhos para a escrivaninha, onde sua carteira está aberta. Os cartões Visa e Mastercard estão cortados em milhares de pedacinhos ao lado de uma tesoura. Lembro de todas as vezes em que ela disse que se esqueceu de passar o cartão de crédito de uma bolsa para a outra. — Não sei como saiu tanto do controle...

— Você devia ter contado pra gente — diz Jess, balançando a cabeça para Nancy. — Eu super teria emprestado algumas das minhas...

— Não — digo, interrompendo Jess. Essa não é a coisa certa a se dizer. Olho Nancy nos olhos e falo: — Não importa o que você usa.

Nancy espia Jess, cujos olhos passeiam pelo quarto, fitando todas as bolsas falsas que enchem o chão. Dá para ver que ela está se esforçando para dar apoio ao mesmo tempo em que tenta se manter fiel a si mesma, uma pessoa que *jamais* seria pega comprando falsificações.

Florence entra na conversa:

— Também preciso contar uma coisa pra vocês — ela diz baixinho.

Eu me viro para Florence, esperando que vá se assumir, mas, em vez disso, ela diz:

— Meus pais não são quem eu disse que são...

— O seu pai não é um investidor? — pergunta Jess.

— Quer dizer, ele é, mas... — O peito dela sobe e desce. — Eu sou... sou filha bastarda dele.

Jess arregala os olhos. Ela encara Florence, a personificação de sua cicatriz mais dolorosa. Posso sentir o corpo de Jess esquentando do outro lado da cama.

— Foi por isso que ele me mandou para cá. Para me esconder... — Florence abaixa os olhos, que transbordam em lágrimas. — Sei que é muita coisa. Se vocês não quiserem mais ser minhas amigas, eu vou entender.

O silêncio toma conta do quarto. Enquanto estendo a mão para Florence, Jess se levanta, pega as chaves do carro e a bolsa e começa a sair do quarto.

— Jess, aonde você vai? — pergunto. Ela ergue uma mão.

— Desculpa, eu preciso processar isso — diz ela.

Naquela noite, enquanto me arrumo para jantar com minha mãe e Jay, penso em Nancy e Florence e como eu achei que as conhecia, mas estava totalmente errada. Penso em Nancy, que alugava e devolvia bolsas em segredo, com uma fatura de cartão de crédito tão alta que os pais dela não conseguem pagar, só para sentir que é uma de nós.

Penso também em Florence, que *ainda* não contou o seu outro segredo para todas nós. Mas agora eu entendo um pouco mais por que ela tem tanto medo. A situação dela é complicada. Depois que Jess foi embora, ela nos contou que o pai nem deixa ela o chamar de "pai" em público. Eles a mandaram para os Estados Unidos para que ninguém descobrisse sua existência.

Dani bate na minha porta enquanto calço minhas botas.

— Pode entrar!

— Só queria te agradecer de novo — diz ela. — Você tá linda! Vai sair com seu pai de novo?

Faço que não com a cabeça.

— Ele pareceu muito legal, aliás — acrescenta ela.

Ah, se ela soubesse.

— Vou sair para jantar com a minha mãe e o meu namorado.

— É aquele garoto que tá sempre dirigindo uma Ferrari?

— Lamborghini — corrijo. Imediatamente, me sinto mal por ser uma dessas pessoas que sabe a diferença e fica corrigindo os outros.

Dani enfia a mão no bolso dos jeans e tira cinco notas de vinte dólares.

— Isso é pelo outro dia. Vou te pagar o resto depois — diz ela.

Balanço a cabeça.

— Não precisa...

— Preciso sim — insiste Dani. Ela coloca o dinheiro na minha mão. Dá para ver que é muito importante para ela que eu aceite, assim como é importante para mim que ela pense que meus pais são perfeitos e que meu pai jamais me largaria sozinha em um restaurante. Agradeço pelo dinheiro e o coloco na minha bolsa quando a campainha toca. Minha mãe chegou.

— Está tudo bem, querida — minha mãe diz do outro lado da mesa. Estamos sentadas no Mori, um dos melhores restaurantes de sushi em Orange County, e Jay está atrasado. — Você precisa entender, às vezes os garotos ficam ocupados.

Assinto, mexendo no meu wasabi sobre o shoyu. Ele está *muito* atrasado. Estamos quase acabando. Minha mãe precisa ir para o aeroporto em breve, ou vai perder a conexão para Nova York. Tento ligar para Jay outra vez. *Onde ele está?*

A ligação vai direto para a caixa-postal.

— Eu não entendo — digo, inconformada. — Falei cinco vezes para ele que a gente ia sair para jantar hoje à noite.

Tento mandar uma mensagem. Minha mãe estende o braço sobre a mesa para pegar meu celular.

— Querida, você precisa parar — diz ela, desligando meu celular. — Ele vai pensar que você é carente.

Minha mãe joga meu celular na bolsa dela.

— Quando eu conheci seu pai, não retornei a ligação dele por dias — diz ela, assoprando o chá verde. — Você precisa ser um pouco mais recatada com garotos, ou eles perdem o interesse.

Viu, é exatamente por isso que eu precisava de Jay aqui comigo hoje, para não ter que lidar sozinha com a psicologia barata da minha mãe.

— Jay e eu não precisamos desses joguinhos. Estamos em um relacionamento feliz e saudável — informo minha mãe, que repousa o chá sobre a mesa.

— Então por que ele não veio? — pergunta ela.

Essa doeu. Enquanto estendo o braço para pegar um rolinho de sushi com meus *hashi*, minha mãe me aconselha a não abusar do arroz. Diz que eu não preciso do carboidrato.

— Seus braços estão maiores — analisa ela. — Você anda nadando?

Eu a ignoro, colocando o sushi inteiro na boca e mastigando alto só para provocá-la. Conversamos rapidamente sobre Tressy e como Snowy, minha cachorrinha, está. Eventualmente, chegamos ao assunto sensível que é o meu pai. Minha mãe estende o braço sobre a mesa.

— Não foi a intenção dele. — Ela pede desculpas por ele.

Reviro os olhos. Sinto as lágrimas se acumulando na linha d'água ao lembrar daquela noite. Esperei quarenta e cinco minutos do lado de fora do restaurante depois que ele foi embora, chorando ao vento, até meu Uber finalmente chegar.

— Mãe, foi horrível.

— Eu sei, querida. Sinto muito mesmo — ela diz que lhe deu uma bela bronca quando meu pai chegou em casa e que ele ficou se sentindo muito mal depois.

Pergunto como estão as coisas entre os dois.

— Estão boas — insiste ela. — Falei para ele que se pegá-lo me traindo outra vez, vou dar o fora.

Concordo com a cabeça, aprovando a atitude. Que bom para ela, embora provavelmente não seja a primeira vez que ela diz isso.

Minha mãe pega um *Edamame*.

— Às vezes, eu acho que, se não tivesse conhecido seu pai tão novinha, talvez pudesse ter tido uma vida própria.

— Não é tarde demais, mãe. Você só tem 37 anos.

Ela ri enquanto descasca o *Edamame*. Me passa os grãos e pergunta sobre a escola. Conto sobre a minirrevolução que comecei ao lutar para suspender minha professora de inglês por ter escrito aquele e-mail ridículo.

— Você sempre foi danada. Acho que puxou isso do seu pai — ela diz com uma piscadela. Devolvo um sorriso para minha mãe, e então, subitamente me ocorre que já passei dois meses e meio longe dos meus pais.

— Estou orgulhosa de você, Claire — minha mãe diz enquanto acena para o garçom para pedir a conta e me devolve meu celular.

— Obrigada, mãe.

— E é uma pena eu não ter conhecido o Jay. Ele é um *partidão*. — Ela ergue um copo de *sakê* para mim.

Enquanto brindamos ao meu incrível novo namorado, tento não pensar no fato de que, neste exato momento, eu literalmente não faço ideia de onde ele está.

Cinquenta e dois
Dani

Depois que Claire e a mãe saem para jantar, minha mãe se vira para mim, acanhada, e me pergunta se eu também quero comer fora. Mas não quero ir ao KFC ou ao McDonald's, quero um jantar de verdade. Eu costumava sonhar com o dia em que receberia minha carta de admissão para Yale. Minha mãe passaria na Budget Maids e anunciaria a Rosa que a filha dela vai estudar em uma universidade da Ivy League. Depois disso, nós iríamos para um restaurante bacana, com toalhas de mesa brancas e elegantes. A expressão de orgulho no rosto da minha mãe compensaria todas as noites em que fui dormir meio esfomeada.

Sacudo a cabeça e volto a focar no meu notebook. Estou na mesa da cozinha pesquisando escolas particulares em LA. Talvez eu encontre alguma para qual eu possa pedir transferência no meio do ano, uma que me ofereça uma bolsa de estudos. Minha mãe tira vagens, cebolas, pimentões e leite de coco da geladeira e começa a preparar *ginataan*, meu prato preferido. O aroma quente de coco enche a cozinha. Minha mãe tira uma brochura da bolsa, lançando olhares rápidos para a capa enquanto mexe a mistura.

— Que é isso? — pergunto. Ela ergue a brochura, onde se lê "ESCOLA PARA ADULTOS". Fecho meu notebook e me ajeito na cadeira.

— A senhora está pensando em voltar a estudar? — pergunto. Minha mãe faz que não com a cabeça. Ela experimenta o coco e adiciona um pouco de sal.

— Sem tempo — diz ela. — Vivo ocupada demais fazendo faxina e tentando juntar dinheiro o suficiente.

— Eu posso pegar mais turnos. Mãe, acho que a senhora devia fazer isso. — Eu a encorajo. — Vai ser ótimo.

Ela deixa o caldo fervendo, caminha até mim e massageia meus ombros.

— Não quero que você pegue mais turnos, minha *anak*. Você já trabalha demais. — Ela massageia um nó apertado no meu pescoço. — Como vai a escola?

Sinto meus ombros enrijecerem. Saio de perto dela. Não quero que saiba que eu não recebi a condecoração da diretora este ano.

— Tudo tranquilo — digo, juntando meus trabalhos e meu computador nos braços. Minha mãe olha para mim.

— Você está bem?

Assinto, evitando seus olhos inquisitivos. Ela volta para a panela e mexe o caldo.

— Sei que você se considera minha maior esperança, e é mesmo — diz ela —, mas não quero que você se sinta pressionada.

Tarde demais para isso. Naquela noite, vou de fininho ao quarto da minha mãe e coloco o dinheiro que ganhei com as faxinas da semana sobre a escrivaninha. Eu ia dar a quantia para Claire, para terminar de pagar o que devo a ela, mas isso pode esperar mais uma semana. Espero que minha mãe se matricule na escola para adultos. Ainda acho que ela tem razão, eu sou a maior esperança de nós duas. Mas, caso eu não seja, espero que ela invista em si mesma.

No dia seguinte na escola, Ming me encontra no meu armário depois do ensaio da banda. Ela me consola por não ter recebido a condecoração da diretora.

— Você vai receber ano que vem — diz ela. Conto sobre a equipe de debate ter mudado o horário e o local dos treinos sem me avisar.

— Isso é tão zoado — diz ela, balançando a cabeça. — Não consigo imaginar como eu me sentiria se aparecesse para o ensaio e o resto da banda não estivesse lá.

— Foi bem ruim — digo, abrindo meu armário.

— Você ainda vai, né? Treinar? — pergunta ela. Antes que eu consiga responder, uma coisa cai do meu armário. Uma mão de borracha ensanguentada.

Ming e eu gritamos.

Pego o enfeite de Halloween emborrachado. Há um bilhete preso à mão nojenta, cortada no pulso com sangue falso. Nele está escrito:

OMG, UMA MÃO ME TOCOU!

Seguido por uma proposição de debate:

ESTA DELEGAÇÃO ACREDITA QUE DANI DE LA CRUZ DIRÁ OU FARÁ QUALQUER COISA PARA SE DAR BEM.

Cinquenta e três
Claire

Mando uma mensagem para Jay:

> Cadê você???

Com três *???* para expressar a urgência. Aperto "Enviar" e continuo digitando.

> Como você pôde dar um bolo em mim e na minha mãe, porra?!

Então encaro as palavras. Posso ouvir a voz da minha mãe: *"Ele vai pensar que você é carente... você precisa ser um pouco mais recatada com garotos"*. Deleto as palavras e abaixo meu celular.

Tento focar no meu trabalho de psicologia, mas é impossível. Onde ele estava? E por que ainda não me respondeu?

Na escola no dia seguinte, Jay não aparece. Jess, Nancy e Florence me dizem para relaxar.

— Ele deve estar doente ou coisa do tipo — diz Nancy. Ela pega um chiclete de sua simples mochila da Coach. Já devolveu todas as bolsas que alugou na internet. Sinceramente, a mochila da Coach é tão bonita quanto as outras. Estou pensando em comprar uma também.

— Ou talvez o celular dele tenha sido hackeado — acrescenta Florence. — Aconteceu com meu pai uma vez.

Jess lança um olhar rápido para ela, mas não diz nada. Sei que ainda está processando a "situação" de Florence, mas nossa amizade é muito mais forte do que rótulos. Sorrio e estendo a mão para pedir um chiclete a Nancy.

Depois do almoço, Nancy e Jess voltam correndo para a aula enquanto eu fico para trás com Florence.

— Ei, eu só queria te falar... pode contar comigo — digo. Florence segura sua mochila MCM com força enquanto caminha.

— Se tiver qualquer outra coisa sobre a qual você queira conversar... — continuo. Florence para de andar.

— A Dani te disse alguma coisa? — pergunta ela. Balanço a cabeça.

— Não.

— Então...?

Olho para a multidão de paraquedistas caminhando ao nosso redor e a puxo até uma escadaria vazia.

— Vi vocês duas outro dia — digo para ela quando estamos sozinhas. O rosto de Florence começa a corar.

— Ai meu Deus...

— Não, tudo bem. Eu acho ótimo — eu a asseguro. — Só não entendo por que você não contou pra gente.

Florence tira a mochila das costas e se senta nas escadas. Eu me sento ao seu lado. Ela pega lencinhos na bolsa.

— Eu não sabia como vocês iam reagir — diz ela, os olhos se enchendo de lágrimas. — Vocês não sabem como foram os últimos dezesseis anos. — Ela seca as lágrimas. — E eu finalmente senti... senti que estava no lugar certo. Como se eu fosse parte desse clubinho. E eu não queria perder isso.

— Você não vai perder nada — prometo, chegando mais perto e a abraçando com força. Florence segura meu braço com a mão.

— Eu só não queria que a coisa se espalhasse... não queria dar mais um motivo para os meus pais me esconderem, sabe?

— Ah, Florence — digo. Abraçadas, conto a ela sobre a infidelidade do meu próprio pai. Florence me passa um lencinho.

— Quem é o seu pai? — pergunta ela, brincando. — Vai ver nós somos irmãs.

Rio em meio às lágrimas.

— Podemos checar isso quando ele vier daqui duas semanas.

— Seu pai vem pra cá? — pergunto. Florence assente. Ela diz que os pais estarão aqui para o concerto de primavera. A mãe dela convenceu o pai, dizendo que não é possível ele encontrar algum colega aqui. — Estou meio nervosa. É a primeira vez que eles aparecem juntos em um evento de escola...

Eu a abraço e prometo que tudo vai dar certo. Continuamos na escadaria trocando histórias, muito tempo depois que o sinal toca e os corredores se esvaziam.

Depois da escola, peço um Uber até a casa de Jay. A porta dele está destrancada e entro. Encontro Jay na sala de estudos do andar de baixo, assistindo a vídeos aleatórios sobre MMA no YouTube.

— Oi — digo. Ele aperta "Pause" no computador.

— Ah, oi. Desculpa não ter aparecido na coisa com a sua mãe.

Ele diz aquilo como se fosse um encontro casual no consultório do dentista dele em vez de um jantar sério com a minha mãe.

— Onde você estava? — pergunto, tentando manter a calma, mesmo que por dentro esteja furiosa. — Tentei te ligar e mandei mensagem várias vezes.

— É, eu sei — diz ele, distraído, voltando a assistir o vídeo no YouTube. — Estava na casa de uma pessoa.

Ele *sabia*? E não atendeu? Não sei se fico impressionada com sua honestidade ou ofendida por ele não ter pelo menos mentido e dito que o celular estava sem bateria.

— Que pessoa? — pergunto, entrando no Instagram. — Homem ou mulher?

Jay sai do YouTube.

— Isso não importa. — Ele dá de ombros. — Somos só amigos.

Mulher, então.

— Qual é o nome dela? — pergunto enquanto olho os vários seguidores de Jay. Ele gira em sua cadeira e faz uma careta.

— Para. Não dá uma de louca.

Fico boquiaberta. Não acredito que ele acabou de dizer isso. Eu me viro para ir embora. Jay me chama.

— Espera, Claire, para! — diz ele, mas é tarde demais. Já cruzei a porta.

Na segunda-feira, Jay me procura na escola e me puxa de canto. Na noite passada, eu lhe mandei uma mensagem dizendo:

> **Acho que precisamos dar um tempo.**

— Por favor, não faz isso — diz ele, colocando os braços em volta de mim. Todo mundo está nos assistindo. Jess, Nancy e Florence tentam nos levar até uma sala vazia, mas meus pés permanecem grudados no chão, teimosos. Jay parece não notar os muitos olhos sobre nós e fala comigo como se fôssemos as únicas duas pessoas no pátio. — Claire, me desculpa — diz. — Mas é você que sempre me faz esperar. Aí fiquei bravo.

Jess cobre os olhos com o braço, como se fosse muito difícil assistir àquilo.

Ele me puxa para outro abraço.

— Por favor, Claire. — Sinto a carência na voz dele, nas mãos, na forma como elas seguram minhas costas. Eu me solto dos braços dele e saio andando para longe.

No almoço, ele fica me encarando do outro lado do refeitório.

— Olha pra ele — diz Nancy, jogando um pedaço de cenoura na boca. — É como se ele estivesse te despindo com os olhos.

— Bom, ele com certeza não despiu ela com as mãos — diz Jess, dando risadinhas. Dou um tapa de leve no braço dela.

— Para!

As garotas se viram para mim, todas de olhos arregalados.

— É verdade que você não quis transar com ele? — pergunta Nancy.

— Não quero falar sobre isso — digo.

— Deixem ela em paz — diz Florence, lançando um olhar firme para as outras. — São o corpo e a sexualidade dela.

Apesar do que Florence diz, Nancy olha para Jay e suspira:

— Coitadinho.

Quando olho ao redor, todos os paraquedistas no refeitório estão olhando para Jay com expressões tristes de cachorrinho que caiu da mudança.

Jess sugere irmos a um karaokê para me distrair. Depois da escola, entramos no Porsche dela e dirigimos até Monterey Park, onde ela conhece um ótimo bar com karaokê que tem salas particulares e sofás de couro branco macio.

O dono nos recebe calorosamente e nos leva a uma sala VIP. Pedimos comida e bebida do cardápio ao mesmo tempo em que escolhemos nossas músicas.

Enquanto Nancy e Florence cantam, Jess me cutuca com o joelho e pergunta como estou me sentindo. Sacudo a cabeça. Para ser sincera, sinto saudades dele. Não paro de pensar no nosso fim de semana em Newport, como ele foi paciente comigo, tão gentil que até me ensinou a dirigir. Estávamos tão bem naqueles dias. O que aconteceu?

Uma lágrima escorre pela minha bochecha.

— Sinto muito, amor — diz Jess, me abraçando e me dando um lencinho.

Nancy e Florence param de cantar e me abraçam também. Com delicadeza, Florence pega meu celular na mesa.

— Tem certeza de que não quer ligar para ele? — pergunta ela. — Às vezes, quando minha namorada e eu brigamos, conversar sobre o que aconteceu ajuda.

Jess a encara.

— Quer dizer, namorado — Florence corrige rapidamente. — De antes. Lá da China.

Olho para o celular, melancólica, refletindo sobre a sugestão.

— Liga pra ele — insistem as garotas. Antes que eu me dê conta, estou com as mãos no celular, rolando a lista de contatos. Fico ouvindo enquanto o número chama e chama. As garotas se amontoam ao meu lado. A cada chamada, sinto as palavras endurecendo no meu coração, como uma semente que poderia ter se transformado em alguma coisa, mas agora está tão murcha quanto uma semente tostada.

Então eu ouço. O celular está tocando. Na sala.

Ergo os olhos. É Jay. Ele está parado no meio do karaokê.

Florence, Jess e Nancy parecem igualmente chocadas.

— Vamos dar um pouco de privacidade para vocês dois — elas dizem e vão embora. Jay caminha na minha direção.

— Desculpa, eu fiz besteira — diz ele, tomando minha mão na dele. Ergo os olhos, cautelosa. — Preciso de você — diz ele.

— Por quê? — pergunto. Jay procura as palavras.

— Você não é igual as outras garotas. Você é a única que enxerga além dessa merda toda. — Com a mão, ele gesticula para o lustre de cristal que pende sobre o luxuoso karaokê-bar. Ele me puxa para si e diz: — Você me enxerga.

Mas você me enxerga?, quero perguntar. *Eu precisava que você me respondesse aquela noite.*

Ele me beija de leve nos lábios.

— Tá vendo o que você faz comigo? — pergunta ele. — Eu sou louco por você.

Jay passa o dedo pelo rímel que escorreu na minha bochecha. Quando me abraça apertado, sussurra no meu cabelo:

— Por favor, Claire, me desculpa. Me dá outra chance.

Cinquenta e quatro
Dani

Zach me liga enquanto estou fazendo faxina, dizendo que precisa de ajuda com o dever de história. Ele não pode esperar até sexta-feira, quando eu costumo ajudá-lo. Estou em uma das casas em North Hills.

— Onde você está? Posso passar aí? — oferece Zach.

— Hm... — Olho ao redor da casa enorme e vazia. Ming está em um ensaio extra para o solo dela, então estou sozinha. — Tá bom. — Passo o endereço a ele.

Vinte minutos depois, atendo a campainha com meu uniforme de empregada. Zach ergue as sobrancelhas quando me vê.

— Parece que estou entrando em um pornô... — brinca ele.

Eu o acerto de leve nas costelas e o puxo para dentro antes que um dos vizinhos nos veja. Zach coloca a mochila no chão e assobia ao ver o tamanho da casa.

— Caralho — diz ele, maravilhado com o tamanho da piscina.

Ele me segue escada acima até um dos quartos. Enquanto eu troco os lençóis, ele me faz perguntas sobre a história dos Estados Unidos. O tempo passa mais rápido com ele aqui. Zach me ajuda a por os lençóis e pega rolos extras de papel higiênico para mim no armário de suprimentos do andar de baixo. Ele me pergunta como vai o debate.

— Nada bem — murmuro. Não *acredito* que meus colegas de equipe colocaram uma mão falsa no meu armário. Como se mudar o local e o horário do treino sem me avisar já não fosse o bastante. E aquela merda de bilhete? Estou tentada a pular o restante das sessões de treino de vez. Ultimamente, ando pensando se devo sequer ir para a Snider. — Às vezes, penso em largar o time...

— Você não pode fazer isso! — protesta Zach. — Aí eles vão vencer!

Olho para ele enquanto aliso os lençóis. É legal ele se importar tanto, embora ainda não saiba a história toda. Ele só acha que meus colegas de equipe estão trapaceando. Não sabe o que o sr. Connelly fez comigo.

— Aguenta firme — insiste ele, jogando a colcha sobre a cama. — A Snider é quando? Daqui três semanas?

Assinto, suspirando fundo. Lembro a mim mesma que há uma coragem silenciosa em continuar na equipe. Não estou traindo meus princípios.

Subo na cama e, com cuidado, arrumo a meia dúzia de travesseiros.

— Por que gente rica precisa de tanto travesseiro? — debocha Zach. Ele contempla as árvores e a piscina azul-cintilante através das portas duplas de vidro na varanda do quarto. — Cara, dá pra imaginar como nossas vidas seriam diferentes se a gente morasse num lugar desses?

— Seria louco — respondo. Zach se levanta e começa a passear pela casa.

— Minha mãe ia dormir bem ali — diz ele, apontando para a suíte principal, que tem sua própria Jacuzzi. Eu o sigo enquanto ele percorre o corredor, fascinado. — Ia instalar um *home theather* nesse quarto para assistir jogos com os caras — diz ele, apontando para outro quarto.

Dou risada.

— Essa seria a minha sala de preparação para debate — digo. Zach faz um sinal de positivo para mim. Continuamos caminhando.

— Academia! — ele grita quando passamos pela sala de estudos do andar de cima, sorrindo enquanto passa um dedo pelo peito. — Preciso agradar as garotas!

Pauso. Zach vê minha expressão e se apressa em me confortar.

— Ei, não esquenta. Você também vai ter um monte de garotos fazendo fila pra te namorar — diz ele.

Não quero um monte de garotos. Quero apenas um.

Mais tarde, Claire me liga da casa do namorado, que eu ainda não conheci. Sei que dirige uma Lamborghini. Mas ele nunca entra em casa. Só vem até aqui, manda uma mensagem para ela e espera no carro.

— O que foi? — pergunto para Claire enquanto vejo meus e-mails. Várias escolas particulares me responderam, mas, infelizmente, nenhuma delas tem uma bolsa de estudos disponível no momento.

Claire diz baixinho:

— Ei, você pode passar aqui? Preciso que você traga minha bolsa de maquiagem e... uns absorventes. Não quero ter que sair para comprar. É muito constrangedor.

Não é trágico que, apesar de todos os avanços da humanidade, garotas ainda tenham vergonha do seu ciclo menstrual? Fecho meu notebook.

— De boas — respondo. — Já, já, estou aí.

Enfio as coisas dela em uma bolsa e pego o ônibus. À medida que ele sobe a Mount Diablo Lane em North Hills, olho as familiares palmeiras e gramados perfeitamente cortados pela janela. Já limpei tantas casas nessa rua.

Salto do ônibus e caminho pela rua íngreme até o endereço que Claire me deu. É só depois que eu subo os degraus para apertar a campainha e quase tropeço em uma pequena estátua de dragão que meu estômago afunda.

Meu. Deus. Do. Céu. Foi nessa casa que Ming e eu demos de cara com um cara transando!

As portas duplas da frente se abrem e Claire aparece.

— Você chegou! — Ela sorri, pegando a bolsa de maquiagem. Ela segura minha mão e me conduz lá para dentro. — Vem conhecer o Jay.

Balanço a cabeça.

— Não precisa... — digo, mas ela me arrasta até ele.

O namorado de Claire está descendo a escadaria em espiral. É ele! Não consegui ver seu rosto direito aquele dia — estava ocupada demais tentando proteger meus olhos de toda aquela pele —, mas, a julgar pela forma como ele está me encarando, me reconheceu.

— Jay, essa é a Dani, minha colega de quarto — diz Claire. — Ela só passou para trazer umas coisas para mim. Você pode dar uma carona pra ela?

— Não, não precisa. Eu pego um ônibus — digo.

— Que é isso — insiste Jay, pegando as chaves. — Eu te levo.

Relutante, eu o sigo até o carro. Ele espera até Claire entrar em casa para me confrontar:

— Acho bom você não dizer uma palavra pra ela. — Seu tom é assertivo, carregado de poder e privilégio. Cruzo os braços. É minha vez de interrogar.

— Quem era aquela garota? — pergunto.

— Não era ninguém! — exclama ele, o rosto corando. — Olha, se você contar pra Claire, ela só vai surtar. E, de qualquer forma, eu não estava falando sério!

— Ah, tá bom. Você queria fazer um ménage — rebato. Ou uma orgia. O termo técnico não importa. Olho para ele, cautelosa. — Você já fez um? Ménage?

A pausa dele diz tudo. Jay pega a carteira.

— Quanto isso vai custar? — pergunta ele. É enraivecedor ele achar que pode comprar meu silêncio.

— Não quero seu dinheiro!

Ele passa uma mão frustrada pelo cabelo.

— Eu só tava zoando aquele dia. Foi o uniforme! Eu não queria que você e a sua amiga dormissem comigo de verdade. — Ele me olha de baixo para cima. — Sem ofensa, mas você não é bem o meu tipo.

Que. Merdinha.

— Por favor, não conta para ela — implora ele. — Eu e a Claire estamos superfelizes juntos.

— Quem era a garota? — pergunto outra vez.

— Só uma garota com quem eu saia de tempos em tempos — responde ele, dando de ombros.

De tempos em tempos?

— Mas acabou agora! — jura ele. Eu o olho de soslaio, tentando decidir se acredito. Volto a encarar a casa onde está Claire.

— Honestidade e comunicação são partes essenciais de um relacionamento feliz — eu o lembro. Ele zomba e retruca:

— Discrição é parte essencial de ser uma boa empregada.

Cinquenta e cinco
Claire

Sinto que algo está diferente depois que Jay e eu nos reconciliamos. Ele está mais tenso. Posso sentir isso na forma como se afasta de mim sempre que eu o toco de manhã, como se não quisesse ser provocado. Mas não estou provocando. Estou juntando coragem para dar o próximo passo na nossa relação. Sinto que estou pronta.

Naquela noite, enquanto nos beijamos na cama, subo em cima dele com minha lingerie La Perla. Devagarinho, movo a cabeça pelo corpo dele; primeiro, beijo seu pescoço; depois, o peito; depois, seu...

— O que você tá fazendo? — pergunta Jay, sentando-se na cama.

Mordo os lábios, tímida. Ele analisa meus olhos.

— Pensei que você quisesse esperar... — diz ele.

— Eu quero — digo. Cubro o rosto com a colcha de seda, envergonhada, depois ponho a cabeça para fora. — Mas talvez a gente pudesse tentar... outras coisas...?

Jay sorri. Ele volta a se deitar e coloca as duas mãos atrás da cabeça, enquanto eu me arrasto pela cama. Tenho que admitir: não sei bem o que estou fazendo, mas já li muita coisa na internet e vi muitos filmes. Jay me observa. Fico excitada ao vê-lo tão duro. Ele geme quando coloco as mãos ao redor dele e abro a boca.

Depois, ficamos deitados lado a lado num silêncio úmido. Resisto à necessidade de encará-lo e perguntar qual é o problema. *Eu* achava que estava sendo uma delícia, e foi por isso que fiquei muito surpresa quando, mal-passados três minutos, ele voltou a vestir a cueca boxer e disse:

— Tudo bem. Não precisa fazer isso. Tá tranquilo.

Tá tranquilo? O que isso significa? Será que eu sou assim tão ruim no sexo? Cubro a cabeça com a coberta, suspirando. Posso sentir a respiração frustrada e forçosa de Jay ao meu lado. Quero me virar para ele e pedir comentários editoriais, iguais aos que a srta. Jones sempre nos dá sobre nossos textos.

Em vez disso, penso nas 129 garotas no celular dele. Quem são elas e o que estão fazendo com ele? Jay deve estar fazendo alguma coisa, porque acabou de dispensar um boquete.

No dia seguinte, na escola, conto às garotas o que aconteceu. Jess me oferece tutoriais com uma banana, se serve de ajuda.

— Acho que vocês dois só estão numa fase esquisita do sexo — diz ela.

Jogo os ombros para frente e olho para Jay, sentado com os amigos no refeitório. Deus, espero que eles também não estejam dissecando o incidente. Garotos fazem isso?

— Talvez seja melhor você transar com ele — diz Jess. — Acaba logo com isso!

— É — concorda Nancy. — Acho que você está romantizando demais na sua cabeça. É muita pressão!

Balanço a cabeça. Não consigo pensar em transar com Jay agora. E se ele parar no meio e dizer "Tá tranquilo"? Enterro a cabeça nas mãos.

— Vai, vai ser muito gostoso. Você pode comprar umas velas e se arrumar pra ele com a sua lingerie mais sexy...

— Já fiz tudo isso — digo.

Nancy inclina a cabeça.

— E o que ele disse mesmo?

Repito as palavras de Jay para as garotas, exatamente como ele falou. Jess suspira entredentes, *xii*. Abaixo a cabeça sobre a mesa. Queria que minha mãe estivesse aqui. Ela saberia o que fazer. Seria esquisito, mas ela me diria exatamente o que fazer para consertar isso.

— Talvez ele só não curta muito boquete? — pergunta Florence.

— Que tipo de garoto não curte boquete? — balbucio por trás dos braços.

— Uma vez um garoto disse que minha boca era quente demais — diz Jess, caindo na gargalhada logo depois. Ela abre bem a boca, convidando-nos a sentir a temperatura.

Florence sugere outra teoria louca:

— Talvez seja o jeito dele de dizer que você é tão especial que não precisa fazer isso. Tipo, você é pra casar, não pra trepar.

Todas nós paramos de falar e olhamos para ela.

— Tá, a gente precisa falar sobre isso — digo, ajeitando a postura.

— Precisamos mesmo — diz Jess. Todas ficam em silêncio quando ela se vira para Florence. — *Todo mundo* é pra casar. Eu, você, sua mãe, todo mundo. — Ela ergue os olhos para encontrar os de Florence: — E se um dia você conhecer um garoto e ele não entender...

— Falando nisso... tem outra coisa que eu preciso contar para vocês — diz Florence, suspirando fundo.

Estendo o braço e aperto a mão dela. *Você consegue!*

— Eu sou gay — diz ela. Jess e Nancy a encaram.

— Isso é uma piada? — pergunta Jess.

— Não — falo rapidamente. Jess se vira para mim.

— Espera aí, você sabia? — pergunta ela. — Eu sou a última a saber disso?

— Eu também não sabia. Se bem que, parando para pensar — diz Nancy, colocando um dedo no queixo —, você tinha mesmo aquele pôster gigante da Kristen Stewart no seu quarto.

— Eu gostava de *Crepúsculo*. — Florence dá de ombros.

— Eu também — digo.

— Ainda não acredito que você não me contou antes — diz Jess.

— Eu não sabia como você ia reagir.

— Oi? Você não me conhece? Eu sou uma super aliada. Eu *amo* Karl Lagerfeld, que Deus o tenha — diz Jess, fazendo o sinal da cruz sobre o peito. Florence ri. Jess aponta para nós duas, sorrindo.

— Então, Claire, se os boquetes não derem certo pra você, pode tentar essa aqui.

Florence pega uma cenoura e a joga em Jess.

— Cala a boca! — diz ela, rindo.

Todas caímos na gargalhada e, quando as risadas terminam, abraçamos Florence. Tenho muito orgulho dela por ter se assumido, e de Jess e Nancy por terem reagido tão bem. Jay vem até a nossa mesa enquanto estamos abraçadas e olha para nós, intrigado.

— O que vocês estão fazendo? — pergunta ele.

As garotas se afastam e dizem "oi". Jay se inclina e sussurra "Oi, amor". Coloco uma mão no braço dele, puxando-o para perto. Enquanto ele me dá um beijo lento e demorado, sinto minhas inseguranças derretendo. Talvez as garotas tenham razão. Talvez eu esteja dando muita importância para o que aconteceu na noite passada.

— Te vejo mais tarde lá em casa pra jantar? — pergunta ele. Assinto. — Ótimo, porque eu vou cozinhar.

Minhas amigas soltam um "owwn" enquanto Jay se afasta.

Jay está na cozinha fazendo cenouras caramelizadas quando entro. Há um belo frango assado sobre a bancada.

— Qual é a ocasião especial? — pergunto, surpresa com o frango. Poso na frente dele com o celular e tento tirar uma selfie. O cheiro me leva direto para a cozinha da minha avó em Xangai.

— Nenhuma. Só queria fazer uma coisa legal para minha namorada maravilhosa e inteligente. — Ele sorri.

Jay se aproxima, me beija e pega o celular da minha mão para tirar uma foto melhor de mim com o frango. Quando termina, não devolve meu celular. Em vez disso, começa a olhar minhas fotos.

— Ei, devolve — protesto. Ele ri, clicando em um álbum chamado "Fotos da Infância".

— Isso foi quando você era criança? — Ele me mostra a foto. Quero morrer de vergonha. É uma das poucas fotos minhas com meus olhos antigos. Eu devia ter uns sete anos.

Ele analisa meu rosto.

— Você tá tão diferente. Acho bom você não ter feito plástica. Não quero filhos feios quando nos casarmos — provoca ele.

Arranco o celular de sua mão.

— Me dá isso — digo. — E quem falou de casamento?

Jay cora de leve.

— Quero que minha esposa seja virgem — diz ele enquanto põe a mesa. — Minha mãe era virgem quando meu pai a conheceu. Ela nunca dormiu com outra pessoa.

— Como é que você sabe uma coisa dessas? — pergunto, fascinada e levemente perturbada.

— Eles se conheceram quando eles tinham dezessete anos. — Jay dá de ombros. — Exatamente a mesma idade que nós.

Ouço uma notificação.

— Quem é? — pergunta Jay. — É a Dani?

Quando não respondo, o rosto dele se cobre de preocupação.

— Não gosto daquela garota. Não acredite em nada que ela diz.

Solto uma risada.

— Por quê? O que ela sabe sobre você? — Estou só brincando, mas ele fica chateado.

— Nada! Eu sou muito bonzinho! Nem te fiz terminar ontem à noite!

Sobre isso. Fico feliz por finalmente estarmos tendo essa conversa. Mordo um lábio e ergo os olhos para ele.

— Por que você fez isso? — pergunto. Jay coloca os guardanapos sobre a mesa. Ele me puxa para si e beija minha orelha.

— Porque você é meiga demais para fazer uma coisa dessas — explica ele. — Além disso, deu pra ver que você estava ficando meio cansada.

Ergo as mãos em protesto.

— Não tava não!

Olho para o celular dele e pergunto, tímida:

— Você já fez coisas com aquelas outras 129 garotas?

Ele se mexe, desconfortável.

— Só me fala... — insisto. Beijo ele de leve no braço. — Prometo que não vou ficar brava.

O timer do forno apita. Jay parece aliviado. Ele veste uma luva e pega a assadeira com as cenouras caramelizadas.

— Podemos falar sobre isso depois? — pergunta ele. — Olha pra toda essa comida deliciosa que eu fiz...

Olho para as cenouras suculentas que reluzem sobre a mesa.

— Tá bom.

O jantar é delicioso, mas acabamos não falando sobre as 129 *mei* porque, assim que terminamos de comer, Jay recebe uma mensagem. Ele me diz que é de um amigo e que precisa ir se encontrar com ele em LA. Sigo-o pela casa enquanto ele pega as chaves e a carteira e se apronta para ir.

— Quando você volta? — pergunto. Ele dá de ombros.

— Não sei — responde. — Mas eu não ficaria esperando.

Franzo as sobrancelhas. *Espera um pouco, ele está pensando em passar a noite fora?* Antes que eu possa perguntar, Jay sai porta afora.

Fico acordada até tarde esperando ele voltar para casa e acabo adormecendo no sofá. Quando acordo, ele ainda não chegou. Também não aparece na escola no dia seguinte. Tento ligar para o celular dele, mas não tenho resposta. Jess e as garotas criam teorias malucas de onde ele possa estar.

— Ele foi para um Coachella novo que a gente não conhece — diz Jess.

— E ele não quis te convidar porque é uma música esquisita que eles fazem com chuva e gelo, e não queria que você zoasse ele — acrescenta Nancy. Jess ri com tanta força que quase cospe a água que estava bebendo.

Deixo escapar um pequeno sorriso. Coachella de Chuva soa bem melhor do que a orgia intensa que imaginei ele fazendo com todas as suas *mei*.

— Ou talvez ele tenha sido sequestrado. Os bandidos estão exigindo um resgate — sugere Florence. — Os pais dele devem estar mandando o dinheiro nesse exato momento!

Naquela noite, ainda sem sinal de Jay, ligo para minha mãe e lhe pergunto o que fazer. Ela voltou para Xangai depois de ganhar pouco mais de um quilo comendo fora em Nova York.

— Ele deve estar em uma viagem de garotos ou coisa do tipo — diz ela. Suspiro no celular.

— Você não pode vir pra cá? — pergunto.

— Ah, querida. Eu bem que queria, mas acabei de chegar! Não posso deixar seu pai completamente sozinho tão cedo, você sabe disso.

— Como ele está?

— Está bem — diz ela. — Enfim, tenho certeza de que Jay vai voltar logo.

Essa fala é minha, quero dizer. Isso é o que *eu* devo dizer para *ela*. Depois que desligamos, penso em todos os dias que minha mãe passou sentada perto da janela e esperou e esperou e esperou pelo meu pai. Eu costumava me perguntar como ela conseguia suportar aquilo, e agora estou fazendo a mesma coisa. No terceiro dia, começo a desmoronar de verdade. Quero ir para casa, mas quero ficar na casa dele, nem que seja para gritar com Jay quando ele finalmente chegar. Enfio meu maiô na minha bolsa e me dirijo até a piscina da escola. É um sábado e Zach está lá de novo.

— Senti sua falta! — diz ele. Seu rosto se ilumina. — Quer saber o que eu faço quando estou tendo uma semana de merda? — Ele sai da piscina e estende uma mão. — Vem, vou te mostrar.

Ergo os olhos para Zach, com a sunga molhada, a água pingando em cima de mim. Hesitante, estendo a mão. Pelo resto da tarde, nós nos revezamos pulando de barriga na piscina vazia. É o único momento nos últimos três dias em que não penso em Jay.

Jay finalmente ressurge no dia seguinte. Ele aparece em casa no domingo, trazendo consigo flores e um papinho de merda sobre como estava com uns amigos quando o avô dele ligou e disse que não estava se sentindo bem, então ele teve que pegar um voo e ir vê-lo na China. Sei que é baboseira, porque o passaporte dele estava aqui o tempo todo. Sei disso porque vasculhei seu quarto todo, procurando por fotos incriminadoras dele com as 129 *mei*.

Vou até a escrivaninha, encontro o passaporte e jogo na cara dele. Ele o pega e o coloca de volta no lugar, mas não oferece nenhuma outra explicação. Em vez disso, tira suas roupas e vai tomar um banho. Fico sentada no chão do quarto, cheirando a camisa dele em busca de traços de perfume.

Jay insiste que saiamos. Digo que não. Quero uma explicação, não sair para jantar. Mas ele salta no carro e eu entro atrás dele, com medo de que desapareça outra vez. Não acabei de discutir isso com ele! Ele dirige até Fashion Island, onde me leva para a Cartier.

— O que você está fazendo? — pergunto.

Jay aponta para o vendedor na direção de um dos braceletes — um de ouro 18 quilates com pequenos diamantes ao longo da peça. Ele dá o cartão preto para o vendedor sem nem olhar o preço. O vendedor tira o bracelete do estojo e o entrega para Jay.

— Esse é o bracelete amor eterno da Cartier — Jay diz para mim, segurando a peça. — *Eterno*.

Nossos olhos se fixam quando ele diz a palavra. Jay coloca o bracelete no meu punho direito. Os pequeninos diamantes cintilam sob a luz.

Ele se aproxima e me beija.

— Desculpa ter te deixado — diz enquanto parafusa o bracelete firmemente no meu punho. — Mas agora estou de volta. — Ele guarda a pequena chave de fenda de ouro 18 quilates no bolso e me puxa para si.

Envolvendo os braços ao meu redor, ele sussurra no meu ouvido:

— Você é minha. Só minha.

Cinquenta e seis
Dani

Estou no meu quarto pesquisando sobre o fundo de participações que financia o xomegan.com. Finalmente fui ao treino de debate, mas foi uma péssima ideia. Todos já haviam recebido a proposição por e-mail, exceto eu. O sr. Connelly disse que deve ter esquecido de incluir o meu e-mail por acidente. Ops.

Posso ouvir Claire gritando no celular no quarto dela. Com quem ela está falando? Salvo a página que estou lendo. É o site da Phoenix Capital. Consegui refinar as buscas e chegar a esse fundo de participação imobiliário, que estranhamente não tem sede aqui nos Estados Unidos, mas em Hong Kong.

— Eu só quero saber onde você passou essa semana! Por que você não me diz? — grita Claire.

Tiro meus fones e fico ouvindo a conversa.

— Se é para ficarmos juntos, temos que ser honestos um com o outro. Quero poder confiar em você! — A voz dela falha nas últimas palavras.

Depois que eles desligam, saio do meu quarto e bato com delicadeza à porta dela.

— Ei... tudo bem? — pergunto. Claire vai até a porta e a abre. O nariz está vermelho e ela está segurando um lencinho.

— Só coisa típica de garoto — diz ela, fungando o nariz no lenço. Eu me sento em sua cama enquanto Claire passa uma loção nos olhos inchados de tanto chorar e me conta o que aconteceu com Jay.

— Fico tão incomodada por ele não me contar para onde foi. — Ela dirige os olhos para uma foto dos pais na escrivaninha. — Talvez seja porque eu tenho dificuldade em confiar nas pessoas...

— Não, não é você. — Balanço a cabeça. Lembro do quarto de Jay, da expressão convencida no rosto dele quando Ming e eu pegamos ele transando. — Você faz bem em não confiar nele.

Ela tira os olhos da foto dos pais e analisa meu rosto.

— Como assim? — pergunta ela. Os instintos de Claire se focam em mim. — O que você sabe?

— Nada — murmuro. Levanto da cama dela em um movimento rápido. Claire me segue até o meu quarto.

— Me conta!

— Nada! — insisto. Mas Claire não para de me pressionar. Ela me encurrala no meu quarto e eu cedo à pressão de seu olhar intenso. A loção na mão dela cai no chão quando eu lhe conto o que aconteceu no quarto dele aquele dia.

— Ele perguntou se vocês queriam *participar*? — pergunta Claire. — Por que você não me contou antes? Quando você percebeu que era ele?

Claire se levanta e volta para o quarto dela, batendo a porta com força.

— Desculpa, Claire! — digo atrás da porta. — É que eu venho passando por muita coisa. Eu ia te contar!

— Não ia não! Você ia guardar segredo sobre isso! Achei que você fosse minha amiga! — ela grita do outro lado da porta.

Cinquenta e sete
Claire

Eu costumava achar que Jay dormia com uma expressão tranquila, o rosto infantil tão inocente. Costumava me sentir especial quando dormia ao lado dele. Agora penso nas outras que estiveram aqui antes de mim.

— Acorda. — Cutuco o ombro dele. Jay se mexe, abre um olho e começa a sorrir. Então vê a tempestade no meu rosto.

— Que foi? — ele pergunta, sentando-se na cama.

— A Dani me contou — disse. — Você pediu pra ela e a amiga dela *participarem*? — Dá para sentir o calor no corpo dele, as veias na testa pulsando enquanto ele digere as palavras.

Ele joga a cabeça de volta sobre o travesseiro e fecha os olhos.

— É mentira dela.

Tiro o travesseiro debaixo de Jay e o golpeio com ele.

— Não, quem tá mentindo é *você* — insisto. — Onde você estava semana passada? Me conta!

Ele se levanta da cama, veste um robe e sai do quarto. Eu o sigo.

— Você estava com as suas vadias? — pergunto. — Suas "mei"? — Faço aspas com os dedos.

— Dá pra calar a boca? — ele grita. Ele veste calças e uma camisa.

— Eu mereço uma resposta! Com quem você estava?

Jay cruza os braços para mim e aperta o maxilar.

— Você *merece* uma resposta? Por quê? Porque você é minha "namorada"? Você nem me deixa transar com você! — debocha ele. Sinto o mármore gelado debaixo dos dedos. Ele dá um passo na minha direção enquanto dispara as palavras: — Nunca me diga o que eu posso ou não posso fazer!

Estremecendo, pego meu celular.

— Vou embora.

Jay atravessa a sala e pega as chaves do carro.

— Ah, não seja por isso — diz ele, passando furioso por mim.

O ódio corre pelas minhas veias enquanto nado.

— Ótimo! Continua chutando! — diz Zach. Ele está parado à beira da piscina, marcando meu tempo. — Uau, você tá voando hoje!

Abro caminho até a borda, cada braçada impulsionada pela minha fúria ardente enquanto repito as palavras de Jay na minha cabeça. *"Nunca me diga o que eu posso ou não posso fazer"*. Abro a boca, ofegante. O cheiro de cloro enche meus pulmões.

Zach salta na piscina. Ele está usando sunga vermelha hoje. Reparo que ele só tem duas, diferentemente das oitenta e cinco de Jay. É fim de tarde e estamos só nós dois na piscina.

— Dezenove segundos, nada mal — diz ele, sorrindo. Ele não repara nas minhas lágrimas por causa da água. Garotos são tão tapados às vezes.

Ele abaixa os olhos e aponta para o meu punho.

— Você nadaria mais rápido se tirasse o bracelete.

Balanço a cabeça.

— Não posso — respondo. Minha boca começa a estremecer. Dou as costas para ele.

— Que foi? — pergunta Zach.

Um soluço se forma na minha garganta. Meu corpo treme sem parar enquanto agarro o bracelete. Queria poder escapar desse pesadelo.

— Ei, nossa, tá tudo bem. — Zach coloca os braços ao meu redor. Nossos corpos flutuam na água enquanto ele tenta me acalmar.

Nossos olhos se encontram e eu sinto. Um segundo. Um segundo em que posso me afastar, dizer não. Em Xangai, eu ficava pensando nesse segundo e me perguntando por que meu pai nunca conseguia se afastar. Mas, naquele momento, eu também não consegui.

Zach me beija.

Os lábios dele roçam os meus. Não são vorazes como os de Jay. São lentos e delicados, um beijo roubado, reconfortante de formas que não sou capaz nem de compreender, ou explicar.

Assim que abro os olhos, porém, a culpa se desata no meu peito. O que foi que eu fiz?

— Você e a Dani... — começo a falar.

— Nós somos só amigos — Zach me lembra rapidamente.

A água quente balança ao nosso redor. Ele me puxa para si. Nossas testas se tocam. Um calor irradia na direção dos meus lábios; doce e delicioso. Mas, dessa vez, eu me afasto.

Saio da água e corro até o vestiário.

Corro o caminho todo para casa e fico deitada na cama do meu quarto, abraçando as pernas, o queixo enfiado entre os joelhos, encarando a parede que divido com Dani. Foi um erro. Um deslize. Um momento de fraqueza. Nunca vou contar para ninguém, nem mesmo Jess.

Meu celular toca. É Jay, me ligando pela décima oitava vez. Ignoro a ligação, assim como ignorei todas as mensagens. Quinze minutos depois, ouço uma batida na porta. Ele está aqui. Dani enfia a cabeça pela porta do meu quarto.

— Quer que eu diga pra ele ir embora? — pergunta ela.

Assinto.

Ouço Dani abrindo a porta, dizendo a Jay que não estou em casa. Ele levanta a voz para ela:

— Você disse que ia ficar de boca fechada! — grita ele. Ela diz alguma coisa que não consigo entender.

Fico furiosa de pensar no fato de que os dois guardaram esse segredo de mim. E que garantia eu tenho de que Dani e a amiga não participaram aquele dia? Talvez tenham. Sacudo a cabeça, odiando o que essa história está fazendo comigo, me transformando na pessoa que eu jurei que jamais seria. Saio do quarto para confrontar os dois, segurando meu cardigan com firmeza.

— Dani, o que você tá fazendo? — pergunto. Ela está parada no sol, piscando para mim. — Por que você ainda tá falando com ele?

— Não estou! — diz Dani.

Jay grita para mim em mandarim:

— Não aconteceu nada, ok? Olha pra ela! Você acha que eu ia ter interesse *nela*?

Pego a mão de Dani e a puxo para dentro da casa. Lá dentro, Dani me pergunta com delicadeza:

— Quer conversar sobre isso?

Balanço a cabeça. Não, não quero. Não com Dani. Enquanto ela volta para o quarto dela, fico deitada no sofá, me perguntando onde meu beijo com Zach se situa numa escala de trairagem em comparação com o fato de ela não ter me contado sobre Jay.

No dia seguinte, encontro Zach na piscina, completamente vestido dessa vez. É muito mais difícil nadar completamente vestido, mas o treinador de Zach o manda fazer isso às vezes para treinar.

— O que aconteceu ontem não pode acontecer de novo — digo. Ele ergue os olhos, a água escorrendo pela testa.

— Por quê? — pergunta ele.

Não tem por quê. Só não pode!

— Porque eu não quero — digo.

Ele enfia a cabeça na água, submergindo. Fico encarando as ondas na superfície, tentando distinguir o rosto dele. Quando Zach finalmente volta à superfície, parece completamente calmo, como se nada houvesse acontecido, e pergunta:

— Tá com fome? Quer comer alguma coisa?

— Hã? — pergunto. Ele sai da água, chacoalha a cabeça e me molha toda como se fosse um golden retriever. Grito. Zach sorri para mim.

— Vem, vamos comer alguma coisa. É por minha conta — diz ele, tomando a frente.

Abro a boca para recusar, então percebo que, na verdade, estou com um pouco de fome. Não comi nada o dia todo. Sigo ele para fora da piscina.

Ele me leva para o Norms, uma lanchonete tão americana que é como entrar em uma música country. Ele pede um cheeseburguer e eu peço salada de espinafre.

— Vai precisar de mais carboidratos se quiser nadar mais rápido — aponta ele.

Desde que eu me entendo por gente, minha mãe tenta me fazer comer menos carboidratos, dizendo que minha bunda é grande demais, meus braços são grandes demais. Sempre tem alguma coisa grande demais. Até Jay me provoca sobre minha panturrilha às vezes. Levanto a mão e mudo meu pedido para hambúrguer de peru. Digo à garçonete para não trazer a batata frita.

Zach sorri.

— Agora sim.

Ficamos sentados em silêncio, dedos enrugados segurando nossas águas geladas, esperando nossa comida chegar.

— Então, há quanto tempo você nada? — pergunta ele. Dou de ombros. A garçonete chega com nossa comida. Fico encarando as batatas de Zach, onduladas, crocantes e douradas. Zach ri, pega um pouco e as coloca no meu prato.

— Quantos anos você tinha quando começou? — ele tenta novamente.

— Três — respondo enquanto pego uma batata.

— E por que você parou? — pergunta entre uma mordida e outra do hambúrguer. Reflito se devo contar a ele.

— Minha mãe me fez parar porque eu ia ficar com ombros muito largos se eu continuasse nadando. E ombros largos não ficam bonitos em garotas...

Ele abaixa o hambúrguer.

— Uau — diz ele, tão alto que o casal da mesa ao lado olha para nós. Zach sacode a cabeça. — Em primeiro lugar, você é linda. Em segundo, quem liga pra ombros largos? Só a sensação de estar na água, fazendo o que você ama... *essa* é a coisa mais linda de todas.

Olho para ele com brilho nos olhos. Ninguém nunca disse isso para mim antes.

— É sexy — acrescenta ele.

Coro. Um silêncio aconchegante cai sobre nós.

— Fico feliz que você esteja nadando de novo — Zach diz enquanto estende o braço e toca minha mão.

Cinquenta e oito
Dani

Leio atentamente o panfleto de doações anuais à escola na biblioteca. É uma lista de doações feitas para a escola no ano passado, organizadas por nome do aluno, quantia e pais, o que é constrangedor. Procuro meu nome e morro de vergonha ao ver o enorme zero ao lado dele. Como se isso não fosse o bastante, há um asterisco ao lado do meu nome que anuncia a todos que tenho uma *bolsa integral*, caso alguém tenha alguma dúvida ao olhar minhas meias e sapatos gastos.

Procuro o nome Heather McLean e vejo que a família dela doou cinquenta mil dólares à escola no ano passado. Não me surpreende ela ter recebido a condecoração da diretora.

Ming e Florence entram na biblioteca de mãos dadas. É bom ver que as duas não escondem mais o relacionamento. Florence beija Ming na bochecha e se despede dela com um aceno enquanto Ming caminha até mim.

— Como vai? — pergunta ela, sentando-se ao meu lado.

— Tudo bem — respondo. Eu me aproximo dela. — E você?

— Ótima. — Ming está radiante. — É maravilhoso não ter que se esconder. Estou até pensando em contar para os meus pais quando for buscá-los no aeroporto sábado à noite.

— *Sério?*

Ming assente.

— E quando você decidiu fazer isso? — pergunto.

— Quando ela se arriscou e se assumiu para as amigas — diz Ming. — Estou muito orgulhosa. Os pais dela vêm para o concerto também.

— Fico muito feliz que você finalmente vai contar para os seus pais. Tá com medo? — pergunto. Ming dá de ombros.

— Qual é o pior que pode acontecer? Já estamos separados por um continente, certo? — Ela pausa e acrescenta: — É não é como se eles pudessem cortar o dinheiro dos meus estudos... eu já tenho uma bolsa.

— É verdade. — Rio. Ela aponta para o panfleto de doações.

— O que é isso?

— Ah, ainda estou tentando descobrir a ligação entre o xomegan. com e a escola — digo. Ergo os olhos e vejo Heather. Quando ela passa, guardo o folheto de doações rapidamente.

— Mal posso esperar para ver você perder na Snider, Garota Estrondo — sibila ela. Reviro os olhos, exausta de suas provocações.

— Mal posso esperar para ver você se ferrar por mentir nas suas inscrições para a faculdade.

Heather para de andar.

— O que você disse? — pergunta ela.

— Comprar cartas de recomendação? — Eu me viro para Ming. — O que você acha? Isso é um crime?

— Deve ser — diz Ming, balançando a cabeça. Heather fica pálida.

— Não sei do que você está falando.

Pego minha mochila e tiro de lá a mão de borracha horrorosa que ela enfiou no meu armário.

— Toma, pode ficar com ela. — Jogo a mão em Heather. — Diferente de você, eu não preciso de uma mão amiga.

Ming me dá um *high-five* enquanto Heather se afasta.

Sorrio e vou devolver o panfleto de doações. Enquanto eu o coloco na prateleira, folheio-o uma última vez. Paro em uma página chamada de "Círculo da Diretora". É uma lista de grandes doadores que deram à escola mais de um milhão de dólares no ano passado. Há cinco nomes que não reconheço na lista, seguidos pelo nome de uma empresa.

Phoenix Capital Limited.

Esse é o fundo de participação que é um dos acionistas do xomegan.com! De acordo com o panfleto, no ano passado eles doaram surpreendentes um milhão e meio de dólares para a escola. Por que um fundo de participação doaria todo esse dinheiro para uma escola particular aleatória em East Covina?

A sala da banda sacode com a cacofonia de vozes e instrumentos quando o sr. Rufus pede para nos sentarmos. Ele anuncia que vai fazer algumas mudanças nas nossas posições para o concerto de primavera no sábado. Ajeito a postura, colocando o panfleto de doações que peguei emprestado na biblioteca de volta na mochila. Pego minha flauta. *Por favor, não me tira de perto do Zach. Por favor, não me tira de perto do Zach.*

— Zach — chama o sr. Rufus.

Olho para Zach, que está sentado em sua cadeira trocando mensagens no celular. Ele ergue a cabeça, distraído.

— Você vai ser o clarinete da quarta cadeira — diz nosso professor. — Vá em frente e passe uma cadeira para frente.

— Aee! — Zach salta e dá um *high-five* nos outros clarinetistas. Cubro o rosto, tentando esconder minha decepção. Quando ele se afasta de mim, segurando o clarinete, triunfante, percebo que ele não faz a menor ideia do que eu sinto por ele.

Isso é ridículo. Eu devia simplesmente contar para ele. Da próxima vez que estivermos sozinhos. Se Ming consegue contar sobre Florence para os pais, eu sou corajosa o suficiente para confessar meus sentimentos para Zach.

Cinquenta e nove
Claire

Jay finalmente me vence pelo cansaço. Falo com ele pelo celular.

— Por onde é que você andou? — pergunta Jay. — Já te liguei, sei lá, umas cem vezes.

— Eu ando ocupada — respondo.

— Bom, pois trate de se desocupar — retruca ele. — Meu pai vem pra cá semana que vem e...

— Eu não quero conhecer o seu pai...

Jay suspira no celular.

— Por favor, Claire — diz ele. — É importante. Não quero fazer isso sozinho.

Ah, mas quando são os *meus* pais, não tem problema dar um bolo em mim? Jay me diz para ir à casa dele na terça-feira de noite, bem-vestida. Depois que desliga, encaro o teto e solto um grunhido.

Na terça, não vou para a casa de Jay. Em vez disso, decido ir à piscina depois das aulas. Zach está lá, como de costume, esperando por mim. Virou uma coisa nossa, nadar juntos depois da escola e sair para comer depois. Algumas vezes eu pago, outras vezes ele. Aprendi a gostar de lanchonetes americanas, especialmente dos refis gratuitos de limonada. Até agora saímos cinco vezes. Durante nossas conversas, eu lhe conto sobre minha vida em Xangai. Ele diz que também tem um relacionamento difícil com a mãe. Diz que é bolsista, o que eu acho muito incrível. Acho que é por isso que ele leva a natação tão a sério.

Quanto mais conversamos, mais me sinto atraída por ele. Ele é tão diferente de Jay. A forma como fala da natação, sobre conseguir uma bolsa integral em alguma faculdade. Amo sua paixão e motivação. Mesmo a forma como ele fala sobre melhorar as notas. É óbvio que ele respeita muito a Dani. Jura de pés juntos que eles são só amigos. E eu acredito nele, embora tenha pensado notar um traço de alguma coisa quando cheguei em casa e dei de cara com os dois assistindo *Titanic. Mas talvez eu estivesse errada*, penso enquanto treinamos nado borboleta.

Zach me ajuda a ficar na posição correta. Com delicadeza, ele coloca a mão no meu estômago. Faz cócegas, e solto uma risadinha.

— Para de se mexer — provoca.

Ele move a mão e eu rio mais um pouco, acidentalmente enfiando a cabeça na água. Ele estende uma mão para mim e eu passo as pernas ao redor dele. Fixamos os olhos um no outro. Gentilmente, ele empurra meu corpo até a borda da piscina, se aproxima e me beija. O beijo começa delicado e gentil, depois fica mais firme. Solto um gemido, sentindo a respiração acelerar, até que fica claro: nós dois queremos mais.

Ele olha ao redor. Estamos só nós dois na piscina. Posso senti-lo pressionando o corpo contra o meu. Ele move a mão para o meu peito e eu fecho os olhos.

— Tudo bem se eu fizer isso? — pergunta, olhando nos meus olhos enquanto me toca.

Assinto.

— Você já...? — pergunta ele.

— Não — respondo. Procuro seus olhos azul-bebê. Posso ver minúsculas faixas douradas em suas íris enquanto se expandem e se contraem. — E você?

— Não. — Sinto uma onda de conforto e alívio por saber que finalmente estou com um garoto tão inexperiente quanto eu. Que talvez nós dois possamos desfrutar juntos de algo que nunca fizemos antes e lembrar daquilo pelo resto de nossas vidas.

Gentilmente, Zach percorre meu corpo com a mão. A água quente balança ao nosso redor. Os dedos dele encontram a parte de baixo do meu biquíni.

— Você quer que eu pare? — pergunta. Ele pressiona os lábios quentes nos meus.

— Não — respondo.

Então acontece. Ele está dentro de mim. Nós nos movemos em perfeita harmonia, minhas pernas ao redor dele. A cada estocada, ele me pergunta se está tudo bem, e mordo meus lábios, sentindo uma explosão de felicidade dentro de mim, porque estou com alguém em que confio, alguém que me respeita, alguém que eu admiro.

Depois, Zach me deixa em casa. Passamos um bom tempo dentro do carro, aos beijos, depois entro. Jay está sentado na sala de estar, esperando por mim. A mãe de Dani o deixou entrar. Sinto o rosto esquentar ao vê-lo. Lembro a mim mesma que não tenho motivo nenhum para me sentir mal. Ele não é mais meu namorado. Não depois do que disse para mim.

— Onde você estava? — pergunta Jay. — É terça-feira. Meu pai está aqui. Era para você estar na minha casa uma hora atrás.

Ele olha para o meu cabelo molhado.

— Você foi nadar? Na piscina da escola? — Ele faz uma expressão de repulsa, como se eu tivesse ido nadar em um pântano.

Passo por ele e vou para o meu quarto.

— Estou cansada — digo. — Não estou me sentindo bem. Acho que não consigo...

Jay me segue até o meu quarto. Ele fecha a porta e começa a vasculhar meu closet, tentando escolher alguma coisa para eu usar.

— Você não está me escutando — digo.

Ele se vira para mim, em súplica, juntando as mãos:

— Por favor. Só um jantar.

Sessenta

Dani

O cheiro de cloro faz meus olhos arderem, me enchendo de arrependimento. Arrependimento por ter ido à piscina depois das aulas, pensando que encontraria Zach treinando e depois lhe diria que gosto dele, só para acabar vendo-o com Claire. A expressão no rosto dela ao abrir as pernas, os sons que eles fizeram.

Fiquei atrás da piscina, observando os dois em silêncio. A luz da janela reluzindo no cabelo loiro de Zach, criando uma aura ao seu redor enquanto ele a penetrava. E eu simplesmente fiquei lá parada, os pés encharcados, os braços sem vida ao lado do meu corpo. Eu deveria ter gritado. Eu quis gritar. Até abri minha boca, mas não saiu nenhum som. Estava abalada demais.

Depois, fiquei sentada no canto do vestiário, chocada demais para ir embora, covarde demais para continuar lá. Claire entrou e nem me notou, de tão absorta que estava no próprio mundo. Fiquei observando ela tomar banho. Seu corpo perfeito. Mãos subindo e descendo pelas costas enquanto se cobria de sabonete.

Mais tarde, ela estacou na frente do espelho, encarando seu reflexo, as bochechas rosadas corando. Ela provavelmente estava pensando em Zach, relembrando detalhes que eu jamais conhecerei.

E sou tomada pela mais indomável das invejas.

Sessenta e um
Claire

Só um jantar. Ainda não acredito que concordei em acompanhá-lo. Chegamos à casa de Jay. Meu peito arfa no meu vestido branco de chiffon quando penso no que acabou de acontecer com Zach. Jay avisa a equipe de buffet profissional que dominou a cozinha dele sobre nossa chegada.

O pai de Jay desce as escadas. Ele é alto como o filho, parece ter uns quarenta e cinco anos e está vestindo um terno azul e uma gravata de seda impecáveis. Ele me lança um olhar rápido e abre um sorriso discreto antes de voltar para a carranca de costume. Nós nos sentamos na sala de jantar formal, que Jay e eu nunca usamos. Geralmente, nós comemos na varanda ou ao redor da ilha da cozinha. Jay se senta ao meu lado e coloca a mão no meu colo.

— Jay disse que você foi ver Fashion Island com ele — diz o pai dele. — O que você achou de lá?

— Gostei — respondo. — É lindo lá e bem de frente para o mar.

Ele balança a cabeça para o filho e aponta o garfo na minha direção.

— Mulheres. Só emoção e nada de lógica — ele diz para Jay enquanto corta seu filé mignon. Sinto minhas bochechas arderem. — Sabe o que "de frente para o mar" diz para mim? Distração. Quem quer fazer compras quando a praia está bem ali?

— Na verdade, Claire tem um olho bom para imóveis. Foi ela quem descobriu a casa que eu falei para o senhor comprar em Balboa. É uma boa propriedade para investimentos — diz Jay, dirigindo uma expressão radiante para mim.

O pai de Jay toma um gole generoso de vinho.

— Dei uma olhada naquela casa — diz ele.

— E? — Jay pergunta com os olhos arredondados e cheios de esperança para o pai, que faz uma careta.

— É horrível — diz ele. — Para começar, há um declive na parte de trás da casa. Isso vai causar todo tipo de problemas na fundação. Já causou! Algumas das janelas estão tortas. Francamente, é um choque você não ter notado. Talvez se você não estivesse tão... distraído.

Jay infla as narinas. Ele fica encarando a pintura de Zhang Xiaogang na parede e não diz uma palavra.

— Estou decepcionado com você, filho — continua o pai de Jay. — Você desperdiçou meu tempo e minha energia. — Talvez seja o vinho ou o eco na sala de jantar formal, mas a voz dele vai ficando cada vez mais alta à medida em que ele repreende Jay.

— Eu só estava tentando... — diz Jay

— Eu sei o que você estava tentando fazer! Estava tentando se exibir para a sua nova namorada. Estava pensando com o pau e não com a cabeça!

Jay baixa os olhos, envergonhado. É devastador de assistir.

— Não estava não! Nós olhamos em todo lugar! — digo. — Olhamos as fendas, o chão. Não vimos nenhuma janela torta!

— Bom, parece que não olharam bem o suficiente — retruca o pai de Jay. Ele olha feio para o filho, apontando para ele com sua faca. — Você é preguiçoso e molenga, igual à sua mãe.

Mais tarde, encontro Jay no quarto dele. O pai está no andar de baixo em uma ligação com Pequim. A voz dele ressoa em estrondos pela casa, conseguimos ouvir até na suíte principal. Eu me sento ao lado de Jay na cama. Nenhum de nós fala nada por um bom tempo. Depois, gentilmente, Jay toma minhas mãos nas dele.

— Agora você sabe por que eu preciso de você. — Os olhos dele estão inchados e vermelhos. Com uma voz vulnerável, ele acrescenta: — Vou te esperar pelo tempo que você precisar.

Jay enterra a cabeça no meu colo. Eu o seguro.

Dani e a mãe já estão dormindo quando chego em casa. Desabo na cama. Minhas pernas estão exaustas, tanto do jantar quanto de... outras atividades. Mas não posso dormir ainda. Há uma coisa importante que eu preciso fazer. Pego meu celular e Jess responde na terceira chamada.

— Oi, sou eu. — Mordo os lábios, nervosa. — Você por acaso tem aquela pílula do dia seguinte?

Em meio ao entusiasmo e à paixão da nossa aventura debaixo d'água, Zach e eu não chegamos a usar proteção.

— Claro que sim. Tenho umas de Hong Kong — diz ela. — Posso te dar uma amanhã.

Suspiro de alívio.

— Achei que você e o Jay tinham brigado — diz ela. — Vocês se entenderam?

— Não foi com o Jay... — sussurro.

— Eita — diz ela. Ouço um rangido do outro lado. Imagino que ela esteja se sentando na cama. — Quem foi?

Cerro os lábios, ansiosa e entusiasmada por finalmente dividir meu segredo.

— Conheci uma pessoa da equipe de natação, um carinha chamado Zach Cunningham — conto a ela.

— Um cara branco? — pergunta ela.

— É — respondo. Jess não diz nada a princípio.

— Toma cuidado, Claire. Não estraga o que você tem por causa de um carinha branco que você nem conhece. — Sei que ela já sofreu antes, que daí vem a desconfiança dela, mas ainda dói. — O Jay *se importa* com você. Ele te adora.

— Ele me adorou o suficiente para sumir do mapa por três dias — eu a lembro.

— Mas ele voltou — insiste Jess. — Eu vejo o jeito como ele olha para você. Aquilo é real, Claire. Se eu fosse você, não jogaria isso fora.

Fico pensando em suas palavras até adormecer.

Ela me entrega a pílula na escola no dia seguinte, junto com uma dose pesada de culpa.

— Se isso vai acontecer de novo, você precisa contar para o Jay. Ele merece saber. — Ela tem razão. Eu sei que ela tem razão. Enquanto abro minha garrafa de água e jogo a pílula na boca, fico me perguntando: *isso vai acontecer de novo?*

Encontro a resposta na forma de uma rosa vermelha dentro do meu armário.

> *Não consigo parar de pensar em você.*
> *Me encontra depois da escola.*
> *— Zach*

Sorrio.

— Aonde estamos indo? — pergunto para Zach. Ele abre a porta do passageiro de seu Honda Civic para mim. Ao entrar, lembro de um ditado chinês que minha mãe costumava dizer quando eu era criança.

"Prefiro chorar em uma Mercedes a sorrir em uma bicicleta".

— Você vai ver — diz Zach. Ele se inclina e me beija.

Enquanto Zach dirige, abro as janelas, algo que Jay nunca me deixa fazer na Lamborghini dele. Ele não gosta que a fumaça dos outros carros entre. Prefiro o Honda de Zach. Para começar, é menos barulhento. Dá para conversar de verdade.

Conversamos sobre o SAT, que nós dois pretendemos fazer em outubro, a tempo de fazer as inscrições para a faculdade, e testes de natação no começo do ano que vem. Ele me diz que no ano que vem a equipe vai ter um treinador novo.

Zach estaciona no Peter F. Schabarum Regional County Park e diz que vamos fazer uma trilha. Pego minha máscara de proteção. Não costumo usar ela, mas são 15:30 e o sol está queimando.

— O que você tá fazendo? — Zach pergunta quando saímos do carro. Ele aponta para a máscara cinza no meu rosto.

— É só para proteger o rosto do sol — respondo. Zach vasculha a mochila e tira de lá um tubo de protetor solar. Ele o joga para mim.

— É só passar isso — diz ele. Passo um pouco de protetor solar no pescoço e nos braços, mas não tiro a máscara.

— Sério mesmo que você vai caminhar com essa coisa no rosto? — pergunta ele. — Deve estar fazendo uns quarenta graus aqui!

Dou de ombros e continuo andando. O calor é um preço pequeno pela beleza. Mas Zach não se conforma. De tempos em tempos, ele olha para mim e suspira.

— Mas eu quero ver o seu rosto! — reclama ele.

— Bom, você não vai querer ver quando eu estiver velha e cheia de marcas de idade — recito o que minha mãe sempre diz, quase palavra por palavra.

Ele ergue os braços.

— Opa, opa, opa, espera aí, Branca de Neve — diz ele. — De onde veio isso?

Balanço a cabeça, frustrada por ele estar me importunando tanto. Jay nunca questionou minha máscara. Ele mesmo usou uma quando estávamos caminhando na praia em Laguna. A dele era azul e do Japão. Jess, Nancy e Florence têm uma cada. Até a mãe de Dani faz ela usar um chapéu.

Eu me viro para Zach.

— Você tem noção de quanto dinheiro minha mãe gasta com tratamentos a laser? E além de caros, eles doem! — informo. — Preciso proteger minha pele agora se quiser ter uma aparência boa no futuro.

Zach ri quando eu digo isso, o que só me deixa mais furiosa.

— Você vai ter uma aparência boa no futuro — ele me assegura.

Reviro os olhos e continuo andando, lembrando do que Teddy disse uma vez sobre caras brancos, como eles não conseguem ver a diferença entre uma garota asiática bonita e uma feia.

— Ei, espera! — Zach chama, correndo na minha direção. Ele pega meu braço e me puxa de lado. — Você acha que eu gosto de você por causa da cor da sua pele? — Os olhos dele procuram os meus. — Gosto de você porque você é inteligente. Porque você é gentil. Porque você nada como um peixe. E é corajosa. Você é a pessoa mais corajosa que eu conheço. Está completamente sozinha nesse país estranho e estrangeiro.

Sinto um nó na garganta.

— Então você pode colocar todas as máscaras que quiser, mas não vai fazer diferença. Ainda posso ver o que tem aí dentro. E é por isso que eu gosto de você — diz ele.

Essa é a coisa mais gentil que alguém já me disse e, ao colocar as mãos ao redor do pescoço dele, eu o quero. Agora. Arranco a máscara do rosto e começamos a nos beijar. Seus lábios macios roçam meu pescoço e, de repente, está acontecendo outra vez. Ofegante, Zach se afasta para pegar uma camisinha na mochila dessa vez. Ele me leva para uma porção de grama debaixo de uma árvore e começa a tirar minhas calças.

Enquanto nos despimos, ouvimos alguém na trilha.

— Merda! Tem alguém vindo! — Ele puxa as calças, atrapalhado, enquanto eu puxo as minhas. Desabamos na grama nos braços um do outro, aos risos.

Sessenta e dois
Dani

Há manchas de terra e grama na camisa e nas calças de Claire quando ela finalmente chega em casa.

— Eu vi vocês dois, sabia? — murmuro, sentada no sofá. Claire olha para mim, intrigada. — Na piscina. — Eu me viro para ela. — Por que você fez isso?

Ela me fala um monte de asneiras sobre como ela e Zach andam saindo juntos há um tempo, sobre o fato de os dois serem nadadores, enquanto caminha para o quarto dela.

Eu não poderia me importar menos com a conexão aquática deles.

— Você pelo menos usou camisinha? — pergunto.

Ela para de andar. Inacreditável. É claro que ela não usou. Isso é coisa de gente responsável e capaz de pensar, o que ela claramente não é.

— Eu dei um jeito — ela me informa. — Estou bem.

Eu me levanto do sofá.

— Bom, eu não estou nada bem. — Meus lábios estão tremendo. Desvio o olhar, sentindo as emoções se desatarem dentro de mim. Só consigo pensar nos dois na piscina. Não consegui fazer mais nada: comer ou dormir ou até mesmo me preparar para a Snider. — Você tem noção de como esse ano está sendo pra mim? — grito. — Você roubou meu namorado!

— Ele não é seu namorado! — diz ela. Claire recua e se esconde atrás da porta do quarto dela. — Vocês só estavam estudando juntos.

A forma como ela diz aquilo me fere.

— Vai se foder, Claire! — grito. — Queria que você nunca tivesse vindo pra cá!

Sessenta e três
Claire

— Jay? — chamo ao entrar na casa dele. Passa um pouco das oito da noite. Ele me mandou uma mensagem hoje mais cedo pedindo para passar na casa dele, dizendo que precisava conversar. Fiquei tão abalada depois do confronto com Dani que concordei. Precisava pegar umas coisas minhas, mesmo.

— Aqui em cima — Jay chama da suíte principal.

Assim que entro no quarto, eu sinto. Nos seus olhos vermelhos. Suas narinas. Sua mandíbula cerrada. Ele *sabe*.

— Como você teve coragem de fazer isso comigo? — grita ele. — Achei que você era a garota certa!

Balanço a cabeça. *Mas como? Como ele descobriu?* Fico sem ar quando me dou conta. Dani deve ter contado para ele.

— Esse tempo todo você ficou dizendo que queria esperar, e eu acreditei em você, nunca te forcei a nada — continua Jay, cambaleando pelo quarto enquanto tenta conter as lágrimas. — Enquanto isso, você estava tirando as roupas para um branquelo azedo!

Ele avança na minha direção. Posso sentir o álcool em seu hálito.

— Não! — exclamo. — Não foi desse jeito!

Mas algo estala dentro de Jay. Ele me agarra e me joga na cama.

— Quer ser uma vadia? Vou te tratar como uma — ele diz.

— O que você tá fazendo? — pergunto, enquanto ele começa a tirar o cinto. O ar fervilha com a violência iminente. Meu Deus. O que ele está fazendo?

— Para! — grito. Meus olhos se enchem de horror. Tento me soltar, mas ele é forte demais. Ele me segura no lugar, apertando meus punhos na cama. Berro, chutando os lençóis. Meu grito pouco faz para dissuadir Jay.

— Diz pra mim, ele te fez gozar? — pergunta ele. — Seu garotinho branco?

Sinto meu coração deixar meu corpo. Os dedos dele encontram minha calcinha e ele a arranca.

— Para, Jay! Por favor, para! — imploro.

Mas ele não para. Ele não para.

Depois, Jay me faz tomar um banho. De pé embaixo do chuveiro, sou tomada pela mais excruciante das vergonhas, a água escorrendo pelas minhas mãos até os diamantes que reluzem no meu punho. Queria poder escorrer pelo ralo como a água. Queria poder sair desta casa sem encará--lo. Continuo no chuveiro mesmo depois que a água esfria, apavorada demais para sair.

Eventualmente, quando reúno forças para sair, Jay está sentado na sala de estar, esperando por mim.

— Sinto muito — diz ele, erguendo os olhos para mim. Ele se levanta e se aproxima como se quisesse me abraçar. Dou as costas para ele, sentindo uma repulsa física tomar o meu corpo. Meu coração bate forte no peito. Jay se toca e recua. — Você precisa de uma carona?

Faço que não com a cabeça.

Nós dois ficamos em silêncio. O que se diz para uma pessoa que acabou de te estuprar?

Pego o celular e peço um Uber. O motorista me liga um minuto depois e eu lhe digo onde estou. O fato de que sou capaz de manter a calma nos minutos e horas após o ocorrido me choca e me dá esperança ao mesmo tempo. Talvez não seja tão ruim. Talvez eu supere.

Mais tarde, no banco de trás do Uber, as lágrimas vêm.

Sessenta e quatro
Dani

Claire passa o fim de semana todo enfurnada no quarto, apática. Não sai. Digito o número de Zach com as mãos trêmulas. Digo a mim mesma que estou fazendo a coisa certa. Ele merece saber sobre Claire e Jay. Estou fazendo isso em nome da transparência e da verdade. Mas, bem lá no fundo, sei qual é o verdadeiro motivo.

— Me encontra na biblioteca — digo para Zach quando ele atende. — Tem uma coisa que eu preciso te contar sobre a Claire.

Zach cerra os punhos no carro. Estamos no estacionamento da biblioteca pública. Posso ver o branco de suas articulações no sol.

— Quantas vezes? — pergunta ele.

Evito o seu olhar. Só consigo pensar em como doeu vê-lo na piscina com Claire.

— Quantas vezes ela foi para lá e dormiu com ele? — questiona Zach. Seu cabelo loiro cai sobre os olhos aguados. Ele está... chorando?

— Sei lá, umas dez? Vinte vezes? — Não cheguei exatamente a contar, mas houve algumas semanas em que ela ia para lá quase toda noite.

— Vinte vezes? — Ele soca o volante. Um *biii* alto irrompe do carro. — Jesus Cristo.

Não vou mentir. É satisfatório ser capaz de magoá-lo tanto quanto ele me magoou.

— Ela me disse que tinha terminado o namoro — diz ele.

— Bom, não terminou. Vi ela ir para lá depois que voltou da piscina.

Caindo de paraquedas

— Depois que ela voltou da piscina? — Ele morde os próprios dedos. — Depois que a gente...? Ela me disse que eu fui o primeiro dela!

Zach pressiona as pálpebras com os dedos e lágrimas caem sobre o volante. Desvio o olhar. Sei que ele está sofrendo, mas é tão doloroso ele não fazer ideia do que eu estou passando. Como *eu* estou me sentindo nisso tudo.

— Eu também estava na piscina — murmuro. Zach abre os olhos. Suas bochechas coram.

— Quê? — Ele olha para mim. — Você *viu* a gente?

— Eu tinha ido na piscina pra te contar uma coisa...

Zach pisca, confuso. Reflito se devo contar para ele agora. Confessar meus sentimentos parece sem sentido. Mas tenho medo de passar o resto da vida arrependida por não ter feito isso.

— Eu gostava de você, caso você não tenha notado. E achava que talvez você...

Zach sacode a cabeça, parecendo não acreditar.

— Eu só presumi... sabe, porque a gente estava passando muito tempo juntos — continuo, sem jeito, justificando minha hipótese. *Para de falar. Para de falar.*

— Sim, porque nós somos bons amigos — explica ele. Ficamos sentados por um bom tempo em meio ao silêncio quente e sufocante. Sinto o sol queimando as minhas pernas. Zach finalmente se vira para mim. — O que eu faço? — pergunta ele.

Quero dizer a ele: *Esquece ela. Você merece coisa melhor. Eu.* Mas sei que não é isso que ele quer ouvir.

— Você vai superar. — É o que eu acabo dizendo. — E vai sair dessa mais forte.

Zach sacode a cabeça mais uma vez.

— Mas eu não quero sair mais forte — diz ele.

— É, bom, às vezes a gente não tem escolha — retruco. Abro a porta do carro e saio.

No concerto de primavera naquela noite, Zach evita olhar para mim enquanto segura o clarinete nas mãos, rígido. Nenhum som parece estar saindo dele. Não sei se está sequer tocando. Olho para Ming. Ela está linda com seu vestido preto de apresentação. Ela fecha os olhos enquanto toca, como se estivesse em seu mundinho particular. Espero que tudo tenha corrido bem com os pais dela hoje quando ela lhes contou sobre Florence.

Espio a plateia. O sr. Connelly não veio, graças a Deus, e nem Claire. Florence e os pais estão nos fundos. Florence está gravando a performance de Ming no celular dela, assim como duas pessoas chinesas na primeira fileira. Devem ser os pais de Ming. Sorrio ao vê-los. Queria que minha própria mãe estivesse na plateia. Era para ela vir, mas Rosa a chamou de última hora para limpar a casa de um cliente VIP depois de uma festa.

Quando Ming se levanta para apresentar seu solo, enchendo o auditório com o som do paraíso, Florence leva uma mão ao coração.

Depois do concerto, no coquetel, Ming puxa os pais na direção dos de Florence. O pai de sua namorada está vestindo um terno caro e parece não estar falando muito com ninguém, enquanto a mãe dela conversa com a sra. Mandalay. Caminho até lá para me juntar a eles.

— Florence! — chama Ming. — Queria te apresentar meus pais!

Um casal chinês se aproxima, relutante, mas os olhos de Florence estão colados aos próprios pais. O pai dela olha para o relógio, fazendo uma careta. A mãe dela passeia os olhos pela multidão em busca de alguém mais importante com quem conversar.

Relutantes, eles cumprimentam os pais de Ming com apertos de mão, mas Florence não lhes dá qualquer explicação sobre sua relação com Ming e rapidamente leva os pais para longe.

— Vamos — ela diz para os pais.

A expressão no rosto de Ming ao observar Florence se afastar é de cortar o coração. O pai de Ming faz uma careta e repreende a filha em chinês. Depois que os pais dela saem de perto, Ming se vira para mim e, em lágrimas, traduz as palavras do pai.

— Ele disse *"aquela garota tem o bom senso de não envergonhar a família"*.

Sessenta e cinco
Claire

Não me levanto por dias. Não saio de casa, não ligo meu celular e não me movo, exceto para ir ao banheiro. Toda vez que penso no que aconteceu, meu estômago se retorce em um nó tão apertado que sinto que vou vomitar. Não quero voltar para escola nunca mais, não quero ver Jay nunca mais.

Massageio os punhos com delicadeza. A maior parte dos hematomas já sumiu. Mas a maior ferida, a que está dentro de mim, está apenas começando a doer. Eu me encolho em uma bola e choro até cair no sono à noite, pensando na minha própria estupidez. Quando acordo, meus olhos percorrem o quarto e pousam naquela camisa e naquela bolsa. Todas as coisas que aquele babaca comprou pra mim, que eu *deixei* ele comprar. Sinto a bile subindo pela minha garganta.

Dani bate à minha porta. Eu me viro de lado e escondo a cabeça debaixo das cobertas.

— É quarta-feira. Você simplesmente não vai para a escola? — pergunta ela. Dani me informa que, tecnicamente, na Califórnia é um crime não ir para a escola. — É o descumprimento do dever de comparecer à aula...

Puxo as cobertas. Estou tão cansada dos "tecnicamente" dela. *Tecnicamente, você é uma vaca.* As lágrimas se acumulam na fronha.

— Vai se foder, Dani — grito, acrescentando baixinho: — Você nunca vai saber o que fez comigo.

Espero até ouvir os passos de Dani se afastando, depois abaixo a coberta para poder respirar outra vez. Quando ela e a mãe dela saem de casa, pego o celular, pensando em ligar para Jess. Ao ligar o aparelho, recebo uma enxurrada de notificações que me alertam que tenho um milhão de mensagens de voz e de texto.

Ignoro a caixa-postal e vou direto para o meu iMessage. Há vinte e cinco de Jay.

22:30. Sexta-feira:

> Você tá bem?

23:52. Sexta-feira:

> Liga pra mim.

09:05. Sábado:

> Tô preocupado com você.

12:30. Sábado:

> Podemos conversar?

16:32. Segunda-feira:

> Só quero saber se você tá bem.

18:39. Terça-feira:

> Desculpa se eu te machuquei.

22:25. Terça-feira:

> CLAIRE! EU TÔ ENLOUQUECENDO! FALA COMIGO!!!

6:38. Hoje:

> Você tem que entender como eu estava me sentindo.

A última mensagem me faz querer jogar meu celular na parede. Clico em "Responder" e escrevo:

> NUNCA MAIS ME LIGA.

Depois deleto o texto sem enviar, porque a ideia de interagir com ele outra vez, mesmo que por mensagem, me deixa enojada.

Em vez disso, mando uma mensagem para Jess e peço para ela vir me ver, dizendo que é uma emergência. Enquanto espero, recolho os vestidos e blusas e bolsas que ele me deu e os coloco em uma caixa. Escrevo "DE GRAÇA" no topo da caixa e a arrasto para fora. Protegendo os olhos do sol com as mãos, abandono a caixa na calçada. O sol parece tão estranho. Seu calor é quase ofensivo enquanto atravesso a grama com os pés descalços.

O Porsche de Jess para na frente da casa. Ela desliga o motor e sai do carro, trazendo consigo café e *scones* do Starbucks. Explodo em lágrimas ao vê-la.

— Claire, amor, o que aconteceu? — pergunta Jess, me levando para dentro.

Ela coloca o café e os *scones* sobre a mesa de centro. Tenta me passar um pãozinho, mas nego com a cabeça. Não consigo comer nada. Sou um desastre incoerente enquanto tento formar as palavras. Entre meus soluços, ela decifra o que aconteceu, e seus olhos se arregalam.

— Ele te *estuprou*? — pergunta, cuspindo o café. Ela o pousa sobre a mesa. — Como? Quando?

Jess me segura enquanto eu conto, aos prantos. Mostro para ela todas as mensagens que ele me mandou. A primeira coisa que ela faz quando pega meu celular é bloquear Jay. E, só para garantir que ele entenda a mensagem, Jess pega o próprio celular e manda uma mensagem para ele:

> NUNCA MAIS MANDE MENSAGEM, LIGUE OU SE COMUNIQUE COM A CLAIRE OUTRA VEZ.

Sou grata a ela por assumir o comando, mas o que eu vou fazer quando encontrar Jay no campus da escola? Ela não pode bloqueá-lo na vida real.

— Quem mais sabe? — pergunta Jess.

Sacudo a cabeça.

— Ninguém.

— Ótimo. — Jess assente enquanto pensa em uma estratégia. — Não vou dizer uma palavra, nem para Florence ou Nancy. Que bom que vocês não têm nenhuma aula juntos. Vou ficar do seu lado quando estivermos na escola e, se ele tentar chegar perto de você, vou dar um tapa tão forte nele que vai mandá-lo de volta pra China.

Ela faz tudo soar tão fácil, mas a ideia de voltar para a escola e vê-lo outra vez é como engolir cacos de vidro.

— Não quero voltar e ver ele — digo.

— Então... você vai mudar de escola?

— Não! — digo. Por que *eu* tenho que mudar de escola? *Ele* deveria mudar. Por mim, ele deveria ir pra cadeia! Sinto o calor da minha raiva explodindo dentro de mim ao abraçar meu peito com os braços.

Jess fita os próprios joelhos e diz baixinho:

— Foi por isso que eu te disse para ir falar com ele... antes que ele descobrisse de outro jeito.

Ergo os olhos para ela. Uau. O julgamento.

— Que foi? Só estou falando a verdade. Se você tivesse tomado mais cuidado...

— Eu tomei cuidado! — Salto do sofá e grito para ela.

Não preciso disso agora. Vou até a porta e a abro. Jess se levanta do sofá, relutante, e diz que sente muito mesmo e pede que eu ligue para ela se precisar de alguma coisa. Depois que ela vai embora, jogo os *scones* e o café dela no lixo e fico encarando a parede, sentindo uma solidão profunda.

Vou procurar Zach depois da escola. Tentei ligar para os meus pais, mas não consegui. Lembro das palavras da minha mãe quando me deixou aqui: *"Estou a uma ligação de distância. Se alguma coisa der errado, vou até você na hora".* Quero gritar "Mentira!" para o céu.

Ao sair do Uber, fico desorientada por um segundo. Zach havia dito Sun Grove, mas deve haver algum erro. Não há casas em Sun Grove, apenas trailers e tendas. Nunca havia visto um trailer de perto antes, só em filmes. Dou meia-volta, tentando acenar para o Uber antes que ele vá embora para me tirar daqui, então eu o vejo. Zach está parado ao lado de um trailer, lavando sua sunga vermelha.

— Zach? — chamo.

Quando me vê, seu rosto fica da mesma cor que a sunga. A porta do trailer dele se abre, e uma mulher branca que parece chapada desce do veículo aos tropeços, chamando por ele.

— Zach, cadê meu cigarro? — diz ela, a voz arrastada. Posso sentir o cheiro do álcool nela.

— Volta pra dentro, mãe — diz Zach. — Já vou.

Encaro a mulher. *Essa* é a mãe dele?

Enquanto a sra. Cunningham volta para dentro do trailer, Zach se vira para mim. Ele ergue os olhos da terra arenosa.

— Ei — diz ele. A voz dele é baixa e carregada de mágoa. — A Dani me contou sobre o Jay.

Fecho os olhos. Minha cabeça lateja. Aquela vaca não para! Sinto como se as raízes do meu cabelo estivessem sendo puxadas de dentro da minha cabeça.

Zach lança um olhar rápido para o trailer e para a mãe, que está sentada ao lado da janela, nos observando. Ela encontrou os cigarros e exala pequenos anéis de fumaça com a boca enquanto nos examina.

— Você mentiu pra mim — diz Zach. — Disse que eu fui o seu primeiro.

— Você foi o meu primeiro! Tem que acreditar em mim — digo. Desesperada, procuro pelos olhos dele. — Eu e o Jay não fazíamos nada! A gente só dormia na mesma cama!

— Bom, nesse país, se dorme com um cara de cada vez — ele resmunga com desprezo.

— Desculpa mesmo, Zach. — Meu queixo estremece. Antes que eu me dê conta, estou aos prantos. As lágrimas escorrem pelo meu rosto. Não sei como parar. Choro tanto que Zach coloca uma mão sobre as minhas costas, preocupado.

— Opa, opa. O que foi?

Sacudo a cabeça e ele me puxa para si. As palavras saem aos pedaços, meio em chinês, meio em inglês. No meu estado histérico, não consigo unir mais de três palavras em nenhuma língua sem soluçar. Quando Zach ouve a palavra "estupro", o corpo dele gela.

— Me conta exatamente o que aconteceu — pede ele.

Zach me leva até um banco na lateral do trailer. Nós nos sentamos. Uma a uma, boto as palavras para fora, retirando forças do choque e do horror e da raiva que se acumulam dentro de mim. Zach inspira e expira enquanto eu lhe conto os detalhes. Em meio às lágrimas, posso ver a fúria em seu rosto.

— A gente precisa ir à polícia! — Ele se levanta em um salto.

— Não — digo, puxando-o de volta para baixo. A última coisa que eu quero é ter que me sentar em uma sala fria e deprimente com um policial assustador qualquer enquanto me pedem para mostrar onde exatamente Jay me tocou.

— A gente *precisa* — insiste Zach. — Não podemos deixar ele se safar dessa.

Ergo os olhos para ele, cautelosa.

— Você já contou para os seus pais? E a escola? Você já contou para a escola?

Balanço a cabeça. Não contei para ninguém. Ando simplesmente mergulhada na minha própria vergonha.

Zach segura minha mão.

— A gente precisa contar para a escola — diz ele.

Aprecio ele usar a palavra "nós", mas na verdade essa decisão é minha. E andei pensando nisso. E se não acreditarem em mim? Eu deveria ter feito um exame de corpo de delito, mas eu pesquisei e, para um exame desses ser efetivo na detecção de estupro, eu deveria tê-lo feito dentro de setenta e duas horas. Já se passaram cinco dias. A essa altura, qualquer evidência de DNA já desapareceu.

— Vai ficar tudo bem — diz Zach, me aninhando em seus braços. Enquanto ele me segura, balanço a cabeça em seu cabelo, desesperada para acreditar em suas palavras.

Sessenta e seis
Dani

Ming anda de um lado para o outro no meu quarto enquanto mando uma mensagem para Zach. Era para eu estudarmos juntos hoje, mas ele cancelou.

— Não acredito que a Florence foi embora daquele jeito! Ela não me apresentou nem como amiga para os pais dela! — diz ela. — Eu não deveria ter contado para os meus pais.

Ming tenta ligar para Florence outra vez, mas ela não atende.

— Foi tão idiota. — Ming chora, deitada na minha cama, piscando para conter as lágrimas. — Agora meus pais sabem o meu segredo... a troco de quê?

Abaixo meu celular.

— O que eles disseram quando você contou? — pergunto.

— Que eu tinha me tornado americana demais e precisava parar.

O celular de Ming toca mas é apenas o sr. Rufus. Ming aperta "Rejeitar Chamada".

— O que você vai falar para a Florence? — pergunto.

— Que acabou — diz Ming, jogando o celular no bolso lateral do estojo do violino. Ela se encolhe em uma bola na minha cama, levando os joelhos ao queixo. — De vez.

Estendo o braço e repouso a mão sobre as costas dela.

— A vida toda eu só queria dar orgulho para os meus pais... — ela sussurra enquanto eu lhe afago as costas. Uma lágrima escapa do meu olho. Eu entendo. Entendo totalmente. Ming se enrola no meu cobertor.

— E agora eu nunca vou conseguir fazer isso.

— É claro que vai — digo, abraçando-a. Mas, não importa quantas vezes eu repita aquilo, ela sacode a cabeça e diz que não vai conseguir.

Depois que Ming vai embora, tento falar com Zach mais uma vez, mas ele não atende. Eu me sento em frente ao computador e tento pesquisar estudos de caso para o debate. Minhas sessões de treinamento com a equipe andam tão ruins que eu meio que estou por conta própria na Snider. O Google Chrome me informa que recebi um e-mail. Abro meu Gmail e vejo uma mensagem do sr. Connelly para os alunos nos lembrando do nosso voo na semana que vem e do que levar para a Snider. Fico aliviada por ele não ter me deixado de fora dessa vez. Há também um e-mail do Google. Eu havia configurado um Alerta sobre a Phoenix Capital Limited.

Clico na notícia. É um artigo de um site de negócios chinês.

> Para facilitar a expansão contínua de sua carteira de ativos, a empresa internacional de imóveis Phoenix Capital Limited levantou US$ 128 milhões em uma rodada da Série B com garantia de Morgan Stanley. A rodada foi conduzida pelas firmas de capital de risco de Hong Kong Dragon Investimentos e Asia Pacific Capital, levando o fundo de participação total da empresa a mais de US$ 378 milhões. Em um comunicado, a empresa disse que o novo investimento será dedicado à expansão de seu portfólio imobiliário em Hong Kong, Londres, Tóquio e Xangai, além de mercados emergentes como a Cidade de Ho Chi Minh, no Vietnã, e East Covina, na Califórnia.

East Covina, na Califórnia? É tão estranho a cidade ser citada em um comunicado de imprensa importante, na mesma lista que Hong Kong e Tóquio, que têm alguns dos maiores valores imobiliários do mundo. Sei que a Cidade de Ho Chi Minh não para de crescer, já que o Vietnã vem se transformando rapidamente em um destino industrial pela mão de obra barata. Mas o que *nós* temos?

Abro uma nova guia e carrego o Zillow. Pontinhos vermelhos enchem minha tela, a maior parte deles são casas de milhões de dólares em North Hills que estão disponíveis para aluguel ou venda. Clico em um ponto aleatório e ligo para o corretor imobiliário listado.

— Xander Vander Imobiliária! — atende um homem.

— Hã, oi... peguei seu número no Zillow — começo a dizer.

Antes mesmo que eu possa terminar minha frase, Xander me bombardeia com um nível de entusiasmo para o qual eu não estava preparada.

— Você está pensando em comprar ou vender? Tenho várias casas em North Hills! Todas espetaculares e a 20 minutos da conceituada escola particular American Prep! Gostaria de conhecer algumas delas?

— Na verdade, eu só queria fazer uma pergunta. Você já ouviu falar da Phoenix Capital Limited?

Xander pensa por um minuto.

— Não que eu me lembre — responde ele.

— É um fundo imobiliário asiático — conto. Navego pelo artigo. — Parece que estão investindo em imóveis aqui em East Covina.

— É bem possível — diz Xander. — Trabalhamos bastante com fundos imobiliários asiáticos. A maioria deles está ligada à Incorporadora Li. Você tem certeza de que não é uma subsidiária deles?

Anoto as palavras "Incorporadora Li".

Ele me conta que a Incorporadora Li é um dos maiores conglomerados imobiliários da China e que anda investindo pesado na cidade.

— Por quê? — pergunto. Parece bizarro empresas imobiliárias da China estarem tão interessadas na nossa cidadezinha.

— Por causa das boas escolas, é claro! — Xander ri. — Nada melhor para vender casas do que boas escolas!

Sessenta e sete
Claire

Minha mãe chora quando finalmente conto o que aconteceu. Trouxe três caixas de lencinhos para a cama para a ligação. Mesmo assim, quando ela chora, nada que eu pudesse ter preparado seria capaz de absorver a dor que sinto por dentro.

— Ah, Claire — chora minha mãe. — Você está bem?

Balanço a cabeça mesmo ao forçar um "Tô".

— Alguém sabe? — pergunta minha mãe.

— Só alguns amigos.

Há uma pausa.

— Não conte para mais ninguém — diz ela. — O que vão pensar?

Cerro os dentes. Minha mãe cobre o celular com a mão. Ela pergunta com a voz abafada:

— Como aconteceu?

— É a Claire? — meu pai pergunta ao fundo. Ouço sussurros. Presumo que minha mãe está contando a ele o que aconteceu. Ele pega o celular.

— Claire, sou eu. Papai — diz ele. Meu queixo treme e tento me manter firme. É a primeira vez que nos falamos desde o incidente no restaurante.

— Oi, pai.

— Sua mãe acabou de me contar o que aconteceu — diz ele.

— Não conte para a sua avó — interrompe minha mãe.

— É claro que não vou contar para a Nai Nai! — digo. Nem consigo acreditar que eles estão pensando na minha avó em um momento como esse.

— Me escuta — diz meu pai.

Eu me ajeito na cama, antecipando palavras de simpatia e conselhos do meu pai para sua única filha. Ele vai fazer a parte dele. Lembro de quando voltei da Coreia depois da minha cirurgia de pálpebra e ele se sentou ao meu lado, dizendo como eu era corajosa. Ele vai saber o que dizer nesse momento de necessidade. Sei que vai. Em vez disso, o que eu recebo é:

— Essas coisas acontecem. Não estamos bravos com você.

Não estão bravos *comigo*?

— Sua mãe e eu vamos conversar com a família de Jay. Tenho certeza de que vamos resolver tudo — diz ele. — O importante é não fazer escândalo.

— Não, o importante é que você está bem — corrige minha mãe.

— Eu não estou bem! — grito.

Desligo na cara dos meus pais e fico parada no meio do meu quarto, trêmula. Ligo para Zach, então lembro que ele está na aula. Ainda não voltei para a escola, embora não pare de receber mensagens da diretoria perguntando onde estou. Toda vez que penso em voltar para a escola, meu estômago revira de tal forma que preciso me agachar. Pego meu celular e, em vez de responder o e-mail da diretoria, escrevo para a srta. Jones, minha professora de inglês.

> Olá, srta. Jones,
> Será que poderíamos nos encontrar em algum lugar fora do campus para conversar? Estou com alguns problemas e preciso conversar com alguém urgentemente.
> Obrigada,
> Claire.

A srta. Jones e eu nos encontramos no Starbucks. Estou sentada de frente para ela, com as mãos ao redor de uma xícara de café escaldante. Enquanto lhe conto o que aconteceu, fico encarando o abismo quente do meu café, desejando poder afundar dentro dele. A srta. Jones estende a mão para mim, chocada. Quando chego à parte em que Jay me segura com força na cama, lágrimas caem no meu *latte*. Disse a mim mesma que não choraria outra vez, mas meus olhos não são capazes de permanecer secos. Não sei se algum dia eles ficarão.

— E aí... ele me estuprou — digo, os lábios trêmulos.

— Ah, Claire — diz ela, estendendo os braços na minha direção. — Sinto muito mesmo. — Ela me abraça com força e me diz repetidas vezes: — Não é culpa sua.

É tão bom ouvir isso, ter um adulto me dizendo que não é culpa minha. Queria poder continuar assim, sentindo o calor e o conforto das palavras dela, como um escudo.

— Pode contar comigo, não importa o que você decidir fazer — diz ela, olhando nos meus olhos quando nós duas finalmente nos soltamos. — Você já pensou no que quer fazer?

Nego com a cabeça.

— Acho que o primeiro passo é voltar para a escola e contar à sra. Mandalay sobre o que aconteceu — diz minha professora.

— Não quero voltar. — Sacudo a cabeça. Aperto minha xícara de café, sentindo o calor nas pontas dos dedos. — Não quero ver ele na escola.

— É exatamente por isso que você precisa voltar! — diz ela. — Claire, você tem direitos como estudante. Um deles é o direito de se sentir segura no ambiente escolar. Se você voltar e contar à escola o que aconteceu, tenho certeza de que a administração tomará as medidas necessárias para suspender ou expulsar Jay pelo que ele fez.

Ergo os olhos para ela.

— Claire, você não está sozinha — diz ela. — A escola quer que os alunos se sintam protegidos. Veja como eles foram rápidos para se livrar da sra. Wallace. Eles têm uma *obrigação* com os alunos.

A emoção aparece quando ela diz aquelas palavras e eu quero acreditar nela.

— É por isso que a escola tem procedimentos administrativos e outras medidas disciplinares. Há sistemas criados para proteger os alunos.

Penso em como a sra. Mandalay foi decisiva ao expulsar a sra. Wallace depois que ela escreveu aquele e-mail.

Quando a srta. Jones estende o braço e coloca a mão sobre a minha, olho em seus olhos.

— Lamento isso ter acontecido com você. Mas você é uma garota forte, Claire. "Mais forte que ferro" — ela cita um dos meus textos. Sorrio para ela em meio às lágrimas. — Você vai superar isso.

Mais tarde naquela noite, meus pais me ligam. Pergunto a eles se posso sair da casa de Dani e ficar em um hotel por alguns dias. Não consigo mais morar com ela, não depois do que ela fez comigo. Eles dizem que tudo bem. Quando eu conto que estou pensando em falar com a diretora sobre o que aconteceu, eles não concordam assim tão rápido.

— Espera um pouco. Antes de fazer isso — interrompe meu pai — deixa eu falar com o pai de Jay na semana que vem. Se houver um jeito de resolver isso discretamente...

É horrível que, de alguma forma, ele pensa que há um jeito melhor de lidar com isso e que esse jeito envolve o meu silêncio.

— E se eu não quiser resolver isso discretamente? — pergunto.

— Claire. — A voz da minha mãe entra na linha. Ao fundo, ouço o tilintar de garfos e facas e *kuàizi*. Eles estão com *visitas*? — Seja esperta. Só estamos tentando te proteger.

Ouço a voz da minha avó ao fundo.

— É a Claire? Quero falar com ela.

— Não, Nai Nai, agora não é um bom momento — responde minha mãe.

Ouço ela fechar a porta. Depois, volta a falar comigo:

— Isso não é igual àquele e-mail com a sua professora. Se você fizer escândalo por isso, todos vão saber — diz minha mãe. Ela leva o celular para mais perto da boca e sussurra: — Você quer mesmo que o seu nome se torne sinônimo de "estupro"?

Ela sussurra "estupro" como se fosse uma palavra suja que não podemos sequer pronunciar, muito menos denunciar. De punho cerrado, choro. A vergonha deles me sufoca.

— Não faça nada até conversarmos primeiro — diz meu pai.

Enquanto meus pais esperam minha resposta, penso em todos os anos anteriores. Todas as festas de aniversário em que eles, não eu, escolheram a lista de convidados, todas as fotos da escola em que eu fechei os olhos para que não houvesse evidências físicas das minhas pálpebras sem dobrinha.

A única coisa que sempre fui para eles foi um fantoche, não uma filha.

Sessenta e oito
Dani

Encontro os funcionários da mudança quando chego em casa.

— O que tá rolando? — pergunto, parada na porta enquanto eles embrulham o colchão Sealy de Claire com plástico-bolha e o arrastam pelo carpete.

Claire me ignora e ordena aos funcionários que empacotem as coisas dela em caixas. Sigo-a até o quarto dela. Isso é mesmo necessário? Nós brigamos e agora ela quer sair daqui?

— Olha, eu não quis dizer aquilo... — balbucio, olhando para o carpete. — Eu estava brava.

Claire me ignora e continua guardando as coisas. Ela está com óculos de sol e não consigo ver os seus olhos. Ela passa por mim e vai até o closet, batendo em mim com o ombro.

— Claire, por favor! — grito. Penso na minha mãe e como ela vai ficar devastada quando descobrir que perdeu a inquilina. — Minha mãe vai surtar quando voltar para casa e descobrir que você foi embora!

— Devia ter pensado nisso antes. — Claire me encara, tirando os vestidos do closet e os enfiando em caixas.

Vou até o closet para impedir que ela pegue mais vestidos, mas Claire entende errado.

— Você quer os cabides? — pergunta ela. Pega um deles e o joga em mim. O cabide me acerta na perna e eu recuo.

— Ai!

— Aqui vai outro! — diz Claire, erguendo o braço.

Levanto as mãos.

— Tá bom, quer sair daqui? Então sai!

Volto para a sala de estar e fico a observando do sofá. Quando a última das caixas é levada, Claire olha ao redor da casa uma última vez. Fico esperando ela dizer adeus e deixar um bilhete para minha mãe, mas ela só tira a chave de casa de seu chaveiro felpudo de coelho e a coloca sobre a mesa de centro. E vai embora sem dizer uma palavra. Sem deixar um endereço. Sem nada. Simplesmente cruza a porta tão apressada quanto chegou.

Minha cabeça está latejando. Jogo ela para trás no sofá e fico ouvindo o silêncio da casa vazia. O ruído da geladeira. O pingar da pia. Digo a mim mesma que deveria estar feliz. Não preciso mais lavar os pratos dela ou pisar nas lentes de contato dela no chão. Ou esperar para usar o banheiro enquanto ela deixa água quente jorrando por uma hora para vaporizar o rosto. Em vez disso, luto contra uma dor de cabeça insuportável que dura horas.

Quando acordo no sofá uma eternidade depois, a dor de cabeça já passou, mas há algo de estranho agarrado a cada superfície da casa como um filme pegajoso. Pego o celular para ligar para Ming. Há uma mensagem de Xander, o corretor de imóveis, perguntando se ainda estou interessada em conhecer algumas casas.

Lembro do que ele disse sobre a Incorporadora Li. Pego meu notebook e acesso o site da empresa. Abro outra guia para pesquisar sobre o fundador. Não encontro muita coisa no site deles, mas o Google mostra uma foto do fundador, Vincent Li, ao lado da esposa e do filho. Espera um pouco, esse é...? Dou um zoom na imagem para olhar melhor o filho quando o telefone de casa toca.

— Alô? — respondo, distraída.

— Oi, preciso falar com a Claire. — A voz chama minha atenção. É Jay. Coloco meu notebook sobre a mesa.

— Ela se mudou — informo a ele.

— Como assim ela se mudou? — pergunta Jay.

— Ela *se mudou* — repito. Olho para o quarto vazio dela. Tudo que restou foi a mancha sutil no carpete onde ela vomitou naquela primeira noite.

— Pra onde ela foi? — pergunta Jay. De repente, a voz dele adquire um tom totalmente diferente. — Ela está com aquele garoto branco?

— Não! — exclamo. Então me ocorre que Jay sabe sobre Zach.

— Se você encontrar a Claire, diz que preciso falar com ela — diz Jay.

— Espera, deixa eu te perguntar! — Volto a abrir meu notebook. — Por acaso o seu pai é Vincent Li? Dono da Incorporadora Li?

Há uma pausa no telefone.

— É, por quê?

Meu. Deus.

— Nada — respondo.

Sessenta e nove
Claire

Guardo minhas coisas em um depósito e vou para um hotel próximo enquanto espero a corretora da minha mãe me encontrar uma casa. A corretora diz que isso vai levar alguns dias, durante os quais continuo faltando na escola (meus pais mandam um e-mail para a secretaria dizendo que estou doente), assisto TV e peço serviço de quarto.

Minha mãe diz que hotéis fazem você esquecer a realidade — o que acontece no hotel, fica no hotel. Eu me pergunto se isso é algo que ela diz a si mesma para não pensar no que meu pai faz neles, mas tento usar a mesma lógica. Passo um bom tempo nadando na piscina externa. Fico boiando de costas enquanto contemplo as nuvens, pensando na minha infância, aproveitando o tempo quente e como é bom não estar na escola, até me lembrar do porquê não posso ir para lá. Ao pensar em Jay, todo o horror retorna e meu corpo afunda. A água entra no meu nariz, eu arfo e tusso.

A equipe de salva-vidas corre para me ajudar e pergunta se estou bem. Saio da piscina e volto correndo para o quarto. É assim que vai ser o resto da minha vida? Momentos de felicidade perfurados pela memória do que aconteceu, como uma bomba que pode detonar a qualquer minuto?

Tem sido difícil dormir. Zach me trouxe um pouco de melatonina, mas não funciona para mim. Em vez disso, fico pensando na infusão especial da minha avó de botões de rosas chinesas, *goji* e chá de raiz de peônia branca, mas sei que não posso ligar para ela. Fui proibida de entrar em contato. Não que eu queira falar com ela sobre o que aconteceu.

Jess me liga no FaceTime para me contar que Jay anda perguntando por mim.

— Falei pra ele ir se foder — diz ela. Jess guardou segredo e não contou para ninguém, nem mesmo Nancy e Florence, que não param de me mandar mensagens como:

> Cadê você?

> O que tá rolando?

— Ele tá com uma cara horrível, aliás — acrescenta Jess.

Meu celular toca. São meus pais na outra linha.

— Te ligo depois — digo para ela, e troco de ligação.

— Boas notícias — anuncia minha mãe. — Encontramos um apartamento para você a duas quadras da escola. Estão arrumando as coisas agora. Acho que você vai conseguir ir para lá daqui uns dias.

— Ah, e escuta — acrescenta meu pai. — Conversei com o pai de Jay.

Eu me sento e enrolo meu robe com força ao redor do corpo.

— Ele me assegurou que o que aconteceu não vai se repetir. Jay sente muito. Você pode voltar para a escola em segurança.

Em segurança?

— Eu só vou voltar se ele for expulso — conto aos meus pais que andei pensando bastante no que a srta. Jones disse e acho que quero denunciá-lo à escola.

Há um silêncio do outro lado da linha.

— E o que você vai ganhar com isso? — pergunta meu pai. — Claro, você vai se sentir bem por uns cinco minutos. Mas e depois?

Eu me preparo para uma palestra sobre como vai ser desconfortável ter que relatar minha história para todos os inúmeros administradores da escola. Mas não é isso que ele diz.

— Todos vão saber que você é um bem danificado — alerta meu pai. Minhas mãos gelam enquanto minha mãe se apressa em se desculpar por ele:

— Ele não quis dizer isso. Nós só não queremos que você se machuque!

Mas é tarde demais. Mordo a boca com tanta força que, quando desligo a ligação, há sangue nos meus lábios.

No dia seguinte, a sra. Mandalay emite pequenos ruídos para sinalizar que está prestando atenção enquanto eu conto sobre o que Jay fez comigo.

Zach se ofereceu para vir comigo, mas quis fazer isso por conta própria. Já é a quinta vez que conto minha história e, a cada vez, sinto que estou ficando mais forte.

— E foi aí que você está dizendo que ele te estuprou? — pergunta a sra. Mandalay.

— Isso — respondo, orgulhosa de mim mesma por manter a compostura. Surpreendentemente, durante a reunião mais importante de todas, meus olhos permanecem secos. A sra. Mandalay me pergunta o que eu fiz depois. Ela é bem mais clínica que a srta. Jones, pedindo horários e detalhes quase como um médico faria. Conto a ela que tomei um banho e fui para casa.

— Você procurou a polícia? — questiona a diretora.

— Não — respondo. — Ainda não.

Uma pausa.

— Entendi.

— Eu devo procurar a polícia? — pergunto. Ela rabisca algumas anotações.

— Você pode se quiser — diz ela, erguendo os olhos para mim. — É isso que você quer, Claire? Uma investigação policial longa e arrastada?

Faço que não com a cabeça. Não quando ela fala desse jeito. Parece mais fria do que quando eu vim aqui para falar sobre o e-mail da sra. Wallace. Será que ela não acredita em mim?

— Se você procurar a polícia, eles vão querer saber um monte de coisas. Por que você não fez um exame de corpo de delito? Por que você demorou tanto para vir? Por que você *ficou* na casa do Jay depois e tomou um banho? Sem falar: o que você estava fazendo no quarto dele para começo de conversa?

Pressiono o indicador e o polegar sobre a testa. São exatamente *essas* perguntas que eu venho fazendo a mim mesma nos últimos dias.

— Eu só não quero mais ter que vê-lo — murmuro. Ergo os olhos e suplico à sra. Mandalay. — Por favor, a senhora não pode fazer ele mudar de escola?

Ela balança a cabeça em negativa.

— Não podemos simplesmente expulsá-lo da escola. Estamos nos Estados Unidos. Acreditamos no devido processo legal. — A sra. Mandalay pega uma cópia do regimento escolar. — Veja, na página trinta e oito, está escrito que, sempre que houver um conflito interno entre os alunos, os envolvidos são encorajados a levar a questão ao conselho administrativo.

A srta. Jones havia mencionado alguma coisa sobre o conselho administrativo. A diretora me informa que ele é composto por professores, administradores e representantes discentes e que funciona como um tribunal de verdade. Eles ouvem o depoimento dos dois lados.

— Então é como um tribunal escolar? — pergunto. Ela assente.

— E o Jay vai estar na sala?

— Sim — responde ela. Olhando para o chão, solto um grunhido. Era isso que eu temia. — E os dois lados podem chamar testemunhas.

— Não houve testemunhas.

— Bom, existem testemunhas de caráter. — Ela desliza o panfleto com o regimento da escola sobre a mesa. — Confie em mim. Essa é a melhor opção.

Enquanto pego o panfleto, ela me lembra que as leis da Califórnia me impedem de passar mais dias ausente da escola.

— Quer dizer que eu preciso ficar na escola hoje?

— Receio que sim — confirma ela.

Fico boquiaberta. Prometi a mim mesma que não voltaria para a escola até Jay ser expulso. Só voltei hoje para conversar com a sra. Mandalay.

— Claire. — A sra. Mandalay me olha nos olhos. — Se você quiser mesmo fazer isso, vai ter que ser mais forte. Mais cedo ou mais tarde, você terá que encará-lo na reunião.

Pego minha mochila e guardo o panfleto com o regimento da escola. Ao sair da sala da sra. Mandalay, ergo os olhos, com dificuldade para absorver a energia do lugar. Colegas gritando. Rindo. Tirando fotos um do outro na cabine de fotos de seus notebooks MacBook Air. Eu os encaro, invejando sua normalidade. Esse é só um dia comum na escola para eles, não uma zona de guerra que precisam dividir com seu estuprador.

Florence é a primeira a me ver.

— Ah, graças a Deus, por onde você andou? Meus pais vieram para o concerto de primavera e... — Ela para de falar quando vê meu rosto. Balanço a cabeça, as palavras ficam presas na minha garganta. Florence me leva até uma mesa de piquenique distante e silenciosa.

Jay corre até nós enquanto caminhamos. Florence solta minha mão quando o vê.

— Vou deixar vocês dois sozinhos — diz ela.

Balanço a cabeça para ela. *Não, não me deixa sozinha!* Mas as palavras são engolidas pelo choque de ver Jay ao meu lado, conversando comigo, como se *nada tivesse acontecido.*

— Oi — diz Jay. — Só queria pedir desculpas pelo aconteceu. — Ele estende a mão para tocar meu cotovelo e eu me afasto com tanta violência que derrubo meu celular no chão. Quando ele se agacha para pegá-lo, grito:

— Deixa aí!

Ele ergue as mãos. Florence, Nancy e Jess nos observam do outro lado do campo. A visão das mãos de Jay me leva direto para aquela noite, a forma como elas me prenderam, me mantendo no lugar enquanto ele me violava. Sinto meu corpo se contorcendo para frente, meu café da manhã subindo pela garganta. Ele sai em um jato. Quando Jay tenta segurar meu cabelo, grito:

— Sai de perto de mim!

Meu rosto está pálido; meu cabelo, uma bagunça; o vômito, secando na minha blusa enquanto marcho para a sala da sra. Mandalay pela segunda vez no dia.

— Quero acionar o conselho administrativo — digo. A sra. Mandalay repousa a caneta e dobra as mãos sobre a mesa.

— Você tem certeza? — pergunta ela.

— Tenho. — A ideia de passar os próximos meses na mesma escola que aquele monstro, enquanto ele anda por aí fingindo que nada aconteceu, é impossível. Eu me sinto fisicamente doente perto dele. Qualquer esperança de tranquilidade pelo resto da minha educação aqui murchou e morreu hoje no campo.

A sra. Mandalay aperta um botão no telefone de sua escrivaninha e pede à secretaria para colocar as ligações em espera. Ela se vira para mim e mais uma vez me lembra:

— Você vai ter que encará-lo durante o julgamento.

Eu sei. Digo a mim mesma que não há nada a temer. Já o encarei. É claro, mandá-lo ir se foder no campo não é a mesma coisa que escutá-lo negar ter me estuprado para os nossos professores.

— Você acha que consegue aguentar? — pergunta ela. Cerro os punhos.

— Consigo.

— Então pronto — diz ela, pegando um calendário sobre a mesa. A sra. Mandalay olha para as datas. — Que tal quinta-feira?

Ao sair da sala, encontro Florence, Nancy e Jess do lado de fora. Meu grupo me puxa para um abraço enquanto conto a Nancy e Florence o que aconteceu.

— Aquele filho da puta! — grita Nancy. — Você vai mudar de escola?

Balanço a cabeça.

— Não. Vou levar o caso para o conselho de administradores.

— Oi, como foi? — Zach corre na minha direção e me pergunta. Ele acabou de sair do treino e seu cabelo ainda está molhado. Minhas amigas encaram Zach enquanto ele se inclina e me dá um beijo.

— Esse é o Zach. — Eu o apresento para elas.

Jess olha para a mochila rasgada da JanSport e os tênis Nike usados de Zach, o logotipo tão desbotado que parece mais com a boca curvada de uma carinha. E, embora ela não diga em voz alta, posso ver no rosto dela: *você trocou o Jay por isso?*

Setenta
Dani

— Oi — cumprimento Zach na aula de música, guardando meus papéis sobre a Snider. — Por que você vive cancelando nossas sessões de estudos?

Ele não responde.

Olho para Ming, que está esfregando os olhos inchados enquanto pega sua partitura. Na noite passada, ela finalmente conversou com Florence sobre o concerto. Ming perguntou a Florence por que ela fez o que fez. Era porque ela não queria que os pais dela conversassem com os de Ming e descobrissem que eles não eram exatamente ricos? Como Florence não foi capaz de dar uma resposta direta, elas terminaram.

Zach dá as costas para mim.

— Como está a Claire? — pergunto. Outra vez, ele não diz nada. — Recebi uma ligação do Jay. Ele sabe sobre vocês dois...

Isso chama a atenção de Zach. Ele aponta a palheta para mim.

— Você ainda fala com ele? Você não acha que já causou estragos demais? — pergunta ele.

Eu o encaro. *O que eu fiz?*

O sr. Rufus vai até a plataforma do maestro e manda todos se sentarem. Ele ergue a batuta e acena com a cabeça para Ming, que levanta seu arco. Ela respira fundo e toca primorosamente a primeira nota.

Lanço olhares furtivos para Zach enquanto ergo minha flauta. Não acredito que voltei a fazer isso. De propósito, toco uma nota fora de tom, tentando chamar a atenção dele. Mas, não importa o que eu faça, ele não olha para mim.

Claire fica parada nas sombras do corredor, como se estivesse se escondendo de alguém. Fico feliz por ela ter voltado para a escola. Ela espia a grande sala de conferências dos docentes, aquela que a sra. Mandalay usa apenas em ocasiões especiais, como uma reunião do conselho administrativo.

— Dani! — O sr. Matthews, meu orientador, vem até mim no corredor e me cumprimenta. — Tudo bem? Está se sentindo melhor?

Forço um aceno educado com a cabeça enquanto olho para Claire por cima do ombro dele. Ela me pega olhando, faz uma careta e sai andando.

Olho de soslaio para o documento na mão do sr. Matthews. Nele está escrito: "CONFIDENCIAL – MATERIAIS EXCLUSIVOS PARA A REUNIÃO DE MEMBROS DO CONSELHO ADMINISTRATIVO".

— Vai haver uma reunião do conselho administrativo? — pergunto.

O sr. Matthews confirma com um suspiro. Tento sondá-lo para saber mais detalhes, mas ele afasta o documento de mim.

— Dani, você sabe que não posso comentar sobre uma investigação em andamento — diz ele, mudando de assunto. — Ei, sinto muito você não ter recebido a condecoração da diretora. Talvez no ano que vem.

Baixo os olhos.

— É... talvez.

— Mas pelo menos você vai poder ir para a Snider! — exclama ele. — É daqui dois dias, não é?

Assinto. Minha mãe imprimiu as passagens de avião hoje de manhã e as colocou na minha cama.

Deslizo os olhos de volta para a sala de conferências. Agora Jay está parado na frente dela, olhando para dentro. O dedo dele está se movendo no ar, como se estivesse contando quantos lugares há lá dentro. Com certeza está rolando alguma coisa.

— Ei, sr. Matthews, o senhor sabe alguma coisa sobre a Incorporadora Li? — pergunto. O rosto dele enrijece.

— Por que a pergunta? — Antes que eu possa responder, ele diz, sério: — Acho que você devia focar em se preparar para o torneio.

O sr. Matthews pede licença e sai andando.

Setenta e um

Claire

Jay está rodando pela escola, indo de mesa em mesa, falando com os paraquedistas. Ele foi informado ontem sobre a reunião do conselho administrativo que vai acontecer na quinta-feira e acho que está recrutando testemunhas de caráter. No almoço, os outros alunos conversam aos sussurros, murmúrios que cessam quando chego perto e recomeçam assim que me afasto. Jess suspira.

— Talvez seja melhor você voltar atrás — diz ela, observando Jay de canto de olho.

Florence mexe em sua sopa, os olhos vermelhos e inchados. Aparentemente, ela e Ming terminaram.

— Nem pensar. — Balanço a cabeça. Olho para a mesa cada vez maior de bajuladores de Jay, a maioria garotos, mas também algumas garotas. O que ele prometeu a eles? Um voo para casa em seu jatinho particular? — Não estou preocupada. Eu tenho vocês, Zach e a srta. Jones.

Falando na srta. Jones, ela me procura mais tarde naquele mesmo dia e me diz que vai conversar com a sra. Mandalay e pedir para participar do conselho administrativo.

— Agora que sou professora efetiva aqui, gostaria de participar do processo de tomada de decisões da escola, especialmente em questões que envolvem a segurança dos alunos — diz ela. — Consultei o regimento e não há nenhum requerimento de que os membros do conselho precisem ter lecionado na escola por determinado período de tempo. O único requisito é ser um professor efetivo.

Jogo os braços ao redor dela. É a melhor notícia que recebi essa semana!

— Muito obrigada! — Se a srta. Jones estiver naquela sala na quinta-feira, isso significaria que eu teria ao menos um adulto do meu lado.

Eu lhe desejo boa sorte na conversa com a sra. Mandalay. O sorriso no meu rosto desaparece quando volto para o meu armário e vejo as palavras em chinês escritas na porta:

VADIA IMUNDA

Desesperada, tento esfregar os caracteres, mas foram escritos com caneta permanente. Esfrego sem parar enquanto outros alunos passam por mim e ficam encarando. Felizmente, os alunos brancos não conseguem ler o que está escrito, mas todos os paraquedistas sim. Eles balançam a cabeça enquanto passam.

Dani me vê e se junta a mim, mas grito com ela:

— Não preciso da sua ajuda!

Ela para de esfregar e vai embora em silêncio. Cinco minutos depois, volta com um marcador apagável para quadro branco e o joga para mim.

— Tenta passar isso em cima — diz ela.

Faço o que ela sugeriu depois que Dani vai embora. Funciona. Quando as palavras finalmente somem, Jess, Nancy e Florence aparecem. Nós quatro damos alguns passos para trás e olhamos para o meu armário. As palavras não estão mais lá, mas eu esfreguei demais e agora há um sutil contorno branco no metal bege.

Florence olha para mim, nervosa.

— Tem certeza de que ainda quer levar isso adiante?

Mais tarde naquele dia, me mudo para meu novo apartamento, a duas quadras da escola. É um sobrado geminado de dois quartos com vista para o lago. A corretora imobiliária, uma mulher branca chamada Sarah, me dá as chaves e pergunta se vou morar sozinha. Digo que sim e me preparo para uma palestra sobre os perigos de morar sozinha quando se é adolescente, mas ela não dá a mínima. Sarah me mostra como o fogão e o forno funcionam e deixa o número da agência de limpeza doméstica local na porta da geladeira. Por acaso, é a agência onde Dani trabalha. Jogo o número fora.

Depois que a corretora vai embora, o pessoal da mudança deixa minhas coisas e os entregadores da Pottery Barn aparecem para entregar o restante dos móveis que comprei. Enquanto levam o sofá para dentro da casa, ouço um carro esportivo acelerando na rua. Meu corpo encolhe de pavor. Ergo os olhos e vejo meu pior pesadelo estacionando na frente do meu sobrado.

— A gente precisa conversar! Você tá ignorando todas as minhas mensagens na caixa postal! — grita Jay, caminhando na minha direção.

Sua presença me choca em um nível que fico desorientada por um segundo. Depois vem a raiva. Uma raiva violenta, histérica. Essa é a minha casa! Como ele ousa vir aqui? Olho para os entregadores e funcionários da mudança e desejo que todos saiam para que eu possa trancar a porta, mas ela está escancarada e Jay está subindo as escadas. Antes que eu me dê conta, ele está parado no meio da minha sala de estar.

— Você não pode vir aqui! — digo para ele. Os funcionários da mudança e os entregadores olham para nós.

— Algum problema? — pergunta um deles.

— Sim! Não quero esse cara aqui!

Jay explica para os funcionários:

— Ela é minha namorada. É só uma briguinha.

Os funcionários acenam a cabeça, simpatizando com Jay — *sei como é, amigo* — e voltam a desempacotar as coisas. Pego o celular para chamar a polícia.

— Por favor, Claire! Me escuta! — suplica Jay, arrancando o celular da minha mão. Há lágrimas em seus olhos. Ele une as mãos e implora por dois segundos.

Vamos para fora. Seguro minha jaqueta com firmeza, os braços cruzados sobre o peito em posição de defesa.

— Como você me achou?

— Minha família tem contatos no ramo imobiliário na cidade inteira — diz ele, devolvendo meu celular. — A gente sabe sobre toda transação imobiliária que acontece aqui.

Reviro os olhos. É claro que sabem.

— Claire, olha, me desculpa. Eu perdi o controle. Você me magoou, e eu só... perdi a cabeça. — A voz dele sobe e desce. — Você nunca perdeu o controle antes?

Balanço a cabeça. Não, nunca estuprei ninguém antes.

Jay coloca uma mão na cabeça e pega uma porção de cabelo. Há remorso nos olhos deles, posso ver. Mas isso não torna a situação mais tolerável.

— Eu não consigo dormir. Não consigo comer...

— Foda-se o seu apetite.

— Eu sei. Só tô dizendo que eu tô sofrendo. *Já* tô sofrendo. Você não precisa arruinar a minha vida — diz ele.

Balanço a cabeça para ele. É tão injusto ele jogar isso em cima de mim. *Ele* fez isso. *Ele* arruinou a própria vida. Um dos funcionários passa entre nós dois e Jay chega mais perto de mim.

— Por favor, eu tô tão fodido com os meus pais.

— E deveria mesmo!

Ele baixa os olhos e fica em silêncio por tanto tempo que eu dou meia-volta para entrar em casa.

— Se você se importa mesmo comigo, se tiver um tiquinho de consideração sequer, vai desistir dessa história — murmura ele. Eu me viro.

— Eu realmente me importava com você, Jay...

— Pois é, engraçado o seu jeito de mostrar isso.

Acabamos por aqui.

— Te vejo na quinta — digo, batendo a porta atrás de mim.

Depois que Jay vai embora, sento no meu sofá novo pela hora seguinte, tentando descobrir como diabos vou sobreviver estar na mesma sala que ele por horas quando fico arrasada depois de uma conversa de cinco minutos.

Setenta e dois
Dani

Procuro por Claire. De acordo com o Messenger no meu celular, ela não fica online há cinco dias. Tento falar com ela por e-mail.

> Para: Claire Wang
> De: Danielle De La Cruz
>
> Oi, Claire,
> Te vi olhando a sala do conselho administrativo. Você está com algum problema? Vi o Jay olhando lá dentro também. Não sei o que aconteceu, mas acho bom você saber que a família do Jay está super envolvida com a escola. Eles andam vendendo casas para famílias chinesas em uma espécie de combo casa americana dos sonhos + escola americana dos sonhos. Investiram milhões na American Prep através de várias empresas subsidiárias. São praticamente donos da escola!
> Me liga quando receber esse e-mail!
> Dani

Digito *P.S.*, em dúvida sobre incluir ou não uma observação. No final, decido que é melhor não e envio a mensagem como está, torcendo para que a urgência das minhas palavras consiga transmitir para Claire o que eu sou orgulhosa demais para dizer diretamente: *desculpa*.

Atravesso o corredor depois de mandar o e-mail. Talvez eu encontre Claire antes de ela chegar em casa. Em vez disso, esbarro com Zach.

— Zach! — chamo. Ele ergue os olhos do bebedouro. — Você sabe onde eu posso encontrar a Claire?

Ele enxuga a água nos cantos da boca e começa a ir embora. Ele vai ficar me ignorando? Corro atrás dele.

— Qual é o problema?

— Qual é o problema? Ela tá vivendo um pesadelo agora, esse é o problema. Você deveria saber. — Ele acelera e tenho dificuldade de acompanhá-lo.

— Saber do quê? — pergunto, apressando o passo. Zach para de andar.

— Ei, você conhece alguém no conselho administrativo? — pergunta ele.

Merda, então é verdade. Digo a ele que só conheço o sr. Matthews. Mas, se Claire vai enfrentar o conselho administrativo, ela precisa saber que a administração é dez vezes mais poderosa do que ela pensa.

Zach sacode a cabeça como se não entendesse. Arrasto ele para uma sala de aula vazia e finalmente conto a ele toda a verdade sobre o que aconteceu comigo esse ano. Sobre Seattle, xomegan.com e a verdadeira razão pela qual não recebi a condecoração da diretora.

— Meu Deus — diz Zach. — Por que você não me contou?

Abaixo os olhos. Não tenho palavras para explicar por que guardei segredo. Não é como se, ao manter a história oculta, ela fosse desaparecer. Em vez disso, ela só queimou e abriu um buraco dentro de mim.

— Sinto muito mesmo — diz Zach, colocando os braços ao meu redor. Enquanto Zach me abraça, inspiro o cheiro de seu suéter. Penso em todas as vezes em que ele me animou esse ano, me colocou para cima quando eu estava me sentindo derrotada. Ao me afastar dele, digo:

— Espero que você e a Claire sejam felizes juntos — digo isso da parte mais genuína do meu coração, a parte que sente saudades dos dois.

— Obrigado. — Zach sorri. Ele abre a porta para o corredor. — Sinto muito mesmo, Dani. Queria que você tivesse me contado antes. Assim eu podia ter te ajudado.

Ergo os olhos.

— Mas você me ajudou — digo. Zach me dá outro abraço e me deseja sorte na Snider.

— Tenho orgulho de você, De La Cruz — diz ele. — Vou ficar torcendo por você.

Setenta e três
Claire

Na manhã de quarta-feira, um dia antes da reunião, vou procurar a srta. Jones. Meus pais ainda estão bastante inseguros com essa história de conselho administrativo, mas eu lhes assegurei de que minha professora de inglês vai estar lá. Abro a porta da minha sala, mas, em vez de encontrar a srta. Jones em sua mesa, eu me deparo com a sra. Wallace.

— Onde está a srta. Jones? — pergunto.

— Em casa! — exclama ela. — Vou voltar a dar essa aula.

Imediatamente, invento uma desculpa para ir ao banheiro. Na cabine, abro minha caixa de entrada, fechando os olhos enquanto clico no botão de atualizar e espero os e-mails carregarem. *Por favor, por favor... não pode ser verdade.*

Então eu vejo.

Para: Claire Wang
De: Sharisa Jones

Querida Claire,
Lamento muito ter que te escrever este e-mail. Às cinco horas de ontem, fui dispensada pela escola. A razão oficial foi a de que meus serviços não eram mais necessários, já que a suspensão da sra. Wallace foi removida. A razão não oficial, suspeito eu, deve ter a ver com a minha tentativa de entrar no conselho administrativo.

Por favor, não se sinta responsável, de forma alguma — só estou te contando porque acho importante que os jovens conheçam os fatos reais da situação, não a versão suavizada.

Se eu tivesse que fazer tudo de novo, faria a mesma coisa, porque considero que meu maior dever como professora é proteger meus alunos. Afinal de contas, se não pudermos oferecer sequer este nível básico de cuidado nas nossas escolas, que direito temos de nos chamarmos de educadores?

Boa sorte amanhã. Sei que você está com medo, mas acredito que você está fazendo a coisa certa e que todo adulto racional e imparcial que ouvir sua história vai acreditar em você. Eu certamente acredito. Ainda se lembra do que te ensinei sobre a jornada do herói? Bom, é isso. Você é a heroína, e amanhã vai encontrar forças para retomar o controle da sua jornada. Tenho fé em você. Foi uma honra ensiná-la.

Todo o meu amor,

Sharisa Jones

Leio e releio o e-mail da srta. Jones. Como eles puderam fazer isso com ela? Era a minha melhor professora! Rapidamente clico em responder, agradecendo a srta. Jones por toda a ajuda e pedindo desculpas pelo que aconteceu. A caixa de entrada me notifica sobre outro e-mail, de Dani. Eu o jogo direto no lixo sem nem ler antes. O sinal toca. Pego minha mochila e saio da cabine, tentando não pensar sobre como isso vai afetar a reunião de amanhã.

Na noite anterior à reunião do conselho, acordo suando frio. Não sei como explicar esse medo indescritível que sinto. Ele cresce dentro de mim, nutrindo preocupações e ansiedades que não consigo articular ou controlar sempre que penso no que Jay vai dizer amanhã. Será que ele vai negar tudo? Ou encher a sala de mentiras, dizendo que eu consenti, que pedi por aquilo, que até gostei do que aconteceu?

E, se ele fizer isso, vou ficar sentada, passiva, com os olhos vidrados enquanto ele cospe essas mentiras? Ou vou avançar e colocar minhas mãos furiosas ao redor da garganta dele?

Ligo para Zach no meio da noite. Ele fica no celular comigo enquanto eu tento me acalmar.

— Vai dar tudo certo — diz ele. — Acredita... é como a sua professora de inglês falou. Qualquer adulto racional vai ver que você está dizendo a verdade.

— Obrigada, Zach — sussurro. Ele tem sido constante em seu carinho, vindo me visitar todo dia e se sentando comigo e com minhas amigas no almoço, mesmo que Jess o olhe como se ele fosse uma calcinha ousada e barata que comprei em algum outlet da Gap.

— Ei, eu falei com a Dani hoje — diz ele.

— E?

— Acho que você devia falar com ela.

Suspiro no celular. Não estou pronta para falar com ela. Não sei se algum dia vou estar pronta. Em vez disso, dou boa noite para Zach e desligo para tentar dormir um pouco. Digo a mim mesma que não há motivo para ter medo de amanhã. A pior coisa que pode acontecer comigo já aconteceu.

Setenta e quatro
Dani

Ming me leva para o aeroporto. Matamos tempo no Starbucks até o último minuto para que eu não tenha que me juntar ao sr. Connelly e meus colegas de equipe antes do necessário.

— Como você está? — pergunta Ming.

— Totalmente nada a fim de passar um voo de cinco horas com esses babacas.

— Não pensa neles — diz Ming. — Você não vai debater por eles ou pela American Prep. Você vai debater por você.

Eu me inclino para abraçá-la.

— Obrigada.

Enquanto pego meu cartão de embarque e começo a andar na direção do portão, Ming me chama:

— Ei, Dani!

Eu me viro.

— Mostra pra eles que você não precisa de um paraquedas pra voar!

O voo para Boston leva cinco horas e meia, durante as quais ignoro os sussurros dos meus colegas de equipe e o sr. Connelly desce um Bloody Mary atrás do outro, duas fileiras à frente. Repito as palavras de Ming na minha cabeça: *Estou fazendo isso por mim. Estou fazendo isso pela minha mãe, por Yale, por um futuro do qual não posso me dar ao luxo de desistir.*

Quando pousamos, mando outra mensagem para Claire no Messenger. Ainda nenhuma resposta. Ela não está checando as mensagens. Pedimos dois Ubers para o hotel. Quando estacionamos, vejo o banner pendurado no Charles Hotel: "Bem-vindos à 5ª Copa Anual Snider: O Principal Torneio de Debate e Oratória do País". Tiro um minuto para assimilar aquelas palavras. É isso. Eu consegui.

O sr. Connelly me designa a um quarto com Audrey. Quando desfazemos as malas, Audrey franze o nariz ao ver meu vestido preto de poliéster. Ela pendura seu vestido de lã flexível da Theory no armário e aponta para os meus sapatos baratos.

— Acho melhor você pintar seus sapatos com uma caneta permanente — diz Audrey.

Meu rosto cora. Meus sapatos estão tão gastos que o couro preto falso está descascando.

— Não, valeu — digo, pegando os sapatos e os abraçando contra o peito.

Na cerimônia de abertura, os alunos de Hotchkiss se agrupam ao nosso lado para repassar temas de última hora. Espio as proposições deles.

Esta delegação acredita que o Estado deveria tratar a água com um produto químico que homogeneíza a inteligência das pessoas no nível de inteligência do pós-graduado médio.

Esta delegação forçaria todas as empresas com patrimônio superior a um bilhão de dólares a declará-lo publicamente.

Esta delegação acredita que países emergentes deveriam desencorajar fortemente a migração das áreas rurais para os centros urbanos.

Caralho. Essas proposições são muito mais difíceis do que as que nós estudamos. Audrey e Josh estão no celular conversando com seus treinadores particulares. Minhas narinas estão fechando. O calor se esgueira pelo meu pescoço à medida que me dou conta de que talvez isso seja demais para mim. Meu celular toca. É minha mãe.

— Oi, querida! Só queria te desejar boa sorte! — diz ela. — Desculpa eu não poder estar aí, mas sei que você vai se sair bem!

O entusiasmo na voz dela colide com a impossibilidade das proposições que acabei de ver. Penso em todos os turnos extras em que ela trabalhou para economizar para que eu pudesse vir, todas as coisas que ela teve que sacrificar, incluindo a própria educação, e sou tomada pela mais devastadora das culpas.

— Não sei se consigo, mãe... — digo. Minha voz oscila.

— Como assim? É claro que você consegue!

Olho para meus colegas de equipe no celular; seus técnicos estão lhes passando argumentos, dando-lhes mais informações.

— Todos os outros têm ajuda extra.

— Você não precisa de ajuda extra! — diz minha mãe. — Além disso, você sabe muitas coisas que eles não sabem. Coisas que não se aprende nos livros! Você consegue. Sei que consegue!

Cubro a boca, balançando a cabeça no celular. Tem tanta coisa que ela não sabe. Minha mãe desliga e eu me viro de volta para a mesa. O sr. Connelly olha para mim, abre a boca, como se fosse dizer algo reconfortante, então a fecha. Em vez disso, ele se vira para os meus outros colegas e os encoraja.

Naquela noite, luto contra a síndrome do impostor. Enquanto ouço os roncos altos de Audrey, as dúvidas giram na minha mente. *O que estou fazendo aqui? Será que sou boa o suficiente?* Depois de um tempo, essas perguntas levam a outras ainda maiores, como: *Qual é o sentido disso? São só palavras!* Mesmo se eu vencer, que diferença faz? Olho para Audrey, com seu pijama de seda e máscara de dormir felpuda. Amanhã, ela vai se levantar e recitar um monte de palavras progressistas nas quais ela não acredita, e todos vão aplaudir e sorrir e se sentir bem consigo mesmos, enquanto o mundo continua a girar como a bagunça machista, racista e classicista que é.

Não paro de me mexer na cama do hotel. Fecho os olhos e imagino minha mãe, mas isso só me deixa ainda mais estressada quando penso em voltar para casa de mãos vazias, tendo desperdiçado seus dólares suados. Por fim, encontro conforto no mais repulsivo dos lugares... as antigas palavras do sr. Connelly para mim: *Você é melhor que todos eles.*

Enquanto adormeço, fico me perguntando se, ao repetir suas palavras outrora tão preciosas, estou perdoando o sr. Connelly? Estou traindo a mim mesma?

Setenta e cinco
Claire

No dia da reunião do conselho administrativo, estou no banheiro, checando meu e-mail em uma das cabines, me preparando para ir à sala de conferência, quando ouço duas garotas paraquedistas entrarem.

— Dá pra acreditar que ela vai mesmo fazer isso? — uma delas pergunta para a outra em chinês. — O *conselho administrativo*?

Espio pela fenda. Reconheço as garotas do meu ano, mas não sei os nomes delas.

— Ela não vai vencer — diz a outra enquanto reaplica o batom na frente do espelho.

— Espero que não. E se vazar se ela ganhar? Vai ser tão ruim pra imagem da escola que nossos diplomas podem valer bem menos.

Fico de queixo caído. É *por isso* que elas não querem que eu vença? Porque os diplomas delas vão desvalorizar?

— Não sei por que ela simplesmente não troca de escola — diz uma das garotas, jogando o cabelo para um lado. Ela liga a torneira para lavar as mãos.

— Ou continua aqui e, sei lá, evita ele — sugere a outra.

— Total.

Quero rir com o absurdo dessa conversa, eu encostada na cabine do banheiro enquanto essas duas garotas discutem como seria fácil para mim passar o resto do ensino médio numa boa e me "camuflar" como um camaleão. Pego minha mochila e destravo a porta. As duas garotas congelam. A água se acumula na pia.

— Claire! A gente não sabia que você tava aqui!

Vou até a pia para lavar minhas mãos tão tranquila quanto consigo. Ao sair, eu me viro para as garotas e digo:

— Com licença, preciso ir lá desvalorizar o diploma de vocês.

A adrenalina e o medo me empurram a caminho da sala de conferências. O medo de que, se eu não fizer isso, *esse* vai ser o meu normal, ter que ouvir as pessoas falarem sobre como eu fui covarde enquanto me escondo na cabine do banheiro.

Quando entro na sala, Jess e Zach já estão lá dentro, esperando por mim. Sorrio e me sento ao lado deles.

— Nancy e Florence mandaram mensagem — diz Jess. — Já estão vindo.

Assinto. Jay ainda não chegou, para a minha alegria, mas os membros do conselho já. Há quatro professores no conselho: o sr. Matthews, o orientador da escola; o sr. Francis, um professor de educação física; a srta. Sloan, uma professora que não conheço; e a sra. Mandalay. A porta se abre e entram os representantes estudantis. Meus olhos brilham de surpresa quando vejo Emma Lau, a garota da minha turma.

Ela me lança um sorriso pequeno e discreto ao se sentar — não acredito que ela está aqui! Jordan Bekowski, o outro representante estudantil, se senta ao lado dela. Nancy e Florence entram em silêncio depois deles.

— Ótimo, estamos todos aqui? — pergunta a sra. Mandalay.

A porta se abre. Respiro fundo quando Jay entra.

— Desculpa o atraso — diz Jay.

Ele se senta de frente para mim. Ajeito a postura, tentando não ser intimidada enquanto Zach encara Jay dos pés à cabeça. A porta se abre outra vez e um monte de outros paraquedistas entram, rostos familiares e novos. Devem ser as testemunhas de caráter dele. A sra. Mandalay dá início à reunião e lista as regras do procedimento.

— Claire, já que você é a requerente, vamos começar com você. Poderia, por favor, nos explicar o que aconteceu na noite de sexta-feira, dia quinze? — pede ela.

Pego meu discurso. Eu o preparei com antecedência e o ensaiei mil vezes no meu quarto, como Dani sempre fazia antes de um grande debate. Enquanto leio minha declaração, minha voz está longe de ser tão forte quanto a dela. Ela oscila de emoção. Ainda assim, consigo botar as palavras para fora. Quando chego à parte em que Jay me jogou na cama, ele me interrompe.

— Desculpa, mas eu não te joguei na cama. Você se deitou na cama comigo — corrige ele. O sr. Francis se inclina para frente.

— Então você está dizendo que o ato foi consensual? — ele pergunta para Jay, fazendo anotações em seu caderno.

— Não! Não foi consensual! — protesto. Encaro firme os olhos de Jay, desafiando-o a mentir na minha cara. E ele mente. Sem qualquer esforço.

— Foi — responde Jay. Eu me viro para os professores.

— Ele me segurou à força. Eu gritei "não"! Várias vezes!

A sra. Mandalay faz um gesto para eu me acalmar.

— E o que aconteceu depois? — pergunta a srta. Sloan.

— Depois eu tomei um banho — respondo.

— Onde? Na sua casa? — diz o sr. Francis. Balanço a cabeça em negativa.

— Na casa dele.

O sr. Matthews franze as sobrancelhas, confuso.

— Por quê?

— Eu só queria tirar ele do meu corpo — digo. Qualquer um teria feito o mesmo se uma lula tivesse rastejado por todo o seu corpo. Eu queria tomar um milhão de banhos.

O sr. Francis pigarreia.

— Sim, mas por que você fez isso *lá*? — pergunta ele.

Lanço um olhar para Jess. *Me ajuda!*

— Só estou dizendo, se você tinha acabado de... ser violada... não ia querer sair de lá o mais rápido possível? — O sr. Francis olha ao redor da sala e o representante discente, Jordan, assente.

— Mas eu saí de lá — informo.

— Sim, depois de um tempo você foi para casa — diz o sr. Francis, olhando para suas anotações. Ele ergue os olhos para mim. — Por que não procurou a polícia?

— Eu... eu... — Sinto minha garganta secar.

— Ela só não procurou, tá bem? — intervém Zach.

— Eu tenho mensagens — digo, pegando o celular. Mostro a eles todas as mensagens de Jay para mim depois do estupro.

— Isso foi por outra coisa! — insiste ele. A sra. Mandalay me pede para guardar o celular.

— Zach, vamos te ouvir. Você e Claire são... amigos? — pergunta ela, olhando para nossas mãos, que se tocam debaixo da mesa.

— Isso — responde Zach.

— Com licença — intervém Jay. — Eles são mais que amigos, estão dormindo juntos. Claire estava me traindo com ele.

— Isso não é verdade! — protesto.

— Ah, dá um tempo, vi vocês dois no parque — Jay murmura baixinho.

Eu me viro para ele. Ele nos *viu*? Lembro daquele dia no parque quando ouvimos alguém se aproximando.

— Meu Deus, era você? — Cubro a boca. — Você andou me seguindo?

Esse tempo todo, pensei que fora Dani quem havia contado a Jay sobre Zach e eu, mas não foi ela. Lembro daquela noite no karaokê. No parque. Essa semana quando ele foi até a minha casa. Ele anda me seguindo esse tempo todo. Mas *como*?

Então lembro que ele instalou o Find My Friends no meu celular naquele dia quando fomos para Fashion Island. O sr. Francis diz alguma coisa, mas eu mal consigo escutá-lo com o as palpitações no meu ouvido. Sinto vontade de pegar meu celular e jogá-lo em Jay.

— Claire, isso é verdade? — o sr. Francis pergunta novamente. — Você estava traindo Jay com Zach?

Engulo em seco.

— Meu namoro com o Jay já tinha terminado.

Jay debocha.

— Tá bom. Foi por isso que você foi para minha casa, comendo da minha comida e bebendo do meu vinho quando meu pai veio — diz ele.

— Pera aí — intervém Jess. — Minha amiga pode comprar a própria breja, muito obrigada.

O sr. Matthews pigarreia.

— Acho que estamos saindo um pouco do assunto. Vamos voltar para aquela noite. Jay, você está dizendo que a Claire foi até a sua casa por volta das sete da noite e teve relações sexuais consensuais com você.

Jay assente.

— Por que ela faria isso se também estava dormindo com Zach? — pergunta ele.

— Porque ela se sentiu mal por ter me traído — diz ele. — Ele olha diretamente para mim. — Por ter me enganado por tanto tempo.

O sr. Francis ergue uma sobrancelha.

— Te enganado? — pergunta ele, ajeitando-se no assento com interesse renovado. Ele tira os olhos do caderno e nos encara. — De que forma?

Enquanto Jay me descreve como uma espécie de sedutora egoísta e cruel que ataca os corações inocentes e vulneráveis de jovens herdeiros, lanço o corpo para frente, tomada por uma fúria homicida que nunca senti antes.

— Seu filho da puta! — digo para ele.

A sra. Mandalay manda que eu me sente. Mas não a obedeço. Já ouvi o bastante.

Setenta e seis
Dani

Depois de três rodadas na Snider, estou dando conta do recado, acumulando pontos de melhor oradora, mesmo que meu parceiro, Josh, se recuse a se preparar comigo. Recebo uma mensagem de Zach:

> Dani, o conselho ferrou com a Claire! Não sei o que fazer!

Três pontinhos aparecem na tela.

Olho para o meu relógio. Tenho menos de um minuto antes do meu próximo debate. Respondo:

> Me liga!

Meu celular toca bem quando o organizador entra na sala.

— Dani, Josh, vocês são os próximos — diz ele.

Clico em "Rejeitar Ligação".

O organizador nos passa nossa proposição e nos leva para a sala de preparação. Enquanto Josh e eu nos sentamos, pego meu celular para ligar para Zach.

Josh faz uma careta.

— Não podemos pedir ajuda de fora — diz ele.

— Não estou pedindo ajuda de fora, idiota. Estou *ajudando* o lado de fora — digo, mandando uma mensagem para Zach.

Ele não responde. Tento falar com Claire. Josh se levanta e sai da sala. Presumo que ele vai ao banheiro, mas ele volta com o organizador, que franze o cenho e confisca meu celular. Josh acabou de me dedurar?

— Sem celular, por favor — diz o organizador, me lembrando das regras do torneio.

— Por favor, só uma ligação! — imploro, mas ele faz que não com o dedo e sai da sala.

Encaro Josh, que abre um sorriso arrogante para mim.

Quando o tempo de preparação acaba, vamos para a sala de debates principal. Sou a primeira. Subo no púlpito e começo meu discurso. Durante todo o tempo em que estou falando, tento não olhar para o sr. Connelly, que aplaude e vibra. Ele está fazendo um teatrinho para os outros treinadores. Quando anunciam que sou a vencedora da rodada, ele assobia.

— Minha garota! — grita o sr. Connelly.

É tão nojento ele estar tentando me "reclamar" para si, marcando território ao meu redor como se eu fosse uma árvore, quando ele não me oferece uma única palavra de conforto. O time adversário me cumprimenta enquanto o técnico deles parabeniza o sr. Connelly. Os organizadores nos conduzem ao salão de jantar.

— Uau! Que belo começo, Dani! — o organizador-chefe me elogia. — Você fez um trabalho incrível.

O sr. Connelly sorri.

— Temos muito orgulho dela — diz ele, colocando o braço nas minhas costas.

Eu me contorço para longe dele e mergulho na multidão, me afastando mais do sr. Connelly quando entramos no salão de jantar. Os árbitros principais estão no palco contando as pontuações. Vou até a frente. Quando o árbitro principal sobe no púlpito, o salão todo fica em silêncio.

— Poderia ter a atenção de todos, por favor? — pergunta ele, dando tapinhas no microfone. Olho para o jurado, a esperança palpitando no ouvido. — Com base nas pontuações individuais e por equipe, os seguintes competidores avançarão agora para as finais: Rachel Gordon de Exeter. Joseph Siegel de Deerfield. Danielle De La Cruz da American Prep.

Meu Deus! Eu consegui. Eu me viro e, por força do hábito, automaticamente vasculho o salão em busca do meu treinador. O sr. Connelly está nos fundos do salão, apertando as mãos dos outros treinadores. O organizador principal chama mais sete nomes e nos conduz para trás do palco. Ele nos diz que temos cinco minutos para preparar nossos discursos sobre a proposição: "Esta delegação não consumirá as obras de artistas que cometeram crimes sexuais".

O organizador anuncia que nossos discursos serão transmitidos em uma live no Facebook. Entusiasmados, os outros competidores e eu rabiscamos nossos nomes em formulários de consentimento. O sr. Connelly corre para os bastidores.

— Sabe com quem eu estava conversando lá fora? O treinador de debate da equipe de Yale. — Ele coloca as mãos nos meus braços e me sacode. — Yale, Dani! *Yale!*

Minha respiração fica presa na garganta.

— Contei tudo sobre você. Ele anda de olho nos seus debates — diz o sr. Connelly. — E gosta do que vê.

Ele ergue as sobrancelhas bem alto, da forma como faz nos treinos quando o surpreendemos com um discurso impressionante. Antes, eu mataria para fazer as sobrancelhas dele subirem daquele jeito.

— Se nós usarmos as cartas certas, você pode estar diante de uma vaga em Yale no ano que vem, e eu de um emprego em New Haven Promise, no programa de extensão da escola! — exclama o sr. Connelly, radiante. — Isso não seria incrível?

Nós. A palavra se infiltra na minha euforia.

Ele me encara, todo sério. Sua expressão de grande-treinador está de volta.

— Você quer repassar os argumentos? Do que precisa?

— Estou bem — respondo. O sr. Connelly assente e deixa eu me preparar.

— Você vai se sair muito bem — diz ele, fazendo um sinal de positivo enquanto sai. — Minha estrela mais brilhante!

Quando ele abre a porta dos bastidores, se vira para mim.

— E, Dani?

— Sim?

— Eu te perdoo — diz ele.

Fecho os olhos depois que ele vai embora, tentando me equilibrar e encontrar conforto. Digo a mim mesma para esquecer o sr. Connelly e focar apenas em Yale. Tenho uma chance de ir lá fora e entregar um discurso poderoso.

Mas, enquanto reviro a proposição na minha cabeça, não consigo evitar as picadas nos meus dedos, a noção desmoralizante de que *ele* perdoa a *mim*? Será que ele tem ideia de como os últimos meses foram para mim? A ansiedade sufocante de ter que carregar o que aconteceu, dia após a dia, e reconsiderar meu futuro. Se eu explodir, quais serão as consequências? E a minha bolsa de estudos? O medo esmagador de que virão atrás de mim com cada dólar de seu fundo milionário e me enterrar?

— Dani, é sua vez! — Um organizador dá um tapinha no meu ombro e me lança de volta à realidade. Em pânico, eu me viro para ele.

— Preciso de mais tempo!

Ele balança a cabeça e dá tapinhas em seu relógio de pulso.

— Está na hora — diz ele, me conduzindo para a frente do palco. Os holofotes ofuscantes me atingem enquanto caminho até o púlpito. Olho para a plateia, para o sr. Connelly no fundo e o treinador de debate de Yale parado ao lado dele.

Penso nas palavras de Ming: não preciso de um paraquedas para voar.

Setenta e sete
Claire

No fim das contas, não chegou nem perto. Dos quatro membros docentes e dois representantes estudantis do conselho administrativo, apenas um votou a meu favor: Emma.

O fato de que Emma Lau, dentre todas as pessoas, escolheu acreditar em mim me dá um pouco de conforto, e me agarro a isso. Que não foi uma decisão unânime. Que eu fui capaz de entrar em uma sala, olhar meu estuprador nos olhos e dizer a ele que o que ele fez não foi certo. E o céu não desabou. Isso já é alguma coisa, não é? Lembro a mim mesma disso tudo, mesmo quando as dores do arrependimento assolam meu estômago. O conselho administrativo não foi um caminho para a justiça. Adultos racionais e imparciais não acreditaram em mim. E amanhã, quando eu for novamente para a escola, ainda terei que vê-lo.

Destranco a porta do meu apartamento e me jogo no sofá quando meu celular toca. É minha mãe.

— Claire, adivinha só? Arranjamos uma vaga para você em outra escola — anuncia ela. — Seu pai e eu acabamos de fazer uma doação para a Terry Grove High e agora você tem uma vaga!

Encosto a cabeça no sofá.

— Ai, mãe, a senhora não vai acreditar no dia de merda que acabei de ter. — Suspiro no celular ao lhe contar o veredito. Ela resmunga um palavrão em chinês.

— Sei que você está sofrendo, querida, e sinto muito. Era por isso que eu não queria que você acionasse o conselho administrativo. Mas veja só, agora pode recomeçar do zero! — diz minha mãe.

Como eu conto à minha mãe que preciso de mais do que um recomeço? Mais do que uma vaga? Mais do que alguma coisa que o dinheiro pode comprar? Preciso *dela*. Lágrimas escorrem pelo meu pescoço.

— Seu pai teve que mexer muitos pauzinhos para te aceitarem a essa altura do ano letivo — continua ela. — Se você se transferir agora, pode deixar tudo isso para trás. Ninguém *jamais* terá que saber sobre isso.

Minha mãe segue falando. Coloco a almofada do sofá sobre os olhos, tentando engolir o nó na garganta enquanto ela faz planos para, mais uma vez, editar meu passado.

Setenta e oito
Dani

No debate, há um momento logo antes de você abrir a boca, enquanto as luzes dos holofotes te banham e o microfone amplifica a sua respiração, em que você olha para a plateia e tem duas opções: sufocar ou arrasar.

Eu me aproximo do microfone, devagar e firme.

— No começo desse ano, meu professor, meu treinador, o sr. Connelly, que me ensinou tudo que sei sobre debate e está aqui na plateia hoje... — Olho para o sr. Connelly. Ele abre um sorriso para mim. A multidão começa a vibrar, depois congela quando ouve minhas palavras seguintes. —... me assediou sexualmente.

Há suspiros de espanto na plateia.

Não posso voltar atrás agora. Falo com clareza no microfone, descrevendo como foi ter meu treinador, meu herói, se insinuar para mim. Ver a mim mesma — eu, uma debatedora forte e obstinada, o tipo de garota que não engole desaforo de ninguém no palco — como vítima da má conduta sexual dele.

O sr. Connelly recua enquanto conto à plateia como tudo começou com ele me incentivando.

— Costumava me deixar sem ar, pensar que alguém podia acreditar tanto em mim — digo, encarando-o. — Fazia eu me sentir invencível.

Descrevo como foi ter que lidar com má-conduta sexual como aluna bolsista. É possível continuar treinando com ele? Como isso funcionaria? Deveríamos definir regras básicas? Eu te deixo dar em cima de mim em troca de um feedback sensacional? Deixo o senhor segurar minha mão durante as réplicas? O medo esmagador de que a alternativa seria uma punição; tiraria minha bolsa ou, pior, arruinaria meu futuro.

Com a voz trêmula, descrevo como foi perder um treinador. Não qualquer treinador. O único homem que já acreditou em mim. Nos meus momentos de maior fraqueza, eu passava a noite acordada, lutando contra o impulso de pegar meu celular e lhe mandar uma mensagem dizendo: "Tudo bem, eu te perdoo", o que fosse preciso só para ouvir aquelas três palavrinhas mágicas outra vez. "Minha garota estrondo!"

Enquanto falo, sinto alguma coisa mudar em mim. Sempre achei que, se eu contasse a verdade, ficaria coberta por uma espécie de vergonha da qual jamais poderia me desfazer, mas, em vez disso, eu me sinto mais leve. Como se a rocha que vinha me esmagando há meses estivesse sendo finalmente erguida. E a raiva que me consumia estivesse se transformando em uma outra coisa: esperança.

— Crimes sexuais não são apenas uma hashtag no Twitter. Eles são reais. Podem acontecer com qualquer pessoa, mesmo as mais fortes e destemidas de nós — digo. — Precisamos combatê-los. Precisamos fazer as vítimas se sentirem seguras para denunciar. Precisamos boicotar o trabalho de artistas que cometem crimes sexuais e destituir aqueles que, estando em posições de poder, usam sua autoridade para abusar de nossa confiança. Para que novos artistas emergentes tenham a chance de triunfar.

A plateia aplaude ferozmente. Muitas pessoas se levantam. O sr. Connelly sai de fininho do salão. Quando termino, o árbitro principal, o sr. Burroughs, sobe no palco e tira o microfone de mim.

— Obrigado a todos pelos discursos eletrizantes! Uma rodada de aplausos para esses jovens talentosos!

Um organizador me leva para os bastidores, onde todos os outros debatedores esperam pelo resultado. Alguns deles me oferecem os seus sentimentos pelo que passei; outros me observam como se não soubessem ao certo o que dizer. Mantenho os olhos no chão, ouvindo o palpitar no meu peito. Tento não pensar nos meus colegas de equipe, no sr. Connelly, nos meus professores assistindo lá em East Covina, na minha mãe — meu Deus, minha mãe. O que ela vai pensar?

De repente, ouço os juízes exclamarem:

— E agora, o momento que todos estavam esperando. O prêmio da Quinta Copa Anual Snider por Excelência em Debate e Oratória vai para...

Prendo a respiração.

— Danielle De La Cruz da American Prep! — anuncia ele.

Eu venci! Eu venci, porra!

Setenta e nove
Claire

Lágrimas escorrem pelo meu rosto enquanto assisto ao discurso de Dani no meu feed do Facebook. Não acredito que passamos todo esse tempo sofrendo em silêncio cada uma em seu lado da parede, nos afogando em poças separadas da mesma vergonha.

As perguntas que o sr. Francis me fez durante a reunião do conselho administrativo foram as mesmas que fiz a mim mesma milhões de vezes: o que você estava fazendo no quarto dele? Por que você não gritou mais alto? Por que não chutou ele no saco, enfiou as unhas nele e saiu correndo dali? Por que você não fez todas as coisas que a sociedade te diz para fazer quando é estuprada, sendo que as mesmas pessoas que te dizem isso nunca foram estupradas?

Em vez disso, meu corpo ficou lá, mole, com medo de que, se eu o empurrasse e chutasse, aquilo se prolongaria, seria pior. Minha mente saiu do meu corpo, como se fosse inteiramente separada dele, e minha psique voltou à minha infância, às brincadeiras no jardim com Tressy; aos passeios com minha cachorrinha, Snowy. Pequenos lembretes de que ainda existiam coisas pelas quais valia a pena viver. E, mais tarde, quando aquilo havia acabado, não fui embora porque a ideia de ter que encará-lo no andar de baixo era tão repulsiva que me deixei ficar no banheiro. Fiquei debaixo do chuveiro dizendo a mim mesma que era forte. E que tudo ficaria bem. Viu só? Estou lavando tudo. A vergonha, a humilhação, tudo. Estou lavando tudo porque sou uma mulher forte.

E eu *realmente* acreditava nisso.

E só depois de me desfazer no interrogatório da minha própria mente. Só depois de ouvir as palavras de Dani — "pode acontecer com qualquer pessoa, mesmo as mais fortes e destemidas de nós" — que uma luz se acendeu na caverna escura como a noite em que estava vivendo. Nunca, nem por um segundo imaginei que talvez houvesse outras pessoas na caverna.

Pego meu celular e mando uma mensagem para Dani.

Precisamos conversar.

Oitenta
Dani

— O que diabos você estava pensando? — O sr. Connelly entra com tudo na minha sala de preparação. Tiro os olhos da minha conversa com Claire. Não dá para *acreditar* no que aconteceu com ela e na decisão da escola. Levo um minuto para processar o tom de voz do sr. Connelly, a fúria em seu rosto.

— Eu te deixei vir para o torneio e é isso que você diz sobre mim?

Com calma, digo a ele para, por favor, se retirar.

— Eu? Me retirar? — debocha ele. — Você nem estaria aqui se não fosse por mim! Eu nunca deveria ter te deixado vir!

Dou um passo para trás, sentindo a pontada das palavras dele. Seus olhos estão vermelhos, a testa suada enquanto ele aponta um dedo para a porta.

— Volte lá e retire o que disse — ordena ele.

— Não vou fazer isso.

— Então você arruinou minha carreira! — grita ele, cerrando os punhos. — Depois de tudo que fiz por você. Você não era nada quando eu te encontrei. Eu *criei* você.

As palavras perfuram meu nervo mais sensível e vulnerável. Tento ignorá-las, mas não consigo.

— Para. Cala a boca! — Vou até o outro lado da sala.

— Eu criei um monstro — continua ele. O sr. Connelly está parado a centímetros de mim e consigo sentir seu cuspe molhado no meu rosto. — Um monstro desleal e sem coração.

— Vai embora. Estou te avisando. Ou vou chamar a segurança.

— Você não ousaria.

Solto um grunhido diante da arrogância dele, da autopiedade. É isso que realmente me enfurece, a autopiedade. Não acredito que ele pensa que *ele* é a vítima. O pobre homem branco bonzinho que cria uma super debatedora marrom só para depois vê-la virar-se contra ele e usar seus poderes para derrubá-lo. Abro minha boca e grito:

— SEGURANÇA!

Dois organizadores chegam rapidamente. Eles reconhecem o sr. Connelly e colocam as mãos no braço dele.

— Senhor, vamos precisar que você se retire — dizem com firmeza.

Enquanto o sr. Connelly sai da sala, ele se vira para mim e rosna as palavras:

— Sua vadia ingrata.

Minha mãe está me esperando em casa quando volto para LA. Ela está tomando *salabat*, que é um chá de gengibre filipino que ela só faz quando está prestes a ter uma conversa séria comigo. Acho que finalmente vamos falar sobre o que aconteceu.

— Vem cá — diz, dando tapinhas no espaço ao lado dela e me passando uma xícara de *salabat*. Coloco minhas malas no chão e me sento. De olhos fechados, sopro o chá, inspirando o gengibre quente.

— A senhora assistiu ao discurso? — pergunto com delicadeza. Ela assente.

— Assisti. — Pousa a xícara sobre a mesa e se vira para mim. — Por que você não me contou?

Sua voz falha ao fazer a pergunta. Ela enxuga uma lágrima nos olhos.

— Mãe, sinto muito — digo, enterrando o rosto nas mãos.

— Quando isso começou?

Digo a ela que tudo começou quando ele estava me dando aulas particulares e depois quando fomos para Seattle, que foi então que ele colocou a mão na minha perna. Conto a ela que tentei procurar a sra. Mandalay, mas ela ficou toda brava comigo por ter postado a história no xomegan. com, e foi aí que retirou minha condecoração.

Minha mãe balança a cabeça.

— Não me importo com a condecoração da diretora. Esse tempo todo... você estava mentindo para mim? — Ela pega sua xícara, mas não bebe, apenas a segura para estabilizar as mãos trêmulas. Ela me faz mais perguntas. *Ele chegou a te mandar fotos dele? Ele tem fotos suas?*

Enquanto respondo, lágrimas começam a se formar nos meus olhos.

— Desculpa, não sei por que estou chorando — digo. Tento enxugar as lágrimas dos olhos, mas minha mãe estende o braço e abaixa minha mão para que eu não esfregue o rosto.

— Tudo bem botar pra fora — diz ela. — Você não tem que ser forte sempre.

— Preciso sim! — digo. — Preciso ser forte por nós duas.

Lágrimas escorrem pelas bochechas da minha mãe. Cerro os dentes. Meu maior medo, muito maior do que perder qualquer competição, é fazê-la sofrer.

— Você é a garota mais forte que eu conheço — diz ela. Balanço a cabeça, discordando. Minha mãe repousa a xícara na mesa e toma minha mão nas dela. — Ser forte não significa não sofrer nunca.

Fito a mão dela sobre a minha, marrom e enrugada de lavar louças demais em casas demais de estranhos.

— Estou sofrendo, mãe — sussurro. É a primeira vez desde a infância que admito para minha mãe que estou sentindo qualquer coisa que não seja cem por cento feliz. E é assustador. Olho cautelosamente para ela, com medo de que se despedace.

Mas ela não despedaça. Em vez disso, me envolve em seus braços.

— Eu sei, minha *anak* — diz, tirando meus óculos e afagando meu cabelo. — Mas você vai superar isso. Quer saber por quê? Porque você é tão corajosa e tão inteligente e tão... — Ela pausa por um segundo, tentando lembrar a palavra. — Como é que vocês jovens falam hoje em dia? Fera?

Rio em meio às lágrimas.

— Foda — digo a ela.

— Você é foda. — Minha mãe sorri.

Enquanto a abraço, ouço uma notificação do celular. Olho para o e--mail da diretoria.

Para: Danielle De La Cruz
De: Direção
Assunto: URGENTE

Prezada srta. De La Cruz,
Venho por meio desta notificar-lhe que sua bolsa acadêmica foi suspensa com EFEITO IMEDIATO. Por favor, procure a Diretora

Mandalay em sua sala assim que retornar para discutir sua suspensão e as condições que deve cumprir para retornar à escola.
Stacey Webber
Em nome de
Diretora Joanna Mandalay

Oitenta e um
Claire

Jess entra no drive-thru do In-N-Out e faz um pedido para nós. Pedimos hambúrgueres e batatas fritas para viagem e os comemos no carro enquanto as garotas tentam me animar sobre a reunião.

— Você foi muito corajosa — diz Nancy.

— E inspiradora — acrescenta Florence. — Você me fez pensar sobre umas coisas que eu preciso fazer e dizer na minha própria vida.

— Então, agora que isso acabou, o que você vai fazer? — pergunta Jess. — Vai mudar de escola?

Abaixo os olhos e não digo nada. Será que acabou mesmo? Sei que procurei o conselho e falhei. Mas assistir ao discurso de Dani nos últimos dias me fez repensar o que eu quero. É simplesmente não ter que ver Jay mais na escola ou vai além disso?

Jess passa na frente da delegacia de polícia local e eu aponto para ela.

— Podemos parar aqui rapidinho? — pergunto.

Jess me lança um olhar rebelde, mas para como eu pedi. Ela estaciona ao lado de uma SUV da polícia e desliga o carro. Ficamos sentadas sob o sol quente da tarde encarando a entrada da delegacia. Não faço qualquer menção de sair do carro.

— Tudo bem se você quiser entrar — Florence diz gentilmente, abaixando seu hambúrguer. — Vamos te apoiar.

— É isso que você quer? — pergunta Jess.

Balanço a cabeça. Sei que não há nada lá dentro que vai desfazer magicamente o que aconteceu ou melhorar as coisas. Ainda assim, só quero ficar sentada aqui um minutinho e visualizar como seria entrar. Saber que tenho o poder de entrar ali e recuperar o controle. Mesmo que não seja hoje. Mesmo que não seja amanhã.

Depois que devoramos todos os milk-shakes e batatas-fritas e hambúrgueres, eu me viro para Jess e digo a ela para me deixar em casa.

— Tem certeza? — pergunta ela.

Assinto. Ela liga o carro.

Mais tarde, Zach aparece. Estou trocando mensagens com Dani — ela vai passar aqui amanhã para finalmente podermos conversar. Ouço alguém batendo à porta. Eu me levanto, abro a porta da frente e me deparo com minha mãe parada ali com duas malas.

— Mãe! O que a senhora está fazendo aqui?

Ela olha para mim e depois para Zach, que pega uma das malas dela.

— Oi, sra. Wang! Pera, deixa eu te ajudar com isso — diz Zach. Minha mãe tira a mala do caminho e não deixa ele pegar. Seguro a mala dela e murmuro gentilmente para Zach:

— Acho melhor você ir embora.

Zach assente e se despede com um aceno de mão, correndo escada abaixo até seu Honda Civic. Minha mãe o analisa, tirando os óculos de sol enquanto espia o carro dele, comentando comigo em mandarim:

— Não imaginava que você ia arrumar um namorado novo... tão rápido.

Balanço a cabeça para ela, dispensando o seu comentário.

— Se a senhora veio para me dar um sermão...

— Não, não vim aqui para te dar um sermão — diz ela, tirando os sapatos com um chute. Minha mãe se senta no sofá, pega a bolsa e borrifa bruma de água mineral Evian no rosto, depois esfrega os olhos. Com um suspiro fundo, ela me conta: — Estou pensando em largar o seu pai.

— Quê? — Derrubo a mala, absorvendo o impacto total da notícia.

— Já estava na hora — diz ela.

Balanço a cabeça outra vez.

— Não entendi. O que aconteceu?

Minha mãe cruza as pernas e suspira.

— Bom, se você quer saber, encontrei umas mensagens no celular dele. Acho que ele está tendo outro caso.

— Mas por que *agora*? — pergunto. Depois de todos esses anos em que ela sempre fez vista grossa, o que mudou?

Minha mãe suspira.

— Acho que, ouvindo você insistir em procurar o conselho administrativo, eu percebi que talvez eu não precise ter tanto medo. Não preciso simplesmente aceitar a situação. Eu tenho outras opções.

Eu a analiso, como se fosse um quadro congelado em um filme. Quero acreditar nas palavras da minha mãe, mas soam tão estranhas quando saem da boca dela.

— Mas você foi tão contra eu procurar o conselho — digo.

— Eu sei. É porque eu sabia que seria doloroso e não queria que você sofresse — diz ela, fitando as próprias mãos. — Mas aí você realmente foi atrás, e eu sei que não ganhou, mas mesmo assim... — Sacode a cabeça, tentando conter as lágrimas. Ela se dá um minuto para se recompor. — Perguntei a mim mesma: se minha filha, uma garota de dezessete anos, não tem medo de fazer algo tão assustador, do que eu, uma mulher de trinta e sete, tenho tanto medo?

Levo uma mão à boca.

— Ah, mãe.

— Sua Nai Nai acha que eu sou louca — acrescenta ela.

— Bom, eu acho que *ela* é louca — digo. Minha mãe cai na gargalhada. Ela estende uma mão e me puxa para perto dela.

— Sinto muito por não ter vindo antes — ela se desculpa enquanto me abraça. — Mas estou do seu lado agora. Não importa o que você queira fazer.

Ao ouvir essas palavras, deixo jorrar uma enxurrada de lágrimas que vinha represando desesperadamente. Minha mãe me segura nos braços dela enquanto choro, e sinto meu coração transbordar com o tipo de amor que nunca achei que seria capaz de receber.

Oitenta e dois
Dani

A porta da sala da sra. Mandalay se abre. Ergo a cabeça e a secretária me informa que posso entrar. Ela balança a cabeça enquanto passo, como se eu tivesse acabado de ser pega vendendo maconha em vez de ter ganhado um torneio nacional de debate.

A sra. Mandalay está parada diante de sua escrivaninha, segurando uma página do *Los Angeles Times*, que ela golpeia sobre a mesa. A manchete: "Estudante da região vence Copa Snider e acusa professor de assédio sexual."

— Mas que audácia — diz a sra. Mandalay, tirando os óculos de leitura e os lançando sobre a mesa.

— Tudo o que eu falei é verdade — conto.

A sra. Mandalay gesticula para eu me sentar e pega seu calendário.

— Cancele tudo na terça-feira — diz ela. — Você vai ao ar na TV e retirar tudo que disse.

— Não vou fazer isso!

A sra. Mandalay aponta para mim com o dedo sujo da tinta do jornal.

— Dani, isso é sério. Acabei de sair do telefone com a polícia. Querem te entrevistar — diz ela. — Isso não é mais só uma brincadeirinha.

Eu a encaro. *Quando é que isso foi só uma brincadeirinha?*

— Você precisa retirar o que disse.

Sinto a sala começar a girar. A sra. Mandalay oferece o cancelamento da minha suspensão se eu for ao ar.

— Só conte a verdade para todos. Que você queria tanto vencer o torneio que acabou se empolgando um pouquinho...

Balanço a cabeça sem acreditar.

— Mas não foi isso que aconteceu!

A sra. Mandalay põe uma mão no rosto.

— Não acredito que você está sendo tão egoísta. Isso não é só sobre você. Pense em todos os jovens que *precisam* dessa escola. Por que você acha que estou sempre organizando campanhas de arrecadação? Para que eu possa encontrar e ajudar a próxima Dani.

— Então me ajuda — digo.

A sra. Mandalay balança a cabeça em negativa.

— Não desse jeito.

Sinto o peito ardendo enquanto encaro a estante de carvalho dela. Há tantos ótimos livros sobre educação e justiça, mas aparentemente nenhum deles significa algo para ela.

— Não, mas a senhora ajudou o Jay. — Meus olhos fitam os da sra. Mandalay. — Sei que o pai dele é dono da Phoenix Capital. Foi ele quem tirou meu texto do site.

A sra. Mandalay não responde. Pequenas gotas de suor se formam em sua testa. Ela mantém o olhar fixo nas mãos dobradas firmemente sobre a mesa.

— O que exatamente ele doou para livrar a cara do filho? Uma nova ala para a biblioteca? Outro campo de futebol americano? — Claire e eu andamos trocando mensagens. Eu me inclino e preparo o golpe final. — Essa escola tem a cultura de ser permissiva com má conduta sexual.

— Uma *cultura*? — A sra. Mandalay explode. Ela salta da cadeira com a expressão de quem está pronta para lançar um peso de papel em mim. — Você acha que é diferente em Yale? Ou em qualquer uma das faculdades da Ivy League?

Congelo quando ela menciona Yale.

— A vida pode ser feia às vezes — grita ela. — Quer construir algo grandioso? Você tem que estar disposta a fazer sacrifícios!

Ela esmurra o dedo na elegante escrivaninha de madeira. A convicção dela é inacreditável. É isso que me espanta: ela pensa mesmo que está fazendo a coisa certa. Eu me levanto para sair, dizendo:

— Pois é. E a senhora sacrificou a gente.

Mais tarde, estou esperando na frente do apartamento de Claire. Ela atende à porta com luvas de borracha para lavar louça. Encaro as luvas. Aí está uma imagem que achei que jamais veria.

— Minha mãe veio pra cá, ela tá dormindo — diz baixinho, apontando para os quartos. Entro atrás dela. Claire vai até a pia e tira as luvas de lavar louça, jogando pedaços de um limão cortado no ralo.

— Você acabou de jogar o limão no seu triturador de lixo? — pergunto, impressionada. Ela sorri para mim.

— Acho que aprendi uma coisinha ou outra com você.

Claire se junta a mim no sofá e estende os braços.

— Ai, Dani — diz ela, me abraçando. — Sinto muito mesmo pelo que você passou. Se eu soubesse...

— Eu sei — digo, devolvendo o abraço. Há tanta coisa que quero falar para ela, começando com "sinto muito" também. — Queria poder retirar todas as coisas cruéis que eu te disse logo antes de você sair de casa. Você estava vivendo um verdadeiro *pesadelo* e eu estava chateada demais por causa do Zach para ver isso. Não consigo imaginar como deve ter sido.

— Na verdade, consegue sim. Você é a única. — Claire me conta que finalmente leu meu e-mail.

— Agora você sabe por que o conselho administrativo era uma fraude.

— E você? O que a sra. Mandalay te disse?

Balanço a cabeça, dispensando o assunto.

— Nada importante — respondo. — Mas tenho uma entrevista na delegacia amanhã.

Claire ajeita a postura.

— Sério? Na delegacia?

Assinto.

— Eles viram meu discurso e querem saber o que aconteceu.

— Você tá com medo? — pergunta ela.

Quero responder "*Pff, sou uma debatedora. Eu vivo por momentos de justiça como esse*". Mas isso seria ignorar e esconder a outra metade de quem sou, uma garota sem paraquedas. Uma aluna não branca. Uma filha de mãe solteira. Uma pessoa que precisa da bolsa de estudos. E que não tem qualquer rede de segurança.

— Um pouco — admito.

— Vai dar tudo certo — Claire me assegura. — Você vai se sair muito bem, assim como na Snider.

Estendo uma mão.

— Por que você não vem comigo? — convido. — Podemos fazer isso juntas.

Claire desvia o olhar. Reconheço a hesitação em seu rosto, mesmo ela sendo diferente de mim. Claire tem um paraquedas. Mas o que eu aprendi esse ano é que, mesmo que você nasça com um, podem acontecer coisas capazes de abrir buracos no seu.

— Você acha que eu deveria tentar? Será que tenho provas suficientes? — pergunta ela.

Quero dizer que sim, é claro que ela deve tentar. Estamos nos Estados Unidos. Aqui, acreditamos na liberdade e na justiça para todos. Ao mesmo tempo, quero ser realista. Se ela acionar a Justiça, Jay vai arranjar um excelente advogado, provavelmente dez vezes mais caro que o dela. Mesmo assim, lembro do sentimento pulsando em minhas veias na Snider quando subi no púlpito e falei a minha verdade, sabendo que minha voz era minha armadura. Nem me importava o que decidiriam.

— Acho que nós duas deveríamos tentar — digo para Claire. — Mesmo que a gente não ganhe nada com isso.

Claire me dá um meio sorriso. Lentamente, ela põe uma mão sobre a minha. Quando entrelaçamos os dedos, o celular dela toca. Vejo o rosto de Zach na tela dela. Claire fica na dúvida se atende.

— Pode atender — digo. Claire nega com a cabeça e rejeita a ligação.

— Não. Só quero falar com você agora. Você é importante para mim. — Ela olha nos meus olhos. — Sempre foi — acrescenta timidamente. Quando nos aproximamos e nos abraçamos de novo, Claire fala mais uma vez. — Desculpa ter te magoado. Se eu soubesse que o Zach era tão importante para você, jamais teria começado alguma coisa com ele sem ter te falado primeiro.

— Tudo bem — digo. — Fico feliz por vocês dois.

Minha mãe diz que desculpas são como cocos: devem ser servidos maduros. Mas, secos e endurecidos, também podem ser bem doces.

A caminho de casa, depois de visitar Claire, recebo um vídeo de Ming. É uma gravação do seu solo no concerto e, por cima da linda música, a voz de Florence fala sobre como Ming é importante para ela.

— Ela mandou esse vídeo para os pais dela ontem à noite — Ming fala no celular. — Depois do que aconteceu com a Claire, a Florence me contou o verdadeiro motivo de não querer me apresentar para os pais naquela noite. Não era porque ela tinha vergonha de mim. É porque ela tinha medo do que eu ia pensar se descobrisse que os pais dela não são casados. — A voz dela falha. — Ai, Dani... esse vídeo não é fofo?

Sorrio, deixando cair uma lágrima de felicidade.

— É mesmo. — Assisto ao vídeo outra vez. Uau. As coisas que não sabemos uns sobre os outros. E os verdadeiros motivos pelos quais fazemos o que fazemos.

Recebo uma notificação de mensagem. Imagino que é Claire querendo saber que horas vamos para a delegacia amanhã.

— Ei, Ming, posso te ligar mais tarde? Tô super feliz por você!

Encerro a chamada e checo a mensagem, mas não é de Claire. Em vez disso, é uma solicitação do Messenger de uma pessoa chamada Bree. Abro para ler.

> Oi, Dani. Vi seu discurso e queria muito falar com você.

> O sr. Connelly foi meu treinador de debate de 2014 a 2016.

Não respondo. Provavelmente é uma das antigas alunas dele querendo gritar comigo por manchar a imagem de seu amado treinador. Não preciso disso agora. Tenho que estar mentalmente preparada para ir à delegacia amanhã.

Naquela noite, estou deitada na cama quando minha mãe entra no meu quarto.

— Você quer que eu vá com você na delegacia amanhã? — pergunta ela. Nego com a cabeça.

— Não, mãe, não precisa. — Sei que a polícia a deixa ansiosa, já que ela é imigrante e tudo mais. Francamente, vai ser mais difícil falar o que eu preciso se minha mãe estiver lá, porque vou ficar o tempo todo preocupada com ela ouvindo meu depoimento e ficando emocionada em vez de focar nos fatos.

— Tem certeza? Posso pedir uma folga para Rosa — diz ela. — Sei que não tenho conseguido ir aos seus eventos da escola, e peço desculpas por isso. Vou dedicar mais tempo para você de agora em diante.

Sorrio.

— Obrigada, mãe, mas dessa vez tá tranquilo — respondo. — Mas eu ia amar se você fosse para o meu próximo torneio.

Ao pensar nisso, meu rosto desmorona. Será que vai haver um próximo torneio para mim?

Minha mãe dá tapinhas nas minhas costas e deseja boa noite. Quando estou prestes a apagar a luz, ouço outra notificação no celular. É aquela tal de Bree de novo.

> Por favor. Preciso muito falar com você. Posso te ligar?

Ajeito a postura e encaro o "por favor" seguido de ponto final. Clico em "Aceitar solicitação". Logo em seguida, meu celular toca e ouço a voz de Bree do outro lado da linha.

— Dani, assisti ao seu discurso na Snider. Eu só... — Ela começa a chorar.

— Tá tudo bem. Eu tô bem — eu a asseguro. Conto que, depois que saí do bar naquela noite, o sr. Connelly recuou. — Felizmente, ele não tentou mais nada.

Há uma longa pausa.

— Bom, comigo ele tentou — diz ela.

Oitenta e três
Claire

No dia que Dani e eu combinamos de ir à delegacia, minha mãe acorda e aparece na sala com seu robe de seda.

— A Dani veio aqui ontem — digo.

— Como ela está? Foi horrível o que aconteceu com aquela menina — diz minha mãe, balançando a cabeça.

— Estamos pensando em ir à delegacia — comento.

Minha mãe não responde. Sei que ainda se sente desconfortável com a ideia de eu procurar as autoridades, mas ela anda discretamente consultando advogados. Sei disso por causa do identificador de chamadas em seu celular. Mesmo assim, a carta de admissão da Terry Grove está pendurada em destaque na geladeira, oferecendo uma solução mais fácil toda vez que vou pegar uma latinha de LaCroix.

— Temos café expresso? — pergunta minha mãe. — Não posso pensar em ir à delegacia sem cafeína.

Faço que não com a cabeça. Minha mãe faz uma careta. Tem sido interessante ser colega de quarto dela nesses últimos dias. Ela ainda age como se Tressy estivesse aqui, deixando as toalhas e roupas jogadas no chão por toda a casa. Espero que eu não tenha agido desse jeito logo que comecei a morar com as De La Cruz.

— Deveríamos dar um jeito nisso — diz ela. — O Trader Joe's vende máquinas de café?

Rio. Desde que a levei ao Trader Joe's, ela ficou obcecada. Até me perguntou quem era o Joe ao percorrer a loja com sua saia de plumas vermelhas da Versace, parecendo um pavão perdido enquanto os outros clientes a encaravam.

A campainha toca.

Minha mãe e eu olhamos para a porta.

— Espero que não seja outro pacote do seu pai. — Ela revira os olhos. Meu pai anda mandando presentes de desculpas. Ele ligou duas vezes, implorando-lhe para voltar. Nas duas vezes ela o colocou para falar comigo e ele choramingou e reclamou que nós duas largamos ele. Eu disse a ele para não se preocupar, porque voltaríamos logo, embora eu não queira que isso seja verdade. Espero que minha mãe fique por um tempo.

— Mãe, talvez semana que vem a gente possa sair para jantar com o Zach, que tal? — sugiro enquanto vou até a entrada.

Abro a porta e encontro o carteiro ali parado. Ele me entrega um envelope postado como carta registrada.

— Na verdade, queria muito ir à sua escola para ter uma conversa com a sra. Mandalay sobre como ela lidou com essa situação toda. Talvez eu vá com a mãe da Dani. Ela também deve estar indignada... — A voz dela se esvai quando vê minha expressão ao olhar para o envelope.

— É do Jay — digo.

— Um contrato de confidencialidade? — pergunta Jess. Ela tira os óculos de sol. Estamos no Pinkberry, sentadas do lado de fora.

Assinto. A carta, enviada pelo escritório de advocacia que presta serviços para a família de Jay, propôs um contrato de confidencialidade entre nós dois, no qual eu concordo em não revelar os fatos relacionados ao conflito que aconteceu na noite de sexta-feira, dia quinze, em troca de um acordo monetário.

— Quanto? — pergunta Jess.

— Dois milhões de dólares — conto a ela.

Jess arregala os olhos. A colher de frozen yogurt cai da mão dela.

— Claire, isso é dinheiro pra caralho! — exclama ela. — Você vai aceitar?

Reviro o iogurte na taça com a colher, observando-o derreter.

— Sei lá. Não poder falar sobre o que aconteceu? Com ninguém? Nem mesmo a polícia?

— Claire, são dois milhões de dólares!

Quando não digo nada, Jess se inclina para frente.

— Lembra o que eu te falei faz um tempo? Sobre como sempre existe uma solução mais privada para as coisas?

Assinto, lembrando da conversa que tivemos uma vez sobre o pai dela.

— Às vezes, essa solução é tão boa quanto a solução pública — insiste Jess.

— E qual é a solução mais privada nesse caso? — pergunto a ela.

— A solução mais privada é pegar o dinheiro daquele filho da puta, mudar de escola e seguir com a sua vida. Esse dinheiro é o bastante pra você e a sua mãe comprarem uma casa boa! Recomeçar!

Balanço a cabeça, dispensando a ideia.

— Mas eu não quero uma casa boa... — Dirijo os olhos para o meu relógio de pulso. São quatro e meia. Dani vai à delegacia às cinco. Se eu quiser encontrá-la lá, preciso sair agora.

Jess suspira, exasperada.

— O que você quer então? Ele já pediu desculpas... — Ela pega a carta e a enfia na minha cara. — Esse é o pedido de desculpas dele. Você quer mesmo enfrentar um julgamento? Seu nome vai ficar ligado ao que aconteceu para sempre...

Reflito antes de responder.

— Meu nome nunca vai ficar completamente separado de "estupro" — digo. — Mas talvez eu possa deixar ele mais perto de "justiça".

Jess ri. Ela balança a colher de frozen yogurt enquanto diz:

— Amiga, justiça é uma coisa que os americanos inventaram para vender filmes.

Oitenta e quatro
Dani

Bree Johnson me encontra do lado de fora da delegacia no dia seguinte. Ela é aluna do último ano na UCLA agora. Nós acabamos conversando no celular até cinco da manhã, até nossos olhos estarem vazios e nossas gargantas, doloridas. Como eu, ela admirava o sr. Connelly. Ele lhe disse que ela era especial, que tinha um talento para o debate que ele nunca havia visto em nenhum de seus outros alunos. Usou aquilo para ganhar a confiança dela, que depois violou durante um torneio em San Diego, quando apareceu de surpresa no quarto dela do hotel. Ela o deixou entrar, pensando que só queria repassar algumas proposições, mas, em vez disso, ele a encurralou e a beijou.

Nós nos abraçamos no estacionamento da delegacia, agarradas à confirmação em carne e osso de que não estávamos sozinhas no que vivemos, de que não foi nossa culpa. Olho para meu relógio de pulso. Estava esperando que Claire também aparecesse. Disse que estaríamos aqui às cinco da tarde. Onde ela está?

— Pronta? — pergunta Bree.

Sorrio. Não acredito que fiz isso com as minhas palavras. Uni nós duas.

Tento ligar para Claire mais uma vez. Passei o dia todo mandando mensagens para ela para ver se queria vir conosco, mas ela não me respondeu. Um carro aparece, e acho que é ela, mas, em vez disso, saem Ming e Florence.

— Eu não podia deixar você fazer isso sozinha — diz Ming.

Eu me viro para Florence.

— A Claire vem? — pergunto.

Florence nega com a cabeça.

— Não sei — diz ela.

Passo os olhos pelo estacionamento uma última vez, por todos os carros e os reflexos do sol quente sobre os para-brisas.

Vamos, Claire, cadê você?

Oitenta e cinco
Claire

Abraço Jess quando saímos da loja de iogurte.

— Vai por mim, a solução privada é sempre a melhor — diz Jess. O celular dela toca. É o pai ligando, pela primeira vez no semestre. Ela o cumprimenta com um sorriso enorme no rosto. — Oi, papai! Também tô com saudade! O quê? Você estava em LA? — O rosto de Jess desmorona. Ela rapidamente esconde a decepção. — Ah, não. Tudo bem, fica para a próxima. Eu tava ocupada estudando mesmo.

A devastação em seu rosto, assim como suas palavras animadas, permanecem comigo enquanto entro no Uber. Penso na torrente de emoções que está passando por Jess nesse momento, todas as coisas que ela quer dizer para o pai, mas não consegue. É como olhar em um espelho. Quantas vezes eu escolhi o caminho mais discreto? Engoli ressentimentos e segui fingindo estar tudo bem? A solução mais privada pode funcionar, mas te faz sentir como se uma porção de cacos de vidro estivesse te rasgando por dentro.

— Espera, posso mudar o meu destino? — pergunto para o motorista do Uber.

Chego à delegacia bem quando Dani e as garotas estão cruzando a entrada principal.

— Dani! — grito. Ela se vira. Vejo Florence com Ming! As garotas vibram quando eu saio do Uber.

— Pensamos que você não vinha! — diz Dani.

— Estou aqui agora! — Dani me abraça, seguida por Florence e Ming, e rapidamente me apresento para Bree. Parece loucura estarmos todas juntas, sabendo o que estamos prestes a fazer. Respiro fundo, deixando o poder inflar os meus pulmões.

Sei que temos poucas chances. Se formos à Justiça, Jay e a escola terão muito mais recursos para nos enfrentar, a mídia vai nos atormentar e o júri vai questionar cada detalhezinho. Mesmo assim, há algo poderoso em rasgar uma oferta de dois milhões de dólares e marchar por aquelas portas. Ser capaz de retomar o controle e não deixar qualquer pessoa, escola ou trauma ditar minha vida. Foi para isso que vim para os Estados Unidos. Seguro a mão de Dani, que entrelaça a outra à de Bree. Uma a uma, todas nos damos as mãos. Ao entrarmos juntas na delegacia, meu coração bate com o poder de cinco.

Os policiais erguem os olhos quando entramos. Dizemos a eles que estamos lá para fazer um boletim de ocorrência. Um jovem policial chamado Torrence sai correndo de sua sala e se apresenta. Ele nos leva a uma sala de conferência e diz:

— Muito obrigado por virem. Há cerca de seis meses, recebi uma dica anônima de um docente da American Prep dizendo que havia má conduta na escola. Venho investigando o caso, mas não tinha ideia da magnitude — ele olha para Dani — até ouvir o discurso da Dani.

Torrence nos coloca em uma sala de espera e nos leva individualmente para prestar depoimento. Bree Johnson, aluna do último ano na UCLA, vai primeiro. Enquanto esperamos, Florence, Ming e eu conversamos sobre o aplicativo delas. Ming diz que é para os paraquedistas e as *host families*.

— Isso é incrível — digo a elas. Inclino a cabeça para Dani, perguntando de brincadeira que nota ela daria para mim.

— Eu te daria uma estrelinha por manter o seu quarto limpo — provoca ela.

— Ei! — protesto. Então Dani olha para mim, mais séria.

— E cinco estrelas pela coragem.

Sorrio.

Torrence sai da sala.

— Claire — chama ele. — Você é a próxima. Pronta?

Eu me levanto. Olho para Dani, que aperta minha mão e murmura *"Você consegue"* enquanto passo por ela e sigo Torrence até a sala de entrevistas.

Quando acabamos, saímos da delegacia juntas. Nós nos despedimos com um abraço, prometendo mandar mensagem assim que soubermos de alguma coisa. Bree volta dirigindo para a UCLA, enquanto Ming e Florence pedem um Uber para voltar para a casa de Florence. Dani me oferece uma carona para casa e eu entro no Toyota Celica da mãe dela.

Dani não liga o motor de imediato. Em vez disso, fica sentada no carro abafado, escrevendo uma mensagem.

— O que você está fazendo?

— Mandando mensagem para minha mãe e pesquisando advogados *pro bono* — diz Dani, os dedos digitando na tela. Delicadamente, estendo o braço e ponho uma mão sobre o celular dela.

— Ei, respira. Você não está mais sozinha nisso — eu a lembro.

Dani leva um segundo para processar isso e, quando o faz, guarda o celular. Seu rosto relaxa.

— Como você se sente? — Ela pensa sobre a pergunta por um bom tempo.

— Como se eu estivesse começando um torneio e finalmente entrei em um time do qual eu gosto — responde ela. — Com alguém que tem tanto a perder quanto eu.

Uau. É uma honra ouvi-la colocando isso desse jeito. E um pouco assustador também.

— E como você se sente? — Dani me devolve a pergunta

— Aliviada — respondo, depois olho para minhas mãos e começo a pensar na cara da minha mãe quando eu chegar em casa. Espero que ela abra um sorriso orgulhoso, mas ainda não tenho certeza. — E como se fosse vomitar.

Dani começa a vascolhar o carro em busca de uma sacola.

— Tô brincando, não vou!

Dani encontra uma sacola parda de papel e a ergue.

— Tudo bem. Mas se quiser, tô preparada.

Sorrio e estendo as mãos para lhe dar um abraço.

— Tô tão feliz de finalmente ter começado a falar com você.

— Eu também.

Quando ela liga o motor, coloco os pés em cima do painel. Duas garotas de lados opostos do mundo, emergindo das cinzas, *mais fortes*.

Nota da autora

Em 2016, quatro jovens chineses "paraquedistas" em Los Angeles foram condenados à prisão por praticar bullying violento contra outro aluno chinês paraquedista. O juiz disse que o caso o lembrou de *O senhor das moscas*. Desde então, venho pesquisando sobre paraquedistas, entrevistando antigos e atuais paraquedistas, seus pais, *host families* e professores, além de visitar escolas, incluindo a escola que os quatro jovens frequentavam. O que eu descobri nas minhas conversas com esses estudantes foi quão únicas suas experiências na infância foram. Eles tiveram que lidar com questões relacionadas à saudade de casa, privilégio, identidade e pressão dos amigos, tudo enquanto tentavam entender um país novo sozinhos.

Atualmente, a China envia o maior número de alunos estrangeiros para escolas americanas de ensino médio. Cerca de dois em cada cinco alunos estrangeiros matriculados nessas escolas vêm da China. O número de alunos estrangeiros de ensino médio vindos da China aumentou em 48% entre 2013 e 2016[1]. As escolas americanas que visitei enxergam esta nova fonte de pagamento como uma providência divina, mas o custo é alto. Muitos dos alunos chineses com quem conversei lutavam com a solidão, a alienação ou coisa pior. Manchetes recentes sobre alunos de intercâmbio desaparecidos ou vítimas de abuso, de estupro ou assassinato são apenas alguns dos lembretes dos perigos que os paraquedistas enfrentam.

E não são apenas os paraquedistas. As histórias de Dani e Claire são reflexos das experiências de muitas garotas e garotos por todo os Estados

---

[1] Fuchs, Chris. Reports Finds China Sends Most International Students to U.S. High Schools. NBC News, 14 ago. 2018. Disponível em: <https://www.nbcnews.com/news/asian-america/report-finds-china-sends-most-international-students-u-s-high-n792681>.

Unidos. Em 2017, a Associated Press revelou dezessete mil denúncias de abuso sexual em escolas dos Estados Unidos. A AP descobriu que "com frequência, as escolas não estavam dispostas ou preparadas para lidar com o problema. Alguns administradores e educadores até se envolveram em tentativas de encobrir as evidências de possíveis crimes e proteger a imagem da escola."[2]

Embora a maior parte desses casos tenha partido de outros alunos, uma porção alarmante e crescente vem partindo de professores. Em 2014, quase oitocentos funcionários de escolas norte-americanas foram processados por abuso sexual.[3] De acordo com um estudo encomendado pelo Departamento de Educação, 10% dos estudantes entrevistados disseram que já foram vítimas de má-conduta sexual por parte de funcionários da escola. Dos estudantes que afirmaram ter sido abusados, 38% eram alunos do ensino fundamental I e 56% do ensino fundamental II ou ensino médio[4]. Muitos desses professores são demitidos e recontratados, um sistema conhecido como "repasse de lixo". É um problema devastador que afeta tanto as escolas públicas quanto as particulares, incluindo alguns dos colégios internos mais prestigiados do país.[5]

Ao mesmo tempo, *Caindo de paraquedas* também é uma história muito pessoal para mim.

Dezessete anos atrás, no meu primeiro ano de faculdade, fui abusada sexualmente na Harvard Law School. Meu assediador era outro estudante da instituição. Eu tinha apenas dezoito anos na época. Havia pulado várias séries na escola, superado a pobreza e vencido obstáculos

---

2 McDowell, Robin; Dunkin, Reese; Schmall, Emily; Pritchard, Justin. AP Uncovers 17,000 Reports of Sexual Assaults in Schools Across US. Boston.com, 1 maio 2017. Disponível em: <https://www.boston.com/news/national-news/2017/05/01/ap-uncovers-17000-reports-of-sexual-assaults-at-schools-across-us/>

3 Goldberg, Barbara. U.S. Cracks Down on Female Teachers Who Sexually Abuse Students. Reuters, 21 abr. 2015. Disponível em: <https://www.reuters.com/article/us-usa-crime-teachers-idUKKBN0NC14H20150421>.

4 Logan, Erin B. Without Warning System, Schools Often "Pass the Trash" – and Expose Kids to Danger. NPR, 6 abr. 2018. Disponível em: <https://www.npr.org/sections/ed/2018/04/06/582831662/schools-are-supposed-to-have-pass-the-trash-policies-the--dept-of-ed-isn-t-tracki>.

5 Harris, Elizabeth A. At Hotchkiss School, Sexual Misconduct and "Missed Opportunities" to Stop It. New York Times, 17 ago. 2018. Disponível em: <https://www.nytimes.com/2018/08/17/nyregion/hotchkiss-school-sexual-misconduct.html>.

Caindo de paraquedas

impossíveis para entrar naquela faculdade. A última coisa que eu esperava acontecer comigo em Harvard Law era abuso sexual.

Lembro o que meu abusador me disse depois do ato: "Acho que devo ir à igreja pelo que acabei de fazer com você." Isso seguido por: "E você deveria tomar um banho." Eu tomei mesmo um banho. Quis tomar um milhão de banhos.

Os banhos pouco fizeram para mitigar o fato de que frequentávamos a mesma faculdade. Que o apartamento dele era vizinho ao meu dormitório. Que ele se sentava atrás de mim em uma das minhas aulas. Nos meses e semanas que se seguiram, eu o vi quase todos os dias, andando pelo campus como se nada tivesse acontecido. Eu o vi em eventos das faculdades de direito e em entrevistas para firmas de advocacia. Sempre que eu o via, sentia um nó tão grande no estômago que parecia que ia vomitar. E então eu ofegava por ar, quase sufocando.

Mesmo assim, não entrei com um processo formal contra meu abusador porque eu era jovem, estava assustada e tinha motivos para acreditar que ele possuía um relacionamento próximo e expressivo com a administração sênior da Harvard Law School. Em vez disso, fui à enfermaria da universidade, fiz um exame, contei ao vice-reitor estudantil o que havia acontecido, mudei de dormitório e fiz uma denúncia anônima na polícia.

Os dois anos e meio que se seguiram se transformaram em uma dança delicada de esconde-esconde. Eu evitava meu assediador, perguntava a amigos se eles o haviam visto na biblioteca e estudava seus padrões de migração como uma zoologista. Talvez tivesse funcionado se estivéssemos em uma floresta ou uma cidade grande, mas a Harvard Law School se estendia por cerca de uma rua e meia.

Enfim, no meu terceiro ano de faculdade de direito, com a formatura se aproximando rapidamente, decidi que precisava fazer alguma coisa. Não conseguia tolerar a ideia de vê-lo na formatura. Não queria que meus pais, imigrantes, tivessem que vê-lo, tivessem que assistir à filha receber o diploma enquanto dividia o palco com o homem que abusou sexualmente dela. Então conversei com o novo vice-reitor estudantil e também com o novo reitor da Harvard Law School.

Apesar de todos os alertas sobre como o processo seria difícil e demorado, decidi fazer uma denúncia formal de abuso sexual contra meu abusador para o conselho administrativo de Harvard. O conselho administrativo da faculdade tem seu próprio minissistema judiciário, em que o "júri" é composto de docentes e estudantes. Para prosseguir com a denúncia, exigiram que eu escrevesse e assinasse um documento dizendo que eu não faria uma denúncia formal à polícia e que passaria apenas pelo conselho administrativo.

O processo foi emocionalmente exaustivo. Precisei me sentar em uma sala na frente do meu abusador e ouvi-lo por horas enquanto ele me chamava de mentirosa. No final, eu perdi. A universidade decidiu que não havia evidências suficientes para suspender ou expulsar meu abusador, apesar de eu ter feito exames que provavam o estupro, informado a enfermeira da faculdade, trocado de dormitório e até escrito um e-mail ao meu abusador depois do ataque dizendo: "O que você fez comigo foi horrível, não consensual e ilegal". Ao que ele respondeu: "Meu coração está sangrando."

Então explodiu a outra bomba: a universidade agora estava me investigando por "litigância de má-fé." Os dias que se seguiram foram os mais sombrios da minha vida. Tive de esperar a faculdade votar se arrancavam meu diploma de mim ou não, tudo porque ousei mencionar o fato de que fui abusada sexualmente enquanto estudava na Harvard Law School.

Quando finalmente fui declarada inocente, um docente chegou a me procurar e me parabenizar. "Parabéns! Você vai poder se formar! Deixe-me lhe dar um conselho.", disse ele, "Supere!"

E eu superei. Mais ou menos. Depois que me formei, me mudei para o mais longe de Boston e Nova York quanto podia: para Hong Kong. Eu me afastei do direito também. Comecei a dar aulas para crianças. Comecei a escrever. Comecei a almoçar em horas normais de novo, porque não tinha que me preocupar em dar de cara com ele. Parei de olhar por cima do ombro. Eu me casei, tive filhos. Sem que eu me desse conta, uma década se passou e eu não pensei mais sobre o meu ataque. Enfiei o que havia acontecido comigo em uma caixa e a enterrei bem fundo no meu armário.

A caixa continuou enterrada tranquilamente até 2014, quando li um editorial no *Boston Globe* em que professores da Harvard Law contestavam a política mais rígida da Harvard contra má-conduta sexual. Alguns dos professores que assinaram o editorial eram os mesmos que julgaram meu caso. Eles escreveram: "Acreditamos que a política [mais rígida] contra assédio sexual adotada por Harvard causará mais prejuízos do que benefícios."[6] Ler as palavras deles foi como reabrir uma ferida.

Depois, mais tarde naquele ano, o Departamento de Educação determinou que a Harvard Law School havia "violado o Título IX das Emendas Educacionais de 1972 por sua resposta a casos de assédio sexual, incluindo abuso sexual."[7] Em resposta, a Harvard Law School emitiu um comunicado: "Harvard reconheceu que poderíamos ter feito e devemos fazer mais."[8]

Lágrimas escorreram pelo meu rosto quando li aquelas palavras: foi a coisa mais próxima de uma desculpa que eu já recebi da instituição que sentia ter falhado comigo, uma instituição que eu havia admirado desde pequena.

Embora eu não possa recuperar aqueles três anos da faculdade de direito, espero que, através de *Caindo de paraquedas*, mais escolas priorizem a proteção e segurança dos alunos, não da imagem.

---

6 Clarida, Matthew Q. Law School Profs Condemn New Sexual Harassment Policy. Harvard Crimson, 15 out. 2014. Disponível em: <https://www.thecrimson.com/article/2014/10/15/law--profs-criticize-new-policy/#:~:text=Twenty-eight%20Law%20School%20professors%20called%20for%20Harvard%20to,harassment%20policy%20since%20it%20was%20announced%20this%20summer>.

7 US Department of Education. Harvard Law School Found in Violation of Title IX, Agrees to Remedy Sexual Harassment, including Sexual Assault of Students. 30 dez. 2014. Disponível em: <https://www.ed.gov/news/press-releases/harvard-law-school-found-violation-title-ix--agrees-remedy-sexual-harassment-including-sexual-assault-students>.

8 New, Jake. Settlement at Harvard. Inside Higher Ed, 30 dez. 2014. Disponível em: <https://www.insidehighered.com/news/2014/12/30/law-school-reaches-agreement-education-department-do-more-protect-victims-sexual>.

Agradecimentos

Este livro não existiria se não fosse pelo amor e apoio inabaláveis da minha agente literária, Tina Dubois. Tina, obrigada por acolher este livro desde o comecinho. Muito obrigada por acreditar em mim. Escrever este livro exigiu de mim uma quantia colossal de coragem; só consegui fazer isso porque sabia que era você quem recebia cada rascunho. Sou enormemente grata por ter você como minha agente.

Ao meu editor, Ben Rosenthal, obrigada por enxergar o potencial da história e me fazer melhorar a cada rascunho. Seus comentários e afiados instintos editoriais transformaram este livro. Obrigada por sua coragem e disposição ao permitir que eu abordasse assuntos difíceis e assumisse riscos, e por me apoiar sempre. Tenho muito apreço pela confiança que você depositou em mim; é uma honra ser uma de suas autoras.

À minha editora, Katherine Tegen, muito obrigada por publicar *Caindo de paraquedas* e ser uma apoiadora tão fiel deste livro. Ser uma autora de Katherine Tegen significa o mundo para mim e agradeço minhas estrelas da sorte todos os dias. À minha equipe da HarperCollins — Jacquelynn Burke, Ebony LaDelle, Valerie Wong, Tanu Srivastava, Laura Mock, Amy Ryan, Kathryn Silsand e Mark Rifkin, é uma alegria imensa trabalhar com vocês! Obrigada por levarem minhas garotas Dani e Claire ao mundo!

À minha querida amiga Lucy Fisher, seu apoio e seus comentários atenciosos foram muito importantes para mim. Obrigada por me ajudar a ter este bebê. Fico tão feliz e empolgada por dividir esta jornada louca com você! A Doug Wick, obrigada por entreter a todos nós no jantar; isso contribuiu muito para o processo editorial. Também agradeço muito a Lucas Wiesendanger e todos da Red Wagon.

Ao meu agente, John Burnham, obrigada por enaltecer meu trabalho todos os dias e por trabalhar incansavelmente nos meus contratos.

A toda a equipe da ICM, Ava Greenfield, Alicia Gordon, Lia Chan, Roxane Edouard, Bryan Diperstein, Ron Bernstein, Tamara Kawar, Morgan Wood e Alyssa Weinberger: muito obrigada por fazerem parte da minha equipe e apoiarem *Caindo de paraquedas*! Amo vocês!

A meu querido amigo e advogado, Richard Thompson, muito obrigada por sua sabedoria e orientação ao longo dos anos. Você é muito mais que um advogado para mim e aprecio imensamente nossa amizade.

Muito obrigada a meus colegas John Chew e Paul Smith do Kelly Yang Project e a todos os alunos para quem dei aula por treze anos — não tenho palavras para descrever o quanto vocês me inspiram. A meus mentores e professores Bruce Cain e Paul Cummins, valorizo muito nossas longas e instigantes conversas sobre todos os aspectos da academia, incluindo a dificuldade das escolas no combate à má-conduta sexual.

Um milhão de agradecimentos a todos os estudantes, *host families*, pais, professores e membros da comunidade com quem conversei enquanto fazia pesquisas para *Caindo de paraquedas*; obrigada por se abrirem e compartilharem suas experiências comigo.

Finalmente, à minha família. Um enorme obrigada aos meus pais por não se desesperarem quando lhes contei que estava escrevendo um livro relacionado ao movimento #MeToo e sobre abuso sexual em escolas. Para meus filhos, Eliot, Nina e Tilden, obrigada por serem pacientes com a mamãe enquanto eu escrevia este livro. Para meu marido, Stephen, que me conheceu quando eu ainda era uma estudante de direito em Harvard e me encorajou a procurar o conselho administrativo, obrigada por acreditar em mim desde o começo. E por acreditar em mim durante todos esses anos.

Um agradecimento especial à Orinda Library, onde eu escrevi este livro. Aqueles que me conhecem sabem que bibliotecas são muito importantes para mim. Depois de ser abusada, busquei refúgio na biblioteca da Harvard Law School. Era o único lugar no campus em que eu me sentia realmente segura. Meus agradecimentos mais profundos aos bibliotecários de todo o país que oferecem o conforto mais que necessário e os espaços seguros para os frequentadores. Eu não estaria onde estou hoje sem vocês.

Nota da edição

No início de 2022, várias alunas entre 15 e 17 anos de uma escola pública do Rio de Janeiro denunciaram comportamentos intimidadores e predatórios de alguns de seus professores. O caso virou assunto policial quando finalmente a mãe de uma delas decidiu registrar um boletim de ocorrência contra o docente. A escola já possui histórico de professores afastados por assédio e, quando chegam a seus primeiros dias de aula, as alunas são avisadas pelas mais velhas para tomar cuidado. Foi relatado, inclusive, que uma professora sabia de todos os assédios e avisava as garotas para "não darem trela" e não ficarem sozinhas com professores; no entanto, ela não sentia que tinha poder suficiente para fazer uma denúncia formal e decidiu se calar diante das violências. Toques indesejados, olhares e comentários de duplo sentido eram alguns dos abusos que as garotas sofriam diariamente em seu local de ensino[1].

Esta pode parecer uma história ficcional como a de *Caindo de paraquedas*, mas ela é mais comum do que achamos: dados alarmantes mostram as condições em que meninas e mulheres vivem em seu cotidiano por conta da desigualdade de gênero. Segundo uma pesquisa de 2018 do Datafolha[2], 42% das brasileiras de 16 anos ou mais declaram já ter sido vítima de algum tipo de assédio sexual, sendo que 10% dos casos são registrados em ambientes escolares.

---

1 SOUZA, Barbara. Alunas denunciam professores por assédio em colégio estadual no Rio. Extra, Rio de Janeiro, 25 fev. 2022. Disponível em: <https://extra.globo.com/noticias/rio/alunas-denunciam-professores-por-assedio-em-colegio-estadual-no-rio-25410399.html>.

2 DATAFOLHA. Assédio sexual no Brasil. Instituto de Pesquisa Datafolha, Opinião Pública, dossiês. São Paulo, jan. de 2018. Disponível em: <https://datafolha.folha.uol.com.br/opiniaopublica/2018/01/1949701-42-das-mulheres-ja-sofreram-assedio-sexual.shtml>.

O problema é que nesses espaços é comum haver subnotificação, devido ao caráter sigiloso adotado pelas escolas ao desencorajar as vítimas de procurar a polícia em casos de crimes sexuais. Desde 2018 tanto o assédio sexual (quando há uma relação de subordinação entre vítima e assediador) quanto a importunação sexual (que ocorre em locais de livre circulação, como ruas e meios de transporte) são crimes, com penas que variam de um a dois anos de detenção ou pagamento de fiança para o primeiro e de um a cinco anos de reclusão para o segundo.

Outro crime abordado na obra é o estupro. No Brasil, um caso é registrado a cada oito minutos, e 85% das vítimas são mulheres[3]. Um levantamento do Ipea mostrou que 70% dos casos de estupro no Brasil são cometidos contra crianças e adolescentes e que apenas 10% das ocorrências são denunciadas, o que significa que esse tipo de delito ainda é imensamente subnotificado por causa da vergonha e do medo que a vítima sente e até mesmo o desestímulo por parte de familiares e autoridades em seguir com a acusação.

Assim como aconteceu com Claire, os dados mostram que quase 84% dos estupradores são conhecidos das vítimas, sejam parentes, namorados ou amigos. O estupro dentro de relacionamentos ainda é pouco discutido, o que contribui ainda mais para a subnotificação, e a normalização da violência em relações afetivo-sexuais é muito grande. O estupro é crime no Brasil e a pena varia de 6 a 30 anos, dependendo das condições do crime.

Se você passou por alguma das situações relatadas no livro, é importante que você não se cale; converse com sua rede de apoio, como amigos e família, tendo em mente que você não está sozinha. Denunciar os casos é efetivo para impedir o aumento deles, ou até mesmo impedir a impunidade dos criminosos. Quando puder, o ideal é que faça um Boletim de Ocorrência (bo) na delegacia mais próxima e, se possível, reúna testemunhas do acontecido, bem como outras provas, como imagens de câmera de vigilância. Lembre-se de que apenas o testemunho da vítima é suficiente como prova e a autoridade policial não pode se recusar a registrar a ocorrência, independentemente de como a situação tenha acontecido,

---

3 FÓRUM BRASILEIRO DE SEGURANÇA PÚBLICA. Anuário Brasileiro de Segurança Pública: 2020. São Paulo: FBSP, 2020. Disponível em: <https://forumseguranca.org.br/wp-content/uploads/2020/10/anuario-14-2020-v1-interativo.pdf>.

mesmo que você e o criminoso já tenham tido relações consensuais antes do ocorrido.

Você também pode procurar ajuda em diversos canais governamentais, como a Central de Atendimento à Mulher (Ligue 180), que registra e encaminha denúncias de violência contra a mulher aos órgãos competentes; o Disque Direitos Humanos (Disque 100), ao qual você pode reportar notícias ou situações relacionadas à violência contra crianças e adolescentes, pessoas idosas, pessoas com deficiência, população LGBTQIA+, pessoas em situação de rua, tráfico de pessoas, entre outros grupos; e a Polícia Militar, cujo número é o 190, e é útil para quando o crime estiver ocorrendo ou acabou de ocorrer, quando a pessoa estiver em risco ou quando houver uma atividade suspeita. Mesmo se o crime aconteceu há muito tempo, busque orientação jurídica.

Este livro foi publicado em maio de 2022 pela
Editora Nacional, impressão pela gráfica Santa Marta.